Caroline Säfstrand
Strandhotel Meeresbrise

*Autorin*

Caroline Säfstrand ist Schriftstellerin und Journalistin, wohnhaft im südschwedischen Helsingborg. Mit ihren Romanen will sie ihre Leser*innen ermutigen, wegweisende Entscheidungen für das eigene Leben zu treffen. Denn die Kraft einer Geschichte ist größer, als man denkt.

Weitere Informationen unter:
Instagram: @carolinesafstrand
Facebook: https://www.facebook.com/CS.Skrivarstudio
https://www.facebook.com/carolinesafstrand
Blog: www.carolinesafstrand.se

CAROLINE SÄFSTRAND

# Strandhotel Meeresbrise

Ein Schweden-Roman

Deutsch von Stefanie Werner

blanvalet

Die Originalausgabe erschien 2019 unter dem Titel
»Villa Havsbris« bei Norstedts, Stockholm.



FSC www.fsc.org MIX Papier aus verantwortungsvollen Quellen FSC® C014496

Klimaneutral* Druckprodukt ClimatePartner.com/14044-1912-1001

Penguin Random House Verlagsgruppe FSC® N001967

1. Auflage

Redaktion: Ingola Lammers
Umschlaggestaltung und -motiv: www.buerosued.de
BL · Herstellung: sam
Satz: KompetenzCenter, Mönchengladbach
Druck und Einband: GGP Media GmbH, Pößneck
Printed in Germany
ISBN 978-3-7341-0980-5

www.blanvalet.de

# Prolog

Vielleicht glaubst du, es liegt am Meer, das zu gleichen Teilen süß und salzig ist, am sinnlichen Kitzeln des Windes auf deiner Haut oder an den betörenden Düften der Blüten, wenn du hierherkommst und es dir mit einem Mal viel besser geht, als an irgendeinem anderen Ort auf der Welt.

Doch du irrst. Es ist unser Strandhotel Meeresbrise, unser Kurhotel selbst, das die Wunden deiner Seele heilt.

/ Marit

# Kapitel 1

Sophie kann nicht hören, was der Mann, der vor ihr steht, sagt, sie sieht nur, dass sich seine Lippen unter dem gepflegten Schnurrbart bewegen. Es rauscht in ihren Ohren, ihre Haut kribbelt. Anwalt Göte Sirlander versucht mit ihr zu reden.

»Du siehst blass aus, Sophie. Brauchst du ein Glas Wasser?«

Seine Bassstimme dringt durch das Rauschen, und sie nickt matt. »Gern.«

Ihre Stimme klingt rau, Sophie räuspert sich.

»Danke«, sagt sie, als er ihr das Getränk reicht.

»Ich kann verstehen, dass das für dich jetzt ein Schock ist. Aber das Haus hat wirklich Potenzial. Viele würden die Nachricht für einen Sechser im Lotto halten.« Und zusätzlich nickt er, um sie zu überzeugen.

Sophie betrachtet den Schlüsselbund, der auf dem Tisch liegt. Vielleicht sieht ein Lottogewinn wirklich so aus. Dreihundert Quadratmeter, eine grüne Holzfassade, eine rote Haustür, zwei Turmzimmer mit spitzen Baiserhäubchen-Dächern und hinter der Straße gleich das Meer. Aber es geht eigentlich gar nicht um das Haus selbst, es geht vielmehr um das, was seine Mauern verbergen. Warum hat ihre Mutter behauptet, sie hätte das Haus verkauft, gleichzeitig aber die Schlüssel verwahrt?

Sophie kann sich noch gut an die Trauerfeier zur Beerdigung ihres Vaters Lennart vor zehn Jahren und an das Gespräch mit ihrer Mutter erinnern. Während sie die leeren Kaffeetassen einsammelte, hatte Mona mehr oder weniger im Vorbeigehen zu Sophie gesagt: »Ich habe das Strandhotel Meeresbrise übrigens verkauft und das Geld in eine Wohnung in der Stadt gesteckt. Du hast dich für das Haus ja nie sonderlich interessiert, und für mich allein ist es viel zu groß.« Und dabei hatte sie sie nicht einmal angesehen.

Und das stimmte. Mit neunzehn war Sophie nach Berlin gegangen und hatte sich zu Hause nur noch sporadisch blicken lassen. Über die Zukunft des Hauses wurde nie ein Wort verloren.

Göte Sirlander schiebt den Schlüsselbund zu ihr hinüber. »Du wirst doch sicher nicht vor morgen früh nach Berlin zurückfliegen, dann hast du ja noch Zeit, im Haus vorbeizuschauen.«

»Hat sich meine Mutter irgendwie geäußert, warum es ihr ein Anliegen war, dass ich das Haus erbe? Mir hat sie nämlich gesagt, es sei verkauft ...«

Sirlander zieht ein Foto aus der Tasche und legt es auf die Tischplatte. »Nein, aber mit dem Schlüssel hat sie dir das hier hinterlassen.«

Sophies Hand zittert, als sie danach greift. Marit, Sophies Urgroßmutter, die das Strandhotel Meeresbrise vor langer Zeit als Kurhotel eröffnet hatte, steht da, ihre Tochter Margareta im Arm, die später den Betrieb übernahm und als Bed & Breakfast weiterführte. Mona, die auf dem Bild um die sechs Jahre alt sein muss, hockt auf der Treppe und streckt die Zunge heraus. Sophie packt den Schlüsselbund, das Testament und das Foto in ihre Handtasche und steht auf. Jetzt wünschte sie, sie hätte flache Schuhe angezogen. Sie schwankt besorgniserregend, als sie sich vorbeugt, um Göte Sirlander auf Wiedersehen zu sagen. Er hält ihre Hand fest:

»Ich bin von Zeit zu Zeit vor Ort gewesen und habe nach dem Rechten gesehen, seit Mona das Haus verlassen hat. Ich habe die Wasserhähne aufgedreht und im Winter die Heizung eingeschaltet. Ich habe mir auch erlaubt, es ein bisschen unter die Lupe zu nehmen, damit du weißt, was dich jetzt erwartet. Mein Protokoll liegt in der Küche. Die Bausubstanz ist gut. Natürlich müsste man sich um die Fassade kümmern, den ein oder anderen Dachziegel auswechseln, aber innen sind eigentlich nur Schönheitsreparaturen nötig. Um wieder ein bisschen Schwung reinzubringen. Mittlerweile steht das Haus ja jahrelang leer.«

Sophie zieht ihre Hand weg, nickt und verlässt das Büro.

»Viel Glück«, hört sie ihn noch rufen.

Nur ein paar Schönheitsreparaturen, seufzt sie und öffnet die Tür ihres Mietwagens. Die Fahrt von der Anwaltskanzlei in Ängelholm bis nach Skepparkroken, dem Fischerdorf, das sich mit den Jahren zum Badeort gemausert hat, dauert ungefähr eine Viertelstunde. Wie eine verlorene Perle liegt der Ort mitten zwischen den Badeparadiesen Skälderviken und Vejbystrand.

Als Sophie am Bahnhof vorbeifährt, beschleunigt sich ihr Puls. Sie nimmt den Fuß vom Gas und rollt langsam die Straße hinab. Wie eine Mondsichel breitet sich der Strand vor ihr aus. Sie tuckert an alten Häusern, Straßenschildern, die enge Gassen ausweisen, und einfachen Holzbänken mit gigantischem Blick aufs Meer vorbei. Seit sie das letzte Mal hier gewesen ist, scheint sich überhaupt nichts verändert zu haben. Hinter den zwei Fachwerkhäusern, genau am Ortsende von Skepparkroken, liegt das Strandhotel Meeresbrise. Sophie hält an und betrachtet das Haus durch das Wagenfenster. Man kann sich gut vorstellen, dass es vor langer Zeit einmal ein sehr beliebtes Kurhotel gewesen ist. Welche Menschenseele würde in dieser Umgebung nicht wieder aufblühen?

Sophie steckt den Schlüssel ins Schloss und dreht um. Wie früher schon klemmt es nach einer halben Umdrehung. Sie versucht es noch einmal ganz konzentriert und findet dann den Punkt, an dem es klickt. Die Tür springt auf. Sophie schlägt die Hand vor den Mund. Nie hätte sie gedacht, dass sie dieses Haus noch einmal wiedersehen würde. Das Haus, das sie geliebt und gehasst hat. Geliebt für seine lange Geschichte und die wunderschönen Zimmer, gehasst für die Zeiten, in denen es für sie ein Gefängnis war. Die Luft im Flur ist kühl, der Geruch von feuchtem Holz kitzelt in der Nase. Sie niest mit geschlossenem Mund. Obwohl ihre Mutter sie immer angehalten hat, genau das nicht zu tun. »Damit kannst du dein Gehirn sprengen«, hat sie geschimpft. Es gab so vieles, das Sophie lassen sollte. Doch das meiste hat sie trotzdem getan.

Ihre Absätze klackern auf dem Dielenboden. Sie sieht stur geradeaus, nimmt die geschlossenen Türen und die hellblaue Treppe nur im Augenwinkel wahr. Auf der Schwelle zur Küche bleibt sie stehen. Die Schwarz-Weiß-Fotografien an der Wand bilden einen grauen Nebel in der Peripherie. Ein leichter Seufzer, den sie nicht hört, aber spürt, entfährt ihr. Die abgenutzten, mintgrünen Küchenschränke mit den Porzellangriffen sind immer noch da.

Jahrelang hatte Mona vorgehabt, sie gegen moderne Griffe von Ikea auszutauschen. Und vor der einen Wand steht noch der alte gusseiserne Holzofen, als wolle er daran erinnern, wie betagt das Haus ist. Sophie streicht über die unebene Oberfläche und duckt sich vor einem kunstvoll gesponnenen Spinnennetz. Es kommt ihr vor wie eine Reise in die Vergangenheit, in ein Leben, von dem Sophie sich schon vor geraumer Zeit verabschiedet hat. Die Luft steht still. Sophie wedelt mit dem Smartphone wie ein Fächer, als sie den Haken am Fenster löst und Sauerstoff hineinlässt. Es ist, als atme das Haus tief ein. Und Sophie tut das auch. Von hier aus hat sie Sicht auf die üppigen Blumen im Garten ebenso wie auf das Meer. Man merkt gleich, dass derjenige, der den Garten vor langer Zeit angelegt hat, einen Sinn fürs Visuelle gehabt haben muss, denn er hat die Sicht aus dem Küchenfenster berücksichtigt. Ein Ausblick, den Künstler lieben, pflegte ihr Vater zu sagen. Ihr Blick wandert weiter zum hohen Spalier: In ein paar Wochen wird sich dort das Wald-Geißblatt ranken. Erstaunt stellt sie fest, dass alles nahezu pedantisch gepflegt aussieht. Es ist wohl kaum möglich, dass die Nachbarin Ella sich noch immer um ihren Garten kümmert?

Sophie holt ihren Block heraus, auf den sie am Morgen alle To-dos geschrieben hat. Da bemerkt sie den Kaffeebecher auf dem Tisch. Ihr fällt sofort das Glockenblumenmuster auf, mit dem er verziert ist. Schon als Kind hat sie ihn geliebt. Vielleicht weil die Tasse immer auf dem obersten Brett in der Vitrine stand. Unerreichbar. Großmutter Margareta hatte sie selbst bemalt, und aus irgendeinem Grund war sie da oben auf ihrem Sockel gelandet und wurde nur am Muttertag heruntergeholt und nur von Mona benutzt. Am Becher lehnt ein unsauber abgerissener Zettel. Und darauf ist nur ein einziges Wort zu lesen: VERZEIH.

Sophie steht regungslos da und starrt auf diese sieben Buchstaben.

Die Handschrift ihrer Mutter erkennt sie sofort. Wann hat Mona diesen Zettel geschrieben? Und ist er für sie gedacht? Soll das eine Entschuldigung dafür sein, dass sie das Haus nun doch in Sophies Hände übergibt? Oder meint sie damit etwas ganz anderes? Ihr läuft ein kalter Schauer über den Rücken, ein Gefühl wie tausend eiskalte Fingerspitzen. Neben dem Zettel liegt das Besichtigungsprotokoll, das Göte Sirlander erwähnt hatte. Sie überfliegt es flüchtig, bleibt an einzelnen Notizen hängen. Feuchtigkeit in einem der Schlafzimmer, wenn sie es recht versteht, verursacht durch einen kleinen Defekt im Dach. Im Salon sind die Fenster undicht. Eine Reihe Schalter und Steckdosen müssen erneuert werden.

Sie wendet den Blick vom Protokoll ab und sieht stattdessen hinüber auf ihre Aufstellung. Mit jedem Punkt, den sie streichen kann, fällt ihr das Atmen leichter. Beerdigungsinstitut. Pflegeheim. Notar. Die zwei letzten Punkte bleiben: Gedenkstätte und Rückflug. Sie greift zum Stift und notiert einen weiteren Punkt. Haus verkaufen? Sie streift den Blazer ab, öffnet den obersten Knopf ihrer schweißverklebten Bluse und pustet sich Luft in den Ausschnitt, bevor sie sich ganz vorn auf die Kante des Küchenstuhls setzt. Die Bestattung ihrer Mutter, oder Einäscherung, wie es wohl heißt, wenn man jemanden ohne Zeremonie beisetzt, hatte schon vor ein paar Tagen stattgefunden, doch der Bestatter wollte Sophie gern noch einmal an der Gedenkstätte treffen, bevor sie wieder nach Hause flog. Sie hatten sich für zehn Uhr morgens am kommenden Tag verabredet. Der Flug zurück nach Berlin ging dann am Nachmittag von Kopenhagen. So sahen Sophies Pläne aus. Allerdings bevor sie den Termin mit dem Notar hatte und die Schlüssel zum Strandhotel Meeresbrise in die Hand gedrückt bekam.

Wieder wandert ihr Blick aus dem Fenster. In ein paar Monaten wird der Graue Sommerbutterbirnbaum Früchte tragen. Als sie klein war, hat ihr Vater sie immer hochgehoben, damit sie die erste Birne des Sommers pflücken konnte. Das war für beide gleichermaßen aufregend gewesen, und immer nahmen sie die erste Frucht schon Wochen zu früh ab, wenn sie noch hart war. Im »Pflegehaus Sonnenheim« hatte vor dem Fenster im Zimmer ihrer Mutter auch ein Birnbaum gestanden. Ob er ihr ein bisschen Heimatgefühl geben konnte, oder hat er eher das Heimweh geweckt?

Sophie seufzt. Es ist erst ein paar Stunden her, dass sie die Habseligkeiten ihrer Mutter in einem Koffer von der Demenzabteilung abgeholt hat. Dieser Ort war ihr sonderbar vorgekommen, wie eine Mischung aus Wohnzimmer und Krankenhaus. Grauer Linoleumboden und alte Rokokokommoden, Windeln für Erwachsene und geblümte Kaffeetassen mit Untertasse. Es war freundlich und schrecklich zugleich. Mona hatte dort die letzten fünf Jahre zugebracht, schwer gezeichnet von ihrer gnadenlosen Alzheimer-Erkrankung, die ganz plötzlich aufgetreten war. In den vergangenen zwei Jahren hatte Sophie sie nur einmal jährlich besucht. Beide Male hatte ihre Mutter draußen im Garten gesessen. Es hatte den Anschein gehabt, als hätte man sie dort gegen ihren Willen platziert, einmal trug sie ein grünes Kleid, beim anderen Mal ein cremefarbenes, dazu altrosa lackierte Fingernägel. Ein Beweis, dass sie sich nicht mehr in dieser Welt befand. Mona hatte sich nie die Nägel lackiert. Bei keinem der Besuche hat sie Sophie erkannt. Sie hat nur dagesessen und so lange an einer Serviette herumgezupft, bis diese in ihre Einzelteile zerfiel. Sophie hat ein förmliches Lächeln aufgesetzt, als das Personal ihr erklären wollte, dass Mona diese Besuche viel bedeuteten, doch sie wusste, dass es barmherziger war, sie sein zu lassen.

Sophie hängt sich den Blazer über den Arm, schließt das Fenster, steckt die Liste zurück in die Tasche und wirft noch einen Blick auf den Zettel, auf den ihre Mutter VERZEIH geschrieben hat. Er liegt da immer noch auf dem Tisch. Dann dreht sie sich um und geht durch den langen Flur hinaus, um zum Strandhotel Klitterhus zu fahren, wo sie ein Zimmer für die Nacht reserviert hat. Was sie mit dem Strandhotel Meeresbrise anfangen soll, ist ihr ein Rätsel.

*Ellas Tagebuch, 20. Juni*

*Heute habe ich gesündigt. Fünf Trollblumen, die unter Naturschutz stehen, blühen jetzt in einer Vase auf meinem Tisch. Mit den gelben Blüten wird meine Küche wunderschön. Normalerweise pflücke ich wilde Blumen nicht. Schon gar keine, die unter Naturschutz stehen. Die kugelförmigen Kronen der Trollblume ruhen stolz auf zierlichen Stängeln. Sie sehen viel zu schwer aus. Im Nachhinein betrachte ich mein Zuwiderhandeln gegen das Gesetz als ein Zeichen. Als Vorwarnung, dass dieser Tag nicht ist wie alle anderen. Doch als ich meine Hand um die Stängel der Blumen schloss und zog, wusste ich das noch nicht. Doch nun habe ich beobachtet, wie Sophie nach genau siebenundzwanzig Minuten in ihrem Elternhaus mit quietschenden Reifen davongefahren ist, da wurde mir klar, warum dieser Tag nicht ist wie alle anderen.*

*Durch mein Küchenfenster habe ich einen freien Blick auf das Strandhotel Meeresbrise und seinen Garten. Dieser Garten, der natürlich in keiner Weise mir gehört, dennoch aus der Erde besteht, in der meine Wurzeln wachsen und Nahrung finden. Jahrzehntelang habe ich diesen Garten gehegt und gepflegt, so wie es früher mein Vater getan hat. Die Taglilien sind meine Freunde geworden und der Rittersporn meine Familie. Das blanke Überleben dieser klassischen Oase hat in meinen Händen gelegen, und das war ein Auftrag fürs Leben gewesen. Ein Sinn. Vielleicht ist das auch der Grund dafür, dass ich keine Blumen im Haus habe, weil sie sich doch niemals mit der unglaublichen Schönheit da draußen messen können. Ich frage mich, was jetzt geschehen wird, wenn der Garten Sophie gehört. Seine Geschichte fließt ebenso sehr in meinen Adern wie in ihren. Der Unterschied ist nur, dass ich mir nicht vorstellen kann, ohne ihn zu leben.*

# Kapitel 2

Als die Sturmmöwen vor ihrem Fenster schrill zu kreischen beginnen, hat Sophie bereits stundenlang wach gelegen. Eigentlich hat sie überhaupt nicht in den Schlaf gefunden, zumindest nicht in den Tiefschlaf. Doch das ist sie gewohnt. Wenn sie verreist, schläft sie immer miserabel, wie kuschelig die Hotelbetten auch sein mögen. Vielleicht weil sie nie zu ihrem Vergnügen in Hotels übernachtet, diese Reisen sind immer mit Geschäftsterminen verbunden: ein Kundenmeeting, eine Vertragsunterzeichnung oder eine Präsentation. Sie fährt an einen Ort, um dort etwas zu erledigen, schlafen kann sie, wenn sie nach Hause in ihre vier Wände kommt.

Ein bisschen ist es hier dasselbe. Obwohl ihre Aufgaben in Ängelholm anders aussehen als ein Vertrag mit einem Kunden. Sie muss ihrer Mutter Lebewohl sagen. Fünftausendachthundert Kronen kostete die Einäscherung: eine Beisetzung ohne Zeremonie, in einem rohen Kiefernsarg. Sophie hatte sie über das Internet gebucht und bezahlt. Die Seite hatte ausgesehen wie jeder x-beliebige Webshop, mit einem Klick konnte sie den Sarg upgraden oder Blumen, Danksagungskarten und Musik dazubuchen. Es gab sogar den Service, Profile des Verstorbenen in den sozialen Medien zu löschen. Tausend Kronen für jede Seite. Sophie war nicht besonders sentimental, doch das war selbst ihr etwas makaber vorgekommen. Vielleicht hatte sie deshalb die Einladung des Bestatters auf eine Tasse Kaffee an der Gedenkstätte angenommen.

Nach einer kalten Dusche zieht sie die schwarze, matte Nylonstrumpfhose, den schwarzen knielangen Rock, eine weiße Bluse und einen schwarzen, figurbetonten Blazer an. Dazu trägt sie eine Kette mit einem kleinen Goldkreuz, auf dem in der Mitte ein Rubin prangt. Ein Konfirmationsgeschenk ihrer Eltern. Als Sophie das Kreuz berührt, erinnert sie sich. Der Tag, an dem sie in die Gemeinschaft der Christen aufgenommen werden sollte, obwohl eigentlich niemand in der Familie ausgesprochen christlich war, hatte mit einem Streit um die Schuhe begonnen. Ihre Mutter hatte ihr verboten, die roten Pumps mit den hohen Absätzen in der Kirche zu tragen. Sie hatten sich dann irgendwo in der Mitte getroffen, Sophie trug statt der roten die weißen Pumps. Beim Gedanken daran muss sie heute noch schmunzeln. Sophie hatte ihre Unschuld in der Nacht vor ihrer Konfirmation verloren – auf dem Kirchhof. Ihre beste Freundin Carita hatte die ganze Zeremonie über mit hochroten Wangen dagesessen, weil Sophie sie eingeweiht hatte. Sie selbst hatte erhobenen Hauptes dort gestanden und jeden Psalm laut und deutlich mitgesprochen. Wenn ihre Mutter das gewusst hätte, als sie da in der dritten Bankreihe saß. Erleichtert, dass Sophie nun die weißen Schuhe trug.

Sophie hängt die schwarze Lacktasche über die Schulter und geht hinunter in den Frühstücksraum, wo man durchs Fenster einen Blick auf die Sanddünen hat. Die anderen Hotelgäste tragen T-Shirts und Shorts oder einfache Strandkleider und einen Bikini darunter. Sie duften nach Kokosnussöl und haben sich auf den ersten sonnenverwöhnten Tag des Sommers vorbereitet. Für Juni ist es schon ungewohnt heiß, aber Sophie hat in den Nachrichten gehört, dass das Wetter schon morgen unbeständiger werden soll: Daher schlingen die Gäste das Frühstück hinunter, um möglichst schnell hinaus in die Sonne zu kommen und ihre Bräune aufzufrischen. Das war einer der Vorteile, in einer Großstadt zu leben. Keiner machte sich Gedanken darüber, wann oder wie er an den Strand kam, um in der Sonne zu brutzeln. Wenn es die Temperaturen erlaubten und man rausgehen konnte, dann saß man in einem Biergarten. So einfach war das. Sophie schenkt sich eine Tasse Tee ein und schmiert sich einen Toast mit Butter und Aprikosenmarmelade. Sie schlägt die Beine übereinander und rührt vorsichtig in der Tasse, um den Zucker aufzulösen. Dann nimmt sie ein kleines weißes Notizbuch aus ihrer Tasche und fängt an, eine To-do-Liste für den nächsten Tag im Büro zu schreiben. Telefonate, die sie führen, Ideen, die sie zu Ende denken, und Konzepte, die sie erstellen muss. Als sie das Buch wieder zuschlägt, geht es ihr besser. Ihr Flugzeug hebt in sieben Stunden ab. Heute ist Donnerstag, das heißt, dass an ihrer Wohnungstür eine Tüte mit Tulpen hängen wird, wenn sie nach Hause kommt. Seit einem halben Jahr hat sie ein Abo für Blumensträuße. Der Lieferant war richtig froh, als sie sich für den Mittwoch als Liefertag entschieden hat, und nicht für den Freitag wie alle anderen Kunden. Sie hat sich verkniffen zu erläutern, dass sie die Woche mehr genoss als das Wochenende.

Sophie beendet das Frühstück und geht zurück aufs Zimmer, packt ihren Kulturbeutel und wirft noch einen letzten Blick auf das dezent cremeweiß gestrichene Hotelzimmer. Gerade als sie gehen will, bemerkt sie den Koffer ihrer Mutter, der hinter dem Bett verstaut ist. Nur eine Ecke lugt hervor. Das Personal vom Sonnenheim hat ihn gepackt. Es sei nicht viel, aber schließlich kleine Erinnerungen, hatten sie ihr mit auf den Weg gegeben. Sophie hatte keine Ahnung, was sich darin verbarg, sie hatte ihn nicht geöffnet. Doch sie kannte den alten braunen, abgewetzten Lederkoffer noch aus Kindertagen. Er hatte immer ganz hinten in der Abstellkammer gestanden. An Urlaubsreisen kann sie sich nicht erinnern, aber die ausgeblichenen Furchen im Leder und der speckige Griff zeugten davon, dass irgendwer ihn früher häufig benutzt haben muss. Allein der Gedanke, dass dieser Koffer jetzt vor ihr steht, in ihrem Hotelzimmer, mit all den Hinterlassenschaften ihrer Mutter, verursacht ihr eine Gänsehaut. Es gibt Erinnerungen an diesen Koffer, die sie allzu gern auslöschen würde. Ob sie ihn unbewusst hinter dem Bett abgestellt hat, um ihn ganz zufällig vergessen zu können? Und mit ihm all die Gefühle, die er in ihr wachruft? Sie geht ums Fußende des Bettes herum. Ich bin stärker als meine Vergangenheit, denkt sie und hebt ihn an. Er wiegt nicht viel. Mit der freien Hand greift sie nach ihrem silbergrauen Kabinentrolley und verlässt das Zimmer. Im Kofferraum geben die beiden Gepäckstücke Seite an Seite ein schräges Bild ab. Wie Mutter und ich, kommt es ihr in den Sinn, dann schlägt sie die Klappe zu und fährt zum Friedhof von Ängelholm. Ihre Pfennigabsätze sinken in den Kieswegen ein, was Sophie dazu zwingt, langsamer zu gehen, als ihr lieb ist. Als sie einen kühlen Grabstein nach dem anderen passiert, ist sie froh, dass ihre Eltern sich entschieden haben, sich an einer Gedenkstätte beisetzen zu lassen. Diese befindet sich in einem kreisförmigen Teil des Gartens, umgeben von dichten Rhododendronbüschen. In der Mitte steht ein stattlicher Baum, um dessen Stamm sich ein Efeu rankt, davor ist ein großer Stein mit einer Inschrift gesetzt. Sophie liest nicht, was da geschrieben steht, sondern richtet ihren Blick lieber auf die bunten Blumenrabatten und die brennenden Kerzen. Ein Mann, der in den Sechzigern zu sein scheint, stellt sich neben sie, die Hände hinter dem Rücken geschlossen.

»Sophie Wirsén?«

Sie nickt und streckt die Hand aus.

»Entschuldigung, jetzt habe ich Ihren Namen vergessen«, sagt sie.

»Bernt Carlberg«, antwortet er und schaut wieder auf das Blumenmeer vor ihnen.

»Dies ist mein absoluter Lieblingsort«, beginnt er.

»Ich wusste gar nicht, dass man auf Friedhöfen Lieblingsorte haben kann – oder sollte«, erwidert Sophie.

Carlberg lächelt.

»Wir leben in einer Zeit, in der der Tod uns entweder Angst macht oder im Leben gar nicht vorkommt. Zumindest versuchen wir, ihn so lange wie möglich zu ignorieren. Etwas, woran man nicht denkt, gibt es nicht. Aber der Tod ist immer da. Und er kann auch ganz hell sein. So wie an diesem Ort. Ein Kreis voller Erinnerungen, Liebe, Mitgefühl.«

»Aber Sie sind Bestatter, nicht Pastor, oder?«

Er lacht glucksend, sodass sein massiver Bauch unter dem Oberhemd bebt.

»Stimmt. Ich rede viel zu viel, das machen Pastoren nicht.« Er faltet die Hände über der Bauchkugel.

»Das Internet ist eine großartige Erfindung. Dadurch

haben wir Zugang zur ganzen Welt, aber wir können uns damit auch per Knopfdruck komplett abschirmen. Deshalb versuche ich immer, die Kunden zu treffen, die keine Zeremonie dazubuchen.«

»Ich wohne hier nicht und …«, setzt Sophie zu ihrer Entschuldigung an. Bernt Carlberg fällt ihr ins Wort.

»Mir geht es gar nicht um die Zeremonie als solche. Die ist nur für die Hinterbliebenen gedacht. Mir geht es um diesen Moment. Sich in diesen Kreis zu stellen, weit weg von allen Zwängen und Stressmomenten des Lebens, und nur einen kurzen Augenblick die Verbindung dieser Energien zu spüren. Die einen in den physischen Körpern, die anderen frei umherschwebend.«

Er nimmt ihre Hand in seine beiden Hände, drückt sie kurz und geht wieder. Sophie steht ganz still da und lauscht dem leichten Säuseln des Windes in den Blättern. Sie denkt nicht gerade, dass es die Bewegungen der Verstorbenen sind, die da rascheln, so wie der Bestatter, doch diese Art von würdevollem Abschied gefällt ihr. Schlaf gut, Mama, flüstert sie leise. Bernt hat sich auf einer Bank in der Nähe niedergelassen mit einem Kaffee in der Hand. Er hält Sophie auch einen Becher hin. Etwas zögerlich nimmt sie neben ihm Platz.

»Wo wohnen Sie denn jetzt?«, fragt Carlberg.

»In Berlin. Ich wohne da schon seit fast zwanzig Jahren, für mich ist das mehr mein Zuhause als Ängelholm.«

»Verstehe. Bleiben Sie noch ein paar Tage?«

»Nein, ich fliege heute Abend noch zurück. Von hier aus geht es direkt zum Flughafen.«

»Das ist das Schöne an so einer Gedenkstätte. Keine Verpflichtungen, nur ein schöner Ort, den man besuchen kann, wenn man die Zeit dazu findet. Hier sind immer Blumen, hier brennen immer Kerzen.«

Carlberg trinkt noch einen Schluck Kaffee und fährt fort: »Ich habe Ihre Mutter einige Male getroffen, nachdem Ihr Vater gestorben ist. Aber das ist schon Jahre her.«

»Sie hatte Alzheimer«, sagt Sophie.

»Das habe ich gehört. Was ist aus dem wunderschönen Haus geworden, wie hieß es noch gleich … Meeresbrise?«

»Strandhotel Meeresbrise, ja. Meine Mutter hat mir damals, als mein Vater vor zehn Jahren starb, gesagt, sie habe das Haus verkauft. Doch das hat sie nicht getan. Und jetzt gehört es mir.«

»Das ist ja wunderbar!«

»Man könnte auch sagen: kompliziert. Ich lebe wie gesagt in Berlin und habe keine Verbindung mehr hierher. Was bedeutet, dass ich es verkaufen muss. Der Notar hat schon angemerkt, dass Renovierungen nötig sind, und ich weiß nicht mal, wie man spachtelt.« Sophie schlägt die Augen nieder. »Es wäre einfacher gewesen, sie hätte das Haus wirklich verkauft.«

Bernt Carlberg sitzt schweigend da, er scheint nachzudenken. Dann dreht er sich zu Sophie um.

»Sind Sie ganz sicher, dass Sie verkaufen wollen?«

»Hundertprozentig.«

»Mein Bruder wohnt auf einem Bauernhof auf der Bjäre-Halbinsel. Ein herrliches Fleckchen Erde, sie haben Highland-Cattle-Vieh, kennen Sie bestimmt, das sind die mit dem langen Fell. Wie auch immer, sie schaffen die viele Arbeit dort nicht allein, daher haben sie sich nach Freiwilligen umgesehen, die umsonst mitarbeiten gegen Kost und Logis. Und die Hilfskräfte kamen wirklich von überall her, aus Deutschland, Holland, Frankreich. Es ist ganz erstaunlich.«

Sophie nickt, doch begreift nicht, was das mit ihrem Haus zu tun haben soll.

»War das Strandhotel Meeresbrise nicht vor längerer Zeit mal ein Kurhotel? Es finden sich bestimmt Menschen, die sich für die Erhaltung von alten Bauwerken interessieren und gern etwas dazu beitragen, sich sozusagen kulturell engagieren möchten.« Er macht imaginäre Anführungszeichen in die Luft und formuliert: »Handwerker für die Renovierung eines traditionsreichen Kurhotels für zwei Monate gesucht. Lohn: Kost und Logis.« Seine hellblauen Augen funkeln unter den weißen, buschigen Augenbrauen.

»Ich denk drüber nach«, erwidert Sophie, obwohl sie die Idee grausig findet. Allein die Vorstellung, in ihrem ehemaligen Zuhause mit wildfremden Menschen zu wohnen! Sie hält Carlberg den leeren Becher hin. »Danke für den Kaffee. Und dafür auch«, sagt sie und nickt hinüber zur Gedenkstätte. Der Bestatter schmunzelt.

»Sie können mich jederzeit anrufen. Ich kann nicht nur gut reden, ich kann auch zuhören«, sagt er, überreicht ihr seine Visitenkarte und zwinkert.

Sophie bedankt sich noch einmal und geht zurück zum Wagen. Sie legt den Kopf auf dem Lenkrad ab und atmet ein paar Male tief durch. Jetzt hat sie es hinter sich. In fünf Stunden geht ihr Flug von Kopenhagen nach Berlin. Der leichte Kopfschmerz, den sie am Morgen schon verspürt hat, ist stärker geworden und malträtiert jetzt ihre Schläfen. Sie steht auf und öffnet den Kofferraum, um eine Kopfschmerztablette aus der Kulturtasche zu holen, da fällt ihr der Koffer ihrer Mutter wieder ins Auge. Was soll sie bloß damit anstellen? Sie will ihn eigentlich nicht den weiten Weg bis nach Berlin mitschleppen, in ihre kleine, helle Wohnung. Ein Blick auf die Uhr, dann beschließt sie, ihn im Abstellraum im Strandhotel Meeresbrise unterzustellen, da gehört er schließlich auch hin. Sie schiebt sich die Tablette ganz nach hinten auf die Zunge und schluckt sie mit dem kalten Kaffee hinunter, den sie seit gestern im Auto stehen hat. Während sie das Gesicht verzieht, verlässt sie den Friedhof, um nun zum zweiten Mal innerhalb von zwei Tagen in ihr Elternhaus zurückzukehren.

Dieses Mal weiß sie gleich, mit welcher Handbewegung sie das Schloss dazu bringt, sich zu öffnen. Sie lässt die Tür offen stehen und stellt den Koffer auf dem Boden ab. Der Flur erstreckt sich vor ihr wie eine Landebahn. Die verblichenen Blümchentapeten über der hüfthohen Täfelung haben sich hier und da schon von der Wand gelöst. Sie fasst ein loses Stück an und zieht. Der Tapetenfetzen segelt auf den Boden. Die Leisten sind gerissen und verkratzt, und die Decke, die früher einmal weiß gewesen ist, ist vergilbt. Damals ist ihr das alles nicht aufgefallen.

Sophie tritt näher an die Schwarz-Weiß-Fotos heran, die an der Wand hängen. Sie sind nicht symmetrisch angeordnet, und ein paar von ihnen hängen schief. Sie rückt eins von ihnen zurecht: Frauen in langen weißen Kleidern und breitkrempigen Hüten sitzen mit ihren Kindern am Strand. Kleine schwarze Insekten haben sich hier und da zwischen Bild und Glasscheibe gequetscht und hinterlassen kleine Flecken. Sophie fährt ein Schauer über den Rücken. Auf dem Foto daneben hat man die Kleider gegen Badeanzüge getauscht, die Hüte gegen Sonnenschirme. Auf dem dritten Bild steht Marit wie ein Feldwebel vor ihrem Lebenswerk, dem Kurhotel. Im Hintergrund sind vier blasse, schlaksige Frauen zu sehen, die um einen runden Kaffeetisch sitzen. Während Sophie sanft über das Glas streicht, fällt ihr Blick auf ein weiteres Foto. Darauf ist ihre Großmutter Margareta abgebildet, im Kreise ihrer Gäste. Viele von ihnen waren bekannte schwedische Künstler und hatten diesen eher beschaulichen, abgelegenen Ort dem Jetset-Leben, das in Båstad an der Tagesordnung war, vorgezogen. Sophie macht einen Schritt zurück, um einen Überblick zu gewinnen. Im Haus hatte es zweifelsohne spannende Begegnungen gegeben, doch seine goldenen Jahre waren längst vorbei. Sophies Mutter hatte nur noch darin gewohnt. War es etwa Monas Wunsch gewesen, dass Sophie sich darum kümmerte, es renovierte und an jemanden verkaufte, der es zu neuem Leben erwecken und seine Geschichte wiederaufleben lassen würde? Langsam schüttelt sie den Kopf. Warum hat Mona sich nicht einfach geäußert und Sophie mitgeteilt, was sie tun soll? Oder noch besser, warum hat sie es selbst nicht verkauft, wie sie es vorgegeben hatte? Dann hätte Sophie diese Entscheidung gar nicht treffen müssen. Sophie fehlt die Zeit dafür, sie muss sich um ihr eigenes Leben kümmern. Sie nimmt den Koffer wieder in die Hand und geht hinüber zum Abstellraum unter der Treppe. Sophie öffnet die Tür und steckt den Kopf hinein. Die kleine Kammer ist leer. Warum auch immer war sie davon ausgegangen, dass alle alten Kisten, Lampen und Dekoartikel der vergangenen Generationen sich noch an Ort und Stelle befänden. Denn kaum war sie über die Schwelle getreten, hatte sie so ein Gefühl beschlichen, als wenn jemand das Haus plötzlich verlassen hätte und bald zurückkommen würde. Aber offensichtlich hatte

Mona entrümpelt und aussortiert, ihr muss klar gewesen sein, dass sie nicht mehr heimkehren würde.

Sophie stellt den Koffer mitten in dem leeren Raum ab. Sie spürt, wie ihr Brustkorb eng wird, sie schlecht Luft bekommt. Schnell läuft sie hinaus und schließt hinter sich die Tür. Doch tief in ihrem Innersten weiß sie, dass es so einfach nicht geht. Der Anblick des herrenlosen, ungeöffneten Koffers hat sich auf ihrer Netzhaut festgebrannt. Natürlich hätte sie ihn öffnen und den Inhalt begutachten sollen. Doch hier, in diesem Abstellraum, ist er mit so vielen düsteren Stunden ihrer Kindheit verknüpft. Seit sie erwachsen ist, versucht sie mit Mühe, diese Erinnerungen zu verdrängen, damit sie keine Macht mehr über ihr Leben haben. Aber in Berlin ist das wesentlich einfacher, mit sechshundert Kilometern Distanz, als hier vor Ort. Sie lässt den Koffer zu.

Als sie das Haus wieder verlassen will, kommt sie an einer weiteren Tür vorbei. Die führt in die Bibliothek. Vorsichtig drückt sie die Klinke nach unten. Die Tür knarrt müde. Sophie schlägt sich die Hand vor den Mund. Die Bücherregale sind alle noch da, ebenso die alten Möbel, auch wenn sie mit weißen Schutzlaken abgedeckt sind. Jetzt steht sie in ihrem ehemaligen Lieblingszimmer. Die alten Buchrücken aus dem späten 19. und frühen 20. Jahrhundert ruhen nach wie vor ordentlich sortiert in den Regalen. Ihre Mutter hatte ihnen nichts abgewinnen können, so viel altes Zeug, hatte sie immer gesagt. Trotzdem hatte sie alles so gelassen, wie es einmal war. Sophie geht vor ans Regal, fährt mit dem Finger über die Buchstaben auf den Buchrücken und hält bei W an. Wine. Sie schlägt eine beliebige Seite auf und liest laut:

Liebe
doch nicht die, die hetzt
über heiße Kohlen
zu flüchtigen Treffen
gejagt und selbst jagend
verletzt und verletzend
nicht die, die auflebt von den
schmerzhaften Abschieden voneinander
sondern die Liebe, die ein Zuhause schenkt und Ruhe,
die wärmt und hütet
und nur einen einzigen Abschied fürchtet:
den Tod

Sie schlägt das Buch wieder zu und stellt es zurück ins Regal. Sophie hat auch nie annähernd solch eine Liebe erlebt, wofür sie dankbar ist. Denn wenn man Maria Wines Dichtung glauben will, wird solch eine Liebe immer zur Tragödie. Sophie lässt die Tür zur Bibliothek offen stehen, wirft einen letzten Blick auf den Flur und verlässt das Haus. Auf der Treppe hält sie inne. Die Sonne spielt mit ihren Strahlen und schickt sie geradewegs in ihr Gesicht, sodass Sophie genussvoll die Augen schließt. Ein Weilchen könnte sie sich noch in den Garten setzen. Einfach tief durchatmen. So viel Zeit hat sie noch. Ein Kiesweg, gesäumt von niedrigen, in Form geschnittenen Buchsbaumhecken, leitet sie weiter zum Sitzplatz im Garten. Sie zieht den Blazer aus, holt ihren Block aus der Handtasche und lässt sich auf einem der Stühle nieder. Jetzt kann sie den Punkt »Gedenkstätte« auch streichen. Nachdem sie die Bleistiftspitze langsam über das Wort gezogen hat, seufzt sie erleichtert. Jedes durchgestrichene Wort ist wie ein Detox für die Seele.

Eine Reinigung. Sie lehnt sich zurück und beobachtet die Haussperlinge, die lebhaft zwitschernd in der trockenen Erde ein Bad nehmen, als sie plötzlich bemerkt, dass sich jemand ein Stückchen entfernt hinter einem Busch bewegt. Schnell dreht sie sich um, stellt sich auf die Zehenspitzen und erkennt ein Stück eines Strohhuts.

»Hallo, Ella«, ruft Sophie aus Gewohnheit, obwohl sie ja weiß, dass die Nachbarin taub ist.

Sie wirft den Blazer wieder über, steckt den Block in ihre Tasche und geht auf Ella zu, die da im Garten hockt und Unkraut zupft. Gerade als Sophie ihr auf die Schulter klopfen will, dreht sie sich um. Ellas Gesichtsausdruck ist schwer zu interpretieren, doch sie scheint sich eher überrascht zu freuen, als erschreckt zu sein. Sie richtet sich auf, streift die sonnenblumengemusterten Gartenhandschuhe ab und begrüßt Sophie.

Sophie setzt gerade an, sich für die liebevolle Gartenpflege zu bedanken, als Ella ihr bedeutet, dass sie kurz stehen bleiben soll. Kurz darauf erscheint sie mit einem Tablett, auf dem zwei angeschlagene Teetassen und eine Schale mit Mandelgebäck stehen. Sie nickt in Richtung Tisch. Sophie schaut kurz auf die Uhr und zwingt sich zu lächeln, als Ella ihnen süß duftenden Tee aus einer geblümten Kanne einschenkt. Die Nachbarin zeigt auf die Rosenstöcke direkt neben Sophie. Auf einem kleinen handgeschriebenen Schild, das da in der Erde steckt, steht »Honigrose«.

»Hast du Tee daraus gemacht?«, fragt Sophie und sieht auf die Kanne. Ella nickt.

Sophie trinkt ganz selten Tee. Eigentlich nur Kaffee. Am liebsten Latte macchiato. In ihrer Straße betreibt das italienische Paar Belletti eine Bäckerei und ein Café. Auf dem

Weg ins Büro schaut Sophie dort täglich vorbei und holt sich einen Becher. Die Frau ruft immer »Bellissima tu, eine Latte« und wirft ihr über die Theke eine Kusshand zu, während sie den Espresso mit einer wunderbaren Milchschaumhaube für sie zubereitet. Sophie hat sich einmal erkundigt, wie sie es anstelle, einen so perfekten Kaffee zu servieren, und zur Antwort bekommen: »Polpastrello.« Auf dem Weg zur Arbeit hat Sophie das Wort mit dem Google Translater übersetzt und herausgefunden, dass es »Fingerspitzengefühl« bedeutet.

Doch hier, wo die Honigrosen zu Hause sind, würde eine Latte überhaupt nicht passen. Nicht einmal diese hervorragende Latte ihrer Frau Belletti. Sophie nimmt einen Schluck und nickt, bevor sie schluckt, um Ella zu zeigen, wie ihr der Tee schmeckt. Polpastrello, denkt sie.

Ella schreibt etwas auf einen Block und schiebt ihn Sophie unter die Nase.

*Wirst du jetzt hier wohnen?*

Sophie muss lächeln und schreibt die Antwort. *Nein, ich werde weiterhin in Berlin leben. Ich muss das Haus verkaufen. Du kennst nicht zufällig jemanden, der ein leicht verfallenes – aber traditionsreiches – Kurhotel sucht?* Ella schüttelt langsam den Kopf. Sophie schreibt weiter: *Es ist großartig von dir, dass du dich weiterhin so liebevoll um den Garten kümmerst. Das Haus muss ja fast zehn Jahre leer gestanden haben, nachdem Mama in die Wohnung umgezogen ist.* Ella schreibt: *Das werde ich tun, bis mich jemand anweist, es sein zu lassen.* Sophie nickt. Wenn sie sich recht erinnert, war Ellas Vater Gärtner und Hausmeister im Strandhotel Meeresbrise, als Margareta es als Bed & Breakfast betrieb. Seit Sophie Kind war, führt Ella diese Arbeit weiter. Aber warum wohl? Zu der Zeit war hier schon kein Betrieb mehr, es gab nur den Privathaushalt ihrer Familie. Sophie schielt zu der alten Frau mit dem grau gesprenkelten Haar und den wachen, klaren Augen hinüber. Aber anstatt sie zu fragen, zeigt sie auf ihr Auto.

»Jetzt muss ich leider …«

Ella wickelt die restlichen Kekse in Frischhaltefolie ein und reicht sie ihr. Sophie bringt es nicht übers Herz, sie abzulehnen. Bevor sie das Strandhotel Meeresbrise verlässt, schweift ihr Blick noch ein letztes Mal über die von der Sonne ausgeblichene Holzfassade. Wohl wissend, dass sie ein Problem vor sich herschiebt.

# Kapitel 3

Knapp drei Stunden später steht sie vor der großen Anzeigetafel auf dem Kopenhagener Flughafen. Ihr Flug ist pünktlich. Sie wirft einen Blick auf die lange Schlange vor dem Check-in-Schalter, dann wieder auf die Uhr. Sie dreht um, sucht sich einen freien Sitzplatz und holt ihren Block mit der Liste heraus. Nur ein Wort ist noch übrig. Rückflug. Sie streicht ihn nicht. Holt stattdessen das Smartphone aus der Tasche und tippt die Nummer des Notars ein.

»Anwaltskanzlei Sirlander«, meldet sich die Stimme am anderen Ende.

»Hier ist Sophie …«

Sie kann ihren Nachnamen gar nicht mehr aussprechen, da fällt ihr der Mann gleich ins Wort:

»Sophie, schön dich zu hören, was gibt's?«

»Ich sitze auf dem Flughafen, warte auf den Flug nach Hause.«

Göte antwortet nicht, Sophie legt ihr Headset an.

»Hörst du mich?«

»Ja, ich höre dich«, antwortet er ruhig.

»Na ja, die Sache mit dem Strandhotel Meeresbrise …«

»Ja, was ist damit?«

»Ich frage mich, ob meine Mutter zu dir wirklich nichts über das Haus gesagt hat?«

»Nein, ich kann mich nicht erinnern, dass sie irgendwas

Besonderes erwähnt hat. Es ist ja nichts Ungewöhnliches, dass man das Haus seiner Eltern erbt.«

»Da hast du recht. Es ist nur so, dass sie mir gegenüber behauptet hat, sie habe es verkauft. Ist das nicht sonderbar?«

»Es kann doch sein, dass sie das vorhatte, es sich aber anders überlegt hat.«

»Ich weiß aber genau, dass sie mir gesagt hat, sie hat es verkauft, nicht dass sie mit dem Gedanken spielt, dies zu tun.«

»Und was hast du jetzt vor?«, fragt Göte Sirlander.

»Keine Ahnung.« Sophie seufzt hörbar. »Da ich dort nicht wohnen kann, wird es das Beste sein, es zu verkaufen.«

»Ich kann dir gern helfen und einen Kontakt zu einem Makler herstellen und zu jemandem, der sich um den Nachlass kümmert, wenn du möchtest. Ich kann auch gern ein Auge auf die Abwicklung haben. Es ist allerdings davon auszugehen, dass du für das Haus mehr bekommst, wenn du vorher ein paar Reparaturen vornimmst. Aber das ist natürlich deine Sache. Die Lage des Objekts ist hervorragend, schon deshalb wirst du eine schöne Stange Geld dafür verlangen können.«

Sophie nimmt die Stöpsel aus den Ohren und atmet mehrmals tief durch, um ihren Pulsschlag zu beruhigen, dann schiebt sie sie zurück und fährt fort:

»Und was tut jemand, der den Nachlass verwaltet, genau?«

»Diese Leute kümmern sich um alles, was sich im Haus befindet, sie entrümpeln, verschenken und verkaufen die Sachen.«

Das Bild vom Koffer ihrer Mutter im Abstellraum vor Augen, erhebt sich Sophie und wandert durch die Abflughalle hin und her.

»Okay«, sagt sie schließlich. »Dann mail mir doch bitte die Kontaktdaten.«

Sie legen auf. Die Schlange vor der Gepäckabgabe ist kürzer geworden, aber Sophie stellt sich nicht an. Stattdessen setzt sie sich wieder. Holt ihre Liste heraus. Diesmal nimmt sie den Stift in die Hand, doch streicht das letzte verbleibende Wort immer noch nicht durch. »Scheiße, scheiße, scheiße«, flucht sie leise vor sich hin und weiß selbst nicht, was sie davon abhält, jetzt einzuchecken. Flieg heim, sagt sie sich. Zu den Blumensträußen und der Latte macchiato. Ihr Hals fängt an zu brennen, sie spürt die Anspannung. Ihre Augenlider schließen sich, und sie sieht vor ihrem inneren Auge die Fotografien an der Wand im Flur. Das Haus war Marits und Margaretas Lebenswerk. Sophies Mutter hatte ihr Erbe nicht verwalten können, hatte das Haus nicht mehr zum Leben erweckt, doch indem sie es nicht wie geplant verkauft, sondern den Schlüssel an Sophie weitergegeben hat, ist dies vielleicht ihr letzter Wille?

Am Check-in-Schalter ist es mittlerweile ganz leer geworden, doch Sophie sitzt noch immer wie versteinert da. Als die Anzeigetafel auf Rot umspringt, tippt sie die Nummer ihres Chefs Herman ins Handy ein. Er wird nicht sonderlich erfreut sein zu hören, dass sie einen Teil ihres Resturlaubs jetzt sofort nehmen will. Aber ihr Entschluss steht fest: Das Haus anständig zu renovieren, ist sie den außergewöhnlichen, energiegeladenen Frauen ihrer Familie schuldig. Wenn ihr das gelingt, kann sie es vielleicht zu einem besseren Preis verkaufen und sich in Berlin dann eine Penthousewohnung zulegen.

Sophie klammert sich ans Lenkrad, als sie Dänemark verlässt und über die Öresundbrücke nach Schweden fährt. Über ihr stößt ein Flugzeug in die Wolkendecke. Vielleicht ist das ihr Flieger. Da wäre jetzt ihr Platz, sie säße da gemütlich im Sitz versunken, in der Hand einen Gin Tonic. Zumindest sollte sie nicht im Wagen sitzen und den Rückweg nach Ängelholm antreten. Widerwillig hatte Herman den drei Wochen Urlaub zugestimmt, um die sie gebeten hatte. Natürlich habe sie ein Anrecht auf ihre freien Tage, hatte er erklärt, doch ihn bringe es ziemlich in die Bredouille, weil ihr das von einem auf den anderen Tag einfällt. Sie hatte ihn daran erinnert, dass ihre Mutter gestorben ist. Daraufhin hatte er ihr nochmals sein Beileid ausgesprochen, sie aber gleichzeitig gebeten, in Kontakt zu bleiben, um die Projekte ihrer Kunden im Herbst zu planen.

Ihr Navi führt sie auf die Umgehung um Malmö und dann weiter auf der E6 in Richtung Göteborg. Zwei Stunden später parkt sie ihren Wagen vor dem Strandhotel Meeresbrise. Im Abendlicht wirkt das Haus gespenstisch. In der Schule hatten die Klassenkameraden Sophie immer gefragt, ob sie Prinzessin oder Hexe sei, weil sie in einem Haus lebte, das mit seinen zwei Türmchen wie ein heruntergekommenes kleines Schloss aussah. Sophie bleibt sitzen und betrachtet das weiße Gartentor und die niedrigen Steinmauern rechts und links davon. Schon lange hätte es einen Anstrich benötigt. Sie lehnt den Kopf zurück, schließt die Augen und stellt sich ihre Straße in Berlin vor. Seit sie zwanzig ist, lebt sie im Stadtteil Prenzlauer Berg.

Damals ist sie dorthin gezogen, weil es schön bunt und billig war, dort zu wohnen. Jetzt, im Alter von 39 Jahren, mittlerweile Seniorberaterin in einer Werbeagentur mit der Verantwortung für mehrere große Etats, könnte sie es sich erlauben wegzuziehen. Doch es gefällt ihr immer noch unter all den jungen Leuten, den Künstlern und Musikern. Sie genießt es, in einem Viertel zu leben, das niemals schläft, das macht ihre nächtlichen Spaziergänge weniger einsam. Sie sind ein ungleiches Paar, sie und ihr Wohnort, aber er ist ihr Zuhause und der einzige Ort, an dem sie durchatmen und ihre Batterien wieder aufladen kann.

Sophie schmunzelt beim Gedanken daran, wie sie damals eingezogen war. Lili, die das Lädchen *Inner soul* ein Stückchen weiter unten in der Straße führt, war herausgekommen und hatte ihr ein Sträußchen weißen Salbei überreicht, als sie die Umzugskartons hineintrug. Sie hatte erklärt, dass man das seit Urzeiten benutze, um Wohnungen, Orte und Gegenstände zu reinigen. Man könne den Salbei anzünden, es eine Weile räuchern lassen und den Rauch mit der Hand oder einer Feder verteilen. Wie jung sie damals gewesen waren, Lili und sie! Sie hatten sich nie verabredet, waren sich aber häufig über den Weg gelaufen. Jetzt war es schon lange her, dass sie sie zuletzt gesehen hatte. Sophie hatte im Grunde immer ein Gespräch im Headset, wenn sie sich wie auf Autopilot durch die Straßen bewegte – und dabei nahm sie kaum etwas anderes wahr.

Sie hebt den Kopf und blickt wieder auf das Haus. Fragt sich, ob es am Salbei lag, dass ihre Wohnung all die Jahre ein Reich der Ruhe und Energie gewesen ist? Wenn das stimmt, braucht das Strandhotel Meeresbrise auch eine Dosis, denkt sie und steigt aus.

Der lange Flur kommt ihr jetzt enger vor als beim ersten Besuch. Als würden sich die Wände jedes Mal ein bisschen weiter aufeinander zu bewegen, wenn sie die Haustür öffnet. Sophies Magen knurrt, und da fällt ihr ein, dass sie ja nur am Morgen im Strandhotel Klitterhus gefrühstückt hat. Es ist unglaublich, wie viel an diesem einen Tag geschehen ist: dass sie erst heute Morgen mit Bernt Carlberg auf dem Friedhof gesessen hat. Es kommt ihr vor, als sei schon eine Woche vergangen. Sophie öffnet ihre Handtasche und holt die Mandelkekse heraus. Die werden jetzt ihr Abendessen, denkt sie und schiebt sich einen in den Mund, während sie beginnt, ihre Kleider gegen den champagnerfarbenen Seidenschlafanzug zu tauschen. Sie zieht die Spangen aus dem Haar, schminkt sich ab und legt sich mit dem Blazer als Decke aufs Küchensofa. Eine Fliege, die vermutlich hineingeflogen ist, als sie das Haus zum ersten Mal betreten hat, surrt wütend, weil sie sich in einem Spinnennetz am Fenster verfangen hat. Sophie steht auf, um sie zu befreien, doch anstatt sich wieder hinzulegen, schleicht sie in den Flur zur Abstellkammer unter der Treppe. Sie weiß, dass sie sich dem stellen muss, wenn sie ein paar Wochen hier im Haus verbringen will. Mit einem Ruck öffnet sie die Tür und kneift instinktiv die Augen zu, als die Bilder auf sie einströmen. Sie sieht sich selbst mit zehn, elf Jahren, wie sie in dem Koffer hockt, als wäre er ein Boot. Erinnert sich an das Gefühl zu hyperventilieren, wie ihre zittrige Hand sich nach einem Buch ausstreckt, um zu lesen. Wie die Worte sie in eine andere Welt mitnehmen, weit weg in echte und in ausgedachte Geschichten, und sie der Abstellkammer ein bisschen mehr Luft verschaffen. Ein Kapitel nach dem anderen verschlingt sie, bis die Tür wieder aufgeschlossen wird und sie wieder herauskommen darf.

Sophie nimmt den Koffer in die Hand. Sie bringt es nicht fertig, ihn hier in der Kammer zu öffnen, und trägt ihn mit schnellen Schritten zurück in die Küche, da hockt sie sich hin und öffnet die zwei Riemen. Sie kann ihren Puls in den Schläfen pochen hören, wie ein Echo ihrer Nervosität. Vorsichtig fasst sie an den Schiebergriff und zieht den Reißverschluss auf. Der Koffer teilt sich, und sein Inhalt fliegt kreuz und quer in beide Hälften. Viel ist es nicht, das hat ihr die Schwester im Sonnenheim schon gesagt. Ausgeblichene, rosafarbene Babybettwäsche, die vermutlich für einen Kinderwagen benutzt wurde, ein kleines Kissen mit Stickerei an den Kanten und eine weiße Babystrickjacke mit kleinen roten Blümchen am Saum. Das Jäckchen riecht muffig, so wie altes, leicht feuchtes Garn. Auf der Innenseite sind zwei Initialen eingenäht: M.D. Zwei Fotos liegen daneben. Sophie nimmt eines in die Hand. Eine junge Mona steht vor dem Strandhotel Meeresbrise und hält Sophie, mit unübersehbarem Babyspeck, im Arm. Sophie hat eine Haarsträhne ihrer Mama fest im Griff. Ein anderes Bild liegt auf dem Kopf, auf der Rückseite steht geschrieben: Kneipe in Berlin. Sophie dreht das Bild um. Das Foto ist so gelbstichig, wie die Bilder in den Siebzigerjahren waren. *Bar Vogler* steht dort in Neonbuchstaben. Sophie starrt auf das Foto. Berlin. Ist ihre Mutter etwa in Berlin gewesen? Warum hat sie nie davon erzählt? Sophie legt alles nebeneinander und betrachtet die Sachen. »Von all deinen Habseligkeiten hast du diese also bis zum Schluss bei dir gehabt«, flüstert sie. Sie spürt den Kloß im Hals, muss schlucken. Jetzt bloß nicht weinen. Das hilft sowieso nicht. Doch die Erkenntnis, dass es jetzt zu spät ist, um auf Fragen noch Antworten zu bekommen oder das auszusprechen, was nie gesagt worden ist, treibt ihr doch die Tränen in die Augen.

Sie legt die Sachen zurück in den Koffer und stellt ihn neben das Sofa. Ihre Gedanken schweben wie unselige Geister durch den Raum. Die Sicherheit, die sie noch auf dem Flughafen verspürt hatte, ist dahin. Soll sie das Haus wirklich renovieren, bevor sie es zum Verkauf anbietet? Und wie könnte das rein praktisch gehen? Sie selbst hat nicht die geringste Ahnung. Und eine Firma zu beauftragen, wird viel zu teuer sein. Ist Bernts Idee, Freiwillige zu suchen, ein gangbarer Weg? Doch kein vernünftiger Mensch würde hier umsonst arbeiten wollen, auch wenn er hier wohnen darf. Und wenn doch? Sie greift zu ihrem Handy, sucht die Homepage der örtlichen Tageszeitung und scrollt. Die Leute brauchen Hilfe beim Rasenmähen, beim Zaunanstrich, bei der Kinderbetreuung und beim Gassigehen. Sie tippt auf »Anzeige aufgeben« und schreibt: »Drei Handwerker – ein Maler, ein Tischler und einer, der alles kann – werden im Sommer für die Renovierung eines traditionsreichen Kurhotels gesucht. Das Haus ist idyllisch an der Westküste von Schonen gelegen und bietet zahlreiche Möglichkeiten für schöne Ausflüge. Lohn: freie Kost und Logis. Voraussetzung: Du bist handwerklich geschickt und kommst mit ›leichtem Gepäck‹.«

Der Zusatz »mit leichtem Gepäck« ist für Sophie fast ebenso wichtig wie die Tatsache, handwerklich geschickt zu sein. Es reicht ihr vollkommen, hier am Ort ihrer Kindheit zu sein, wo die Erinnerungen geradezu durch jede Holzdiele schwappen. Sie braucht jetzt positiv eingestellte, unbeschwerte, einfache Menschen um sich, die das Haus mit neuer, unbelasteter Energie betreten. Sie gibt ihre Mailadresse und ein paar weitere Angaben ein und klickt sofort auf »Senden«, bevor sie es sich anders überlegt.

*Ellas Tagebuch, 21. Juni*

*Mona hat den Kopf geschüttelt, wenn ich verblühte Blumen nicht auf den Kompost geworfen, sondern sie stattdessen in der Erde vergraben habe. Doch den Anblick der einst so herrlich blühenden Blütenblätter auf dem Haufen zusammen mit Kartoffelschalen und vergorenem Rasenschnitt ertrage ich einfach nicht. Die Trollblumen, die ich gestern gepflückt habe, vergingen schon nach einem halben Tag. Ich weiß, ich hätte widerstehen müssen, als mich das hübsche Licht in den gelben Rispen so magisch angezogen hat. Hätten meine gierigen Hände nicht zugegriffen, dann würden die Blumen heute noch auf dem Feld stehen und sich im Wind wiegen. Das Mindeste, was ich noch tun konnte, war, sie mit der Erde wiederzuvereinen – und das Gelöbnis abzulegen, niemals wieder der Versuchung zu erliegen, Wildblumen zu mir ins Haus zu holen.*

*Sophie war gerade in dem Moment aufgetaucht, als ich die Erde darüber geschaufelt habe. Ich muss sagen, sie hat mit ihrer Mutter keinerlei Ähnlichkeit. Alles an ihr ist perfekt: der enge Rock, der figurbetonte Blazer, die streng zurückfrisierten Haare und die langen Wimpern. Mona hat immer Hosen getragen, dazu eine Kurzhaarfrisur, und sie war nie geschminkt. Wie sie da gesessen hat, in ihrem tiefen Sonnenstuhl mit den Händen über dem Bauch gefaltet und die Beine breit auseinander, hätte sie auch ein Mann sein können. Anders war es, wenn sie sich erhob. Ihre Schritte schwebten leicht über dem*

*Boden, sie hatten etwas Tänzerisches. Vielleicht weil sie immer mit der Spitze zuerst auftrat. Ob das jemand anderem auch aufgefallen ist? Wohl kaum. Die meisten Menschen interessieren sich nicht so sehr für andere, mehr für sich selbst, und sind sich der Signale gar nicht bewusst, die ein Körper in der Bewegung aussendet. Sie glauben, ihre Persönlichkeit liegt in den Worten, die sie aussprechen. Doch wie oft lügen Worte! Die Persönlichkeit kommt in der Körpersprache zum Ausdruck, in den Blicken und in der Art, wie man atmet. Weil ich das weiß, habe ich auch verstanden, dass Mona viel mehr war, als der Mensch, der sie zu sein schien.*

# Kapitel 4

In Sophies Garten perlt der Tau von den Grashalmen. Als sie klein war, spielte sie manchmal, dass das kleine Diamanten seien, die vom Himmel getropft waren. Sie war immer früh wach, schon von Kindesbeinen an. Genau wie ihre Mama. Mona saß meist auf ihrem Stuhl am Fenster, wenn Sophie angeschlichen kam. Und immer sagte sie dieselben Worte: »Du bist schon wieder wach? Es liegt doch noch Tau auf den Blättern«, und dann nickte Sophie und rannte hinaus, um ihr Spiel zu beginnen, bevor die Welt erwachte. Sie durfte nur an dem steinigen Streifen Strand unterhalb des Hauses spielen, und an diese Regel hielt sie sich meist. In den frühen Morgenstunden schwemmte das Meer heimliche Nachrichten an Land, trieb sie gegen das Betonfundament des Bootsstegs. Manchmal hatte sie Glück und fand grüne, weich gerundete Glasscherben, von Wasser und Sand sorgfältig glatt geschmirgelt. Sie sammelte diese Fundstücke in einer Dose, die sie im Turmzimmer auf dem Fensterbrett stehen hatte, und tat so, als sei das ihr Schatz, den sie irgendwann einmal dazu benutzen wollte, auf Weltreise zu gehen. Sie hatte das Bauchkribbeln bei dem Gedanken, was da vor ihr lag und auf sie wartete, noch gut in Erinnerung. Und sie ermahnte sich selbst, geduldig zu sein, wenn die Lust, einfach loszurennen, übermächtig wurde. Ihr Tag würde kommen. Das wusste sie.

Die Dose mit den Glasscherben ist das Einzige, was ihr von ihrer Kindheit geblieben ist. Sie steht noch auf dem Fensterbrett in ihrem Schlafzimmer, wie eine Erinnerung an ihre Fahrkarte in die Welt, die sie eines Tages noch einlösen konnte.

Sophie geht hinaus zum Schuppen hinter dem Haus. Von Spinnweben überzogen, stehen dort ein alter Rasenmäher, Gartenwerkzeuge und ein rotes, verrostetes Damenrad. Sophie wischt den Dreck so gut es geht ab und schiebt es auf die Straße. Die Kette ist mehr orange als schwarz und quietscht müde. Seit Sophie erwachsen ist, ist sie nicht mehr Fahrrad gefahren. Doch kann man das verlernen? Im Augenwinkel sieht sie den Mietwagen. Da sie ihn so bald wie möglich zurückgeben will, hat sie beschlossen, Fahrrad zu fahren – um sich daran zu gewöhnen, ohne Auto auszukommen. Sie wirft noch einen Blick auf das Rad. Es sieht ziemlich heruntergekommen aus. Vermutlich dauert es eine halbe Stunde, von hier bis zum Geschäft nach Skälderviken zu radeln. Sie stellt das Rad zurück an die Schuppentür und steigt doch ins Auto. Erleichtert seufzt sie, als sie das weiche Polster am Rücken spürt. Vor ihr liegen lange Wochen.

Das Geschäft ist geschlossen. Das erkennt Sophie schon von Weitem. Es ist sieben Uhr morgens, um acht öffnet es erst. Wieder muss sie an Berlin denken. Sie ist es gewohnt, dass die kleinen Läden rund um die Uhr geöffnet sind. Sophie lehnt sich zurück und überlegt, ob sie warten oder wiederkommen soll. Da fährt ein weißer Mazda, der genauso rostig wie ihr Fahrrad ist, neben sie, und eine rothaarige Dame steigt aus, deren Haaransatz mindestens zehn Zentimeter herausgewachsen ist und ihr natürliches Grau entblößt. »Möchten Sie einkaufen?«, fragt sie Sophie durch die heruntergekurbelte Scheibe.

»Ja, ich wusste nicht, dass Sie erst um acht aufmachen«, antwortet Sophie.

»Acht ist früh genug. Lockt das Mittsommerfest?«

»Das Mittsommerfest?«, fragt Sophie erstaunt.

Die Frau verdreht die Augen und geht auf die Ladentür zu. Als sie den Schlüssel ins Schloss schiebt, dreht sie sich um. »Kommen Sie mit rein!«

Sophie eilt hinterher.

»Nehmen Sie aus den Regalen, was Sie brauchen, und rufen Sie mich, wenn Sie fertig sind, dann komme ich vor an die Kasse.«

Die Leuchtstoffröhren flackern wie Nachtfalter auf, bevor sie den Laden in grelles Licht tauchen. Sophie legt gestückelte Tomaten, Mohrrüben, Linsen, Knoblauch und Brot in den Korb. Sie will eine Suppe kochen. Vielleicht nicht gerade ein typisches Sommeressen, aber auf der anderen Seite ist es heute auch bedeckt und ziemlich windig. Mit anderen Worten: typisch schwedisches Juniwetter. Einen Tag Sonne, einen Tag Regen. Normalerweise macht sie sich höchstens am Abend einen Salat. An den Wochenenden isst sie meist in ihren Lieblingsrestaurants, entweder allein oder mit Freunden. Wenn sich nun wirklich jemand auf ihre Anzeige meldet! Dann muss sie ein paar Wochen lang für Fremde kochen. Für Handwerker. Die werden sich kaum mit ihrem Nizzasalat begnügen. Bei diesem Gedanken wird ihr ganz mulmig. Die Frau schiebt einen Einkaufswagen voller Haushaltspapierrollen und Toilettenpapier an ihr vorbei.

»Entschuldigen Sie«, sagt Sophie und zeigt zu dem

Regal, wo die frischen Kräuter stehen. »Haben Sie eventuell auch Salbei?«

Die Frau bleibt stehen und stemmt die Hände auf die Hüften. »Wir befinden uns hier in einem kleinen Dorfladen, hier gibt es nur das Nötigste. Und zum Nötigsten gehören Petersilie, Dill und Schnittlauch. Salbei nicht.«

Sophie wird rot und nickt. Auch gut. Dann eben keinen Salbei. Sie bezahlt und fährt zurück nach Skepparkroken. Die Flaggen wehen an den Stangen, und als sie an der Ortsinformationstafel die Geschwindigkeit drosselt, fällt ihr das Plakat mit der Einladung zum Mittsommerfest auf. Ein guter Grund, sich heute im Haus aufzuhalten. Auf angesäuselte Dorfbewohner, die neugierig sind und Fragen stellen, hat sie nicht die geringste Lust.

Als sie ihre Suppe zubereitet, fallen ihr die Menschen draußen auf der Straße auf, in Grüppchen unterwegs, feierlich gekleidet und mit Blumen im Haar. Wie waschechte Küstenbewohner trotzen sie dem Wind und haben Picknickkörbe und Decken unter dem Arm. Sophie zieht die dünnen Leinengardinen zu und lässt sich am Küchentisch nieder. Vor ihr lehnt noch der abgerissene Zettel an der Kaffeetasse. VERZEIH. Sie nimmt ihn in die Hand. Betrachtet jeden Buchstaben einzeln. Das Wort sieht aus, als hätte es jemand in großer Eile geschrieben. Man sieht das am »H«, das kaum noch zu lesen ist. Hat ihre Mutter so schnell geschrieben, weil sie es so eilig hatte oder weil sie Angst hatte, es sich anders zu überlegen? Das ist kein starkes, kraftvolles »Verzeih«. Eher ein jämmerliches, beschämtes. Ein »Verzeih«, das in Sophie Unwohlsein hervorruft. Vielleicht war es für ihre Mutter befreiend, es zu schreiben, es zu lesen, ist es nicht. Sie hätte wirklich noch einen Satz hinzufügen können. Eine Erklärung. Oder zumindest ein ordentliches »H« schreiben.

Der Mittsommertag ist für die Dorfbewohner ein Tag der Erholung. Sophie ergreift die Gelegenheit, an der Küste entlang und dann hinauf in die engen Gassen mit ihren Fachwerkhäusern aus dem späten 18. und frühen 19. Jahrhundert zu spazieren. Diese alten Mauern haben etwas Vertrauen Einflößendes. Als würde der Ort die Zeit überdauern. Am Sonntag wird Sophie von den Sonnenstrahlen geweckt, und sie beschließt, den Tag in der Hängematte mit dem Laptop auf dem Schoß zu verbringen. Jenseits des Trubels auf den Straßen. Sie weiß, dass sie den Begegnungen mit den Einheimischen nicht aus dem Weg gehen kann, doch noch ist sie nicht bereit dazu. Am Montag um die Mittagszeit kommt die erste Bewerbung hereingeflattert. Eine Stunde später die zweite. Und weitere folgen. Allen antwortet sie, sie könnten zwischen fünf und sieben Uhr zum Vorstellungsgespräch erscheinen. Am besten, sie bringt es so schnell wie möglich hinter sich.

Viertel vor fünf tigert sie den Flur entlang. Das Geräusch ihrer Absätze hallt von den Wänden. Sie trägt eine hellrosa Hemdbluse, einen dunkelgrauen Bleistiftrock und ein paar hellgraue Nappalederpumps. Sophie fühlt sich ohne Schuhe einfach nicht wohl. Ihre Nervosität regt sie auf. Vor Besprechungen ist sie nie nervös, selbst wenn sie die Verantwortung für große Etats hat. Aber diesmal … Das Klopfen an der Tür unterbricht ihre Gedanken, und sie öffnet der ersten Bewerberin.

Zwei Stunden später hat sie sich mit einem jungen Mädchen unterhalten, das aussah, als sei es von zu Hause ausgebüchst; mit einem frischgebackenen Rentner, den offensichtlich die Ehefrau geschickt hatte, wobei er selbst viel lieber zu Hause auf dem Sofa saß und Sportsendungen ansah; mit einem Mann mit nervösen Zuckungen, der nur ein Schreiben vom Arbeitsamt als Bewerbungsnachweis abgezeichnet haben wollte, und mit einer Frau, die die Anzeige falsch verstanden und geglaubt hatte, sie bekomme einen Lohn. Sophie seufzt und kommt zu dem Schluss, dass die Idee in der Theorie besser geklungen hatte, als sie in der Praxis war. Da piept ihr Handy. Es ist eine SMS von einem Mann, der sich als Isak Lindgren vorstellt, ein Künstler aus Kivik, 63 Jahre alt, ruhig, friedlich und sorgfältig. Er fragt, ob es schon zu spät sei. Sophie antwortet und erkundigt sich, ob er über relevante Erfahrungen verfüge. Er schreibt zurück, dass er die meiste Zeit seines Berufslebens einen Malerbetrieb geführt habe. Sie schickt ihm die Adresse. Ein paar Stunden später steht ein großer, ansehnlicher Herr im Leinensakko vor ihr. Er trägt eine silbergraue Fliege, die zu seiner Haarfarbe passt. Sein Blick flackert nervös hin und her. Sophie lächelt ihn beruhigend an. Langsam betritt Isak nach ihr den Flur. Vor jeder Fotografie bleibt er stehen, beugt sich vor und macht große Augen.

»Ein Haus mit Seele«, sagt er staunend, als er sich auf einem Küchenstuhl niederlässt.

Sophie nickt. Wieder ein ungewöhnlicher Typ, denkt sie. Aber sehr freundlich. Er sitzt ein wenig gebeugt da, hat die Beine übereinandergeschlagen und lächelt zaghaft.

»Wie kommt es denn, dass Sie sich für diesen Job bewerben?«, fragt Sophie.

Er überlegt eine Weile. Nimmt sich Zeit, sich die Worte zurechtzulegen. Als er den Mund schließlich öffnet, spricht er so leise, dass Sophie heranrücken muss, um ihn verstehen zu können.

»Wie ich schon sagte, hatte ich viele Jahre dieses Malergeschäft, aber in den letzten Jahren habe ich eigentlich nur noch Bilder gemalt. Um es abzukürzen, ich dachte mir, es wäre eine schöne Abwechslung, die Leinwände gegen das Handwerk zu tauschen. Wenn man berufstätig ist, sehnt man sich nach der Rente und der vielen freien Zeit, aber wenn man dann in Pension ist, möchte man gebraucht werden.«

Sophie trommelt leicht mit dem Stift auf dem Tisch, woraufhin sich zwischen seinen Augenbrauen eine Falte bildet. Sie hält inne.

»Es gibt hier ziemlich viel zu tun ...«, sagt sie.

»Ich habe gerade sehr wenig zu tun, ich lebe allein.«

»Und Sie haben verstanden, dass es sich hier um eine Art ... Kulturarbeit handelt. Ich kann keinen Lohn zahlen, alle, die hier arbeiten, bekommen Kost und freie Logis anstatt Geld.«

Es ist ihr peinlich, das auszusprechen. Aber sie hatte insgeheim schon daran gedacht, dass sie, wenn ihr Plan aufgeht und das Haus renoviert und verkauft wird, den freiwilligen Helfern etwas vom Gewinn abgeben will. Aber das ist nichts, was sie zum gegenwärtigen Zeitpunkt garantieren kann. Es wird also eine freudige Überraschung, wenn es so weit kommt.

»O ja. Mehr brauche ich nicht«, antwortet Isak.

Sophie nickt. Er sieht vielleicht nicht gerade wie ein typischer Handwerker aus, aber auf jeden Fall macht er auf sie einen sympathischen Eindruck. Und streichen kann er mit Sicherheit.

»Wenn ich noch ein paar Leute auftreiben kann, dann bekommen Sie den Job«, sagt sie.

Diese Aussage scheint ihm eher Sorgen zu machen, als ihn zu beruhigen.

»Und Sie sind aus freien Stücken hier, wir machen keinen Vertrag. Sie können jederzeit gehen«, fügt sie hinzu.

Seine angespannten Schultern entkrampfen sich wieder. Fünf Minuten später haben sie sich zum Abschied die Hand gegeben und verabredet, dass Sophie sich per SMS bei ihm meldet. Sie beobachtet, wie er in einen mintgrünen VW Käfer einsteigt, ein Modell, von dem sie dachte, dass es gar nicht mehr fährt, und gemächlich davontuckert. Isak ist sicherlich sorgfältig, doch sie hat ihre Zweifel, ob er genügend Power hat. Sie braucht noch jemanden, der die Arbeit vorantreibt, der die anderen anleitet und ein bisschen Tempo macht. Keiner der bisherigen Bewerber erfüllt diese Bedingung.

Sophie streift ihre Schuhe ab und zieht den Blazer aus. Vielleicht ist es doch nicht möglich, das Projekt umzusetzen? Sie öffnet die Türen zur Bibliothek und zum Salon, wo ihre Großmutter Margareta zu rauschenden Festen eingeladen hat, zieht die Laken von den Möbeln und reißt zum Lüften die Fenster auf. Dann geht sie hinüber zu dem Zimmer, das früher die Dienstbotenkammer genannt worden war, weil dort die Haushälterin gewohnt hatte. Der fensterlose Raum liegt neben der Küche. Sophie drückt auf den schwarzen Sicherungsknopf, der sicherlich noch original aus dem vorletzten Jahrhundert stammt. Die Deckenlampe flackert. In der Zeit, als das Strandhotel Meeresbrise noch ein Bed & Breakfast war, hat Margareta die Kammer als zusätzliches Gästezimmer benutzt. Hier stehen dunkle

Holzmöbel, und der Raum ist so klein, dass außer dem Kleiderschrank, dem Bett und einem Schminktisch nichts hineinpasst. An der einen Wand lehnt ein großer Spiegel mit Goldrahmen. Es riecht muffig, aber das Bett hier im Zimmer ist sicherlich bequemer als das Küchensofa. In den Nächten, die sie dort verbracht hat, ist sie immer mit Rückenschmerzen aufgewacht. Sie öffnet den Kleiderschrank und erinnert sich an den dezenten, aber typischen Geruch von Zedernholz, das ihre Mutter immer zwischen die Kleider gelegt hat, um die Motten fernzuhalten. Sophie hat ihr gern geholfen, die Holzklötze mit Sandpapier abzuschleifen, wenn sie ihren Duft langsam verloren. Sie öffnet ihren Trolley und fragt sich, ob es noch jemanden gibt, der solche alten, bewährten Hausfrauentricks anwendet. Dann hängt sie die Hemdblusen auf die Bügel und stellt die Lederschuhe unten in den Kleiderschrank. Den Inhalt ihres Kulturbeutels platziert sie auf dem Schminktisch. Als sie fertig ist, legt sie sich auf den Bettüberwurf und starrt an die Decke. Was würdest du sagen, wenn du mich jetzt sehen könntest, Mama? Langsam den Kopf schütteln, so wie du es immer getan hast, wenn ich etwas anfing, was dir fremd war? Oder wolltest du genau das?

Am nächsten Tag erwacht Sophie noch vor den Vögeln. Von der Stille bekommt sie eine Gänsehaut. Sie wickelt sich in eine Wolldecke und schleicht durchs Haus. An der blauen Treppe bleibt sie stehen. Vorsichtig setzt sie den Fuß auf die unterste Stufe. Das Holz knarrt. Sie macht einen weiteren Schritt, dann noch einen. Der Druck auf der Brust wird mit jeder Stufe, die sie hinaufsteigt, schlimmer, als hätte sie anstelle von dreiundzwanzig Treppenstufen die fünftausend Meter des Kilimandscharo erklommen. Sie schaut sich in dem kleinen Zimmer um. Ein braunes Cordsofa, ein runder Beistelltisch und ein Kreuzstichgobelin. Dieser Stil, der eher in die späten Sechziger oder frühen Siebziger einzuordnen ist, passt überhaupt nicht zu der Einrichtung im Untergeschoss. Sophie wirft in jedes der drei Schlafzimmer einen Blick. Immer schlägt ihr ein miefiger Geruch entgegen, und trotz der Wärme draußen ist die Luft klamm. Sie reißt die Fenster auf. Als sie zum vierten Zimmer, dem Turmzimmer, kommt, das früher ihr Kinderzimmer gewesen ist, bleibt sie stehen und atmet tief durch. Es ist nur ein Raum, sagt sie sich, als sie die Tür öffnet. Es sind nur Wände, Decke und Möbel. Aber tief in ihrem Inneren ist ihr klar, dass es weit mehr ist als das. Sie kann die Mauern flüstern hören. Sophie lüftet, holt frische Bettwäsche aus dem Schrank, die ihre Mutter glücklicherweise zurückgelassen hat, und geht mit wesentlich forscheren und leichteren Schritten die Treppe wieder hinunter als eben noch hinauf. Sie weiß, dass sie sich ein dickes Fell zulegen muss, um mehrere Wochen in diesem Haus zu überstehen.

Am Nachmittag fährt sie zum Friedhof. Schnellen Schrittes läuft sie an den riesigen Rhododendronbüschen vorbei, hinüber zur Gedenkstätte. Die Lichter der Grabkerzen kämpfen gegen den Wind. Sophie staunt, dass so viele brennen. Sie hat gar nicht daran gedacht, eins zu kaufen. Aber sie ist ja auch nicht aus diesem Grund hier – um sich zu erinnern und zu trauern. In der Nacht hat sie in der Kammer die meiste Zeit wach gelegen, die klaustrophobischen, schiefen Wände über sich, und hat sich den Kopf darüber zerbrochen, warum ihre Mutter das Haus behalten hat, ohne ein Wort verlauten zu lassen. Und dann dieser Zettel auf dem Küchentisch. Was hat sie damit nur gemeint? VERZEIH … was?

»Ich werde das Haus renovieren, es für einen guten Preis verkaufen und dann nach Hause fahren. Das tue ich für Marit und Margareta. Das war's«, sagt sie laut und deutlich.

Dann muss sie den Kopf über sich selbst schütteln. Sie weiß genau, dass ihre Mutter sie nicht hören kann. Und hätte sie sie gehört, hätte sie es nicht zugegeben, wie so oft. Sophie beißt sich auf die Unterlippe und hat den Gesichtsausdruck ihrer Mutter vor Augen, wenn Sophie etwas wollte, das ihr nicht passte. Wie Mona eine Weile an Sophie vorbeisah, als würde sie sie nicht richtig sehen und ganz sicher nicht hören. Sophie kann sich noch gut an die Frustration und die Wut darüber, ignoriert zu werden, erinnern. Wie sie mit den Füßen aufstampfte und vor Zorn die Fäuste ballte. Genau dann, wenn Sophie ein hysterisches Crescendo hinlegte, veränderte Mona ihre Blickrichtung, sah ihr direkt ins Gesicht und schüttelte langsam den Kopf. Sophie weiß noch, wie sie sich geschämt hat, wenn sie da mit geballten Fäusten und verheulten Augen stand, wie lächerlich sie sich vorkam, wenn die Wut verflogen war.

Sie macht auf dem Absatz kehrt und geht. *Ich frage mich, ob du heute stolz auf mich wärst, so wie ich geworden bin,* denkt Sophie, *zurückhaltend und beherrscht.*

Sie hat den Mietwagen auf dem Parkplatz der Parkskola abgestellt, um durch den Ort zum Friedhof laufen zu können. In jedem Winkel riecht es nach Kleinstadt. Das Tempo ist gemächlich, wie in Rönneå, die Leute schlendern offensichtlich ziellos durch die Geschäfte, und sie bleiben stehen, wenn sie einen Bekannten treffen, und wechseln ein paar Worte.

Sophie hat das Gefühl, die Stadt sei geschrumpft, seit sie hier als junges Mädchen unterwegs gewesen ist. Als seien die Storgata kürzer geworden, die Häuser kleiner und die Menschen weniger. Sie beschließt, einen Abstecher zu Göte Sirlanders Anwaltskanzlei zu machen. Ein Gong ertönt, als sie die Eingangstür öffnet. Sie geht vor zur Rezeption, wo eine junge Frau hinter einem großen Bildschirm sitzt.

»Haben Sie einen Termin?«, fragt sie und schiebt mit ihrem Mittelfinger die Brille nach oben, die ihr über den glänzenden, schmalen Nasenrücken gerutscht ist.

»Nein, aber wir kennen uns schon länger, und ich müsste mit ihm sprechen. Mein Name ist Sophie Wirsén.«

Die Dame fängt an, mit der Maus hin- und herzuklicken und zieht die Stirn kraus.

»Sagen Sie ihm einfach, dass ich da bin, dann warte ich, bis er Zeit hat. Ich habe es nicht eilig.«

»So geht das eigentlich nicht«, erklärt die Empfangsdame, den Blick noch immer an den Bildschirm geheftet.

In dem Moment springt die Tür auf. Ein Mandant kommt mit Göte Sirlander zusammen heraus, der erstaunt lächelt und Sophie gleich zu sich hereinwinkt. Sophie dreht sich noch einmal zu seiner Sekretärin um.

»Offensichtlich geht es doch so!«

Sophie folgt ihm ins Büro. Er nickt hinüber zu einer Flasche Whisky.

»Heute arbeite ich nur einen halben Tag, das war gerade mein letzter Mandant. Eigentlich müsste ich längst im Ruhestand sein. Möchtest du einen?«

Sie schüttelt den Kopf. »Ich muss noch fahren.« Dann schiebt sie hinterher: »Leider.« Und so meint sie es. Wahrscheinlich wäre ein Whisky jetzt genau das Richtige für sie.

»Sagtest du nicht, du seist auf dem Heimweg nach Berlin?«

»Ich habe meine Pläne geändert …«

»Und was verschafft mir jetzt die Ehre?«, fragt Sirlander.

»Ich war gerade in der Nähe …«

»So sagt man«, erwidert er und schenkt sich großzügig ein. Der Duft der goldgelben Flüssigkeit dringt Sophie in die Nase.

»Okay. Da ist eine Sache, die mir keine Ruhe lässt, ich weiß nur nicht, wie ich es ausdrücken soll.«

Er hebt zum Skål das Glas, verzieht genussvoll das Gesicht, als ihm die Flüssigkeit die Kehle hinunterläuft, lächelt und nickt ihr aufmunternd zu.

»Du und deine Frau, ihr wart doch mit meinen Eltern befreundet, nicht wahr?«

»Na ja, befreundet … ich habe mit deinem Vater viele Jahre Golf gespielt, und es kam durchaus vor, dass wir uns zu viert über den Weg gelaufen sind. Aber das war eher selten.«

»Meine Mutter hat ein paar kryptische Spuren hinterlassen, die mir Kopfzerbrechen machen. Ich habe den Eindruck, sie hat ein Geheimnis gehabt.«

Sirlander zieht die Augenbrauen hoch.

»Aber meine Liebe. Kleine Geheimnisse hat doch jeder.«

»Aber kennst du es?«

»Selbst wenn es so wäre, hätte ich Schweigepflicht. Und die nehme ich bitterernst.«

»So hab ich das nicht gemeint. Eher, ob sie mal etwas erwähnt hat, etwas, das sie dir als Freund, nicht als Anwalt, mitgeteilt hat, das ich vielleicht wissen sollte.«

»Ob sie mir etwas anvertraut hätte? Das wäre ja genauso heilig wie die anwaltliche Schweigepflicht.«

Er lehnt sich zurück, sodass die Rückenlehne seines Stuhls bebt.

»Nein. Mona hat mir nichts Geheimes erzählt. Meine ich …«

Sophie nickt und erhebt sich.

»Danke, dass du dir die Zeit genommen hast. Sollte dir doch noch etwas einfallen, was auch immer, ruf mich bitte an«, sagt sie.

Er begleitet sie zur Tür.

»Willst du das Haus immer noch verkaufen?«, fragt er.

»Ja, auf jeden Fall. Ich habe den Tipp bekommen, per Anzeige Freiwillige zu suchen, die das Haus gegen Kost und Logis renovieren, aber bislang war ich noch nicht erfolgreich.«

Göte fährt sich nachdenklich über den buschigen Schnurrbart.

»Du kennst nicht zufällig einen Bauexperten, der umsonst arbeiten will?«, fragt sie und grinst, als sie merkt, wie abstrus allein die Frage klingt.

»Möglicherweise«, antwortet Göte. »Ich habe einen Neffen, der, wie soll ich sagen, unfreiwillig frei hat. Ich weiß, dass es ihn verrückt macht, nichts zu tun zu haben, und außerdem würde ihm ein Tapetenwechsel guttun.«

Sophie sieht ihn mit großen Augen an.

»Na so was. Aber er hat keine zwei linken Hände?«

»Er ist Bauarbeiter.«

»Bitte ihn doch, mir eine SMS zu schicken, falls er Interesse hat«, sagt Sophie und winkt zum Abschied.

Als sie nach Hause kommt, sind weitere Bewerbungen eingegangen. Diesmal stellt sie lieber erst ein paar Fragen per Mail. Aus den Antworten kann sie schnell ablesen, dass niemand von ihnen infrage kommt. All ihre Hoffnung liegt nun auf Göte Sirlanders Neffen.

# Kapitel 5

Sophie ist gerade mit ihrem Großputz beschäftigt, als es an der Tür klopft. Sie stellt den Wischmopp hin und trocknet sich mit dem Handrücken die schweißnasse Stirn ab. Hoffentlich ist es kein Nachbar, der auf ein Schwätzchen vorbeikommen will. Ihr ist klar, dass es sich mittlerweile bei allen Dorfbewohnern herumgesprochen hat, wer sich hier aufhält, und die Neugier ist groß. Was wird die verlorene Tochter, die sich all die Jahre nicht hat blicken lassen, jetzt mit dem Strandhotel Meeresbrise anstellen? Auf der Treppe steht ein Mann, ungefähr im selben Alter wie sie, zwischen fünfunddreißig und vierzig. Als sie die Tür öffnet, stellt er sich mit festem Händedruck vor. »Martin Sirlander, Götes Neffe«, schiebt er hinterher, als sie ihn erstaunt ansieht.

»Oh. Ich dachte, Sie würden eine SMS schicken, falls Sie Interesse haben«, sagt sie und bittet ihn herein.

Er lässt die Schuhe an und pfeift, während er den Flur begutachtet. Sophie weiß nicht, ob er beeindruckt oder entsetzt ist. Sein weißes T-Shirt spannt über den Schultern und offenbart seine Tätowierungen an den Oberarmen, als er am Küchentisch Platz nimmt. Sophie beschließt, lieber ihren Notizblock zu fixieren.

»Sie ziehen es also vor, in Ihrer Freizeit zu arbeiten?«, fragt sie mit einem Lächeln im Gesicht.

»Ja, im Moment habe ich gar nicht das Bedürfnis freizuhaben.«

»Und Sie sind normalerweise bei einem Bauunternehmen beschäftigt?«

Sie sieht kurz auf.

»Ja. Ich bin von Beruf Möbelschreiner und habe mich auf die Restaurierung alter Gebäude spezialisiert. Aber ich bin handwerklich ein Allrounder und kenne mich mit fast allen Dingen aus, für die man einen Werkzeugkasten braucht.«

Er grinst breit. Sophie erwidert das Lächeln vorsichtshalber nicht, sondern stellt die nächsten Fragen, die auf ihrer Liste stehen.

»Was sind Ihre Stärken?«

»Ich sorge dafür, dass die Dinge erledigt werden. Däumchen drehen ist nicht meine Art. Und ich achte darauf, dass die Arbeit ordentlich gemacht wird.« Er beugt sich zu ihr vor. »Alte Häuser zu renovieren ist nicht gerade ein Kinderspiel.«

»Und Ihre Schwächen?«

Er zuckt mit den Schultern und streicht sich den dunklen Pony aus dem Gesicht.

»Okay«, sagt Sophie und rutscht auf dem Stuhl hin und her. »Vielen Dank, dass Sie gekommen sind. Ich melde mich demnächst. Sie finden allein hinaus?«

»Ja, natürlich.«

Sie geben sich die Hand, und er bedankt sich, dass sie sich Zeit für ihn genommen hat. Sophie tut so, als schreibe sie noch etwas auf, doch beobachtet ihn heimlich, während er durch den Flur verschwindet. Martin bleibt stehen, tastet an einer der Steckdosen, dreht sich um und ruft: »Die müssen Sie austauschen, da besteht Brandgefahr. Nur dass Sie das wissen.«

Sophie nickt, und als die Tür ins Schloss fällt, atmet sie erleichtert auf.

Noch am selben Abend schreibt sie ihm eine SMS, dass er den Job hat und am nächsten Tag um vier Uhr vorbeikommen möge. Dann schickt sie Isak Lindgren denselben Text. Eigentlich hatte sie sich drei Handwerker vorgestellt, aber im Moment müssen eben die zwei herhalten. Von den anderen Bewerbern kommt keiner infrage. Sophie geht in den Flur, wo die Fotografien an der Wand hängen. Ein Kribbeln im Bauch stellt sich ein, als sie Margareta ins Gesicht sieht. Sophie hat immer eine enge Verbindung zu ihrer Großmutter gehabt. Zu Marit eigentlich auch. Die beiden Frauen besaßen so etwas wie Kampfgeist und waren ihrer Zeit weit voraus. »Wir werden das schon irgendwie hinkriegen«, sagt sie und lächelt.

Am nächsten Tag findet Sophie in einer der Küchenschubladen gelbe Servietten. Erst drapiert sie sie wie kleine Tütchen in den Gläsern, dann überlegt sie es sich anders und platziert sie gefaltet neben die Teller. Es ist fast vier Uhr, als es an der Tür klingelt. Der Maler und der Baufacharbeiter stehen gleichzeitig auf der Treppe.

»Wir waren beide ganz pünktlich«, sagt Isak Lindgren lächelnd und wirft einen etwas unsicheren Blick auf Martin Sirlander.

»Tatsächlich«, sagt Sophie und bittet sie herein. »Als Erstes möchte ich sagen: Ich heiße Sophie, und wir duzen uns hier im Haus. In einer halben Stunde gibt es in der Küche etwas zu essen. Eure Zimmer sind im ersten Stock, die sucht ihr euch einfach selbst aus. Nehmt schon mal die

Bettwäsche mit«, sagt sie und zeigt auf den frisch gewaschenen Stapel neben ihr. »Packt eure Sachen aus, macht einen Rundgang durchs Haus, und kommt dann in die Küche. Ist das okay?«

»Ja sicher«, sagt Isak und starrt die steile Treppe an.

»Die alte Treppe ist mit den Jahren etwas rutschig geworden«, erklärt Sophie. »Seid vorsichtig.«

Isak nickt, aber rührt sich nicht vom Fleck.

»Soll ich deinen Koffer hochtragen?«, fragt Martin freundlich.

Isak atmet erleichtert auf. »Sehr nett von dir. Gern.«

Eine halbe Stunde später steht Isak hinter dem Küchenstuhl und wartet, bis Martin auch da ist, dann erst nimmt er Platz. Er ist wie ein Relikt aus alten Zeiten, denkt Sophie und hofft, dass sie keine falsche Entscheidung getroffen hat.

»Bitte, bedient euch«, sagt sie und schiebt die Schüssel mit Hühnchensalat zu ihnen.

Stillschweigend essen sie. Sophie bemerkt, dass Martin beim Huhn zuschlägt, doch das Gemüse keines Blickes würdigt. Sie weiß, dass sie jetzt etwas sagen oder fragen sollte. Aber sie möchte nicht aufdringlich sein, und im Grunde will sie so wenig wie möglich von den beiden wissen. Sie bildet sich ein, dass sie die nächsten Wochen auf diese Art besser überstehen wird. Doch als ihr das Schweigen schließlich etwas unangenehm wird, wischt sie sich mit der Serviette den Mund ab, legt sie neben den Teller und beginnt zu erzählen:

»Früher einmal war das Strandhotel Meeresbrise ein Kurhotel für Damen mit schwachen Nerven, danach ein Bed & Breakfast für Vergnügungssüchtige, kulturell und literarisch Interessierte, und zuletzt mein Elternhaus. Ganz unerwartet habe ich das Haus jetzt geerbt und, na ja, bevor ich es verkaufe, muss es einfach ein bisschen aufgemöbelt werden.«

Martin sieht sich um.

»Du willst es gar nicht behalten?«

»Nein, das ist nicht mein Plan. Ich wohne in Berlin. Aber ich möchte dem Haus gerecht werden. Wenn es richtig schön wird, hat vielleicht jemand Lust, noch einmal ein Bed & Breakfast darin zu eröffnen.«

»Oder ein neues Kurhotel«, meint Isak.

Sophie nickt. Sie findet ihn richtig sympathisch.

»Hast du eine Aufstellung darüber, was du renoviert haben willst?«, fragt Martin, lehnt sich auf seinem Stuhl zurück und beginnt zu kippeln.

»Nein, ich möchte zuerst hören, was ihr als Fachleute dazu sagt.«

»Hast du Ahnung von der Instandhaltung alter Häuser?«

Martins Frage ist berechtigt, doch Sophie fühlt sich von seinem Tonfall in die Ecke gedrängt.

»Nein, dafür bist du ja hier«, erwidert sie energisch.

Isaks rechte Augenbraue beginnt zu zucken. Er drückt mit dem Finger darauf, um die Bewegung zu unterbinden.

»Ich hoffe ehrlich gesagt, dass es möglichst schnell und einfach geht«, sagt Sophie. »Aber ihr könnt unter euch ausmachen, wie ihr vorgehen wollt, vielleicht macht ihr einen Zeitplan?«

»Alte Häuser sind kein Schnellschuss«, entgegnet Martin. »Aber ich arbeite auch gern viel. Wenn ich freihaben wollte, hätte ich mich nicht als Freiwilliger gemeldet.«

Er wendet den Kopf ab und schiebt sich verstohlen eine

Portion Snus unter die Oberlippe. Sophie sieht ihm an, wie er sich entspannt, als sich das Nikotin in seinem Körper verteilt.

»Wenn nichts dagegen spricht, würde ich gern nebenher ein paar Bilder malen«, sagt Isak und schlägt die Augen nieder. »Vom Turmzimmer aus hat man einen grandiosen Blick, habe ich gesehen. Über das ganze Kattegat und den Kullaberg …«

Sophie nickt.

»Das geht sicherlich«, sagt sie und erhebt sich. »Ihr wollt euch bestimmt noch in Ruhe umschauen. Wir beginnen dann morgen früh mit einem Arbeitstreffen? Und wenn ihr noch einen Abendspaziergang machen wollt: in beide Richtungen, nach Skälderviken und auch Richtung Björkhagen ist es wunderschön.«

Beide nicken interessiert, aber verschwinden sofort in ihren Zimmern. Sophie füllt die Spüle mit Wasser und betrachtet ihre langen Nägel. Nach ein paar Wochen Abwaschen werden sie völlig zersplittert sein. Sie kann immer noch nicht begreifen, warum ihre Mutter nie eine Geschirrspülmaschine angeschafft hat.

Als sie mit dem Abwasch fertig ist, lehnt sie den Kopf an den Küchenschrank und atmet ein paar Mal tief durch. Sie schwankt zwischen vorsichtiger Hoffnung und Verzweiflung. Wird es ihr wirklich gelingen, dem Haus mithilfe wildfremder Menschen seinen alten Glanz wiederzugeben, oder ist das nur Träumerei?

Martin schiebt die Tasche unters Bett. Das Zimmer ist grün gestrichen und sehr geräumig. Die Einrichtung besteht aus einem Bett, einem Schreibtisch, Kleiderschränken, einem Sessel und einem kleinen Tisch, auf dem eine Kaffeemaschine und ein Toaster stehen. Die Geräte sehen aus, als stammten sie aus der Zeit vor der CE-Zertifizierung und würden vermutlich das ganze Haus in Brand setzen, wenn man sie in Betrieb nehmen würde.

Er presst die Handfläche auf die Wände. Stabile Holzbalkenlage. Doch das Fenster ist nicht dicht. Die Frau, der das Haus gehört, scheint in Ordnung zu sein, doch sie hat nicht die geringste Ahnung von der Renovierung von Altbauten. Er würde tausend Kronen darauf wetten, dass sie sich weiße Wände vorstellt und Fliesen auf dem Boden. Martin lässt sich im Sessel nieder und holt sein Handy heraus. Die SMS der Kollegen kommen noch immer in rauen Mengen. Sie wollen sich in Erinnerung bringen, da sie sich jetzt für ihn abrackern müssen, während er Urlaub hat. *Hallo Partylöwe, chill dein Leben. Keine Sorge, wir opfern unseren Urlaub gern für dich*, so lauten die meisten Kommentare. Er legt das Handy mit dem Display nach unten auf die Tischplatte. Und fragt sich, was Olle, sein Chef, ihnen wohl erzählt hat. Zumindest nicht, dass ihm dieser Urlaub aufgezwungen wurde. Martin legt sich aufs Bett und starrt die Decke an. Olle hatte nicht mit sich reden lassen, sondern Martin kurzerhand eine Bescheinigung über bezahlten Urlaub vom dreiundzwanzigsten Juni bis zum zehnten September ausgestellt. Und bevor Martin das Büro verließ, hat er ihn noch sagen hören: »Du wirst mir noch dankbar sein.«

»Im Leben nicht«, hatte Martin entgegnet und war nach Hause gefahren. Das Gespräch mit Göte ein paar Tage später war ein Geschenk des Himmels gewesen. Er hatte erst gedacht, sein Onkel mache Scherze, als er von der Klientin erzählte, die Hilfe bei der Renovierung ihres alten Hotels benötigte. Ihm war auf der Stelle klar gewesen, dass das seine einzige Chance war, diese arbeitsfreien Monate zu überleben.

*Ellas Tagebuch, 28. Juni*

*Mit Sophies Heimkehr hatte ich ein »Zu verkaufen«-Schild vor dem Haus erwartet. Doch bis jetzt steckt noch nichts in der Erde. In den letzten Tagen sind allerdings jede Menge Menschen hinein- und herausspaziert. Sophie hat gesagt, sie würde verkaufen. Aber vielleicht will sie die Zimmer lieber vermieten? Ich hoffe inständig, dass das der Fall ist. Ich weiß nicht, was ich tun soll, wenn sie das Haus tatsächlich verkauft. Nur wegen des Gartens wohne ich noch hier. Wegen der Lilien und der Akelei, wegen der Rosen und des Wiesensalbeis, wegen der lieblichen Minze und der Herzensfreude, die wir zu Mittsommer besingen. Vielleicht bin ich auch nur wegen Sophie noch hier, weil ich mir gedacht habe, dass sie zurückkommen würde, denn ich weiß etwas von ihr, von dem sie vermutlich nicht die geringste Ahnung hat. Doch das bereitet mir Kopfzerbrechen, und zwar Tag und Nacht. Ist es meine Pflicht, es zu erzählen, oder ist es meine Pflicht stillzuschweigen?*

# Kapitel 6

Etwas betreten versammeln sich alle am frühen Morgen wieder in der Küche. Sophie teilt ihnen mit, dass sie für ihr Frühstück und Mittagessen selbst verantwortlich sind. Sie wird den Kühlschrank jeden Tag mit Lebensmitteln füllen, doch wenn sie besondere Wünsche haben, sollen sie einfach eine Liste machen und sie auf den Küchentisch legen. Das warme Abendessen wird sie abends um sechs Uhr servieren. Martin wippt ungeduldig mit dem Bein.

»Nimm dir einen Kaffee«, sagt Sophie und zeigt auf die geblümte Thermoskanne, die auf dem Tisch steht.

Martin schenkt sich und Isak eine Tasse ein.

»Ich denke, es wäre gut, mit dem Flur zu beginnen«, schlägt sie zaghaft vor. Arbeitsbesprechungen sind für sie an der Tagesordnung, doch es ist ein Unterschied, ob man weiß, worüber man spricht, oder ob man keinen blassen Schimmer hat. Und vom Renovieren versteht sie nichts.

»Gut, der hat seine besten Tage hinter sich«, antwortet Martin. »Ich würde schätzen, das Haus ist in der Mitte des 19. Jahrhunderts gebaut worden?«

Sophie nickt.

»In der Zeit hatte man keine Tapete auf Rollen, sondern Hadernpapier in Bögen. Man kann darauf tapezieren oder, wenn man möchte, es zum Beispiel mit Eitempera übermalen«, erklärt er.

»Eitempera? Ich hatte mir vorgestellt, dass wir mit ganz normaler weißer Wandfarbe streichen ...«, erwidert Sophie.

Er tut so, als hätte er ihren Einwand nicht gehört, sondern fährt fort: »Du solltest auch die Fenster in der Bibliothek abdichten, etwas gegen den kalten Luftzug im Salon unternehmen und die Treppe renovieren. Vorerst. Vielleicht wäre es nicht schlecht, den Boden im Flur abzuschleifen.«

»Kannst du Fliesen verlegen?«, fragt Sophie.

»Ja. Aber in diesen Flur lege ich keine Fliesen.«

Sophie ist von seinem Tonfall brüskiert.

Er beugt sich vor. »Du möchtest doch dieses traditionelle alte Kurhotel so sanieren, dass es zum Haus passt? Zumindest dachte ich, dafür sei ich hier.«

»Okay«, sagt sie zögernd. »Wir beginnen mit den Wänden im Flur und deiner Haderntapete, oder wie die noch hieß.«

»Jemand sollte auch die Steckdosen überprüfen«, sagt Martin. »Ich kenne einen Elektriker, falls du selbst keine Kontakte hast.«

Sophie nickt und versucht zu lächeln, doch sie spürt, dass ihr die Gesichtszüge entgleiten. Sie hat kaum Geld geerbt, das sie für die Renovierung zur Verfügung hat. Und sie hat keine Ahnung, in welchem Kostenrahmen sich das abspielt, was Martin »sanieren« nennt. Sie will eigentlich nur, dass alles weiß und sauber aussieht.

»Du genehmigst natürlich alle Kostenvoranschläge der verschiedenen Projektbereiche, und wir heben alle Quittungen über das Material auf. Zuerst brauchen wir eine Grundausstattung wie Abdeckpapier, Schaber, Pinsel und Farbe für Decke und Leisten«, sagt Martin.

Sie nickt schnell und steht auf, um zu signalisieren, dass die Besprechung zu Ende ist.

»Dann fangen wir wohl am besten mit einer Shoppingtour in den Baumarkt an?«, schlägt Martin vor.

»Ist es in Ordnung, wenn ihr das ohne mich macht? Ich muss einen Auftrag erledigen«, Sophie wirft einen Blick auf die Uhr, »in einer Stunde muss ich fertig sein.« Das ist gelogen, doch Sophie spürt deutlich, dass sie eine Pause braucht.

Isak nickt, und dann macht er höflich einen Diener, als er Sophie für den Kaffee dankt.

Sie lächelt kraftlos, schenkt noch den Rest in die Tassen und geht hinaus zur Hängematte, die in Sonne badet. Dieser Teil des Gartens ist windgeschützt. Sophie hört die Leute auf dem Weg zum Strand vorbeilaufen. Hin und wieder taucht ein Wasserspielzeug in Form eines Flamingos oder eines Einhorns hinter den Büschen auf. Sophie krempelt ihre Hosenbeine bis zu den Knien hoch und spürt die warmen Strahlen in die dünne Haut am Fuß piken. Den Sommer in Ehren, denkt sie, doch sie wünschte, sie könnte noch einen Herbst hier in Skepparkroken erleben. Könnte zuschauen, wie der Septemberwind die Wellen nimmt und gegen die Arme der Mole klatscht. Das sind die einzigen Momente, die sie wirklich vermisst.

Nach einer Weile ist sie eingenickt, doch wacht wieder auf, als ein Schatten auf sie fällt. Ella. Sophie grüßt nickend und versucht ihrer Nachbarin so zu verstehen zu geben, dass sie gern noch eine Weile allein gewesen wäre – in ihrem Garten. Doch Ella lässt sich neben der Hängematte nieder und streckt auch ihr Gesicht der Sonne entgegen. So sitzen sie schweigend da. Sophie schielt zu ihr hinüber.

Ella trägt wie immer ihren Strohhut und eine weite, hochgekrempelte Jeans-Latzhose, dazu rote Holzschuhe mit weißen Punkten. Eigentlich sind es fast kindliche Kleider, unpassend für ihr Alter, merkwürdigerweise stehen sie ihr gut. Ella zeigt auf die kleinen Glocken der Maiglöckchen ein paar Meter entfernt, und dann hält sie Sophie ihr Handgelenk unter die Nase.

»Chanel Nr. 5?«, fragt Sophie und will gerade den Block nehmen und es aufschreiben, als Ella ihr zuvorkommt.

*Ganz genau.*

Sie betrachtet Sophie und beginnt eine neue Zeile.

*Ich wurde taub, als ich sechs war, nach einer Hirnhautentzündung.*

Sie zeigt auf Sophies Mund.

»Aber ich kann Lippen lesen«, sagt sie langsam, damit Sophie ihre eintönigen Worte verstehen kann.

Sophie schlägt sich die Hand auf den Mund.

»Dann weißt du, was ich sage?«, fragt sie erstaunt. Sie fühlt sich von Ellas Enthüllung fast ertappt.

Ella nickt. Sophie kann sich nicht erinnern, je gehört zu haben, dass Ella Lippen lesen könne. Ella schreibt auf den Block:

*Coco Chanel wollte ein Parfüm kreieren, das »nach Frau duftete«. Natürlich hat sie sich für Maiglöckchen entschieden.*

Dann sagt sie monoton und ganz langsam: »Du hast in deinem Garten ein Duftparadies, alle exklusiven Parfüms findest du hier.«

Sophie nickt erneut. Sie weiß nicht, was sie darauf sagen soll. Sie kann es noch gar nicht fassen, dass Ella Lippen lesen kann. Ob ihre Mutter das wusste?

»Ich kann mich noch gut daran erinnern, dass du unseren Garten gepflegt hast, als ich hier aufwuchs, aber ich kann mich nicht erinnern, dass du mit Mama befreundet warst. Wurdet ihr erst später Freundinnen?«, fragt sie.

Die Nachbarin lächelt, hakt ihre linke Hand in die rechte und führt sie mit einer kurzen Bewegung nach vorn.

»Freundschaft«, erklärt sie.

Vor dem Grundstück hält Martins Wagen. Ein paar Sekunden später schaut er zwischen den Rosenbüschen hervor und schwenkt eine Menge Tüten.

»Jetzt sind wir startklar für Runde eins«, ruft er.

Sophie springt auf. Sie bemerkt Ellas neugierigen Blick. Ella macht dieselbe Handbewegung wie eben schon, »Freunde?«, fragt sie. Sophie antwortet mit einem unsicheren Ja, während sie den Kopf schüttelt. Ella lächelt, streichelt ihr über den Arm und begleitet sie ein Stück. Isak steht im Flur und betrachtet die Fotografien. Als Sophie hineinkommt, zuckt er zusammen.

»Oh«, sagt er und schlägt sich mit einer Hand auf den Brustkorb, als hätte er sich erschreckt. »Was für interessante Fotos.«

Sophie stellt sich neben ihn.

»Von Mölle wurde immer gesagt, es sei zur Zeit des Fin de Siècle ein beliebter Badeort gewesen, doch Skälderviken nannte man damals ›das Trouville des Nordens‹«, sagt sie und zeigt auf eine der Fotografien. »Hier hat sich eine Art französisches Seebad entwickelt, das die Leute aus der Ferne anlockte. Ich meine, diese Holzwagen, die am Strand standen, fungierten als Umkleidekabinen, die dann zum Wasser gezogen wurden. Bis man die Kabinen erfand.«

Wie Sophie vermutet hat, hat Martin das Kommando schon übernommen. Er schaltet ein kleines Radio ein, das scheppernd alte Schlager spielt, und tauscht die alten Wandleuchten gegen eine große Baustellenlampe aus, die er auf den Boden stellt. Sie taucht den kompletten Flur in grelles Licht. Dann instruiert er Isak und Sophie ausführlich, wie man Leisten und Holzverschalung entfernt und die alten Tapeten abzieht. Ein paar Stunden später sitzen sie zusammen auf der Treppe und machen Pause. Gierig trinkt Martin Wasser direkt aus der Flasche und wirft einen Blick auf Sophies kurzärmlige Bluse.

»Das ist wirklich keine passende Arbeitskleidung.«

Sophie rutscht hin und her. Sie wünschte, sie wäre schlagfertiger, doch irgendetwas an Martins direkter Art verunsichert sie. Das passt eigentlich gar nicht zu ihr. Dieses ungewohnte Zusammensein mit wildfremden Menschen ist ihr unangenehm. Wenn das auf lange Sicht funktionieren soll, muss sie die Kontrolle zurückerobern. Darf nicht so unsicher sein. Aber darüber wird sie morgen nachdenken. Heute ist sie so müde, dass sie heulen könnte. Aber das Schlimmste ist die Sehnsucht nach Berlin.

Am nächsten Tag kratzen sie wieder die alten Tapeten von den Wänden. Ums Mittagessen kümmert sich jeder selbst. Sophie ist dankbar, dass weder Isak noch Martin größeres Interesse daran zeigen, außerhalb der Arbeit Kontakt miteinander aufzunehmen. Sie kauft T-Shirts und Shorts in Ängelholm, und Martin hebt den Daumen hoch, als sie in Arbeitsklamotten erscheint. Sie kocht Abendessen, Salade niçoise, und verkündet, dass sie den Rest des Abends freimachen können, immerhin sei Samstag.

»Du kannst dich gern anderweitig amüsieren, aber ich bin dafür, noch ein paar Stunden dranzuhängen, damit wir heute mit dem ersten Abschnitt fertig werden«, sagt Martin und wirft Isak einen Blick zu. Der ältere Mann nickt, doch Sophie fragt sich, ob er das wirklich will, oder es ihm genau wie ihr nur schwerfällt, Martin zu widersprechen.

»Ich hatte nicht vor, mich zu amüsieren«, erwidert sie und steht auf. »Ich dachte eher an einen freien Abend für euch.«

So arbeiten sie schweigend weiter. Sophie hat von der Schicht gestern Abend noch im ganzen Körper Muskelkater, doch beißt die Zähne zusammen. Erst als ihr Handy einen Signalton von sich gibt, legt sie den Spachtel beiseite und reckt und streckt sich. Es ist eine Bewerbung von einer Frau namens Katja. Sophie schlägt ihr vor, am nächsten Tag um zehn Uhr vorbeizukommen. Vielleicht ist es gar nicht schlecht, eine zweite Frau im Haus zu haben, kommt es ihr in den Sinn. Yin und Yang, ausbalanciert.

Martin, Isak und Sophie arbeiten emsig weiter. Da zeigt Isak plötzlich auf die Wand, wo unter zwei Schichten abgerissener Tapete eine alte Zeitungsseite zum Vorschein kommt. Martin hat das Material so vorsichtig abgelöst, dass eine Meldung noch zu entziffern ist. Isak liest: »An einer Phosphorvergiftung starb letzten Mittwoch Johanna Hansson, die Witwe des Leuchtturmwärters in Skepparkroken, sie litt keine Not und wurde rund sechzig Jahre alt. Sie hatte den Phosphor von vier Schachteln Streichhölzer abgekratzt und zu sich genommen. Der Grund für ihren Selbstmord ist nicht bekannt.«

Gerade, als er das letzte Wort vorgelesen hat, klopft es an der Tür. Alle drei zucken zusammen.

Sophie sieht die Frau mit blondem, schulterlangem Haar und gesunder Gesichtsfarbe, die in einem blauen

Wickelkleid auf der Treppe steht und nervös lächelt, fragend an.

»Ich habe vorhin eine SMS geschickt, es ging um die Renovierung des Kurhotels.«

»Ach so«, antwortet Sophie. »Aber wir wollten uns doch erst morgen Vormittag treffen?«

»Ja, Entschuldigung. Ich bin die Katja. Ja, so war es vereinbart, aber weil ich gerade zufällig vorbeigekommen bin, dachte ich, ich stelle mich kurz bei euch vor. Ich habe unseren eigenen Hof, Baujahr 1910, schon restauriert«, erklärt sie, hält Sophie das Handy hin und wischt über das Display, sodass ein Bild nach dem anderen erscheint. Sophie öffnet die Tür weiter, um vor allem mehr von Katjas Gesicht sehen zu können. Sie hat zwei Grübchen, die ihrem etwas einschmeichelnden Lächeln einen sanften Ausdruck verleihen.

»Sieht gut aus«, sagt Sophie. »Aber …«

»Und ich bin ein fröhlicher und unkomplizierter Mensch und kenne mich mit fast allem aus, was mit Häusern zu tun hat«, fährt sie fort, kritzelt dann etwas auf einen Zettel und hält ihn Sophie hin. »Das ist die Adresse des Blogs, den ich in der Zeit, in der wir renoviert haben, geschrieben habe. Das ist sozusagen meine Referenz.«

Sophie betrachtet die Frau, die vor ihr steht, und wünschte, sie hätte mehr Menschenkenntnis. Sie hat keine Ahnung, ob sie es hier mit einer total durchgeknallten Person oder dem liebsten Menschen der Welt zu tun hat. Das Einzige, was sie sicher zu wissen meint, ist, dass Katja den Job unbedingt haben will, denn sie steht hier an einem Samstagabend in einem Festkleid vor ihrer Tür. Außerdem könnte Sophie, wenn sie Katja zusagt, die Anzeige löschen, denn mehr als drei Leute braucht sie nicht. Und das gibt den Ausschlag. Sie öffnet die Tür ganz, damit Isak und Martin die Frau, die in der Tür steht, sehen können.

»Begrüßt mal eure neue Kollegin Katja. Sie fängt am Montag bei uns an.«

Martin nickt kurz, Isak hebt freundlich die Hand.

»Hallo«, sagt Katja, nickt ihnen dankend zu und lächelt erleichtert.

Dann schließt Sophie die Haustür und sendet ein kurzes Stoßgebet zum Himmel, dass dies nicht die falsche Entscheidung gewesen sein möge, dass Katja wirklich handwerklich begabt ist und mit leichtem Gepäck kommt.

Isak hat den Tisch vor das Fenster des Turmzimmers, das zum Meer hinausgeht, geschoben und legt Pinsel und Farben ordentlich nebeneinander darauf ab. Er hat kein Fünkchen Energie mehr. Sein Körper zittert vor Erschöpfung.

Halte ich das wirklich durch?, fragt er sich. Sieht eher nicht danach aus. Das Problem ist nicht nur die körperlich anstrengende Arbeit, sondern die Veränderung seiner Routinen. Seit seine Mutter vor zwei Jahren gestorben ist, hatten seine Tage ein festgelegtes Muster. Er ist immer Viertel nach sieben aufgestanden, hat ein paar Gymnastikübungen zum Dehnen und Stärken seines Körpers gemacht, hat sich eine Tasse Tee gebrüht – jeden Tag einen Earl Grey –, dann ein Knäckebrot geschmiert und in der Zeit, in der der Tee zog, die Zeitung aus dem Briefkasten geholt. Jeden zweiten Tag ist er zum Laden gelaufen, um Essen für zwei Tage einzukaufen, an den anderen Tagen hat er lange Spaziergänge unternommen. Und zwischendrin hat er in einem ganz bestimmten Rhythmus seine Bilder gemalt. Jeder Tag, jede Woche war gleich.

Wie gewohnt war er auch an dem Tag zum Einkaufen gefahren, als er auf Sophies Anzeige geantwortet hatte. In der Haushaltswarenabteilung hatte er einen blauen Topflappen gefunden. Hatte den Duft von neu und sauber genossen. Die alten Topflappen rochen so nie mehr, selbst wenn man sie häufig wusch. Er hatte den Topflappen aber nicht gekauft, sondern nur einen Liter Milch, drei Äpfel, die kleinste, abgepackte Menge Hackfleisch, die es gab, und eine Dose Leberpastete aus Schonen mitgenommen. Er hatte es sich angewöhnt, nur eine Sorte Brotaufstrich mitzunehmen, damit er nicht ständig Reste wegwerfen musste. Seine Käseperiode war zu Ende, jetzt war die Leberpastetenphase dran. Wie immer hatte er sich dicht vor die Regale gestellt, um den Leuten Platz zu machen, die es eilig hatten. Lebensmittel einzukaufen schien nur für ihn der Höhepunkt des Tages zu sein. Er hatte die Milch mit der längsten Haltbarkeit hervorgekramt, die das Personal in die hinterste Reihe gestellt hatte, hatte sich für Jonagold-Äpfel entschieden, weil die so einen schönen Namen hatten, und sich bei der Kassiererin Sandra angestellt, denn die mochte er am liebsten. Er kannte niemanden mit solch einem glockenreinen Lachen wie sie. Es hatte sich gelohnt, das beige Leinensakko anzuziehen und die dunkelblaue Fliege umzubinden.

»Wissen Sie eigentlich, wie Sie mir den Tag versüßen, wenn Sie hier so elegant hereinkommen. Die Männer heutzutage wissen einfach nicht mehr, was Klasse ist«, hatte sie gesagt und dann wieder so herrlich gelacht.

Als er wieder zu Hause war, hatte er seinen Einkauf ausgepackt, einen Blick auf das Bild geworfen, das er zu malen begonnen hatte, und den Gedanken gehabt, dass seine Pinselstriche sein Herzschlag waren und die Farbe das Blut, das durch seine Adern floss. Wenn er den Pinsel irgendwann endgültig ablegen würde, würde sein Herz bestimmt stehen bleiben, davon ist er überzeugt. Es macht ihm Angst, dass er mit diesem Gedanken in letzter Zeit häufiger gespielt hat. Vielleicht hat er deswegen so auf die Anzeige reagiert. Erst, als das Wasserglas von der Farbe am Pinsel ganz blau geworden war und Isak es ein Stück zur Seite gerückt hatte, war die Annonce zum Vorschein gekommen. Es konnte kein Zufall gewesen sein, dass diese Anzeige von dem Strandhotel Meeresbrise unter seinem Wasserglas auf ihn gewartet hatte. Das war eine Botschaft gewesen.

*Ellas Tagebuch, 30. Juni*

*Das Strandhotel Meeresbrise wird renoviert. Möge Sophie bloß die Seele dieses Hauses bewahren! Sie war noch so jung, als sie von Skepparkroken wegging, dass ihr vielleicht nicht bewusst ist, welche Blütezeit diese Wände erlebt haben. Ich kenne ihre Geschichte, als wäre es meine eigene. Als mein Vater Hausmeister und Gärtner der Familie war, bin ich ihm wie ein Schatten auf Schritt und Tritt gefolgt. Auf die Art habe ich mein ganzes Wissen über die Pflanzen erworben. An meinem zehnten Geburtstag hat Margareta gemeint, jetzt sei ich alt genug, um ihr bei den Festen, die sie für Literaten und Personen des kulturellen Lebens veranstaltete, zur Hand zu gehen. Ich bin so stolz über das Vertrauen, das sie mir entgegenbrachte, gewesen, dass ich meine Tränen mit der Schürze abtrocknen musste. Margaretas Tod im Jahr 1979 hat das letzte Kapitel der bunten Geschichte dieses Hauses zugeschlagen. Und hätte ich mich nicht in meiner Freizeit, neben meiner Arbeit in der Boutique in Ängelholm, um den Garten gekümmert, hätte Mona alles zerstört und Platten gelegt. Bei der Vorstellung bekomme ich heute noch eine Gänsehaut.*

*Eine Gänsehaut bekomme ich auch, wenn ich an das Geheimnis denke, das ich bewahre. Ich weiß immer noch nicht, ob ich es für mich behalten oder erzählen soll. Ich schwanke. Ich habe keine Ahnung, ob Sophie es gern wüsste oder ob es ihr lieber wäre, nichts ahnend weiterzuleben. Ich kenne sie ja gar nicht. Ich weiß nur, dass das Geheimnis auf eine finstere Wahrheit zurückgeht. Wahrscheinlich ist das der Grund, warum ich so hadere. Ach, hätte ich doch damals das Gesicht nur abgewandt, als Mona mir ihre Geschichte offenbart hat.*

# Kapitel 7

Sophie wacht zur gewohnten Zeit auf. Zu Hause in Berlin steht sie in der Regel in aller Frühe auf und geht joggen, auch am Wochenende. Tag und Nacht sind die Menschen dort unterwegs. Hier scheint der ganze Ort noch tief zu schlafen. Nicht einmal die Hundebesitzer lassen sich vor sieben Uhr auf der Straße blicken. Mühsam richtet Sophie sich im Bett auf. Nach einigen Tagen Schufterei ist der Flur ein Meer voller Staub und ihre Schultermuskulatur verspannt. Sie knipst die Nachttischlampe an und nimmt Papier und Stift in die Hand. Dann notiert sie drei Punkte auf ihrer To-do-Liste: Joggingschuhe besorgen, Essen kaufen, Essen kochen. Dann liest sie sie noch einmal. Normalerweise tut es ihr gut, solche Listen anzufertigen, doch dieses Gefühl stellt sich heute nicht ein. Ist die Liste vielleicht zu kurz? Außerdem ist Essen kochen und Essen einkaufen eigentlich dasselbe. Vor ein paar Wochen noch bestanden ihre To-do-Listen aus mehr als zwanzig Punkten. Projekte bei der Arbeit, Verabredungen, Trainingspläne, Kosmetikbehandlungen und Shopping.

Sie schlägt die Decke zur Seite, geht in die Küche, um Kaffee zu kochen, schiebt den Stuhl ans Fenster und lässt sich genau dort nieder, wo ihre Mutter immer gesessen hat. Allerdings hat Mona Tee getrunken. Literweise. In der Küche hat es immer nach Sommerwiese geduftet. Manchmal ist Sophie auf ihren Schoß gekrabbelt, und dann saßen sie so da und beobachteten die Sonne, wie sie über dem Meer aufging. Mona seufzte erleichtert, wenn die Sonne es geschafft hatte und oberhalb der Wasseroberfläche auftauchte, und dann sagte sie: Was für ein herrlicher Tag, stell dir vor, das Licht hat irgendwann die Dunkelheit besiegt. Dann hat sie Sophie ganz fest gedrückt, sie auf die Stirn geküsst und »du bist mein Ein und Alles, mein Licht in der Dunkelheit« geflüstert.

Sophie öffnet das Fenster, fixiert den Haken in der Öse und saugt den Geruch des Meeres ein. In Skälderviken treffen das Salzwasser des Kattegats, das Brackwasser des Öresunds und das Süßwasser der Rönne aufeinander. Die perfekte Balance aus salzig und süß. »Du hättest auch von deinen Schattenseiten erzählen sollen, Mama«, flüstert sie und erinnert sich daran, wie sie ein einziges Mal danach gefragt hat, als sie für einen Sommer zu Besuch nach Hause gekommen war. Sophie hatte da schon fast zehn Jahre in Berlin gewohnt und eine Therapie angefangen – wie all ihre Freunde. Das war offenbar der Grund dafür gewesen, dass sie hinterfragt hatte, warum Mona der Mensch geworden war, der sie war, und sich so auffällig verhalten hatte. Wie eine Hobbypsychologin hatte sie ihrer Mutter erklärt, dass man das Produkt seiner Erfahrungen und Erlebnisse sei, und dann hatte sie sie gefragt, warum sie immer … solche Angst hatte. Ja, Angst war das Wort, das sie benutzt hatte. Nach mehreren Stunden auf der Therapiecouch war Sophie zu dem Schluss gekommen, dass das Verhalten ihrer Mutter angstbasiert war. Aber Angst wovor? Darauf hatte sie keine Antwort gefunden. Mona hatte ihr nur eine ganze Weile in die Augen gesehen, ihr dann flüchtig über die

Wange gestreichelt und war dann gegangen. Diese einfache, kleine Liebkosung war auf gewisse Weise genug gewesen. Sie war ein Eingeständnis gewesen, dass etwas passiert war, und dies allein hatte ihr schon gereicht. Sophie hat ihren Therapeuten danach nicht mehr aufgesucht.

Es knarrt von der Decke. Sophie schiebt den Stuhl zurück an seinen Platz und geht wieder hinüber ins Dienstbotenzimmer. Kurz darauf kann sie die leisen Stimmen durch die Wand hören, dazu das Klappern von Porzellan. Wie beruhigend, stellt sie verwundert fest. Da unterbricht Telefonklingeln die Stille.

»Guten Morgen, hier ist Göte Sirlander. Kannst du noch einmal zu mir in die Kanzlei kommen? Ich würde dir gern etwas zeigen.«

»Ja, natürlich«, antwortet Sophie. »Ich kann sofort losfahren.«

Sie streift sich ein hellblaues Ralph-Lauren-Jerseykleid über, legt ein schnelles Alltagsmake-up auf und bindet die Haare zu einem straffen Pferdeschwanz zurück. Isak und Martin sind gerade dabei, das Frühstücksgeschirr abzuräumen, als sie in die Küche kommt.

»Habt ihr gut geschlafen?«, fragt sie.

»Ja«, antworten sie simultan, doch Sophie nimmt an, dass sie das nur aus Höflichkeit erwidert haben. Beide sehen ziemlich mitgenommen aus.

»Ich habe etwas zu erledigen. Bin nicht lange fort«, sagt sie.

»Wir werden mit den Tapeten weitermachen«, sagt Martin und muss ein Gähnen unterdrücken.

Eine halbe Stunde später steht Sophie im Wartebereich in der Kanzlei. Als auf der großen Wanduhr fünf Minuten tickend verstrichen sind, geht Götes Tür auf. Sophie nimmt in dem braunen Ledersessel Platz und schlägt die Beine leicht geneigt übereinander. Dennoch klebt die Rückseite ihrer Oberschenkel am Leder fest. Vor lauter Nervosität ist ihr Mund ganz trocken.

»Ist es okay, wenn ich …«

Sie wirft einen Blick auf die Karaffe mit Wasser.

»Ja, natürlich. Greif zu.« Göte Sirlander sieht sie über den Rand seiner Lesebrille hinweg an. »Ich habe gehört, dass Martin den Auftrag angenommen hat, das Strandhotel Meeresbrise zu renovieren.«

»Ja. Er scheint … sehr kompetent zu sein.«

»Das ist er auch. Und sollte er einen etwas verhärmten Eindruck machen, so ist das nur Fassade.«

Sophie rutscht auf ihrem Stuhl hin und her.

»Aber ich wollte nicht über Martin mit dir reden. Ich musste immer wieder daran denken, was du mich kürzlich gefragt hast, ob Mona mir etwas Besonderes erzählt hat. Das hat sie zwar nicht, aber in dem Zusammenhang fiel mir ein Umschlag ein, den ich für sie aufbewahren sollte, darum hat sie mich schon vor Jahren gebeten. Er lag im Tresor, deshalb habe ich gar keinen Gedanken daran verschwendet. Mona hat ihn nie wieder erwähnt.«

Er öffnet die Schublade seines Schreibtisches und holt ein vergilbtes Kuvert heraus. Darauf steht »Mona«. Er schiebt es Sophie hin.

»Ich würde sagen, das gehört jetzt dir.«

»Was ist das?«

»Ich weiß es nicht. Mona hat es nie verraten.«

Sophie nimmt den Brieföffner, der auf dem Tisch liegt, und reißt den Umschlag auf. Zuerst sieht er fast leer aus, doch dann entdeckt sie etwas, das ganz in die Ecke gerutscht ist. Ein kleines silbernes Schmuckstück kommt zum Vorschein. Eine flache, runde silberne Berlocke, angelaufen nach den Jahren im Kuvert. Sophie hebt sie hoch und versucht, die eingravierten Worte zu entziffern: Mein geliebtes Ein und Alles.

»Mein geliebtes Ein und Alles«, sagt sie und sieht Göte Sirlander fragend an. Dann hält sie ihm die Berlocke hin. »Auf Deutsch.«

Göte nimmt das Schmuckstück.

»Das sieht nicht gerade wertvoll aus. Nur ein einfacher Silberschmuck.«

»Aber warum ist die Inschrift auf Deutsch?«

»Vielleicht hat sie die Berlocke von einem Verehrer in ihrer Jugend bekommen?«

Sophie schüttelt den Kopf.

»Das ergibt alles keinen Sinn. Warum sollte sie sie dann bei dir in einem Kuvert deponieren und nicht zu Hause in einem Schmuckkästchen aufheben oder gar wegschmeißen?«

Sirlander zuckt mit den Schultern. Die schrille Stimme der Empfangsdame erklingt von draußen.

»Der nächste Mandant!«

Sophie erhebt sich.

»Vielen Dank für Ihren Anruf«, sagt sie und steckt den Umschlag in ihre Tasche.

Auf dem Heimweg hält sie am Spirituosenladen und kauft in der Hoffnung, so besser durchzuhalten, Sekt und Rotwein.

Als sie zurückkommt, steht eine fremde Frau im Flur und spricht mit Isak. Es dauert einen Moment, bis Sophie den Zusammenhang herstellt. Es ist die Frau, die vor zwei Tagen plötzlich abends in einem blauen Festkleid bei ihr auf der Treppe aufgetaucht ist. Katja.

»Oh, sorry, ich hab ganz vergessen, dass du kommen wolltest. Ich musste noch etwas erledigen.«

Isak und Katja starren auf die Tüten aus dem Spirituosenladen.

»Nein, ich meine etwas anderes«, schiebt sie erklärend hinterher und stellt die Tüten ab, um Katja zu begrüßen.

»Komm, ich führe dich durchs Haus. Hier ist die Bibliothek«, sagt Sophie und zeigt aufs erste Zimmer, »der Salon«, fährt sie fort, »die Küche und das Dienstbotenzimmer, in dem ich schlafe.«

»Wow.« Beeindruckt betrachtet Katja jeden einzelnen Raum.

»Im ersten Stock kannst du dir ein Zimmer aussuchen und deine Sachen auspacken.«

Katja steigt über die heruntergerissenen Tapeten und lässt sich von Martin mit dem Koffer helfen.

»Superschön!«, ruft sie kurz darauf.

Sophie tippt, dass sie eher fünfzig als vierzig Jahre alt ist, das verraten die kleinen, feinen Lachfältchen um die Augen. Gleichzeitig hat ihre helle Stimme so einen kindlichen Tonfall, dass man glauben könnte, sie sei viel jünger. Sophie weiß nicht warum, aber irgendwas an der Frau wirkt anstrengend. Vielleicht liegt es auch einfach an der Gesamtsituation, die ihren Tribut fordert. Sophie schließt die Küchentür hinter sich, lässt sich auf einen Stuhl sinken, angelt die Berlocke aus der Tasche und holt den Zettel hervor, den sie unter der Tischdecke versteckt hat. Sie legt ihn neben das Schmuckstück auf den Tisch.

»Verzeih, mein geliebtes Ein und Alles«, liest sie. »Verzeih, mein geliebtes Ein und Alles.«

Am Nachmittag hat Sophie ein Skypemeeting. Die Sehnsucht versetzt ihr einen Stich im Bauch, als sie die Gesichter ihrer Kollegen auf dem Bildschirm sieht. An deren Mimik kann sie ablesen, dass sie Sophies verkniffenen Mund der Trauer zuschreiben. Und an sich liegen sie damit nicht falsch. Aber sie betrauert nicht nur ihre Mutter, sondern auch die Situation, in der sie sich so unfreiwillig befindet. Sie will dem Haus und seiner Geschichte wirklich gerecht werden. Aber sie wünschte, sie hätte diese Entscheidung nie treffen müssen. Sie wünschte, sie hätte sich einfach von ihrer Mutter verabschieden und dann zurück nach Berlin fliegen können. Wie geplant. Und das Schlimmste ist, dass ihr Berlin bereits wahnsinnig weit weg vorkommt. Nicht wegen der tatsächlichen Entfernung. Eher mental. Sie ist lange nicht mehr in Skepparkroken gewesen, dennoch hat sie schon das Gefühl, als sei sie dabei, sich zu verlieren. Wie ein Polaroidfoto, das mit jedem Tag mehr verblasst.

Vor dem Skypemeeting hat sie Mascara aufgelegt, die die Wimpern verlängert, und eine figurbetonte, hellblaue Hemdbluse angezogen. Um so zu tun, als sei alles normal, es sich selbst und den Kollegen vorzugaukeln. In Wahrheit fühlt sie sich wie bei einer Maskerade. Sie holt einmal tief Luft und beantwortet möglichst ausführlich alle Fragen zu ihrer Arbeit. Alles andere bleibt unausgesprochen. Als sie sich mit Kusshand über den Bildschirm voneinander verabschieden, bleibt sie still vor dem Computer sitzen. Sie muss mehrmals schlucken, fährt sich über das streng nach hinten gekämmte, glatte Haar und steht auf. Gerade da öffnet Katja die Tür.

»Oh, entschuldige, ich wollte nicht stören …«

»Du störst nicht. Ich bin schon fertig. War nur ein Meeting von der Arbeit.«

»Ach so.« Katja nickt kurz, ein kleines Lächeln umspielt ihre Mundwinkel. »Martins Magen knurrt …«, erklärt sie und verdreht leicht die Augen.

Sophie sieht sich in der Küche um. Das Essen hat sie völlig vergessen. Ihr Magen knurrt fast nie. Zu Hause muss sie sich den Wecker stellen, um das Essen nicht zu vergessen. Und heute war sie so mit dem Meeting beschäftigt gewesen, dass sie ans Abendessen gar nicht mehr gedacht hatte.

»Was haltet ihr von Pizza?«, fragt sie.

»Ich kenne ihn zwar noch nicht, aber ich würde wetten, er wird vor Freude durch den Flur grölen«, antwortet Katja.

»Dann gib den anderen bitte Bescheid, dass wir in einer Viertelstunde losfahren«, sagt Sophie und geht hinüber in ihr Zimmer, um sich umzuziehen. Sie sucht etwas aus, das zum Stil vom Strandhotel Meeresbrise passt: eine Leinenhose und ein weißes Baumwolltop.

Katja hat vollkommen recht. Martin lässt zwar keinen Freudenschrei los, doch ein Lächeln geht über sein Gesicht, das erste richtige Lächeln, das Sophie entdeckt, seit er hier angekommen ist. So sieht er gleich viel lieber aus. Aber sie weiß, warum er damit geizt. Lieb sein bedeutet, sich verletzlich zu machen.

Martin schlägt vor, seinen Wagen zu nehmen, aber Sophie bietet an zu fahren, damit die anderen etwas trinken können. Da fliegt das nächste Lächeln über Martins

Gesicht. Sophie tut sich beim Anfahren schwer mit der Kupplung und jagt den Motor hoch, doch schließlich kommen sie vom Fleck. Die Pizzeria ist zehn Minuten entfernt, ein kleines, altmodisches Lokal mit Dartscheibe und einem Röhren-Fernseher auf einer Kommode. Sie lassen sich an einem Fenstertisch nieder. Martin bestellt eine Kebabpizza, Katja eine vegetarische Pizza und Isak einen Meerestraum mit Muscheln und Krabben, Sophie nimmt einen griechischen Salat.

Sie unterhalten sich noch etwas schüchtern – über das Essen, den Flur, über Skepparkroken und den ungewöhnlich heißen Sommer, den die Meteorologen prophezeien –, als hinter Sophie die Tür aufspringt. Der Gast zögert kurz, doch kommt dann an ihren Tisch und legt Sophie die Hand auf die Schulter.

»Na, das ist ja eine Überraschung«, ruft Bernt Carlberg.

»Oh, hallo.«

Sophie steht auf und hält ihm die ausgestreckte Hand hin. Carlberg, der sie eigentlich in den Arm nehmen wollte, drückt kurz ihre Hand. Den anderen am Tisch stellt er sich gleich als »Bernt« vor.

»Und wen haben wir da …?«, fragt er und lächelt sie freundlich an.

»Katja, Isak und Martin«, sagt Sophie. »Sie helfen mir beim Renovieren.«

Er zieht erstaunt die Augenbrauen hoch.

»Na so was. Ich bin Bestatter«, erklärt er den anderen, um seine Bekanntschaft mit Sophie zu erklären, doch sie sehen ihn nur fragend an.

»Ein Platz ist noch frei«, sagt Martin und nickt auf den Stuhl neben sich.

»Wirklich?«

Bernt druckst ein bisschen herum und sieht Sophie fragend an.

»Ja, klar«, sagt sie und hofft insgeheim, dass er dankend ablehnt. Er ist fraglos nett, und sie hat es auch ihm zu verdanken, dass sie die Villa jetzt mithilfe der freiwilligen Arbeiter renoviert, aber sie möchte tiefschürfenden Gesprächen lieber aus dem Weg gehen. Und sie hegt den Verdacht, dass Bernt mit Oberflächlichkeit nichts am Hut hat.

Jetzt werden die Pizzen und der Salat serviert. Bernt bestellt für sich eine Capricciosa. Als Katjas Handy klingelt, drückt sie das Gespräch weg und nimmt Messer und Gabel in die Hand. Doch das Smartphone klingelt noch ein zweites und drittes Mal innerhalb von fünf Minuten. Da beugt Bernt sich vor.

»Jemand scheint Sie sprechen zu wollen.«

Katja trinkt einen großen Schluck Wein und schüttelt den Kopf.

»Nur ein Verkäufer.«

»Eine Antwort ist immer besser als Schweigen. Egal, wie sie lautet«, erwidert er.

»Schon, aber das *ist* ein Verkäufer.«

»Auch Verkäufer brauchen eine Antwort«, sagt Bernt und zwinkert ihr zu.

Katja wird rot und schneidet sich ein Stück von ihrer Pizza ab. Sophie schiebt sich eine schwarze Olive in den Mund. Der Geschmack erinnert sie an ihre Lieblingsbar Rooftop, wo sie freitags abends mit ihren Freunden einen After-Work-Sekt trinkt und Oliven snackt. Die Sehnsucht nach dem so vertrauten Ritual gibt ihr einen Stich. Doch eine Frage von Bernt holt sie schlagartig in die Gegenwart zurück.

»Was für ein Leben führt ihr denn, wenn ihr nicht gerade das Strandhotel Meeresbrise renoviert?«

Sophie hat nicht das geringste Interesse daran, mehr von den anderen zu erfahren. Es reicht ihr völlig, dass sie da sind und ihre Arbeit machen. »Möchte noch jemand etwas zu trinken? Das geht auf mich«, sagt sie rasch in der Hoffnung, ernste Gespräche noch abwenden zu können.

Alle drei möchten dasselbe noch einmal. Sophie geht vor an die Theke und bestellt ein großes Bier, ein Viertel Weißwein und ein Viertel Rotwein und eilt zurück zum Tisch. Zu spät. Bernt hat die anderen mit seinem offenen Ohr und seinem warmherzigen Blick längst umgarnt.

»Ich wohne im Süden Hallands, in der Gegend um Tylösand, mit Mann und zwei halbwüchsigen Söhnen, Love und Cedrik. Eigentlich arbeite ich als Wirtschaftsprüferin, aber ich habe mir eine … Auszeit genommen«, erzählt Katja.

Sophie reicht ihr das Glas Weißwein. Bei Katja hätte sie eher auf eine Grundschullehrerin getippt. Bernt nickt und wendet sich Isak zu.

»Und du?«

»Ich wohne allein in einem kleinen Backsteinhaus in Kivik, mitten zwischen Apfelbaumwiesen. Ich führe ein recht stilles Leben, und ich würde sagen, ich bin an einem Punkt angelangt, an dem ich es mit neuen Tönen füllen wollte«, erklärt Isak. »Und ich konnte mir vorstellen, dass es zur Abwechslung mal Spaß machen würde, etwas anderes als Bilder zu malen«, fügt er hinzu und sieht Sophie dabei an.

Bernt nickt einfühlsam.

»Wir alle brauchen mitunter neue Töne.«

Martin trinkt sein Bier und schaut aus dem Fenster. Als sich alle Blicke auf ihn richten, versucht er, unverkrampft überrascht zu wirken.

»Ach so … nein, aber ich arbeite gern und musste Urlaub nehmen. Also arbeite ich stattdessen jetzt hier.« Er trinkt zügig ein paar Schlucke Bier und zuckt mit den Schultern, um klarzustellen, dass es nichts hinzuzufügen gibt.

Im Verlauf des Essens plaudern sie weiter, und Sophies verkrampfte Schultern entspannen sich nach und nach. Sie ist überzeugt, dass ihnen allen belangloser Small Talk am liebsten ist. Die Antworten ihrer Begleiter auf Bernts ernste Fragen hinterlassen zumindest den Eindruck bei ihr. Alle haben sich eher kurz gefasst, keiner hat Details genannt oder erklärt, warum er beschlossen hat, aus seinem bisherigen Leben auszusteigen und das Strandhotel Meeresbrise zu renovieren.

Bernt erhebt sich.

»Dann möchte ich mich aufs Herzlichste für die nette Gesellschaft bedanken. Viel Glück mit der Renovierung … und der Auszeit«, sagt er und zwinkert Katja zu.

»Wollen wir auch aufbrechen?«, fragt Sophie.

Auf dem Heimweg schaltet Martin den Rockmusiksender ein und trommelt mit der Hand auf dem Oberschenkel. Als sie vor der Villa parken, spricht er Sophie auf den Mietwagen an.

»Gib den doch einfach zurück. Der kostet nur massenhaft Kohle. Wenn du ein Auto brauchst, kannst du meins leihen und mir das Benzin bezahlen, wenn wir hier mit allem fertig sind.«

Sophie nickt. »Das ist nett von dir. Sehr gerne.«

Bei Ella flattert die Gardine.

»Deine Nachbarin habe ich heute gesehen«, sagt Isak.

»Ella? Seit Jahrzehnten kümmert sie sich um den Garten. Sie ist taub, aber kann Lippen lesen. Also hütet eure Zungen.«

Katja, Isak und Martin blicken neugierig hinüber zu Ellas Haus, wo die Gardine sich nun nicht mehr bewegt.

»Ich mache noch einen Spaziergang, bevor ich ins Bett gehe«, sagt Sophie. Aber dann dreht sie sich noch einmal zu Katja um. »War der erste Tag hier für dich in Ordnung, auch wenn du gleich Tapeten ablösen musstest?«

»Ja, klar«, antwortet Katja und nickt überzeugend.

Sophie lässt Haus und Handwerker hinter sich und geht am Meer entlang in Richtung Björkhagen. Hier ist die Küste wild, große Steine liegen verstreut am Strand. Das passt zu Sophies Stimmung besser als die sanften, glitzernden Sanddünen von Skälderviken. Und genau hier sind Marit und Margareta auch spazieren gegangen, Runde für Runde. Hier haben sie gegrübelt, gelacht und lebensverändernde Entscheidungen getroffen. Genau wie ich, denkt Sophie. Vielleicht war der Beschluss, diese freiwilligen Handwerker anzuheuern, etwas kühn, doch Sophie ist überzeugt, dass Marit und Margareta auch einige Entscheidungen gegen alle Vernunft getroffen haben. Sonst wären sie nie so erfolgreich gewesen. Sophie hält an und nimmt die Meeresluft in sich auf. Schon nach dem Gespräch mit den Kollegen in Berlin hat sie Heimweh bekommen, nach dem Besuch in der Pizzeria noch viel mehr. Martin, Isak und Katja hätten von sich aus bestimmt nicht erzählen wollen, warum sie hierhergekommen sind, aber das sagt einem ja schon der gesunde Menschenverstand, dass man nicht grundlos alles stehen und liegen lässt, um in ein fremdes Haus einzuziehen und ohne Lohn zu arbeiten. Hoffentlich geht die Renovierung so flott voran, dass sie nicht damit konfrontiert wird, warum die drei hierhergekommen sind. Sophie dreht um, und als sie sich dem Strandhotel Meeresbrise nähert, denkt sie, dass sie wirklich nicht weiß, ob ihr Projekt gelingen wird oder nicht. Aber sie hofft, dass es richtig ist, es wenigstens zu versuchen.

Katja geht hoch ins Turmzimmer, setzt sich auf die Bettkante und holt ihr Handy heraus. Neun verpasste Anrufe von Jesper. Am Wochenende ist er so wütend gewesen. Und sie kann es sogar verstehen. Es ist sehr unhöflich gewesen, die Gäste ohne ein Wort sitzen zu lassen. Wenn sie sich den Samstagabend in Erinnerung ruft, weiß sie gar nicht mehr, was eigentlich der auslösende Faktor gewesen ist. Was sie geritten hat, abends zu einem alten Haus in der Nähe von Ängelholm zu fahren, um darum zu betteln, einen Job als Freiwillige zu bekommen, als Handwerkerin!

Es war ein Tag wie jeder andere gewesen. Jesper hatte gearbeitet, obwohl Samstag war, und hatte vormittags eine SMS geschickt und angefragt, ob sie spontan ein kleines Abendessen für einen neuen Kollegen in der Kanzlei mitsamt Ehefrau vorbereiten könne. Katja hatte ihren Friseurtermin verpasst, um Sekt, Blätterteiggebäck, Oliven, mit Schafskäse gefüllte Tomaten, Feigen, Käse und Würstchen am Pool servieren zu können. Sie hatte das Kleid angezogen, das Jesper an ihr so liebte, das blaue, mit dem auffallend schönen Dekolleté. Und als gute Gastgeberin hatte sie mit der hochschwangeren Ehefrau des Kollegen über Babynamen geplaudert, während Jesper mit ihrem Mann an der Bar stand und sich über den Job unterhalten hatte. Sie hatte gemerkt, dass weder sie noch Sara, die Ehefrau, sich tatsächlich für die Kinder der anderen interessierten. Vielleicht wäre es interessanter gewesen, sich darüber auszutauschen, wie man als Frau die Doppelrolle als Mutter und Ehefrau erfüllen und dabei gleichzeitig eine eigenständige Person bleiben könne. Aber das hatte Katja natürlich nicht angesprochen.

Dann hatte sie sich entschuldigt und war in der Küche verschwunden, um ihre verspannte Gesichtsmuskulatur vom angestrengten Lächeln für einen Moment zu entspannen. Genau da war ihr Blick auf diese Annonce in der Zeitung, die auf der Kücheninsel lag, gefallen. Auf einmal war es ihr wie ein Traum vorgekommen, ein altes Kurhotel renovieren zu dürfen. Sie hatte an die Nummer, die als Kontakt vermerkt war, eine SMS geschickt, und eine Stunde später war sie aus der Haustür geschlichen, ins Auto gestiegen und zum Strandhotel Meeresbrise gefahren. Ein nervöses Lachen hatte sie überkommen, war im Hals stecken geblieben und hatte ihr gleichzeitig den Atem genommen, sodass ihr die Tränen ins Gesicht schossen. Sie hatte Angst gehabt, ohnmächtig zu werden, aber offenbar war genau das das Gefühl, richtig zu leben.

Das Handy gibt schon wieder einen Signalton von sich. Jesper räumt ein, dass die letzte Zeit für sie nicht leicht und er vielleicht auch kein guter Zuhörer gewesen sei, aber jetzt wolle er, dass sie heimkomme, damit sie reden können. Sie legt ihr Smartphone zurück in die kleine Schublade in ihrem Schminktisch. Die Antwort kann warten.

*Ellas Tagebuch, 2. Juli*

*Kürzlich habe ich Sophie gegenüber behauptet, Mona und ich seien Freundinnen gewesen. Doch dazu ist es eigentlich nie gekommen. Erst spät haben wir immer mal wieder Zeit zusammen verbracht. Nach Lennarts Tod kam Mona manchmal mit einer großen Kanne Tee hinaus in den Garten. In der Zeit, in der ich eine Tasse trank, trank sie vier. Und sie redete, obwohl sie, oder gerade, weil sie wusste, dass ich nichts hören konnte. Man konnte es wohl eher einen Monolog als einen Dialog nennen. Ich kann gar nicht sagen, warum ich ihr gegenüber nie erwähnt habe, dass ich Lippen lesen kann. Vermutlich, weil sie nie wirkliches Interesse gezeigt hat, mit mir zu kommunizieren.*

*Aber gerade das macht jetzt alles so kompliziert. Als sie mir mit einem Mal ihr Geheimnis offenbart hat, während sie auf ihrem Kardamomkeks herumkaute, war sie davon ausgegangen, dass ich es nicht hören konnte. Da, in ihrem Garten, ist es förmlich aus ihr herausgesprudelt, ich glaube, die Last ist ihr zu schwer geworden. Und fortan habe ich sie getragen. Was mir zwar nicht das Recht gibt, ihre Geschichte weiterzuerzählen. Doch gleichzeitig quält mich der Gedanke: Sophie hat ein Recht darauf, die Wahrheit über sich zu erfahren.*

# Kapitel 8

Martin hat seinen Pony mit Katjas Haarband zusammengebunden und hält Sophie ein Buch mit Tapetenmustern vor die Nase, als sie in den Flur kommt.

»Falls du dich nicht für Eitempera entscheidest, würden diese Tapeten infrage kommen«, sagt er.

Sophie setzt sich auf die blaue Treppe und blättert die Seiten mit den altmodischen Mustern durch.

»Muster von Josef Frank«, erklärt Katja begeistert und zeigt auf eine Tapete mit farbenfrohem Blumenmuster.

»Nicht ganz mein Stil«, erwidert Sophie.

»Nein, aber der Stil des Hauses«, entgegnet Martin.

Sophie ist versucht zu sagen, dass nicht er die Entscheidungen trifft, doch irgendwas hält sie davon ab. Vielleicht liegt es daran, dass er viel mehr Erfahrung mitbringt als sie. Zudem arbeitet er hier umsonst, und mittlerweile ist ihr schon klar, dass ohne ihn gar nichts voranginge. Vielleicht liegt es auch an seinem Blick. Entschlossen, aber auch verschlossen. Wie eine Kameralinse mit kleiner Blende. Man dringt nicht zu ihm vor. Sie blättert das Buch ganz durch, in der Hoffnung, irgendwo weiter hinten auf Preise zu stoßen, aber die sind in dem Musterbuch nicht aufgeführt. Am liebsten würde Sophie einfach alles mit weißer Farbe überstreichen, damit es frisch und neu aussieht. Dann verschwendet sie nicht unnötig Geld, aber steigert den Wert des Hauses beim Verkauf. So wie Martin an die Sache herangeht, kommt sie vermutlich bei plus minus null raus. Bestenfalls.

»Auf lange Sicht profitierst du davon«, sagt Martin, der ihr die Skepsis anmerkt. »Eine Renovierung, die das Baujahr des Hauses berücksichtigt, erhöht den Preis. Das Strandhotel Meeresbrise sieht verfallener aus, als es eigentlich ist. Mit einer gut durchdachten Modernisierung werden wir seinen Wert deutlich anheben. Nicht wahr?«, sagt er und sieht Katja in der Hoffnung auf Unterstützung an. Ihr eifriges Nicken bewirkt, dass Sophie das Buch mit den Tapetenmustern wieder zuschlägt.

»Ich werde es mir durch den Kopf gehen lassen«, sagt sie und steht auf, um endlich das zu tun, was sie eigentlich vorhatte – einkaufen.

Isak kommt vorbei und hält eine lange Leiste in der Hand. Er hat im Garten zwei Böcke aufgestellt, um draußen schleifen und streichen zu können. Sophie sieht ihm hinterher. Er bewegt sich mit leicht wiegenden Schritten an ihr vorbei und hat dabei einen völlig anderen Takt als die anderen. Sophie sieht die Probleme schon kommen. Eigentlich ist er eine große Hilfe bei der Hausrenovierung, doch schon jetzt überfordert ihn Martins Arbeitstempo.

»Willst du gerade einkaufen fahren?«, fragt er sie, als er zurückkommt.

»Ja, brauchst du etwas?«

»Nein, ich frage mich nur, ob ich mitkommen kann?«

»Das ist nicht nötig, ich schaffe das auch allein. Aber danke«, antwortet Sophie.

»Nicht deinetwegen. Meinetwegen«, sagt Isak. »Weißt du, zu Hause habe ich einen festen Rhythmus. An einem Tag mache ich einen Spaziergang am Meer, am anderen gehe ich einkaufen. Ich habe gerade das Gefühl, ohne diese Routinen verliere ich den Boden unter den Füßen.«

Er presst einen Finger auf die Braue, die wieder zu zucken beginnt. Sophie bringt es nicht übers Herz, ihm den Wunsch abzuschlagen, und nickt. Nach zehn Minuten kommt er in einem hellgelben kurzärmligen Hemd und mit grüner Fliege zurück. Es sieht aus, als wolle er auf ein Fest gehen.

»Ist es in Ordnung, wenn ich …« Sophie sieht Martin fragend an.

»Ja, klar«, antwortet er.

Sie hat den Mietwagen am Morgen zurückgegeben, so wie Martin es vorgeschlagen hatte. Doch schon jetzt ist ihr unwohl bei dem Gedanken, von ihm abhängig zu sein. Aber besser so, als Katjas Auto zu leihen. Sophie fährt selten, dass sie allein die Vorstellung, einen BMW ohne Kratzer nach Hause bringen zu müssen, total nervös macht. Sie wünschte, Isak wäre in seinem Käfer gekommen. Doch er hat den Zug nach Skepparkroken genommen.

Auf dem Weg zum Geschäft holt Isak einen kleinen Block und einen Stift heraus.

»Und, was wollen wir einkaufen?«, fragt er.

Sophie zählt alle Zutaten für einen Krabbensalat mit rotem Quinoa auf. Isak schreibt alles in Schönschrift nieder. Sophie schielt aufs Papier. So eine schöne Einkaufsliste hat sie noch nie gesehen.

Als sie im Laden sind, nimmt Sophie einen Wagen, Isak läuft neben ihr und liest die Lebensmittel von der Liste vor. Als sie zu einem Korb mit Topflappen kommen, bleibt Isak stehen, nimmt vorsichtig einen in die Hand, führt ihn an die Nase und riecht daran.

»Die duften so gut, wenn sie neu sind«, sagt er und hält ihr einen blauen Topflappen unter die Nase. Sie saugt den Duft ein und nickt.

»Den nehmen wir mit«, sagt sie. »Jetzt brauchen wir nur noch Baguette, dann haben wir alles.«

Beim Bäcker steht einer der Verkäufer und unterhält sich mit einer Frau, die von der Brotauslage fast verdeckt wird. Als sie lacht, horcht Sophie auf. Dieses Lachen kommt ihr bekannt vor. Sie steht mucksmäuschenstill da und lauscht. Da erklingt es noch einmal, dieses gurgelnde Lachen. Sophies Puls schnellt in die Höhe, und sie biegt rasch nach links ab, um der Begegnung mit der Frau aus dem Weg zu gehen. Ziemlich sicher ist das Carita, ihre beste Freundin von früher, zu der sie schon lange keinen Kontakt mehr hatte. Carita hat sich in den letzten Jahren mehrfach gemeldet, aber Sophie hat nie reagiert.

»Und was ist mit dem Baguette?«, fragt Isak und zeigt auf die Brottheke.

»Es geht auch ohne Baguette«, sagt Sophie.

Isak bleibt stehen, weiß nicht, woher die plötzliche Planänderung kommt. Sophie dreht sich um zu ihm, sieht ihn an und flüstert ihm zu:

»Okay, dann kauf ein Baguette, aber bitte beeil dich.«

Verständnislos blickt er sie an, aber wirkt erleichtert, als er hinüber zur Brottheke geht.

»Das normale oder das mit Knoblauch?«, fragt er und hält zwei Baguettes in die Luft.

Sophie, die versucht hat, sich hinter dem Regal mit gestückelten Tomaten und Mais zu verstecken, hebt den Kopf.

»Das normale ist gut.«

Als sie gerade auf dem Weg zur Kasse ist, hat Carita sie

entdeckt. Ihre Haare sind noch genauso blondiert wie in den Teeniejahren, und noch immer scheint sie auf roten Lippenstift zu stehen.

»Das kann doch nicht wahr sein. Sophie!«, ruft sie.

Sophie lächelt steif.

»Carita.«

Ihre Jugendfreundin kommt angerannt und drückt sie innig.

»Gestern habe ich die Todesanzeige gelesen. Aber ich wusste nicht, dass du hier bist.«

»Ich habe ein paar Dinge zu erledigen.«

»Kann ich verstehen.« Carita sieht sie mit großen Augen an. »Wie geht's dir?«

Sophie presst die Lippen aufeinander. Erwartet Carita jetzt, dass sie sagt »wunderbar«, oder will sie die Wahrheit hören? Sich über jemanden zu ärgern, der gerade gestorben ist, bewirkt, dass man sich selbst schlecht fühlt, und das Gefühl wiederum hat zur Folge, dass man auf den, der gestorben ist, noch ärgerlicher wird. Ein Teufelskreis, der nur Fragen aufwirft, aber keine Antworten liefert.

»Den Umständen entsprechend gut«, antwortet sie.

»Hat sich deine Beziehung zu Mona mit den Jahren gebessert?«, fragt Carita nach.

Gebessert, denkt Sophie, während sie Isak mit dem Baguette in der Hand auf sie zukommen sieht. Bevor die Alzheimer-Diagnose alles unterband, hatte sie mit Mona etwa jede zweite Woche telefoniert. Nein, nicht ungefähr, ganz genau einmal in zwei Wochen. Eine Pflichtübung wie das Küsschen auf die Wange, so würde sie diese Gespräche bezeichnen. Aber natürlich standen sie da einander näher als in der Zeit, als totale Funkstille geherrscht hatte.

»Klar. Das hat sich geklärt«, erwidert sie kurz.

Carita pustet übertrieben deutlich aus.

»Ich wohne mit meiner Familie in Helsingborg und bin nur hier, um meine Eltern zu besuchen. Ja, meine Kinder sind ja schon vorpubertär, die kommen nicht mehr mit.« Sie knufft Sophie in die Seite. »Meine Güte, weißt du noch, wie es damals bei uns gewesen ist? Jetzt, wo die eigenen Kinder Teenager werden, kann man die Eltern damals viel besser verstehen.«

Sophie zieht die Augenbrauen hoch.

»Na ja, für dich ist es vielleicht etwas anderes. Mona war ja etwas … speziell … aber …« Carita hält inne. »Wie alt sind deine Kinder?«, fragt sie stattdessen.

»Ich habe keine.« Als sie Caritas mitleidigen Blick bemerkt, schiebt sie hinterher: »War meine Entscheidung.«

Caritas Miene ist schwer zu deuten. In Berlin reagiert kein Mensch darauf, wenn man mitteilt, dass man keine Familie gegründet hat. Schon allein dafür liebt man diese Stadt.

Isak kommt auf sie zu und legt das Brot in den Wagen.

»Jetzt muss ich los …«, sagt Sophie und blickt zum Ausgang. Carita sieht Isak neugierig an und streckt die Hand aus.

»Isak«, sagt er höflich und macht einen Diener. »Ein Bekannter von Sophie.«

»Wie nett«, erwidert Carita und macht große Augen. Sophie hat nicht die geringste Lust, nähere Erklärungen abzugeben, sondern schiebt den Wagen schon in Richtung Kasse. Carita springt hinterher. »Wie lange bleibst du? Vielleicht können wir uns mal treffen und alte Erinnerungen auffrischen?«

Sophie legt den Einkauf aufs Band und bezahlt, während Isak ihn in einen Stoffbeutel packt, den er mitgenommen hat. Sophie antwortet so, wie es von ihr erwartet wird.

»Ja, klar. Mach's gut. War schön, dich zu treffen.«

Mit energischen Schritten geht sie zurück zum Auto und fährt schweigend heim. In ihrem Kopf dreht sich alles. Als sie vor dem Strandhotel Meeresbrise hält, ist Isak ganz gerührt.

»Ich wollte mich nur bedanken, dass ich mitkommen durfte. Das bedeutet mir viel.«

Sie laufen zum Haus hinauf, und da fällt Sophie auf, dass das Zucken über Isaks Auge verschwunden ist. Sie selbst hingegen steht nach der Begegnung mit Carita noch immer unter Strom. Ob sie zu kurz angebunden war? Zu desinteressiert? Allerdings ist Sophie nicht nach Skepparkroken zurückgekehrt, um alte Kontakte aufzufrischen. Eher, um die letzten Verbindungen zu kappen.

Nachdem sie alles ausgepackt und verstaut hat, lässt sich Sophie auf den Küchenstuhl nieder und sieht aus dem Fenster. Hier hat ihre Mutter gesessen und darauf gewartet, dass Sophie aus der Schule heimkam. Alle anderen Kinder besuchten sich nach der Schule, doch Sophie hatte genau gewusst, dass das nicht ging, auch wenn es nie ausgesprochen wurde. Ihre Mutter war immer unter Hochspannung, bis Sophie zu Hause war. Tagein, tagaus. Einmal hatte Sophie die Zeit vergessen und Himmel und Hölle gespielt, bis es dämmrig wurde. Damals war ihr Vater wie so oft auf Dienstreise. Als sie schließlich heimkam, war ihre Mutter totenbleich. Sophie konnte sich nicht einmal entschuldigen, so schnell war sie in der Abstellkammer gelandet, hinter verschlossener Tür. Das war das erste Mal gewesen, doch bei Weitem nicht das letzte. Wie hatte Carita sich ausgedrückt? Ihre Mutter sei ein bisschen speziell gewesen. Ja, das konnte man sagen.

Sophie steht auf und versucht, die Erinnerungen auszublenden, sie muss jetzt kochen. Zehn vor sechs erscheint Katja in der Küche und deckt den Tisch.

»Ich habe ein bisschen in deinem Blog gelesen«, sagt Sophie. »Mir gefällt Weiß und Grau.«

Katja grinst, und ihre Grübchen graben sich noch tiefer in ihr Gesicht.

»Danke. Aber Martin hat recht«, sagt sie. »Dieses Haus braucht etwas anderes als grau gestrichene Dielen, um zu glänzen.«

Sophie zuckt mit den Schultern und füllt das Essen in Schüsseln. Ihre Unschlüssigkeit ärgert sie. Es ist ihr Zuhause und ihr Projekt. Warum ist sie sich immer unsicher und lässt sich von den anderen reinreden? Das sieht ihr gar nicht ähnlich. Martin und Isak erscheinen in der Küche und setzen sich.

»Bitte, bedient euch«, sagt Sophie.

»Salat!«, ruft Martin und hält beide Daumen hoch. Ihr ist klar, dass er das ironisch meint. Sie beißt die Zähne zusammen. Jetzt muss sie dagegenhalten, um das Kommando wieder zu übernehmen, also sagt sie:

»Ihr müsst das nicht essen.«

Er stößt sie leicht an der Schulter an.

»Schon, aber wenn man hart arbeitet, braucht man viel Eiweiß.«

Sophie kann sich gerade noch verkneifen zu sagen, dass

er freiwillig hier ist. Verärgert stellt sie fest, dass sie rot anläuft. Sie weiß, wie unterlegen das wirkt.

Trotz seines Kommentars nimmt Martin sich eine große Portion. Sophie hat gar keinen Appetit und stochert nur in ihrem Essen herum. Schweigend sitzen sie am Tisch. Isak zuckt zusammen, als Martin schließlich den Stuhl zurückrückt, sich für den leckeren Salat bedankt und die Küche mit Snus unter der Lippe verlässt. Da greift Katja zu ihrem Handy und zeigt ein Bild von vietnamesischen Rolls.

»Wenn wir schon beim Essen sind … Die habe ich vor gar nicht langer Zeit mal gekocht. Kann ich hier auch gerne mal machen, wenn du eine Pause brauchst«, sagt sie und sieht Sophie aufmunternd an.

»Die sehen ein bisschen wie Schmetterlingsraupen aus«, sagt Isak.

Katja muss lachen. »Genau das hat mein Sohn auch gesagt. Und ich kann noch hinzufügen, dass er sie nicht einmal probiert hat.«

»Ich würde annehmen, Martin täte das auch nicht«, erwidert Isak und lächelt peinlich berührt.

»Wie wahr«, sagt Katja und will gerade zu ihrem Handy greifen, als eine Zeile mit einer SMS auf dem Display aufleuchtet. *Wenn du heute Abend nicht nach Hause kommst, hole ich dich.*

Katja nimmt das Smartphone schnell vom Tisch.

»Ist nicht so ernst, wie es scheint«, sagt sie zur Beruhigung und zuckt mit den Schultern, doch die hektischen Flecken an ihrem Hals sprechen eine andere Sprache.

»Da alle fertig sind, beenden wir das Abendessen«, sagt Sophie.

Als sie wieder allein in der Küche ist, überkommen sie

Zweifel. Sie scheint förmlich darin zu versinken. Sind die Menschen zu komplizierte Wesen, um in einem Haus zusammen wohnen zu können, es ein paar Wochen lang zu renovieren und dann wieder auszuziehen? Energisch erledigt sie den Abwasch. Dann streift sie die Handschuhe ab, schmiert sich die Hände mit Aloe-Vera-Creme ein und träumt von dem Tag, an dem sie wieder in Berlin in ihrem Nagelstudio sitzt und sich neuen French Lack gönnt.

Sophie hängt das karierte Handtuch an den Messinghaken und geht hinaus in den Garten. Der Sommerabend duftet nach gelben Austinrosen. Sie lässt die Blumenaromen wirken und wird ruhiger, dann geht sie hinüber zu ihrer Hängematte. Beim Näherkommen sieht sie eine Puppe darin sitzen. Eine Porzellanpuppe mit blassen, pummeligen Wangen, weinrotem Samtkleid und passendem Hut. Sophie hält inne und schaut sich um. Wer hat eine Porzellanpuppe in ihre Hängematte gesetzt? Um den Hals der Puppe hängt eine Schnur, daran ist ein Zettel befestigt. Sophie nimmt ihn ab und liest:

*Immerhin habe ich geliebt. Mit meinem ganzen Herzen, mit allem, was ich hatte. Dieses Glück ist nicht jedem vergönnt. / Esmeralda*

Sophie hängt den Zettel zurück. Merkwürdig. Wer ist Esmeralda?

Nach dem Essen geht Katja nicht hoch in ihr Zimmer, sondern hinunter an den kleinen Strand. Typisch, dass Jesper gerade da diese beleidigte SMS schicken musste, als Isak und Sophie auf ihr Handy geschaut haben. Schon ein komischer Zufall, wieso sie genau in dem Moment kam, als sie von den vietnamesischen Rolls erzählte. Wenn sie es sich genau überlegt, dann sind diese unschuldigen vietnamesischen Rolls eigentlich der Auslöser gewesen, der sie hierher geführt hat. Sie hatte in der Küche gestanden und mit dem dünnen, feuchten Reispapier gekämpft, damit es nicht riss, bevor sie es mit Krabben, Minze, Lauch und Gurke füllt. Sie hatte gerade den würzigen Dip aus Chili, Limette und Knoblauch hergestellt und das Licht am Tisch angeknipst, als Jesper vom Büro gleich in die Küche kam, noch im Anzug, die Wirtschaftszeitung unter den Arm geklemmt.

»Love!«, hatte er gerufen. »Essen!«

Zehn Minuten hatte es gedauert, bis der Sohn endlich angetrabt kam. Er war groß und schlaksig, genau wie sein Vater, aber er hatte noch nicht gelernt, mit seiner Größe umzugehen, er lief leicht gebeugt. Als er die vietnamesischen Rolls auf dem Tisch erblickte, hatte er die Ohrstöpsel aus dem Ohr genommen und gemeint:

»Machst du Witze? Sollen wir jetzt etwas essen, das wie Schmetterlingsraupen aussieht?«

Katja hatte erklärt, dass es gut für die Umwelt und die Gesundheit sei, weniger Fleisch zu essen, doch Love hatte demonstrativ die Ohrstöpsel wieder eingesetzt, sich ein Brot geschmiert und war wieder hoch in sein Zimmer gegangen. Katja hatte mit roten Wangen dagesessen. Diese Eigenart regte sie auf. Schon bei der allerkleinsten Aufregung schoss ihr das Blut ins Gesicht und legte ihre Gefühlslage für alle sichtbar offen. Sie wusste, dass Jesper das süß gefunden hatte, als sie sich kennenlernten, doch das war lange her. Jesper … er hatte artig eine vietnamesische

Roll genommen und dann vorgeschoben, er habe spät mittaggegessen und daher keinen großen Hunger. Katja hingegen genoss es richtig, von der Rolle abzubeißen und zu spüren, wie sich die Minze mit dem Sambal Olek in der Soße zu einer prickelnden Kombination verband. Dabei dachte sie an die gemeinsamen Studienjahre. Damals hatte sie viel Geld für frische Lebensmittel und Kräuter ausgegeben und ihr Hirn zwischen den Prüfungen mit dem Kochen der leckersten Gerichte entspannt. Nichts brachte ihr Adrenalin so in den Fluss wie die Kreationen von außergewöhnlichen Leckerbissen. Jesper war ihr Versuchskaninchen gewesen und hatte oft von ihren Kochkünsten geschwärmt. Manchmal wiederum machte er sich einen Spaß und verzog das Gesicht oder warf sich vermeintlich sterbend auf den Boden, als hätte sein letztes Stündlein geschlagen. Die wenigen nicht gelungenen Kochversuche endeten in der Regel damit, dass Katja eine Kelle Essen nach ihm schleuderte und damit den Krieg eröffnete. Ein Krieg, aus dem ziemlich häufig intime Begegnungen wurden. Mitunter gab es gleich Sex auf dem Küchenfußboden.

Katja hebt eine Muschel auf und legt sie in ihre Handfläche. Sie weiß noch, wie sie da gesessen hat, die vietnamesischen Rolls in der Hand, voller Sehnsucht nach der Nähe von früher. Nach dem Lachen. Wie gern hätte sie sich über den Tisch gebeugt und ihren Mann zwischen den Happen geküsst. Jesper blätterte gerade die Zeitung um, als Katja sich reckte, um noch eine Roll zu nehmen und ihre Gefühle zu betäuben, da berührten sich ihre Hände. »Sorry«, sagte Jesper und zog die Zeitung schnell auf den Schoß. Katja legte die Roll zurück auf die Platte, blinzelte die Tränen, die ihr in die Augen schossen, weg und stellte fest, dass sie sich von der Zärtlichkeit der ersten Jahre meilenweit entfernt hatten, wenn Jespers einzige spontane Reaktion auf eine zufällige Berührung »sorry« war.

Das Meer stößt beharrlich in die Bucht, als wolle es an Land, während Katja so dicht an der dunklen, nassen Grenze läuft, dass ihre Schuhe feucht werden. In der Hand hält sie jetzt vier Muscheln. Eine gerillte weiße, eine blass rosafarbene, eine dunkle Miesmuschel und eine längliche, gold glänzende Jakobsmuschel. Sie lässt sie in ihrer Hand ein bisschen hin- und herkullern. Vier verschiedene Muscheln. Für jedes Familienmitglied eine. Die Miesmuschel ist Jesper, stark, glänzend, stolz. Die weiße ist ohne Zweifel der ältere Sohn Cedrik, unerschütterlich, rein, freundlich. Die Jakobsmuschel ist Love. In seinem großen, schmalen Körper noch nicht richtig zu Hause, schwer zu fassen, doch ein Herz aus Gold. Jetzt ist nur noch die rosafarbene Muschel übrig. Sie ist so zerbrechlich, dass sie an den Kanten fast durchsichtig erscheint. Die anderen Muscheln passen perfekt zu den Familienmitgliedern Jesper, Love und Cedrik. Die rosafarbene passt eigentlich gar nicht zu ihr. Na ja, möglicherweise die feminine Farbe. Doch ihre Muschel müsste größer sein – am besten so groß, dass alle anderen Muscheln in ihrer Schale Platz fänden. Sie dreht um, will zurückgehen und nach einer neuen Muschel Ausschau halten, als sie eine große Gestalt im Sand spazieren sieht. Isak. Er winkt.

»Vom Turmzimmer aus habe ich dich laufen sehen, und da dachte ich, keine schlechte Idee, so ein Abendspaziergang«, sagt er, als sie aufeinander zugehen.

Er sieht auf ihre geschlossene Hand.

»Was hast du da?«

»Nur Muscheln«, sagt Katja und öffnet sie.

»Was heißt nur«, erwidert er und lächelt. »Sehr schön. Vielleicht kann ich sie irgendwann einmal malen?«

»Ich würde gern ein Muschelbild von dir sehen.«

Nebeneinander schlendern sie zurück zum Strandhotel Meeresbrise.

»Stimmt es eigentlich, was du in der Pizzeria gesagt hast, dass dein Leben still geworden ist und du herkamst, weil du Töne um dich brauchtest?«, fragt sie ihn.

»Nicht ganz. Ich mag Stille durchaus. Es war eher das Gefühl, dass ich mit meinem Leben noch etwas anderes anfangen wollte. Diese Anzeige tauchte plötzlich auf, und da habe ich die Chance ergriffen. Aber hier gerät man ein bisschen durcheinander …«, sagt er und tippt sich an die Schläfe, »wenn man seinen gewohnten Rhythmus aufgibt.«

Katja nickt und erwidert:

»Ich bin eigentlich nicht hierhergekommen, um eine Pause zu haben, oder weil ich es so toll finde, Häuser umsonst zu renovieren, ich bin eher auf der Suche nach etwas. Das Problem ist, dass ich selbst nicht recht weiß, was. Ich habe ja alles, was ich brauche, daheim.«

»Vielleicht suchst du dich selbst«, sagt Isak.

»Vielleicht suche ich mich selbst«, wiederholt Katja nachdenklich und lächelt.

*Ellas Tagebuch, 4. Juli*

*Im Puppenzimmer bin ich zu Hause am liebsten. Anfangs wohnten die Puppen im begehbaren Kleiderschrank. Doch dann wurde das kleine Grüppchen immer größer, und sie zogen ins kleine Schlafzimmer um, das eigentlich als Gästezimmer zur Verfügung gestanden hätte, wenn Gäste gekommen wären. Vor einigen Jahren wurde auch der Raum zu klein, sodass wir wieder umzogen – die Puppen und ich. Sie bekamen mein großes Schlafzimmer, und ich zog ins kleine. Diese Lösung war perfekt. Ich allein kenne dieses kleine Universum. Und so soll es sein. Ich glaube, jemand anders würde es auch nicht verstehen. Schließlich spielt man im Alter von siebzig Jahren doch nicht mehr mit Puppen? Obwohl es doch gar nicht ums Spielen geht. Es geht darum, sich ein Zuhause zu geben. Und zu kreieren. In einer Welt zu Hause zu sein, die ich selbst geschaffen habe.*

*Alles hat mit Esmeralda, der Porzellanpuppe mit der elfenbeinweißen Haut, den rosigen Wangen und einem Kleid, das aus der Zeit von Jane Austen zu stammen scheint, begonnen. Ich habe sie von Margareta geschenkt bekommen, als ich nach meiner Hirnhautentzündung wieder auf dem Wege der Besserung war, aber mein Gehör verloren hatte. Als ich damals plötzlich nicht mehr hören konnte, was die anderen sagten, wurde Esmeralda mein Ein und Alles. Sie und ich verstanden uns blind.*

*Vor ein paar Tagen bin ich nachts aufgewacht und hatte die Idee, dass sie vielleicht mit Sophie »sprechen« könnte. Ich schreibe die Worte auf, sie überbringt sie. Doch das kostet Zeit. Ich muss jedes einzelne von ihnen auf die Goldwaage legen, damit ich nichts falsch mache. Ich will nur Sophies Neugier wecken, sie nicht verschrecken. Denn ich bin mir noch immer nicht sicher, ob ich wirklich die ganze Geschichte erzählen kann, wir werden uns daher langsam vorwärtstasten. Esmeralda und ich.*

# Kapitel 9

Sophie presst die Hände auf die Kniescheiben und füllt ihre Lungen mit der frischen Luft. Es ist sechs Uhr morgens, und sie ist schon zehn Kilometer gejoggt. Dieses Gefühl hinterher ist enorm wohltuend. Als würde man Massage und Akupunktur gleichzeitig bekommen. Alle Verspannungen lösen sich in nichts auf. Die ersten Kilometer tun weh. Der Körper ist steif, und die Lungen kämpfen mit dem Tempo, das sie vorlegt. Aber dann … wenn der Körper begreift, dass der Kopf sich entschieden hat … Sophie keucht, dehnt die rückseitige Oberschenkelmuskulatur und geht anschließend in die Küche. Sie macht sich nicht die Mühe, ein Glas aus dem Schrank zu holen, sondern lehnt sich einfach über die Spüle und trinkt direkt aus dem Wasserhahn, als hinter ihr der Boden knarrt. Hastig dreht sie sich um und wischt sich die Wassertropfen vom Kinn. »Isak!«

»Oh, guten Morgen. Ich dachte, ich bin der Einzige, der in solcher Herrgottsfrühe auf ist«, erklärt er und macht eine Verbeugung.

»Ich bin immer so früh wach. Willst du einen Kaffee?«

»Gern, aber nur, wenn es keine Umstände macht.«

»Natürlich nicht«, sagt Sophie. »Hast du gut geschlafen?« Sie registriert wieder ein leichtes Zucken über seinem Auge.

»Ja«, antwortet er, doch klingt nicht überzeugend. »Oder,

um die Wahrheit zu sagen, bin ich von einem sonderbaren Traum erwacht. Meine Bilder schwebten vom Himmel auf mich herab und begruben mich bei lebendigem Leib. Und gerade, als ich keine Luft mehr bekam, bin ich aufgewacht.«

»Wie schrecklich. Ich habe in diesem Haus auch sonderbare Träume. Das liegt bestimmt an den alten Mauern.«

Sophie schaltet die Kaffeemaschine an.

»Was hast du da?«, fragt sie und nickt zu der Tasche, die er unter dem Arm hält.

»Das ist mein Malzeug. Ich habe gedacht, ich könnte noch eine Runde malen, bevor wir mit der Arbeit beginnen.«

»Du solltest mal meinen Garten malen, wo er jetzt so schön blüht. Dann könnten wir das Bild im Salon aufhängen«, sagt Sophie.

»Ich male nur Wasser.«

»Wasser?«

»Ja, Meer, Flüsse, Seen. Immer Wassermotive. An meinem Haus ist ganz in der Nähe ein Wäldchen. Über einen kleinen Pfad gelangt man direkt an einen kaum zugänglichen Küstenabschnitt. Das Meer ist ziemlich dunkel, aber zwanzig, dreißig Meter weiter gibt es einen türkisfarbenen Streifen. Dieses Stück Wasser kann ich jeden Tag malen, ich kann mich nicht sattsehen.«

Sophie wischt sich mit einem Stück Küchenrolle noch einmal den Schweiß von der Stirn.

»Gibt es irgendeinen Grund, warum du nur Wasser malst, oder hat sich das einfach zufällig so ergeben?«

»Gibt es Zufälle? Wenn man genauer hinsieht, ist es doch meist so, dass ein Ereignis das nächste ausgelöst hat.« Er sieht zum Fenster. »Ist es okay, wenn ich …«

»Natürlich«, antwortet Sophie.

Sie schenkt ihnen beiden eine Tasse Kaffee ein, während er sich ein Knäckebrot schmiert. Dann sieht sie zu, wie er auf dem kleinen Weg in Richtung Meer verschwindet. Ein ungewöhnlicher Mann. Der nur Wasser malt. Aus irgendeinem Grund erinnert Isak sie an ihren Vater Lennart. Er war auch so geheimnisvoll. Diese zurückhaltende Art. Ihr Vater war kein Mensch der vielen Worte, doch wenn er mal redete, hörte Sophie andächtig zu. Sie spazierten gern gemeinsam durch den Garten, und ihr Vater erzählte ihr Geschichten und Wissenswertes über die Pflanzen. Seine Lieblingsblumen waren die Brennnesseln. Er trocknete sie gern und verwendete sie für Eintöpfe und Salat. Als Sophie ihm einmal half, die Nesseln zu pflücken, und sich dabei verbrannte, legte er ihr zur Linderung Gurkenscheiben auf die Haut. Bei dem Gedanken fällt ihr ein, wie oft er mit Ella durch den Garten geschlendert ist. Seite an Seite liefen sie schweigend durch die blühende Pracht, die Ella pflegte und die ihr Papa so liebte. Sophie zuckt zusammen, als Martin die Küche betritt.

»Guten Morgen«, sagt er schlaftrunken und kratzt sich an seinem Stoppelbart. Seit seiner Ankunft im Strandhotel Meeresbrise hat er sich nicht mehr rasiert.

»Guten Morgen«, erwidert Sophie. »Hier gibt's frisch gebrühten Kaffee.«

Sie will den gestrigen Abend nicht mehr thematisieren, aber es fällt ihr schwer, ein Gespräch anzufangen, und sie beschließt, lieber gleich unter die Dusche zu gehen.

Sie dreht den Hahn so weit auf, dass das Wasser dampft, lässt es über ihren Körper fließen und schnappt nach Luft, als es über Mund und Nase läuft. Sie duscht länger als gewohnt, trocknet sich ab, cremt sich ausgiebig mit Körperlotion ein, schlüpft in ein offwhite-farbenes Leinenkleid, das sie im Internet bestellt hat, bindet die Haare zu einem Pferdeschwanz zusammen und legt etwas wasserfeste Mascara auf, dazu Lipgloss mit Booster-Effekt, obwohl es ein normaler Lippenpflegestift auch getan hätte. Dann geht sie zurück in die Küche. Martin schenkt ihr noch eine Tasse Kaffee nach.

»Im Flur haben wir den ersten Arbeitsgang hinter uns. Jetzt ist der zweite dran. Das Hadernpapier«, sagt er und spricht weiter. »Das ist ein Material, das Feuchtigkeit aufnimmt, daher würde ich vorschlagen, wir grundieren die Wände ein paarmal mit Tapetenkleister.«

Sophie nickt und denkt, sie muss aufhören, sich an dem Wort »wir« zu stoßen, wenn sie das hier durchziehen will. Außerdem hat er recht. Nicht sie renoviert. Das tun sie alle gemeinsam.

»Hast du schon eine Entscheidung getroffen, was wir mit den Wänden machen?«, fragt er sie anschließend.

Doch bevor sie antworten kann, fährt er fort:

»Eine Tapete mit einem altmodischen Muster würde sicher gut aussehen, aber mir persönlich gefällt die Eitempera, die der Wand so einen samtigen Schimmer verpasst und die Farbe mit dem Lichteinfall ändert, besser. Sie ist umweltfreundlich und hat keine gesundheitsschädigenden Inhaltsstoffe – zudem ist sie ein Stück Kulturgeschichte. Nur, dass du es weißt.«

Sie hält ihre Kaffeetasse in die Luft, als wolle sie anstoßen. Eigentlich will sie sagen, dass seine Ausführungen unnötig kompliziert klingen, doch stattdessen fragt sie:

»Woher kommt eigentlich dein Interesse an der Erhaltung alter Gebäude?«

»Seit Generationen ist meine Familie väterlicherseits im Baugewerbe tätig. Schreiner und Bauunternehmer. Seit ich ein kleiner Junge war, hat mein Vater mich mitgenommen und mir viel über alte Baustoffe und Techniken erklärt. Heutzutage, wo es in der Branche meist um schnelle Lösungen geht, ist es wichtiger denn je, die alte Bausubstanz zu pflegen und zu bewahren.«

»Wie dieses Haus hier«, sagt Sophie.

»Ja. Und glaub mir, ich weiß, dass es für jemanden wie dich, eine moderne Frau, die in einer Großstadt lebt, nicht leicht ist, auf Fliesenböden und weiße Wände zu verzichten.«

»Die Runde um den Boden ist noch nicht ausgefochten«, sagt sie, nur um den Ball zurückzuspielen, der irgendwie immer wieder bei ihm landet.

Sie greift nach ihrem Portemonnaie, das auf der Kommode liegt, und teilt mit, dass sie jetzt einkaufen fährt.

»Bring diesmal gern was aus der Fleischabteilung mit, wenn es keine Mühe macht!«, ruft Martin ihr hinterher.

Als sie in der Gemüseabteilung des Supermarkts steht, zwischen Avocados und Zitronen, bemerkt sie, dass sie völlig vergessen hat, einen Einkaufszettel zu schreiben. Ohne Zettel hat sie keinen Schimmer, was sie braucht. Beim Kochen zu improvisieren liegt ihr gar nicht. Sie muss ein Rezept gründlich durchlesen und alle Zutaten dafür einkaufen, um daraus etwas Essbares herzustellen. Ihr Kopf fühlt sich wie in Watte gepackt an, ihr fällt auf, dass sie gar nicht gefrühstückt hat, sie hat nur Kaffee getrunken und nach dem Joggen ein Glas Wasser. Außerdem hat sie die

Diskussion über das Material gestresst. Martin hat so genaue Vorstellungen von der Renovierung. Vielleicht hat sie auch deshalb vergessen, einen Zettel zu schreiben? Als sie auf die Fleischtheke zuläuft, beginnt sich alles in ihrem Kopf zu drehen. Vom Anblick der in Vakuum eingeschweißten, rosafarbenen Koteletts wird ihr ganz schlecht. Sie sucht Halt an der Kante der Kühltruhe, wo meterweise abgepackter Bacon liegt, und versucht, tief durchzuatmen. Eine Verkäuferin kommt auf sie zu.

»Brauchen Sie Hilfe?«

Sophie blickt sich um. Ob sie Hilfe braucht? Sie hat keine Ahnung.

»Sie sehen ganz blass aus. Haben Sie das Gefühl, dass Sie ohnmächtig werden?«

Sophie bringt keinen Ton heraus.

»Kommen Sie«, sagt die Frau und nimmt sie mit in den Personalraum. Sophie setzt sich und legt die Stirn auf die Tischkante. In ihren Ohren pfeift es.

»Gibt es jemanden, der Sie abholen kann?«, fragt die Verkäuferin besorgt.

Behäbig schüttelt Sophie den Kopf. »Ist nicht nötig.«

»Wo wohnen Sie denn?«, fragt die Verkäuferin weiter.

Jetzt sieht Sophie auf. »Im Strandhotel Meeresbrise. Sagt Ihnen das was?«

Die Frau runzelt die Stirn. »Ich wohne in Skepparkroken. Aber das Haus steht doch schon seit Ewigkeiten leer?«

»Aber ich wohne da.«

»Sind Sie frisch eingezogen?«

»Nein, ich bin da aufgewachsen.«

Die Verkäuferin sieht sie skeptisch an und hält ihr ein Glas Wasser hin.

»Trinken Sie mal was, dann kommen Sie hoffentlich wieder auf die Beine.«

Sophie greift mit beiden Händen nach dem Glas. »Kennen Sie Mona Wirsén?«, fragt sie dann.

»Mona Wirsén vom Strandhotel Meeresbrise?«, fragt die Frau. Sophie nickt. »Was heißt schon kennen. Ich war gerade nach Skepparkroken gekommen, kurz darauf zog sie fort, wir haben vielleicht ein paar Worte übers Wetter gewechselt, mehr nicht.«

»Das war meine Mutter.«

Die Frau sieht sie irritiert an. »Sie hat nie erwähnt, dass sie eine Tochter hat.«

Sophie zuckt mit den Schultern. Sie hat keine Lust, das Thema zu vertiefen. Also gibt sie vor, sich besser zu fühlen, bedankt sich für das Wasser und geht. Sie verlässt das Geschäft, ohne irgendetwas eingekauft zu haben, fährt wie benebelt nach Hause, schafft es noch bis ins Dienstbotenzimmer, lässt sich da mitsamt Schuhen aufs Bett fallen und schläft auf der Stelle ein. Im Traum steht sie vor der Haustür des Strandhotel Meeresbrise. Ihre Mutter öffnet und schaut sie mit großen Augen an. »Ich bin's, Sophie«, sagt Sophie. »Ich weiß nicht, wer Sie sind«, antwortet Mona. »Deine Tochter«, antwortet Sophie und spürt, wie der Kloß im Hals ihr die Luft nimmt. »Ich habe keine Tochter«, erwidert Mona und schlägt die Tür zu.

Stunden später erwacht Sophie vom Klopfen an der Tür. Die Haare kleben ihr am schweißnassen Nacken.

»Wie geht's dir?«, fragt Martin durch die geschlossene Tür.

Sophie setzt sich auf. Sie fühlt sich wie gerädert.

»Alles okay. Warum?«

»Eine Frau vom Supermarkt kam vorbei und hat sich erkundigt, ob du zu Hause angekommen bist. Sie hat gemeint, es sei dir nicht gut gegangen.«

Sophie beißt die Zähne aufeinander und reibt sich den Nacken mit einem Taschentuch trocken.

»Mir war nur schwindelig. Nichts Schlimmes.«

Mit wackligen Beinen steht sie auf, ignoriert ihren halb aufgelösten Pferdeschwanz und geht in den Flur, wo Katja den Staub vom Baudreck wegsaugt und Isak Martin hilft, das letzte Gerümpel herauszutragen.

»Wahnsinn, wie weit ihr schon seid!«, ruft Sophie.

Katja lächelt und stellt den Staubsauger ab. »Jetzt kommt das, was richtig Spaß macht.«

Sophie nickt. Sie versteht nicht, warum sie den halben Tag verschlafen hat. Morgen muss sie das wiedergutmachen. Mit zwei Händen mehr können sie vielleicht noch schneller Wunder vollbringen als geplant.

»Dein Essen steht in der Küche, wir sind schon fertig«, sagt Katja.

»Oh … vielen, vielen Dank«, antwortet Sophie. Ihr ist klar, dass nur Katja der rettende Engel gewesen sein kann.

In der Küche duftet es nach Hamburgern und Pommes. Wunderbar, denkt Sophie, dann ist Martin jetzt erst mal zufrieden. Auf der Spüle steht ein Teller, eine Folie darüber. Sophie hebt sie an. Halloumi mit Bulgur. Sie wärmt sich das Essen im Ofen auf und ist wirklich dankbar, fürs Essen und für die Pause. Sie hört, wie Martin, Isak und Katja im Flur weiterarbeiten. Als es still geworden ist, räumt Sophie die Küche auf und trägt den Müll raus. Die sanfte Sommerbrise trägt Kinderlachen vom Strand bis an die Villa. Sophie hält inne und genießt die Stimmung. Da kommt eine Frau auf dem Fußweg mit einem Golden Retriever vorbei. Sie grüßt und bleibt am Zaun stehen.

»Ich habe gehört, dass es Ihnen jetzt besser geht«, sagt sie.

Das muss die Verkäuferin aus dem Supermarkt sein.

»Ja, ich hatte nur ein bisschen niedrigen Blutzucker.«

Offenbar will die Frau noch etwas loswerden, sie steht noch da und druckst herum. Schließlich gibt sie sich einen Ruck.

»Ich habe meiner Mutter von Ihnen erzählt. Da stellte sich heraus, dass Ihre Mutter früher die beste Freundin meiner Tante gewesen ist. Mama hat sich immer gefragt, was aus Ihnen geworden ist.«

Sophie lässt die Tüte in die Mülltonne fallen und schließt den Deckel wieder. »Dann kannte Ihre Mutter Mona auch?«

»Ja, und sie hat jetzt ein so stattliches Alter erreicht, dass sie nichts so gut unterhält wie die alten Geschichten. Sie ist in Skepparkroken aufgewachsen, aber nach Halmstad umgezogen, als sie geheiratet hat. Als mein Vater starb, kam sie zurück, und ich zog hinterher. Ich habe sie lange nicht so munter erlebt wie in dem Moment, als ich ihr erzählt habe, dass ich Sie im Laden getroffen habe.«

»Meinen Sie, sie würde sich freuen, mich zu sehen? Und ein bisschen in Erinnerungen zu schwelgen und von meiner Mutter zu erzählen?«, fragt Sophie.

»Ganz bestimmt. Ich weiß nicht, wie gut ihr Gedächtnis noch funktioniert, aber morgen um zwei Uhr werde ich sie sowieso besuchen. Sie lehnt ja jeden Hilfsdienst ab, wissen Sie, daher fahre ich bei ihr vorbei und nenne das einfach Kaffeepause. Dann kaufe ich für sie ein, putze und wasche nebenbei, wenn ich sowieso da bin. Kommen Sie doch einfach dazu.«

Sophie nickt. »Zwei Uhr, sagten Sie? Und wo?«

»Wir können uns vor ihrem Haus treffen, Aktergatan 3. Gehen Sie hier einfach geradeaus, und biegen Sie an dem gelben Haus rechts ab. Und sagen Sie gern Lovisa zu mir, meine Mutter heißt Alma.«

»Und ich bin Sophie.« Sie verabschiedet sich und geht zurück ins Haus. Kaum hat sie die Tür hinter sich geschlossen, springt sie wieder auf. Martin kommt herein, in dunkelblauem Bademantel und Badelatschen. Das nasse Haar tropft auf seine Schultern, und er duftet nach Meer. Ein passender Kommentar zu seinem Aufzug fällt ihm offenbar nicht ein.

»Und, wird es morgen nun Tapete oder Eitempera?«, fragt er stattdessen und streicht sich den Pony aus dem Gesicht.

»Eitempera«, antwortet sie kleinlaut.

»Gute Entscheidung«, sagt er und lächelt, sodass seine Augen zu Strichen werden. Sophie spürt schon wieder, wie sie rot wird. Da grinst er nur noch breiter. Als sie in ihr Dienstbotenzimmer verschwindet, merkt sie, dass er ihr hinterhersieht. Sie beißt die Zähne zusammen und lässt sich auf die Bettkante sinken. Wie kann sich ein einziger Tag wie ein ganzes Jahr anfühlen?, denkt sie erschöpft. Doch während sie dort sitzt, fühlt sie sich nicht nur müde, sondern auch … irgendwie einsam. Nicht so schön einsam wie zu Hause in Berlin nach einem langen Arbeitstag und einem Stündchen mit den Kollegen in der Rooftop-Bar, sondern einsam, als würde sie irgendwen oder irgendwas vermissen. So eine Einsamkeit, die einen dazu treibt, sich in Embryostellung im Bett zu verkriechen, ein Kissen zu umklammern und einfach nur zu heulen. Dieses Gefühl kennt sie gar nicht. Nicht einmal, wenn eine Liaison zu Ende geht. Einen Monat, bevor ihre Mutter starb, hatten Jürgen und sie beschlossen, getrennte Wege zu gehen. Es war kein dramatischer Abschied gewesen, eher das Ende einer Beziehung, die sich nach einem Jahr von allein totgelaufen hatte. Wie so oft. Sophie hatte in einem Artikel gelesen, dass es etwa achtzehn Monate dauert, bis Verliebtheit in Liebe übergeht. All ihre Beziehungen hatten spätestens nach eineinhalb Jahren geendet. Natürlich hatte sie sich schon den Kopf darüber zerbrochen, ob sie nicht fähig war, jemanden richtig zu lieben. Ihre Freundin Hilde sagte dann immer, das ist so, wenn einem der Richtige noch nicht über den Weg gelaufen ist. Und damit hatte sie möglicherweise recht. Aber wenn dieses Gefühl von Einsamkeit weder mit Jürgen noch mit einem anderen Mann zu tun hatte, was war es dann? Vermisste sie ihre Mutter? Hilde würde wohl sagen, sie vermisste die Mutter, die sie gern gehabt hätte. Sophie schließt die Augen. Sie weiß nicht, wen sie vermisst. Nur, dass ihr jemand fehlt. Jemand, der sie in den Arm nimmt und ihr sagt, dass sie das Richtige tut.

Katja hockt auf dem Bett, den Laptop auf dem Schoß. Martin hat sie gerade gefragt, ob sie und Isak zum Meer mitkommen wollen, doch sie muss eine Mail an Jesper schreiben und hat sich deshalb in ihr Turmzimmer zurückgezogen. Isak hat nur den Kopf geschüttelt und verkündet, dass er nie im Meer bade. In Seen und Schwimmbädern auch nicht. Er ist ein ungewöhnlicher Mann, dieser Isak, denkt Katja.

Als sie nach fünf Minuten noch immer keinen Satz zustande gebracht hat, klickt sie weiter auf ihren Blog. Den hat sie schon lange nicht mehr aufgerufen. Sie scrollt, stoppt, liest kreuz und quer. Sie lächelt und muss sich hier und da ein Tränchen aus den Augen wischen. Dass es Jesper und ihr wirklich gelungen ist, dieses Projekt zu Ende zu bringen, was zeitweise völlig unmöglich erschien! Natürlich war die Idee von Anfang an verrückt gewesen, als Berufstätige in Vollzeit mit zwei Kindern in ein renovierungsbedürftiges Haus zu ziehen und es nach allen Regeln der Kunst herzurichten. Er Anwalt, sie Wirtschaftsprüferin. Alles hatte länger gedauert als gedacht, und komplizierter wurde es auch. Nachdem sie drei Wochen lang in der Dusche abgewaschen hatten, hatte Jesper eine Wohnung nur zum Übernachten angemietet, damit sie ohne Baustaub in der Nase schlafen und in einer funktionierenden Küche kochen konnten. Von da an war das Projekt zu ihrem Baby geworden. Jede freie Minute hatte sie in diesem Haus zugebracht. Sie hatten zwar zwischendrin auch Handwerker bestellt, aber bei jedem kleinen Detail hatte sie ihre Finger im Spiel gehabt. Es war das Schwierigste und das Schönste gewesen, was sie je erlebt hatte.

Am letzten Post bleibt sie hängen. Ein Foto mit einer langen Reihe Sektgläser. Jetzt wird gefeiert, steht da in großen Goldbuchstaben. Das Haus war fertig. Danach hatte sie nichts mehr gepostet. Denn fast zeitgleich hat sie die Diagnose Gebärmutterhalskrebs bekommen. Zum Glück war der Abstrich in einem Frühstadium erfolgt, sie wurde sofort operiert, dann bestrahlt.

Diese ganze Zeit ist für sie jetzt noch wie dichter Nebel. Sie kann sich heute nur noch daran erinnern, wie enttäuscht sie gewesen war, als sie sich klarmachte, dass sie in diesem Haus, in das sie so viel Arbeit und Herzblut gesteckt hatte, möglicherweise nie wohnen würde. Sie weiß auch noch, wie fern alle anderen auf einmal waren – Jesper, die Familie und Freunde –, die sie alle mit positiven Gedanken aufmuntern wollten und ihr Mut machten. Sie selbst hatte das Gefühl, schon aufgegeben zu haben, bevor die Behandlungen überhaupt begannen. Die Jahre, die sie in die Renovierung gesteckt hatte, hatten sie körperlich und mental ausgelaugt, und ihr war klar, dass sie für diesen neuen Kampf eigentlich gar keine Kraft mehr hatte.

Dennoch war es gut gegangen. Sie war wieder gesund geworden, und das Leben war erstaunlich schnell zurück in die alten Bahnen geglitten. Verabredungen im Freundeskreis, Hausaufgabenkontrolle, Arbeit. Sie hatten ihre gewohnten Plätze wieder eingenommen und sich abgerackert wie immer, Jesper und sie. Doch wie konnte sie ihm erklären, dass genau das das Problem war? Sie wollte nicht nebeneinanderher leben, sie wollte, dass sich ihre Wege kreuzten, sich um den Alltag rankten, sie über die Füße des anderen stolperten. Sie wollte, dass sie sich mit neuen Augen ansahen, neue Worte zueinander sagten. Sie hatte das Leben noch einmal geschenkt bekommen, ein perfektes Leben. Doch das war nicht genug. Wie sollte sie es in Worte fassen? Auf jeden Fall konnte sie ihren Blog weiterschreiben. Katja legt die Finger auf die Tastatur und schreibt: *Das Leben kam mir in die Quere. Aber jetzt schaffen meine Hände und meine Seele wieder. Diesmal geht es um ein altes, geschichtsträchtiges Kurhotel. Ich bin gespannt, wohin mich diese Reise führen wird.*

# Kapitel 10

Sophie bleibt vor der Aktergatan 3 stehen. Da sich das Haus auf einem kleinen Hügel befindet, kann Alma das Meer sehen, obwohl einige Häuser dazwischenliegen. Lovisa kommt aus der entgegengesetzten Richtung und winkt ihr schon zu. Zusammen gehen sie zur Haustür. Lovisa schließt auf.

»Mama, Sophie und ich sind da!«

Eine kleine, gekrümmte Frau mit Stock und abgewetzten Schaffellpantoffeln erscheint. »Wie nett«, krächzt sie mit rauer Stimme. »Setzen wir uns auf die Veranda.«

Als sie es sich mit einer Tasse Kaffee gemütlich gemacht haben, tätschelt Alma Sophies Handrücken.

»Du bist also die kleine Sophie. Wie lieb.«

»Ja, und ich freue mich, dass ich kommen darf. Wie gut kanntest du Mona denn?«, fragt Sophie.

»Sehr gut. Viele Jahre war sie die beste Freundin meiner Schwester. Na ja, sie wollten mich beim Spielen natürlich nicht immer dabeihaben, aber ich war ein stures Kind und habe mich oft einfach dazugemogelt«, erklärt sie und lacht heiser. »Nichts hat mir mehr Spaß gemacht, als mit ihnen zu spielen. Mona kannte keine Grenzen, heckte immer Unsinn aus und ging ihrer Mutter gehörig auf die Nerven. Das muss für Margareta unglaublich anstrengend gewesen sein, war aber sehr lustig für uns.«

Sophie verschluckt sich und muss husten.

»Kannte keine Grenzen?«

»Margareta hatte ja so viel Arbeit mit dem Strandhotel Meeresbrise. Sie hätte eine Tochter gebraucht, die nach ihr kommt, keine, die ganz anders war. Als Mona so zwölf, dreizehn war, waren sie wie Katze und Maus.« Alma lacht leise und erzählt: »Ich glaube, sie war vierzehn, als sie sie in Kopenhagen wieder einsammelten. Sie war ausgebüchst. Das werde ich nie vergessen. Das ganze Dorf hat die Küste nach ihr abgesucht. Keiner ist darauf gekommen, dass sie eine Vergnügungsreise unternommen hat.«

Sophie ist sprachlos. Geht es wirklich um ihre Mutter? Die über Sophie wie eine Glucke gewacht, sie auf Schritt und Tritt verfolgt hat? Die nie gewagt und nie gewonnen hat?

»Jetzt geht aber nicht deine Fantasie mit dir durch, oder?«, sagt Lovisa, die gerade mit warmen Zimtschnecken aus der Küche kommt.

»Keineswegs.«

»Und was ist dann passiert?«, fragt Sophie.

»Mona ist nach Deutschland gereist, als sie erwachsen war, und Margareta wurde krank. Zu der Zeit lief aber auch das Bed & Breakfast schon nicht mehr gut. Ich kann verstehen, dass Mona, nachdem sie mit dir und Lennart zurückkam, das Hotel endgültig schließen wollte.«

Sophie hat einen ganz trockenen Mund bekommen. Da fällt ihr das Bild, das sie in ihrer Tasche hat, ein. Die Bar Vogler in Berlin.

»Kam sie mit Papa und mir nach Schweden zurück? Dann bin ich in Deutschland geboren?«, flüstert sie.

»Mit der Reihenfolge bin ich mir nicht so sicher, es kann

auch sein, dass sie erst heimkam und dann Lennart kennenlernte und du auf die Welt kamst. Das gibt mein Gedächtnis nicht mehr her.«

Almas Hand zittert, als sie die Kaffeetasse abstellt. Lovisa ist gleich mit ihrer Serviette zur Stelle und wischt die Tropfen ab, die auf die Platte gespritzt sind.

»Mama, möchtest du dich ein Weilchen ausruhen? Du siehst müde aus«, sagt sie.

»Ja, das ist eine gute Idee. Macht keinen Spaß, so alt zu sein«, frotzelt Alma.

»Und noch mal danke, dass ich kommen durfte«, sagt Sophie und drückt Almas Hand.

»Lovisa gibt dir noch ein Foto mit. Da sind wir alle drei drauf: ich, Mona und meine Schwester Linnea. Du kannst es behalten.«

Sophie kann die Augen nicht von dem Foto lassen, als sie nach Hause geht. Mona als Teenager. Das Bild fängt einen Moment ein, in dem sie den Kopf nach hinten legt und aus vollem Hals lacht. Sophie hat ihre Mutter niemals so lachen sehen. Wie wird aus solch einem lebensfrohen Lachen ein derart verkniffener Mund? Wie kann dieser Ausdruck von überschäumender Freude von ständiger Sorge so verzerrt werden?

Als sie zurückkommt, steht Martin im Garten und mischt Farbpigmente mit Leinöl, Wasser und frischen Eiern. Sophie sieht ihm über die Schulter.

»Dann ist die Eitempera tatsächlich das, was der Name sagt. Ein Mix aus Ei und Farbe?«

»Wasser, Öl, Eier und Farbpigmente aus Mineralien und Oxiden.«

»Und das fängt nicht an zu stinken?«, fragt Sophie.

»Nur, wenn man die Farbe zu lange stehen lässt. Solange ich die Arbeit hier anleite, ist das Risiko gleich null«, erwidert er und zwinkert. »Hilfst du mir?«

»Ja, aber nicht gleich. Kann ich dein Auto für maximal eine Stunde leihen?«

»Ja, klar. Der Schlüssel liegt auf der Treppe.«

Sophie fährt zur Gedenkstätte. Es ärgert sie, dass sie im allerhintersten Eck des Friedhofs liegt. Soll uns das ein schlechtes Gewissen machen, weil wir unseren Toten kein anständiges Grab gönnen? Auf der anderen Seite ist es hier viel schöner, denkt sie, als sie den kreisförmig angelegten Platz betritt, in dem die Kerzen der Erinnerung leuchten. Sie holt die Fotografie von Alma heraus und legt sie vorsichtig auf das lilafarben leuchtende Heidekraut. Dann betrachtet sie das Bild ihrer Mama. Der junge Trotzkopf mit den funkelnden Augen. »Wo immer du auch bist, hol dieses Lachen wieder hervor«, sagt sie, lässt das Foto zwischen den Kerzen zurück und geht wieder. Als sie an den grünen Blättern des Rhododendrons vorbeikommt, erblickt sie ein bekanntes Gesicht auf einer Parkbank. Der Mann hat neben sich eine Thermoskanne stehen.

»Darf ich mich setzen?«

Bernt dreht sich um und strahlt, als er sie erkennt. Dann macht er ihr Platz und holt eine zweite Tasse aus seiner Tasche.

»Was ist das für einer?«, fragt Sophie und betrachtet das Tier, das Bernt an der Leine hält. Es trägt einen großen, durchsichtigen Trichter um den Hals.

»Das ist Bosse.«

Der Hund richtet sich auf und steht zitternd auf dünnen Beinen. Er hat graues Fell, mit einem weißen Fleck auf dem Kopf und einem auf der Schwanzspitze.

»Das ist ein chinesischer Schopfhund. Der beste Hund der Welt. Aber meine Frau hat einen Border Terrier adoptiert und, na ja, Bosse hat es zu Hause nicht gerade leicht. Bei dem Hund stimmt das englische Wort für Hündin – bitch.«

Er zeigt auf etwas an der Seite des Körpers, das aussieht wie ein Biss. Sophie zuckt erschrocken zusammen.

»Wie läuft es denn mit eurer Renovierung?«, fragt Bernt.

»Ich müsste lügen, wenn ich behaupten wollte, dass es leicht ist. Aber im Großen und Ganzen läuft es gut. Gerade sind wir dabei, den Flur in der Farbe Eierschale zu streichen.«

Sie kräuselt die Nase.

»Deine freiwilligen Helfer machen einen netten Eindruck.«

»Du hast sie doch nur kurz beim Pizzaessen getroffen«, erwidert Sophie überrascht.

Bernt lächelt.

»Du ahnst ja nicht, welche Menschenkenntnis man bekommt, wenn man mit Toten arbeitet.«

Sophie kann sich das Lachen nicht verkneifen.

»Sie sind nicht hier, damit wir Freunde werden. Ehrlich gesagt möchte ich gar nicht so viel von ihnen wissen, um mich nicht wieder emotional zu binden«, erklärt sie ihm.

»Natürlich machst du es so, wie du willst, aber denk dran, dass jede Begegnung ein Geschenk bedeutet und das Leben verändern kann.«

»Ich will mein Leben nicht verändern, im Moment kämpfe ich darum, das zu behalten, was ich habe.«

Jetzt muss Bernt lachen.

»Wenn wir schon bei Veränderungen sind, Bosse würde ein Wochenende in einem altehrwürdigen Kurhotel sicher guttun«, fährt er fort.

Sophie stellt die Kaffeetasse ab.

»Tut mir leid. Ich bin überhaupt kein Tiermensch.«

»Die meisten Menschen sind viel mehr, als sie glauben zu sein.«

»Kann sein. Aber ich bin kein Tiermensch.«

Bernt lacht schallend und streichelt Bosse über den Kopf. »Sie weiß nicht, was sie verpasst«, sagt er zu dem Hund.

Sophie verabschiedet sich winkend und fährt zurück in die Villa. Die Luft im Garten steht still. Auf den Titelseiten der Zeitungen wird der heißeste Sommer seit Beginn der Aufzeichnungen angekündigt, verbunden mit der Aufforderung, sparsam mit dem Wasser umzugehen. Das hat Ella ganz offensichtlich nicht mitbekommen. Zwischen den Pflanzen ist die Erde dunkel vom Sprengen.

Sophie sieht schon von Weitem, dass die Puppe wieder in der Hängematte sitzt. Sie lässt sich neben ihr nieder. Da kommt eine SMS von Bernt. Es ist ein Foto von Bosse. *Sag nicht, dass du ihm widerstehen kannst* ☺, schreibt er mit Smiley daneben. *Du ahnst nicht, wie kaltherzig ich sein kann,* antwortet Sophie. Dann nimmt sie den Zettel vom Hals der Puppe und liest:

*Wer hätte gedacht, dass Liebe und Glück von so kurzer Dauer sein können! Ich glaubte, ich kann beides festhalten, wenn ich mich daran klammere. Doch es stellte sich heraus, dass mein Griff zu fest war. Den Menschen, den ich am meisten geliebt habe, habe ich damit erstickt. Ob es mir leidtut? Ja. Doch am meisten bereue ich, dass ich durch diesen unerschütterlichen Stolz (vermutlich eine Charaktereigenschaft, die mir meine weiblichen Vorfahren in die Wiege gelegt haben) den größten Fehler begangen habe, den wir Menschen begehen können: nicht um Verzeihung zu bitten. / Esmeralda*

Sophie schluckt, faltet den Zettel zusammen und steckt ihn in die Tasche. Ihr Puls hämmert unregelmäßig, so wie immer, wenn sie unter Strom steht. Irgendetwas lösen diese Texte in ihr aus. Sie kriechen ihr geradewegs unter die Haut. So wie der Zettel in der Küche: VERZEIH.

Martin, Isak und Katja hocken auf der Treppe und machen Pause. Martin hat sein T-Shirt ausgezogen. Seine Haut ist goldbraun, und der Schweiß glitzert in der Sonne. Jetzt kann Sophie erkennen, dass das Tattoo auf seinem linken Oberarm einen Löwenkopf darstellt. Katja sitzt lustlos zurückgelehnt auf den Stufen, eine große Sonnenbrille im Gesicht. Isak ist der Einzige, der krampfhaft versucht, sich innerhalb des kleinen Schattens, den der Dachfirst wirft, zu bewegen.

»Danke fürs Ausleihen«, sagt sie und drückt Martin den Wagenschlüssel in die Hand. Sie versucht, seine nackte Brust nicht anzusehen, doch kann kaum widerstehen. Als er grinsend ihren Blick erwidert, dreht sie sich schnell zu Katja um.

»Weiß vielleicht einer von euch, wer da eine Porzellanpuppe in die Hängematte setzt?«, fragt sie.

Martin muss lachen. »Isak, bist du das, du gehst doch so oft im Garten spazieren?«

Isak schüttelt den Kopf. »Nein! Ich verteile doch keine Puppen.« Er räuspert sich leicht. »Aber ich habe heute Vormittag deine Nachbarin besucht. Sie hatte ihr Portemonnaie vor den Rosensträuchern verloren, und ich bin zu ihr hinübergegangen, um es ihr zurückzugeben. Und bevor sie die Tür zugemacht hat, habe ich dort ein Zimmer voller Puppen gesehen.«

Sophie kneift die Augen zusammen und blinzelt zum Haus der Nachbarin. Ella. Warum sollte sie eine Puppe mit kryptischen Nachrichten in ihre Hängematte setzen? Sie holt die Puppe und geht hinüber zu Ellas Haus. Nachdem sie dreimal geklingelt hat, geht sie zum Küchenfenster, schirmt die Augen mit den Händen ab und blickt durch die Scheibe. Ella steht an der Spüle und rührt in ihrer Teetasse. Sophie wedelt mit den Armen. Ella lächelt sanft und zeigt zur Haustür. Sophie hört, wie es im Schloss klickt, und dann geht die Tür auf.

»Hallo«, sagt Ella.

»Hallo«, antwortet Sophie und reicht ihr die Puppe. »Ich nehme an, die gehört dir.«

Ella nimmt sie liebevoll in den Arm, bedeutet Sophie hineinzukommen und setzt die Puppe im Flur auf einen Stuhl.

»Warum hast du keine Hilfsmittel, Ella? Es gibt doch bestimmt Lampen, die aufleuchten, wenn jemand an der Tür steht und klingelt …«, fragt Sophie.

*Es gibt Blinklampen, Taschenvibratoren, Cochlea-Implantate*, schreibt Ella auf ihren Block und schenkt Sophie eine Tasse Tee ein.

»Und du hast nichts davon?«

*Ich komme ohne all das gut zurecht. Ich benutze meine*

*anderen Sinne umso mehr*, schreibt sie ordentlich in Druckschrift aufs Papier.

»Riechen, fühlen und sehen?«

»Und den siebten Sinn …«, sagt sie monoton.

»Aber den gibt es doch nicht wirklich, oder?«, sagt Sophie und nimmt einen Schluck Tee, der intensiv nach Lavendel duftet.

Ella greift zum Block und schreibt:

*Magnetorezeption, »ein magnetischer siebter Sinn«, hilft uns, unsichtbare Magnetfelder zu erfassen. Einige Tiere benutzen den Magnetsinn, um sich zu orientieren. Meeresschildkröten, Honigbienen, Delfine und Zugvögel zum Beispiel.*

Sophie schielt durchs Fenster hinüber zu ihrem Garten und beschließt, das Thema zu wechseln.

»Du hast mehr Zeit in meinen Garten gesteckt als ich in allen Jahren zusammengerechnet.«

Ella strahlt und kritzelt schnell ein paar Worte auf den Block.

*Ja. Schon als Margareta noch lebte. Mein Vater hat für Margareta als Gärtner und Hausmeister gearbeitet. Meine Mutter starb, als ich noch klein war, und mein Bruder und ich wuchsen bei meinem Vater auf. Zu der Zeit war es für einen Mann nicht leicht, sich um eine taube Tochter zu kümmern, also bin ich ganz oft einfach mit ihm zur Arbeit gegangen. Dorthin, wo dann nach und nach dein Garten entstand.*

»Wie war Margareta?«, fragt Sophie.

*Energisch, tatkräftig, stolz, großzügig.*

»Meine Mutter hat nicht viel Gutes über sie gesagt.«

*Margareta hat immer behauptet, dass ihre Mutter Marit ein drahtiges altes Weib, eine religiöse Fanatikerin und ein exzentrischer Visionär gewesen ist. Und ein wunderbarer*

*Mensch. Margareta hat es immer als Ehre betrachtet, die Arbeit weiterzuführen, die ihre Mutter begonnen hat. Mona war da anders. Sie hat diese Aufgabe verweigert.*

»Und wie war sie?«

*Sie war unerschütterlich, abenteuerlustig und …*

»… kannte keine Grenzen«, sagt Sophie, noch bevor Ella den Satz zu Ende gebracht hat.

»Genau«, sagt Ella und nickt.

»Und was ist dann passiert? Was wurde aus ihrer Unersättlichkeit?«

Ella zuckt mit den Schultern. »Manche Menschen haben ein Problem mit der Liebe.«

Sophie nimmt die Zeitung vom Tisch und fächert sich Luft zu. Die Hitze, die sie sowohl von innen als auch von außen aufheizt, macht sie ganz tranig.

»Der Duft von deinem Tee erinnert mich an sie. Sie hat immer Tee getrunken.«

Ella schreibt.

*Vier Tassen in der Zeit, in der ich eine getrunken habe.*

Sie sitzen eine ganze Weile still da.

»Wer ist Esmeralda?«, fragt Sophie am Ende.

»Die Puppe«, antwortet Ella.

»Warum legst du sie mir in die Hängematte?«

*Weil sie etwas erzählen muss,* schreibt Ella.

»Mir?«, sagt Sophie.

*Über dich.*

»Was? Ich versteh das nicht …«

*Vielleicht soll man gar nicht alles verstehen.*

»Hat Mona dir etwas über mich erzählt?« Sophie sucht verzweifelt nach einer Antwort. Der Schweiß läuft ihr jetzt den Rücken hinunter.

*Sie hat es nicht mir erzählt. Sondern ihrem Garten.*

»Ihrem Garten … dann … hat sie nie erfahren, dass du Lippen lesen kannst?«

Ella schüttelt den Kopf.

*Nach dem Tod deines Vaters, bevor sie nach Ängelholm umzog, fing sie an, draußen im Garten aus ihrem Leben zu erzählen.*

»Wie eine Art Beichte?«

*Ungefähr so. Ich habe anfangs auch nicht gleich begriffen, dass es um sie ging. Oder im Grunde vor allem um dich.*

»Ich glaube, mehr will ich nicht wissen.«

Ella nickt behäbig. Sophie springt auf und betrachtet die sonderbare Frau, die nicht nur eine ganze Menge über Monas und ihre Geschichte zu wissen scheint, sondern sich auch gezwungen sieht, alles preiszugeben.

»Will ich die Geschichte wirklich wissen?«, fragt Sophie.

*Das kommt darauf an, ob du die Wahrheit über dich erfahren willst.*

Sophie schlägt die Augen nieder, bedankt sich für den Tee und verlässt Ellas Haus. Sie geht hinaus, setzt sich auf den steinernen Steg, genau gegenüber vom Strandhotel Meeresbrise, ein Stückchen von dem mit Menschen übersäten Strand entfernt. Ihr Gespräch arbeitet in ihr wie ein Mahlwerk. Von welcher Wahrheit redet Ella bloß? Die Beziehung zwischen Mona und Sophie war kompliziert. Als Sophie klein war, hing sie sehr an der Mama, die unermüdlich mit ihr spielte. Die Probleme kamen erst viel später. Als Sophie ihr Freiheitsbedürfnis entwickelt hatte und ihre Mutter in der Abstellkammer die einzige Möglichkeit sah, Sophies Drang, auszubrechen zu stoppen. Als sie ein Teenager war, konnte sie sie nicht länger einsperren. Da waren Türen, die vor Wut zugeschlagen wurden, die einzige Art der Kommunikation zwischen ihnen. Doch diese Wahrheit kannte sie bereits.

Sophie fährt mit der Hand über ein paar Sandkörner, die in der Sonne golden glitzern. Was war solch ein Tabu, dass Mona es nur einem Menschen erzählen konnte, der sein Gehör verloren hatte? Ist es überhaupt ethisch vertretbar, dem anderen zu verschweigen, dass man Lippen lesen kann? Sophie läuft ein kalter Schauer über den Rücken, sie schließt die Augen. Sie sieht ihre Mama vor sich, wie sie mit diesem besorgten Blick am Küchenfenster hockt und nach Sophie Ausschau hält. Sophie hebt ihre Hand in die Luft und winkt. Ich bin hier, Mama, flüstert sie leise. Ich bin hier.

*Ellas Tagebuch, 6. Juli*

*Ich wusste, Sophie würde begreifen, dass ich ihr die Puppe in die Hängematte gesetzt habe, nachdem Isak hier war. Das war dieser Mann, der plötzlich mit meinem Portemonnaie vor der Tür stand. Natürlich musste ich ihn auf eine Tasse Tee hereinbitten, auch wenn es mir schwerfiel. Wenn ich jemanden einlade, habe ich gern etwas Zeit, um mich darauf vorzubereiten. Das war nicht möglich. Sogar die Tür zum Puppenzimmer stand offen. Aber er war so taktvoll, keine Fragen zu stellen. Er war ganz reizend gekleidet und duftete gut nach Rasierwasser. Und ich hatte fettige Haare, weil ich bei der Hitze im Garten geschuftet habe.*

*Er wartete vor dem Küchenfenster, das zu Sophies Haus hinausgeht, und es sah aus, als fragte er sich die ganze Zeit, wie er in dieser heruntergekommenen Villa hatte landen können. Ich habe mir ein Tuch um die Haare gebunden und meine schönsten, leicht transparenten Servietten mit den rosa Rosen aus dem Schrank geholt, dazu passende Kaffeetassen mit Untertassen, Goldlöffel und selbst gebackene Himbeerspitzbuben. Er sah wirklich begeistert aus. Wir haben da schweigend gesessen, jeder hat in seiner Tasse gerührt, und ich konnte an seiner Körpersprache erkennen, dass ihm meine lautlose Welt zusagte. Nach einer Weile schrieb er auf einen Zettel:* Ich frage mich, welche Bilder ich gemalt hätte, wenn alle Geräusche, die ich gehört habe, aus mir selbst gekommen wären.

*Das brachte mich auf den Gedanken, wer ich wohl gewesen wäre, wenn ich alle Geräusche außerhalb meines Körpers gehört hätte.*

# Kapitel 11

Wie eine Qualle wabert Skepparkroken in der anhaltenden Hitze. Im Wasser der kleinen Bucht tummeln sich unzählige Badegäste. Die Kinder planschen am Rand, bis sie sich die Schultern verbrannt haben, und die Eltern wandern mit den Handtüchern der Sonne hinterher. Am Strand werden Krabbenfangwettbewerbe veranstaltet, in den Gärten Grillfeste. Sophie geht nur morgens und spätabends raus, wenn weniger Leute unterwegs sind. In Berlin liebt sie das Bad in der Menge. Hier vermeidet sie es, wo es geht. Vielleicht liegt es daran, dass die Menschenansammlungen in Berlin anonym sind und hier nicht. In Skepparkroken sieht man sich in die Augen, wenn man sich gegenübersteht.

An diesem Morgen hat sie sich auf einer Holzbank auf einem kleinen Hügel direkt am Strand niedergelassen. Auch heute scheint es wieder ein heißer Tag zu werden, das verspricht der klarblaue Himmel. Bei der Morgentoilette hat sie sich im Spiegel betrachtet und festgestellt, dass sie ohne Make-up, dafür mit natürlich blonden Strähnchen im Haar und sonnengeküssten Wangen verändert aussieht. Es kommt ihr vor, als bette sie diese neue Umgebung ein, wie wilder Wein eine Hausfassade verziert, als wolle sie ihr die richtige Oberfläche verpassen. Bald bin ich wieder da, wo ich hingehöre, denkt sie, schließt die Augen und stellt sich vor, wie sie im marineblauen Kostüm, mit Headset und einem Becher Kaffee in ihrer gewohnten Umgebung unterwegs ist. Immer auf dem Sprung. Und in der Tasche eine endlose To-do-Liste.

Sie läuft zurück zum Haus. Als sie sich dem Strandhotel Meeresbrise nähert, geht sie langsamer und lässt die letzten Tage Revue passieren. Martin, Isak und Katja haben einen gemeinsamen Takt gefunden. Vormittags arbeiten sie ein paar Stunden im Flur, dann legen sie um die Mittagszeit eine längere Pause ein, um am Nachmittag die nächste Arbeitseinheit zu absolvieren. Sophie war erstaunt, dass sie offensichtlich Spaß dabei haben. Sie machten Witze, sie lachten. Sogar Isak pfiff manchmal kleine Liedchen. Einen halben Tag schuftete Sophie mit ihnen, dann kümmerte sie sich um zwei größere Kundenetats, schließlich muss sie ihren Chef Herman bei Laune halten. Mittlerweile mault er über ihren langen Urlaub, aber jetzt, da die Renovierung voll im Gange ist, kann Sophie wirklich nicht weg. Bald haben sie den zweiten Anstrich mit der Eitempera geschafft, aber das ist erst der Anfang.

Ein paar Male hat Sophie Großeinkäufe in Ängelholm gemacht und Isak mitgenommen, doch in den vergangenen Tagen musste sie gar nicht kochen, da Martin Lust gehabt hatte, sich an den Grill zu stellen. Gestern hat er Schweinefilet am Stück gemacht, mit Katjas Marinade aus Soja, Chili und Knoblauch. Sophie, die eigentlich nicht besonders gern Fleisch isst, war überrascht gewesen, wie lecker es geschmeckt hatte. Katja und Martin waren nach dem Essen noch einmal baden gegangen, Sophie hatte es abgelehnt mitzukommen. Auch wenn sie sich mittlerweile in der Gesellschaft der anderen wohler fühlte, hielt sie nach wie vor gern Abstand. Sie bildete sich ein, dass das alles etwas leichter machte.

Die Haustür steht einen Spalt offen, und genau in dem Moment, als Sophie ins Haus gehen will, hört sie, wie Katja sagt:

»Wahnsinn, wie schön das war. Jetzt bin ich total fertig.«

Sophie bleibt vor der Tür stehen, die Ohren gespitzt.

»Ich spüre es überall, sogar an Stellen, von denen ich nicht wusste, dass sie überhaupt wehtun können«, sagt Isak.

»Ihr solltet ein bisschen Krafttraining machen, so wie ich«, erwidert Martin.

»Wie, Krafttraining? Wann sollen wir das denn auch noch schaffen?«

»Ich mache jeden Abend ein paar Übungen in meinem Zimmer. Ich habe Hanteln dabei, die ihr gern ausleihen könnt, obwohl sie für euch möglicherweise ein bisschen zu schwer sind«, sagt er lachend.

»Ach deswegen höre ich dich jeden Abend stöhnen«, sagt Katja und atmet übertrieben auf, um zu demonstrieren, wie erleichtert sie jetzt ist.

»Was hast du denn gedacht?«

»Das willst du lieber nicht wissen.«

Totenstille, dann brechen sie in Lachen aus. Sophie stellt sich vor, dass sie jetzt alle mit Lachkrämpfen auf den Boden sinken.

»O Gott, ich sterbe vor Lachen«, ruft Katja und schnieft.

»Das macht wirklich Spaß. Gut, dass ich trotz allem geblieben bin«, sagt Isak.

»Wolltest du abreisen?«, fragt Katja erstaunt.

»Dieses Leben hier ist das Gegenteil von dem, was

ich gewohnt bin. Aber nach und nach klappt es immer besser.«

»Ich muss zugeben, ich war mir auch nicht sicher, ob das hier der richtige Ort für ... eine Auszeit ist«, meint Katja. Eine Weile sitzen sie schweigend da. »Sie ist schon ein bisschen speziell«, fährt Katja fort.

»Sophie?«, fragt Isak.

»Ja. Sie ist nett, aber irgendwas ist mit ihr. Ich kann es nicht benennen. Irgendwie kriegt man sie nicht zu fassen. Ich finde manchmal, dass sie mich mit so einem komischen Blick ansieht, als würde sie mich irgendwie nicht mögen«, spricht sie weiter.

»Ich habe eher das Gefühl, dass sie etwas verheimlicht«, sagt Martin. »Vielleicht hat sie noch eine Leiche im Keller.« Und dann imitiert er Gespenstersäuseln.

»Huh, sag nicht so was«, ruft Katja.

Sophie ist der Meinung, genug gehört zu haben, und öffnet die Tür. Katja erhebt sich mühsam. »Sorry, wir ...« Martin und Isak stehen auch auf.

»Eins möchte ich nur klarstellen«, sagt Sophie. Sie versucht, freundlich zu klingen, doch die Anspannung in ihrer Stimme ist nicht zu überhören.

»Es gibt keinerlei Verträge zwischen uns. Ihr seid mir nichts schuldig, ihr müsst euch nicht einmal verabschieden. Ihr könnt einfach eure Sachen packen und gehen, wenn ihr das möchtet. Ich habe in diesem Haus gewohnt bis zu meinem neunzehnten Lebensjahr. Dann bin ich nach Berlin gegangen. Es gibt keine Leichen im Keller, aber viele Erinnerungen. Mehr oder weniger schöne. Ich will das Haus einfach nur renovieren, es an jemanden verkaufen, der es ins Herz schließen kann, und dann in mein altes Leben zurückkehren. Und ich wünsche mir, dass das schnell geht und problemlos und auch kein Vermögen kostet. Es ist also alles gar nicht so merkwürdig.«

Dann dreht sie sich auf dem Absatz um und rauscht davon. Als sie an dem Fachwerkhof vorbeikommt, hält sie inne. Warum ist sie nicht einfach in die Küche gegangen und hat sich dort hingesetzt und gearbeitet? Zähneknirschend schlendert sie weiter die Küste entlang. Einheimische und Sommergäste grüßen sie freundlich. Sophie nickt und legt einen Schritt zu, biegt auf den Strandängsvägen ab, kommt an den Heckenrosen und den schnatternden Stockenten vorbei. Erst an der Landzunge in Skälderviken bleibt sie stehen. Sie setzt sich auf eine Bank und beobachtet ein Paar Schwäne, die etwas weiter draußen auf dem Wasser schaukeln. Da fällt ihr ein, was ihr ihr Freund Paul mal erzählt hat, nämlich, dass Schwäne gar nicht immer so treue und heterosexuelle Pärchen seien, wie man es lange Zeit geglaubt hatte. Es kommt nämlich vor, dass sie Kinder mit einem anderen Partner zeugen, dann aber weiterhin mit dem Schwan zusammen sind, den sie ursprünglich erwählt haben. Es gibt sogar Pärchen, die eine Schwänin ermuntern, Eier in ihr Nest zu legen, und dann übernehmen sie die Aufzucht der Jungen. Wie eine Art aufgezwungene Adoption. Und sie verbringen auch nicht zwangsläufig das ganze Leben miteinander.

Sophie muss lächeln. Paul hatte gemeint, er sei nie so glücklich, wie wenn perfekte Illusionen zerplatzten. Sie hatte erwidert, dass sie es eigentlich mochte, wenn alles so war, wie es sein sollte. Was ihn dazu veranlasst hatte, Witze zu machen, darum sei sie ja wohl die perfekte Mutter seiner Kinder. Ein hervorragender Mix aus salzig und süß. Chaos und Struktur. Sie selbst hatte noch nie daran gedacht, eine Familie zu gründen. Bislang hatte sie immer nur die Karriere im Blick gehabt.

Langsam geht Sophie wieder zurück. Als sie Skepparkroken wieder erreicht, ist sie zwei Stunden fort gewesen. Sie hat einen Sonnenbrand auf Scheitel und Stirn und einen derartigen Durst, dass sie auf der Stelle eine Literflasche Wasser austrinken könnte. Doch in ihrem Bauch macht sich Unruhe bemerkbar. Ihr ist klar, dass es ungerecht war, Isak, Katja und Martin die Schuld zu geben, nur weil ihre eigenen Geister wieder mal spukten.

Sie kommt an einem älteren Mann vorbei, der den Giebel seines Hauses streicht. Er legt den Pinsel hin, wischt sich die Hände an seiner blauen Arbeitshose ab und hebt die alte Cap mit dem Esso-Logo hoch.

»Sophie!«, ruft er laut.

»Ja«, antwortet sie zögernd.

»Ich hab schon gehört, dass du wieder da bist. Wie schön! Das Strandhotel Meeresbrise ist im letzten Jahrzehnt ja wie künstlich beatmet gewesen. Ein Haus mit so viel Geschichte hat doch ein würdiges Altern verdient.«

Da erkennt sie ihn wieder. Per Johnsson, ihr Lehrer in Gemeinschaftskunde und Geschichte. Der sich damals mit dem Rektor angelegt hat, weil er den Kindern zu viel lokale Geschichte beigebracht hat. Und damit war nicht die schwedische Geschichte gemeint, sondern die von Skepparkroken. Was dazu geführt hatte, dass die Schüler relativ wenig über Gustav Wasa und den Kolonialismus lernten, aber relativ viel über die Blütezeit von Skepparkroken als Hafen, aus dem Holz, später auch Getreide und Ziegelsteine verschifft wurden.

»Kennst du mich nicht mehr?«

»Doch, natürlich. Und du wohnst hier noch ...?«, sagt Sophie.

»Ich bin in Skepparkroken geboren und werde hier sterben. Wenn ich mal so klapprig bin, dass ich nicht mehr zurechtkomme, dann stürze ich mich vom Kai. Ist vielleicht gut, wenn du das weißt, also spring in Gottes Namen nicht hinterher und rette mich, ich werde stinksauer sein.«

Sophie lacht laut und geht weiter. Als sie zu Hause ist und die Tür öffnet, ruft Katja gerade »voilà« und zeigt stolz auf die Flurwände. In den Stunden, in denen Sophie fort war, haben sie einen dicken, orientalischen Teppich ausgerollt, den Sophie nie zuvor gesehen hat, und neben der Treppe einen Sessel mit durchgescheuerten Armlehnen aus Samt sowie einen kleinen runden Tisch mit gedrechselten Beinen platziert. Die Möbel erkennt sie wieder. Sie waren ganz hinten, zwischen den pompösen Buchregalen in der Bibliothek verstaut, doch hier haben sie eine Bühne, auf der sie glänzen können. Sophie streicht mit der Hand über den Tisch und findet kaum Worte.

»Da könnte man eine Blume hinstellen«, sagt Katja leise.

»Oder ein Gästebuch hinlegen«, erwidert Sophie und lächelt.

Auf dem Boden haben sie außerdem die Fotos nach verschiedenen Epochen sortiert und gruppiert, sodass sie von rechts nach links eine Geschichte erzählen.

»Es wird eine Woche dauern, bis die Farbe richtig ausgetrocknet ist, deshalb warten wir noch mit dem Aufhängen«, sagt Katja.

Sophie nickt. Ob ihre kindische Reaktion von vor zwei Stunden eventuell mit Sekt wiedergutzumachen ist?

»Hat jemand vor, nach Hause zu fahren?«, fragt sie und versucht, ganz entspannt zu klingen. »Oder hättet ihr Lust auf ein Glas Sekt im Garten, um den Abschluss des ersten Projekts im Haus zu feiern?«

Katja blickt unsicher zu Isak hinüber und nickt zögernd, Martin schiebt die Hände in die Hosentaschen.

Sophie deutet das als Ja und fährt fort:

»Setzt euch einfach schon mal hin, ich hole die Gläser.«

Sie geht in die Küche, holt eine Flasche Cava und stellt sie in den Sektkühler. Dann platziert sie ihn und vier Gläser auf einem silbernen Tablett und trägt es in den Garten. Dort schenkt Sophie allen ein und erhebt ihr Glas.

»Herzlichen Dank euch allen, ihr habt es hervorragend gemacht. Der Flur ist genau so perfekt geworden, wie ich es mir gewünscht habe, vielleicht sogar noch ein bisschen schöner.«

»Sorry noch mal …«, setzt Katja an, doch sie kann den Satz nicht zu Ende bringen.

Sophie schüttelt den Kopf.

»Keiner muss sich entschuldigen. Meine Worte klangen viel härter, als sie gemeint waren.«

»Und ich möchte sagen, dass ich es als eine Ehre empfinde, bei diesem Projekt, das alte Haus aus seinem Dornröschenschlaf aufzuwecken, dabei sein zu dürfen«, sagt Isak.

Martin verdreht die Augen, trinkt aus und stellt das Glas wieder hin. »So, ich geh jetzt rein und mache mein Krafttraining.«

»Danke für deine tolle Arbeit«, sagt Sophie.

Er zuckt nur mit den Schultern, sieht sie nicht einmal an. »Dafür bin ich ja hier.«

Isak steht da, den Blick aufs Meer gerichtet.

»Wir haben hier wirklich ein bezauberndes Fleckchen Erde. Etwas ganz Feines. Wenn ich abends aus dem Fenster schaue, ist mir, als wolle das Meer mir etwas sagen. Genau so fühlt es sich an, als ob es meinen Blick magisch anzieht und einfach nicht loslassen will. Es fällt schwer, sich abzuwenden …«

Geniert zupft er an seiner Fliege herum. Sophie nickt. Sie kann ihn verstehen. Als sie klein war, dachte sie, die Sterne schrieben mit einem Glitzerstift Nachrichten aufs Wasser. Und nur sie konnte lesen, was da stand. Sie wünschte, es wäre wirklich so. Dann könnten sie ihr die Erklärung für den Zettel ihrer Mutter schreiben – VERZEIH – und ihr die Wahrheit erzählen.

Katja und Isak stellen die geleerten Gläser zurück aufs Tablett, bedanken sich und gehen eingehakt zurück zum Haus.

Martin läuft der Schweiß von der Stirn in den Mundwinkel und hinterlässt dort einen salzigen Geschmack. Einhundert Liegestütze, fünfzig Sit-ups und fünfzig Squats. Das sollte nach einem Abend mit Sekt genügen. Beinahe war es ihm gelungen, all den Ärger wegzutrainieren. Das war das Beste an seinen Übungen. Davon bekam er nicht nur Muskeln, sondern fand auch eine Art innere Ruhe. Zumindest für eine gewisse Zeit. Nichts fühlte sich besser an als der Körper nach einer Trainingseinheit, die so anstrengend war, dass er nur noch an seine Atmung denken konnte. Sophies Reaktion auf ihr Geläster hatte ihm den Spaß an der Arbeit und das Team gründlich verdorben – Katjas Gekicher, Isaks holprige Höflichkeit und Sophies unterkühlte Art nervten ihn. Am liebsten würde er ins Auto springen und abhauen. Doch wohin? Nach Hause kann er nicht, und bei der Arbeit ist er nicht willkommen. Wie er sich ärgert, dass er sich so hat gehen lassen. Denn auch wenn er es vor seinem Chef nicht hatte zugeben wollen, so wusste er doch, dass der recht gehabt hatte: Martin hatte zu wenig geschlafen und zu viel gearbeitet. Dadurch hatte er Fehler gemacht, über die Olle großzügig hinweggesehen hatte, auch wenn sie sein Unternehmen einiges gekostet hatten. Doch als sein jüngerer Kollege Casper fast unter einen Betonblock gekommen wäre, weil Martin nicht aufgepasst hatte, war Olle gezwungen gewesen, die Notbremse zu ziehen. Das konnte Martin verstehen. Es tut nur so verdammt weh, es sich einzugestehen. Außerdem ist ihm klar, dass er dem Fluch nicht entkommen ist, indem er jetzt hier ist. Er hat nur eine Weile Ruhe vor ihm.

*Ellas Tagebuch, 9. Juli*

*Heute habe ich am Bahnhof von Ängelholm gesessen. Ich brauchte etwas Abstand von Skepparkroken und dem Strandhotel Meeresbrise. Ich war nicht auf dem Bahnhof, um irgendwohin zu fahren, ich wollte mich nur umsehen. Mir gefällt es, da zu sitzen und die Menschen zu beobachten. Manche Mütter sind sehr interessant. Einige artikulieren die Worte überdeutlich und betonen die Silben anders, wenn sie mit ihren Kindern reden. Sie glauben ernsthaft, dass ihre Kinder durch ihren Tonfall und den strengen Blick den Ernst der Lage verstehen. Nicht verloren zu gehen. Nicht auf die Gleise zu hüpfen. Nicht zu stolpern und sich wehzutun.*

*Ich habe aber noch nie ein Kind beobachtet, das richtig zuhört. Die Kleinen nicken flüchtig, und schon fixiert ihr Blick etwas, das sie viel spannender finden. Ich habe schon einige Kinder davor bewahrt, sich zwischen den vielen anderen Reisenden zu verlaufen und manche sogar davor, auf die Gleise zu fallen.*

*Sophie hat keine Kinder. Das sieht man schon an ihrer Körpersprache. Sie ist es gewohnt, die Kontrolle über ihr Leben zu haben. Als Mutter hätte sie die nicht. Obwohl sie es sich jetzt mit diesen Handwerkern im Haus auch nicht leicht macht. Ihre Schritte werden hektischer, ihr hängen die Strähnen aus dem Pferdeschwanz. Aber immerhin liest sie Esmeraldas Briefe. Daher habe ich beschlossen, ihr noch mehr von ihrer*

*Geschichte zu erzählen. Einfach wird es nicht sein, doch ich halte es für notwendig.*

# Kapitel 12

Sophie holt gerade einen großen Stapel Werbung aus dem Briefkasten, als sie jemanden zwischen den Steinen auf der anderen Seite der Straße entdeckt. Als sie sich nähert, erkennt sie, dass es Per ist. Er hebt seine Kappe mit dem Essologo.

»Na so was, jetzt laufen wir uns schon zum zweiten Mal über den Weg. Und das an zwei aufeinanderfolgenden Tagen. Das muss etwas zu bedeuten haben.«

Sophie lächelt. »Möglicherweise, dass Skepparkroken ziemlich klein ist.«

»Klein, aber fein.«

Sophie zuckt mit den Schultern. »Was machst du?«

Per zeigt auf die Küste. Erst kann Sophie außer Steinen und plätscherndem Wasser nichts erkennen. Doch genau in dem Moment, als sie nachfragen will, bewegt sich da ein kleiner, grau gesprenkelter Körper.

»Das ist ein Seehundjunges. Sie können von Geburt an schwimmen und folgen ihren Müttern, aber manchmal fehlt ihnen die Kraft, und sie müssen sich eine Weile ausruhen. Letzten Sommer hat sich ein Junges genau hier hingelegt, weil es eine Pause brauchte. Das hat so viele Menschen angelockt, dass das Seehundbaby keine Ruhe fand und die Mutter es nicht wagte, in seine Nähe zu kommen.«

»Und was ist dann passiert?«

»Die Mutter gab auf, und das Junge musste fremdversorgt werden. Ich weiß nicht, ob es überlebt hat.«

»Dann hältst du jetzt quasi Wache?«

»Ganz genau. Die Seehundmutter ist ganz sicher irgendwo da draußen, und wir Menschen verursachen nur Schaden, indem wir zu nah an das Junge herangehen. Auf Zakynthos gibt es Freiwillige, die die Schildkröteneier bewachen, dann kann ich doch wohl ein Auge auf die Seehunde haben.«

»Freiwillige? Gib mir Bescheid, wenn du abgelöst werden willst. Ich habe drei Handwerker bei mir im Haus. Irgendwer kann bestimmt immer helfen.«

»Du hast Handwerker da? Seit Mona das Haus verlassen hat, ist es richtig verfallen.«

»Ich glaube, sie hat das Strandhotel Meeresbrise nie wirklich gemocht«, erwidert Sophie.

»Nicht?«

»Nein, wenn sie das Haus geliebt hätte, hätte sie sich doch darum gekümmert.«

»Wie kann man so ein Haus nicht lieben?«, entgegnet Per und schüttelt verständnislos den Kopf. Sophie will gerade gehen, da spricht er sie wieder an.

»Ich hoffe, du liebst es dafür umso mehr. Und verkaufst es nicht an den Höchstbietenden, irgendeinen Großstädter, der nur im Sommer zu Besuch kommt.«

Sophie schüttelt den Kopf, aber woher soll sie schon wissen, wer das Haus kaufen wird?

Als sie wieder zu Hause ist, blättert Sophie den Stapel mit der Werbung durch und will ihn gerade ins Altpapier schmeißen, als ihr eine Postkarte in die Hände fällt. Mit einer Büroklammer ist ein kleiner Zettel daran befestigt:

»Hat Alma gefunden. Eine Postkarte von Mona aus Deutschland an ihre Schwester Linnea. Vielleicht willst du sie haben? Liebe Grüße, Lovisa.«

Sophie sieht sich den Poststempel ganz genau an. Stimmt. Die Karte ist eindeutig in Berlin abgeschickt worden. »Meine allerliebste Freundin. Weißt du noch, was wir früher immer gesagt haben? Wir verdienen nur das Allerbeste. Ich habe eine Tochter bekommen. Ein fantastisches kleines Wesen, mit den schönsten blauen Augen, die du dir vorstellen kannst. Alles Liebe, Mona. PS: Wir kommen bald heim.«

Ganz unten am Rand steht in so winzigen Buchstaben, dass man sie kaum lesen kann: »Verurteile mich nicht.«

Sophie liest die letzten Worte immer und immer wieder und flüstert: Du hast dich selbst am härtesten verurteilt, Mama.

Sie steckt die Postkarte in ihre Tasche und wirft die Reklame in den Müll. Sie ist also in Deutschland geboren. Aber weder ihre Mutter noch ihr Vater haben darüber jemals ein Wort verloren. Warum nicht? Sie schüttelt den Kopf und winkt dann Isak zu, der gerade zwischen den Rosensträuchern hin- und herspaziert.

»Du erinnerst mich an meinen Vater Lennart, wenn du da so durch den Garten streifst«, sagt Sophie. »Er ist oft am frühen Morgen allein im Garten gewesen. Ich habe ihn immer durchs Fenster beobachtet und so getan, als könne ich seine Gedanken lesen.«

»Dann will ich hoffen, dass er gute Gedanken hatte.«

»Er dachte immer an seine Tochter und daran, wie glücklich er war, dass es sie gab.«

»Sind deine Eltern beide tot?«, fragt Isak.

»Ja, mein Vater ist schon vor vielen Jahren gestorben. Meine Mutter erst vor Kurzem, und Geschwister habe ich nicht. Und meine Eltern waren beide Einzelkinder, daher habe ich auch keine Cousinen. Es gibt nur noch mich.«

»Dann haben wir einiges gemeinsam.«

»Hast du auch keine Familie mehr?«

Isak schüttelt den Kopf. »Nur meine Mutter und ich waren übrig.« Er wird rot. »Und sie ist vor ein paar Jahren heimgegangen.«

Sophie blickt ihn an. Es hat den Anschein, als wolle er noch etwas erzählen, doch als fehlten ihm die rechten Worte. Daher macht er lieber eine leichte Verbeugung und setzt seinen Spaziergang auf den kleinen Gartenwegen fort. Hier und da hält er an und schnuppert an den süßen Blütenblättern, dann geht er weiter. Katja und Martin erscheinen auf der Treppe. Sophie bittet sie, zur Sitzecke zu kommen. In ein paar Minuten hat sie den Kaffeetisch gedeckt.

»Morgenkaffee in der Sonne, bevor das Tageswerk beginnt«, sagt sie.

Katja und Martin haben es sich in der Hängematte gemütlich gemacht. Isak und Sophie sitzen auf den Stühlen. Martin holt Schwung, sodass Katjas Kaffee fast überschwappt.

Glücklicherweise ist die Stimmung heute besser, denkt Sophie. Wie die Luft nach einem lang ersehnten Sommerregen. Frisch und klar.

»Ich nehme mal an, der Salon ist als Nächstes an der Reihe«, sagt Martin und sieht zu Sophie hinüber. »Der hätte auch neue Tapeten nötig.«

»Darf ich da stinknormale Tapeten nehmen?«

»Na ja, du darfst dir eine aus dem Musterbuch aussuchen,

das ich mitgebracht habe. Es sollte schon ein Muster aus der richtigen Epoche sein.«

Er lächelt entwaffnend. Er sieht zweifelsohne nicht schlecht aus, wenn er so drauf ist. Isak nippt an seinem Kaffee. Katja blickt ihn an.

»Alles in Ordnung? Du kommst mir ein bisschen deprimiert vor.«

»Nein, alles gut. Aber es ist merkwürdig … Mein Leben lang habe ich gemalt, aber nie ein Bild ohne Wassermotive. Ich kann verstehen, wenn ihr das komisch findet, aber für mich war es immer völlig normal. Ich habe es nie infrage gestellt. Aber dann habe ich mit einem Mal angefangen, deinen Garten zu malen, Sophie«, erzählt er, »mit Wachsbohnen, Rosen, Salat und Pfingstrosen … ein Bild ganz ohne Wasser.«

»Vielleicht weil ich mir das gewünscht habe?«, fragt Sophie nach.

»Möglicherweise. Aber in dem Zusammenhang tauchten viele Bilder in meinem Kopf auf … und ich weiß nicht, ob es echte Erinnerungen sind oder nur Fantasien.«

Sophie weiß, wie anstrengend diese konturlosen Erinnerungen sein können. Vermutlich hatte er recht – er und sie haben einiges gemeinsam.

»Ich glaube, dass es guttut, neue Motive zu malen, und finde, wir sollten auf Isak und sein neues Bild anstoßen. Und auf das Team Meeresbrise!«, ruft Katja.

Martin zieht erstaunt die Augenbrauen hoch. »Das Team Meeresbrise?«

»Ja, ich finde, der Name passt auf unser Grüppchen doch ausgezeichnet«, erwidert Katja und hebt die Kaffeetasse in die Luft.

Hinter der Hecke taucht Per auf, der gerade einen Spaziergang macht. Er pfeift ein kleines Liedchen.

»Wie lief's?«, ruft Sophie zu ihm hinüber.

»Es wurde eine Geschichte mit Happy End: Mutter und Kind sind wieder beisammen, und überall herrscht Friede, Freude, Eierkuchen.«

Sophie hält den Daumen hoch.

»Er hat Wache gestanden, um ein Seehundjunges zu schützen, damit es sich ungestört an Land ausruhen konnte, um zurück zu seiner Mutter aufs Meer zu schwimmen«, erklärt Sophie, und der Gedanke, dass Menschen dies durchaus auch hin und wieder tun könnten, huscht ihr durch den Kopf. Aber war das nicht eigentlich genau das, was sie gemacht hat? Eine Auszeit von ihrer Mutter genommen? Allerdings ging danach kein gemeinsamer Weg mehr weiter.

Martin erhebt sich und sagt:

»Das heutige Tagesziel heißt, alle alten Tapeten abzureißen, damit wir morgen spachteln und schleifen können.«

»Schaffen wir das in der Hitze?«, fragt Isak skeptisch.

»Ich schaffe es, ihr arbeitet so, wie ihr wollt.«

Sie stehen auf und gehen wieder an die Arbeit. Sophie räumt die Kaffeetassen auf und sieht ihnen hinterher. Sie beobachtet Katjas Schlenkern, als sie einen Arm um Isak legt – ganz ohne Scheu vor Nähe, Isaks leicht gebeugte Haltung, als würde er sich allein für seine Existenz entschuldigen, und Martins energische, o-beinige Schritte. Drei völlig unterschiedliche Menschen. Das Team Meeresbrise.

Ein Wagen parkt vor der Gartentür, und eine Person, deren blondes Haar nicht zu übersehen ist, steigt aus.

»Hallo«, ruft Carita und wirft nervös den Kopf zur Seite, weil ihr der Pony in die Augen fällt. »Ich hatte bei meiner Mama etwas zu erledigen und dachte, ich schaue mal vorbei, wenn ich schon in der Nähe bin.«

»Wie nett …« Sophie weiß nicht, was sie sagen soll. Schließlich ringt sie sich durch, sie zu fragen: »Willst du einen Spaziergang mit mir machen? Im Haus sind die Handwerker.«

»Gern«, antwortet Carita und reißt die Augen auf, so wie sie es früher schon immer getan hat, wenn sie begeistert war, was bei ihr sehr schnell passierte. Offenbar hat sich nicht viel verändert.

Obwohl sie nicht schnell gehen, hört Sophie ihren Puls in den Trommelfellen. Er donnert, wie bei einem Tier auf der Flucht. So fühlt sie sich auch. Findet es unangenehm, mit Menschen aus ihrer Vergangenheit konfrontiert zu werden. Sogar bei ihrer ehemals besten Freundin Carita geht es ihr so. Als Zeichen ihrer Freundschaft hatten sie damals sogar Blutsbrüderschaft geschlossen. Carita, die die Sätze beendete, die Sophie begonnen hatte, die dieselben Gedanken hatte und die buchstäblich alles stehen und liegen ließ, wenn Sophie sie brauchte. Seit der ersten Klasse waren sie zusammen, doch erst in der fünften wurden sie unzertrennlich. Sophies problematische Beziehung zu ihrer Mutter und Caritas Konflikte mit ihrer extrem religiösen Familie knüpften ein Band zwischen den Mädchen, das andere Freunde immer auf Abstand hielt.

»Renovierst du das Haus, um dann einzuziehen?«, fragt Carita.

»Nein. Um es zu verkaufen.«

Carita nickt langsam und schaut hinüber zum Turmzimmer unter dem Giebel. »So viele Erinnerungen … Ich frage mich manches Mal, was aus mir geworden wäre, wenn ich damals, als wir jung waren, bei dir in Berlin geblieben wäre. Wenn ich nicht nach einem Monat wieder nach Hause gefahren wäre und angefangen hätte, in diesem Seniorenheim zu arbeiten.«

Mit einem Mal verspürt Sophie so etwas wie Mitgefühl für Carita. Schließlich hat sich ihre Freundin doch – wenn auch zähneknirschend – für das Leben entschieden, das man von ihr erwartete. Carita nahm eine Stelle in dem Heim an, in dem schon ihre Mutter arbeitete, heiratete und gründete eine Familie. Sophie war sowohl zur Hochzeit als auch zu den Taufen eingeladen worden, doch sie hatte an keinem der Feste teilgenommen. Danach war ihr Kontakt abgebrochen.

»Alles wird irgendwann alltäglich«, sagt Sophie, um die Stille zu brechen.

»Stimmt, aber trotzdem können Alltage auch unterschiedlich spannend sein«, erwidert Carita und lächelt. »Ich werde nie den Tag vergessen, als wir uns auf dem Bahnsteig trafen und in den Zug nach Berlin stiegen. Nie wieder habe ich eine solche Abenteuerlust verspürt, solche Schmetterlinge im Bauch. Das Gefühl, am Ziel zu sein. We did it.«

Sophie nickt. Als sie sich auf dem Bahnsteig entdeckt hatten, hatten sie vor Freude gejohlt. Kein Wort konnte dieses Gefühl beschreiben.

»Deine Mutter hatte dich rausgeschmissen, und meine Mutter hatte kurz vor der Abfahrt gesagt, dass Gott mich bestrafen würde, wenn ich sündigte.« Carita schüttelt den Kopf. »Mensch, wie viel Spaß wir hatten, wir haben nichts anbrennen lassen …«

Sophie spürt ein ungewohntes Gefühl von Empathie aufkommen. Sie kann dem nichts entgegensetzen. Seit sie erwachsen ist, hat sie beschlossen, all ihre Beziehungen auf eine Armlänge Abstand zu halten. Jetzt wird ihr klar, dass ihr das mit Carita nicht gelingt. Sie haben eine gemeinsame Geschichte. Und mit Erstaunen stellt sie fest, dass ihr der Kontakt fehlt. Dass sie diese enge Freundschaft im Grunde vermisst, die vertrauten Gespräche mit einem Menschen, der sie besser kennt als sie sich selbst. Sie zwinkert nervös. »Und eben hast du deine Mutter besucht, hast du gesagt?«

»Ja, ich tue ja nichts anderes mehr, als ihre Angelegenheiten zu regeln. Und trotzdem ist sie nie zufrieden und jammert jedem vor, dass niemand Zeit für sie hat.«

Dann erzählt Carita von ihrem Alltag mit einem anstrengenden Job in der Altenpflege, von den pubertären Kindern, die ihren Willen durchsetzen wollen, von einem Ehemann, der beruflich viel unterwegs ist, und einer Mutter, die ihr ständig ein schlechtes Gewissen macht. Sophie streichelt Carita tröstend über den Arm, sie kehren um und stehen bald wieder vor Sophies Gartentür. Carita ist der einzige Mensch auf der Welt, mit dem sie über ihre Mutter reden könnte. Ob sie es wagen sollte? Sich verletzlich machen? Ein Wort darüber, und sie würde es nie wieder ungeschehen machen können. Wie früher würde sie Carita wieder Zutritt zu ihrem Seelenleben verschaffen.

»Du«, sagt sie schließlich. »Ich habe, seit ich hier bin, einiges über meine Mutter erfahren.«

Carita reißt die Augen auf. »Ach ja, was denn?«

»Als sie jung war, scheint sie mir total ähnlich gewesen zu sein, kaum zu glauben. Sie wurde als unersättlich beschrieben.«

»Merkwürdig«, sagt Carita.

Sophie angelt die Ansichtskarte, die Lovisa ihr gegeben hat, aus der Tasche und hält sie Carita unter die Nase.

»Sie scheint in Deutschland gewohnt zu haben – in Berlin. Da hat sie auch meinen Vater kennengelernt, und vielleicht bin ich sogar dort geboren. Ich habe früher Fotos von ihr gesehen, auf denen sie schwanger war, aber mir ist neu, dass das in Deutschland gewesen sein soll«, erklärt Sophie.

»In Berlin! Aber warum hat sie nie davon erzählt? Sie hätte sich doch freuen müssen, dass du nach Berlin gehen wolltest. Zurück zu deinen Wurzeln. Stattdessen ist sie völlig durchgedreht …«

Sophie nickt und muss an den Tag nach ihrer Abiturfeier denken. Ihr Vater hatte ihr neben seinem Büro in der kleinen Importfirma L. Wirsén GmbH ein kleines Zimmer eingerichtet. Es war nie eine Frage gewesen, ob sie da arbeiten wolle, es stand einfach fest. Noch im Rausch des bestandenen Abiturs hatte Sophie verkündet, dass sie nicht vorhabe, bei ihrem Vater in die Lehre zu gehen. Sie wollte ins Ausland. Reisen. Andere Länder sehen, nicht nur den Kai von Skepparkroken. Das war schon immer so gewesen. Sie würde ihre grünen Glasscherben einlösen – ihr Ticket hinaus in die Welt. Ihre Mutter hatte die Zähne zusammengebissen und Nein gesagt, das käme nicht infrage. Doch Sophie hatte nur gelacht und erwidert, dass sie bereits die einfache Zugfahrkarte nach Berlin gekauft habe. Dort wolle sie sich Arbeit in einem Café suchen und zunächst in einer WG wohnen. Als Sophie Berlin genannt hatte, war ihre Mutter ganz bleich geworden. Sie hatte sie in den Arm genommen und jede einzelne Silbe betont: Du fährst nicht nach Berlin. Vergiss Papas Firma, aber fahr nicht nach Berlin. Sophie hatte sich aus den Armen ihrer Mutter gewunden und erwidert, dass sie nichts davon abhalten könne. Ihren Blick hat sie nie vergessen. Jahrelang hat er sie nachts im Traum verfolgt. Wenn du dorthin fährst, brauchst du nie mehr zurückzukommen, hatte Mona gesagt. Sophie kann sich nicht mehr erinnern, was sie darauf geantwortet hat, aber sie weiß noch, dass ihre Mutter ihr den Koffer auf die Treppe gestellt und gesagt hat: Adieu. Mehr nicht. Nur: Adieu. Sophie hatte entgegnet, dass ihr Zug erst am nächsten Tag ginge, aber Mona war stur geblieben. Sophies Vater hatte ihr einen Schein zugesteckt und gesagt, sie solle sich für die Nacht ein Hotel nehmen. Sie hatte gedacht, er mache Witze. Er hatte müde ausgesehen und ihr gesagt, dass er sie lieb habe, und dass Mona sie mehr liebe als andere Mütter ihre Töchter liebten. Und dass sie das nicht vergessen solle.

»Ich gehe davon aus, dass ihr in Deutschland vielleicht etwas passiert ist, auf das sie nicht sehr stolz war. Vielleicht war Lennart gar nicht mein richtiger Vater. Vielleicht war sie bereits schwanger, als sie ihn kennengelernt hat, und hat ihm nur erzählt, es sei sein Kind. Oder er ist erst später auf der Bildfläche aufgetaucht und hat sich dann entschieden, die Vaterrolle zu übernehmen. Ich weiß es nicht …«

»Gibt es etwas, was deine These untermauert?«

»Nein …«

»Die Wirklichkeit ist oft gar nicht so kompliziert, wie man denkt«, sagt Carita. »Fordere doch beim Ordnungsamt deine Geburtsurkunde an. Da muss vermerkt sein, wo du geboren bist und wer dein Vater ist.«

Sophie runzelt die Stirn. »Eigentlich bin ich nicht für so was … du weißt schon … in der Vergangenheit graben.«

Carita lächelt und drückt Sophies Hand. »Volle Fahrt voraus, kein Blick zurück.«

»Stimmt. Das war unser Mantra. Hätte ich fast vergessen.«

»Und ich erinnere mich an die Worte, aber du lebst sie.«

Sie verstummen.

»Es ist schön hier«, sagt Carita schließlich. »So friedlich.«

»Ja, so sagt man. Aber ich weiß ja, welche Gespenster sich hier verstecken.«

»Vielleicht sind diese alten Gespenster nur einfache Menschen mit menschlichen Fehlern«, meint Carita.

Sophie schiebt die Hände in die Tasche. »Vermutlich hast du recht.«

»Versprich mir, nicht nach Berlin zurückzufliegen, ohne dich von mir zu verabschieden«, sagt Carita. Hastig schreibt sie eine Telefonnummer auf einen Zettel und reicht ihn ihr. Dann drückt sie Sophie ganz fest. Sophie tut so, als würde sie ersticken, und Carita muss lachen.

Bevor Sophie ins Haus geht, holt sie einmal tief Luft, um Kraft zu tanken für die Arbeitsstunden, die ihr bevorstehen. Wieder mal Tapeten runterreißen. In dem riesigen Salon. Allein der Gedanke daran erschöpft sie. Sie könnte auf der Stelle hundert andere Aufgaben aufzählen, die sie lieber machen würde. Gleichzeitig ist ihr klar, dass kein Weg daran vorbeiführt. Etwas passiert mit dem Haus, wenn sie an seiner Oberfläche kratzen. Sie kann es abends spüren, wenn sie schlafen geht, Marits und Margaretas Lebensgeister erwachen wieder. Sie feuern sie an weiterzumachen, das Haus aus seinem Dornröschenschlaf zu wecken. Sie streckt den Rücken durch und geht in den Salon, an Martins Musikanlage vorbei, die lautstark Black Sabbath spielt. Sie wird das schon schaffen. Sie muss.

Im Turmzimmer hat sich Isak niedergelassen, um in seiner arbeitsfreien Mittagspause das Meer zu malen. Mit dem Pinsel bringt er Feuchtigkeit auf den Papierbogen. Seine Hände zittern. So wie immer, wenn er angespannt ist. Hier im Strandhotel Meeresbrise kommt das oft vor. Doch er weiß, dass ihm das Malen Energie zurückgibt. Er taucht den Pinsel ins Wasser, dann in die Farbe und tupft sie aufs Papier. Dann neigt er das Blatt leicht, sodass die farbige Flüssigkeit nach rechts läuft und sich in verschiedenen Schattierungen verteilt. Er wirft einen Blick auf sein Motiv hinter der Fensterscheibe. Verschiedene Nuancen zwischen Grau und Blau. Konturlose Ästhetik. Er kennt nichts Schöneres. Doch gleichzeitig auch nichts Furchterregenderes.

Ein Paar ist auf dem Pier und badet. Er selbst geht nie ins Wasser, egal wie heiß der Sommer auch sein mag. Er hält nicht mal die Füße hinein, er beobachtet nur und malt.

Er setzt den Pinsel aufs feuchte Papier und trägt mit den Borsten noch einmal etwas Farbe auf. Das Grau verfließt und bildet einen passenden Untergrund. Morgen wird er die Steine darauf malen. Wie sonderbar, wenn man die Wellen über die Steine am Strand rollen sieht, aber die Melodie nicht hören kann, die ihre Bewegung hervorruft. So muss es für Ella sein. Beim Gedanken an sie huscht ein Lächeln über sein Gesicht. Kein Mensch hat seine Neugier jemals so geweckt wie sie. Er muss seinen ganzen Mut zusammennehmen und sie noch einmal besuchen.

Nach einem festgelegten Ritual reinigt er dann die Pinsel. Spült sie, trocknet sie ab und legt sie von rechts nach links in einer Reihe auf den Tisch, einen Zentimeter über die untere Kante der Tischplatte. Er nimmt die Hände weg und betrachtet sie. Er zittert nicht mehr. Das Paar, das gebadet hat, ist in weiße Bademäntel gehüllt nach Hause gegangen. Er wirft einen Blick auf das andere Bild, das er begonnen hat. Sophies Garten. Es ist wirklich sonderbar. Das ist sein erstes Bild ohne irgendein Wassermotiv, und es ruft in ihm gerade Erinnerungen an Wasser hervor. Wenn es nun wirklich Erinnerungen sind und keine Hirngespinste. Aber er kann ganz deutlich das schreckliche Gefühl des Ertrinkens spüren und wie er zu seinem Erstaunen sein Schicksal annimmt und immer tiefer sinkt. Wieder spürt er, wie er schwerelos fällt, diese wundersame Stille und der Anblick des Lichts, das an der Wasseroberfläche gebrochen wird. Er weiß, dass das das Schönste ist, was er je zu Gesicht bekommen hat, und dass dies das Letzte sein wird, was er in seinem Leben sehen wird. Aber kann das wirklich wahr sein? Warum haben dann seine Mutter und er nie darüber gesprochen?

Martins Stimme aus dem Gemeinschaftsraum unterbricht Isaks Gedanken. Er richtet sich auf und geht mit neuer Kraft hinunter in den Salon, um wieder Tapeten abzureißen. Obwohl alles anstrengend ist, fühlt er sich lebendig. Und gebraucht. Ein Gefühl von Dankbarkeit umgibt ihn, als er erleichtert feststellt, dass ihn der Gedanke, die Pinsel ein für alle Mal wegzulegen, nicht mehr lockt.

*Ellas Tagebuch, 10. Juli*

*Im Strandhotel Meeresbrise ist richtig Betrieb. Da kommen Erinnerungen auf. Ich habe das Bild vor Augen, wie ich in der Küchentür stehe, wo Margareta mit energischen Bewegungen das Küchenpersonal wie ein ganzes Orchester dirigiert. Ich habe noch den Duft vom Sonntagsbraten mit Rotweinsoße und diesen kleinen Kartöffelchen, für die sie berühmt war, in der Nase. Es war, als ob sich das Adrenalin aus ihrem Körper bis in meine Gefäße verteilte und mein Herz in Wallung brachte. Ich spürte es laut und heftig schlagen, wenn sie mir eine Silberplatte in die Hände drückte und mich anwies, mich zu beeilen. Ich erinnere mich, was für ein Gefühl es war, durch den Flur zu hasten, hinüber in den Salon, wo Männer und Frauen ins Gespräch vertieft waren. Manchmal tanzten sie, immer wurde geraucht. Ich wartete, bis sie sich schlafen legten, dann räumte ich auf und brachte der Haushälterin das letzte Geschirr. Wenn der Salon leer war, schenkte Margareta sich immer noch ein Glas Portwein ein und ließ sich in dem Sessel mit den großen Löwentatzen nieder, der im Erker stand. Sie winkte mir zu, dass ich kommen solle, und reichte mir auch ein Gläschen, obwohl ich noch Kind war. Bevor ich ging, legte sie immer ihre Wange an meine und schloss die Augen.*

*Im Nachhinein begreife ich, dass meine Anwesenheit das Verhältnis zwischen Mona und Margareta nicht gerade erleichtert hat. Ich, die keine Mutter mehr hatte, klammerte mich an Margareta. Und sie, die eine Tochter bekommen hatte, die so ganz anders war als sie selbst, liebte es natürlich, wie ich sie bewunderte und wie brav ich war. Sie wurde die Mutter, die ich so vermisste, und ich die Tochter, die sie sich gewünscht hatte.*

*Margareta wäre völlig verzweifelt gewesen, wenn sie erfahren hätte, dass Sophie das Haus, das immer im Familienbesitz gewesen ist, verkaufen will. Das nicht von Mann zu Mann, sondern von Mutter zur Tochter vererbt worden war. In ein paar Monaten wird diese Tradition gebrochen.*

# Kapitel 13

Sophie schaltet die Kaffeemaschine ein und holt Brot und Aufschnitt aus dem Kühlschrank. Mittlerweile weiß sie, dass Katja das Walnussbrot, Isak das Knäckebrot und Martin das Toastbrot nehmen werden. Im Moment hat sie das Gefühl, dass sie über ihre Mitbewohner mehr weiß als über sich selbst. Der Morgenkaffee tröpfelt in die Kanne. Isak legt sich eine sauber abgehobelte Käsescheibe aufs Brot, platziert die Serviette auf seinem Schoß, schließt die Augen und beißt ab. Er genießt den Geschmack mit einem ausgedehnten Mmh. Martin glotzt ihn an.

»Hey, das ist doch nur ein belegtes Brot.«

Isak öffnet die Augen.

»Für manche Menschen auf unserer Erde ist es ein Stück vom Paradies.«

Martin schüttelt den Kopf und schenkt sich eine große Tasse Kaffee ein.

Er will gerade etwas zu Katja sagen, da klopft es an der Tür. Sophie steht auf und öffnet. Auf der Treppe steht ein großer Mann in einem grauen Anzug. Er hat dunkle Augen und sieht Sophie nervös an.

»Entschuldigung, ich weiß nicht, ob ich hier richtig bin, aber ich suche meine Frau Katja.«

»Katja? Ich hole sie«, sagt Sophie.

Innerlich flucht sie auf dem Weg durch den Flur. Natürlich kann sie sich vorstellen, dass Katjas Mann nicht gerade begeistert davon ist, dass Katja ihre Zeit im Strandhotel Meeresbrise verbringt, doch sie wird im Haus gebraucht. Als Sophie die Küche betritt, wirft sie Katja einen ernsten Blick zu und nickt.

»Für mich?«, fragt Katja und zeigt mit dem Finger auf sich, als könne sie nicht glauben, dass Sophie sie gemeint hat. Als Sophie keine Antwort gibt, steht Katja auf und geht langsam hinüber in den Flur. Sophie schließt die Tür hinter ihr. Leise Stimmen sind zu hören. Nach einer Weile wird es still, und Katja kommt in die Küche zurück. Ihre Wangen sind rot.

»Mein Mann …«

Sophie lässt Wasser ins Spülbecken und beobachtet den Schaum, der auf der Oberfläche tanzt.

»Wollte er dich nach Hause holen?«, fragt Isak leise.

Katja nickt.

»Wirst du gehen?«, fährt Isak fort.

»Nein. Ich werde meine Auszeit fortsetzen. Ich brauche sie. Und ich glaube sogar, dass die ganze Familie sie braucht.«

Erleichtert verzieht Sophie die Mundwinkel zu einem Lächeln.

»Gut«, sagt Martin. »Der Salon hat deine Erfahrung in Sachen Tapete bitter nötig. Und zwei Hände mehr auch«, ergänzt er und schaut Sophie an. »Der Raum ist nicht gerade klein.«

Einige Stunden später liegen Katja und Martin auf dem Boden im Salon, und Isak und Sophie sitzen jeder auf einem Hocker und schütteln sich den Staub aus den Haaren. Es ist der vierte Tag der Vorarbeiten.

»Ihr werdet mich hier raustragen müssen«, sagt Katja.

Isak hält ein Buch in der Hand, das er unter dem Tuch, das zum Schutz über den Möbeln liegt, hervorgeangelt hat, und fragt Sophie, ob er es ausleihen kann.

»Natürlich«, antwortet sie, und da fällt plötzlich ein Foto heraus. Auf dem Bild posiert ein Mann mit einem Zylinder gemeinsam mit ein paar Freunden und einem Hund auf den Steinen am Strand. Isak hält Sophie das Foto hin.

»Oh, an die Geschichte kann ich mich erinnern«, ruft sie. »Das ist der Dorfschneider, der von jemandem im Dorf den Auftrag bekam, einen Frack zu nähen, doch dann hatte der Mann kein Geld. Als Bezahlung erhielt der Schneider daraufhin einen Teil des Grundstücks des Mannes. Ich glaube, Per, mein alter Lehrer wohnt da jetzt.«

Isak dreht die Fotografie um und liest: »Jahr 1930. Der Grundstückspreis betrug 25 Öre/Quadratmeter.« Er lächelt. »Entzückende Geschichte.«

Katja stützt sich auf den Tisch und steht auf. »Findet ihr es nicht auch komisch, diese alten Fotos anzuschauen? Da posieren sie eben noch, lächelnd, voll im Leben. Und dann ist es einfach vorbei«, sagt sie.

»Na ja«, meint Isak, »wir können annehmen, dass sie nach dem Tag, an dem das Foto gemacht wurde, noch viele Jahre gelebt haben.«

»Schon, aber ein Leben vergeht doch so furchtbar schnell, selbst wenn es ein langes Leben ist.«

Martin wird ganz bleich, springt auf und verlässt mit zusammengekniffenen Lippen den Raum.

»Was ist denn mit ihm los?«, sagt Katja und blickt erstaunt in den Flur.

Sophie zuckt mit den Schultern und erhebt sich mühevoll, während Isak sich reckt und allen für die gute Zusammenarbeit dankt. Katja wendet sich an Sophie.

»Ich finde, wir sollten ein kleines Fest machen, wenn der Salon fertig ist. Wie wäre es mit einem Thema aus den goldenen Zeiten dieses Hauses«, schlägt sie vor. »Drei-Gänge-Menü und Musik aus einem Grammofon.«

»Und wer soll da kommen?«, fragt Sophie verwundert und sieht Katja skeptisch an.

Katja zuckt mit den Schultern. »Ich dachte, du kennst ein paar …«

Sophie muss lachen. »Sieht es so aus, als ob ich hier bin, um Leute zu treffen?«

»Aber irgendwen wirst du doch kennen?«, wirft Katja ein.

»Die wenigen, mit denen ich mich unterhalten habe, seit ich hier bin, sind Lovisa und ihre Mutter Alma, mein alter Lehrer Per, Bernt, Göte Sirlander, Carita …«

»Wunderbar«, sagt Katja und strahlt.

»Keine Ahnung. Ist eigentlich nicht gerade ein Trupp zum Feiern.«

»Ach was, das ist doch völlig egal. Sie sollen den Salon nur mit Leben füllen.«

Sophie schüttelt den Kopf. »Das klingt mir nach einer sehr schlechten Idee«, sagt sie. »Ebenso schlecht wie das Essen, das ich geplant habe. Ich nehme an, Martin ist exakt in der Stimmung für einen griechischen Salat.«

»Dann lass mich doch kochen! Neben dem Renovieren alter Häuser ist das meine zweite Leidenschaft!«, ruft Katja.

Sophie sieht sie staunend an. Mit Isak verbindet sie wirklich viel, während Katja das pure Gegenteil von ihr zu sein scheint.

»Versuchen wir es«, sagt sie schließlich.

Ein paar Stunden später strömt der Duft von Hähnchen mit Estragon in den Flur. Sophie geht in die Küche und staunt, als sie Katja in diesem reizenden hellblauen Wickelkleid sieht, das sie getragen hat, als sie zum ersten Mal auf der Treppe der Villa aufgetaucht ist. Der Essensduft ist verführerisch, und Sophie ist begeistert.

»Als ich klein war, wollte ich unbedingt Köchin werden. Aber meine Eltern ließen nicht mit sich reden, ich sollte unbedingt Wirtschaft studieren. Sie fanden, die Gastronomie sei laut, dreckig, bot schlechte Arbeitsverhältnisse und miserable Arbeitszeiten. Und wer wollte schon jeden Samstagabend arbeiten?«, erzählt Katja.

Sophie stellt eine Karaffe mit Wasser auf den Tisch.

»Ich habe Wein eingekauft«, sagt Katja und nickt hinüber zum Kühlschrank.

»Ach ja?«, erwidert Sophie verblüfft, steht aber dann auf und holt die Flasche aus dem Kühlschrank.

»Beim Kochen stimuliert man alle Sinne. Was kann es Besseres geben?«, fährt Katja fort.

Sophie zuckt mit den Schultern. Sie weiß darauf keine Antwort, sie selbst kocht überhaupt nicht gern. Außerdem weiß sie nicht, was mit diesem Fest auf sie zukommt. Schöne Kleider, Wein und gutes Essen findet sie irgendwie zu intim.

»Ich habe vor Jahren mal einen Amateurkochwettbewerb gewonnen und durfte daraufhin ein Praktikum in einem etwas besseren Restaurant absolvieren. Damals war ich schon mit Jesper liiert.« Katja lacht bei dem Gedanken daran. »Ich wollte ein Sabbatjahr einlegen und den Beruf des Kochs ausprobieren und habe erwartet, dass er sagt: ja klar.

Das ist deine Berufung. Tu's einfach, Katja. Von wegen. Er war auf der Seite meiner Eltern und hat gesagt: Mensch Katja, du studierst immerhin an der Uni. Eines schönen Tages wirst du dir dieses blöde Restaurant kaufen können.«

Katja stellt die Auflaufform auf den Tisch.

»Ich werde dieses vernichtende Gefühl nie vergessen. Geplatzte Träume sind sehr schwer zu verdauen.«

Da kommt Isak in die Küche, frisch geduscht, herausgeputzt mit rosa Sakko und dunkelblauer Fliege. Gleich hinter ihm folgt Martin.

»Na so was … hab ich nicht mitgekriegt, dass hier gefeiert wird?«, fragt er und schaut erst Katja an und dann Isak. Katja zuckt lässig mit den Schultern und setzt sich auf den freien Stuhl neben Isak.

»Du siehst sehr schick aus«, flüstert sie ihm ins Ohr und legt die Serviette auf den Schoß.

»Du auch«, erwidert er. »Gibt es einen Grund, dass du dieses hübsche blaue Kleid trägst?«

»Nicht wirklich. Ich wollte nur mal wissen, wie es sich anfühlt. Es einfach nur für mich zu tragen, für niemanden sonst. Und du?«

»Im Gegenteil. Ich mache mich immer für mich schön. Und diesmal hatte ich vor, es für jemand anders zu tun.«

»Für Sophie?«

Isak lächelt und antwortet mit leiser Stimme, dass nur Katja es hören kann: »Nein, für Ella. Die Nachbarin.«

Sophie kann nicht sagen, ob es am Wein liegt oder an etwas anderem, doch während des Essens unterhalten sie sich alle wirklich gut. Martin erzählt von alten Häusern, die er schon renoviert hat, von Gespenstergeschichten und Geheimfächern, die sie entdeckt haben. Als sie mit dem

Essen fertig sind, setzt Katja Kaffee auf, und Martin holt einen Whisky. »Immerhin haben wir Freitag«, sagt er und schenkt vier Gläser ein.

»Ich trinke keinen Whisky ...«, sagt Sophie.

»Ich renoviere keine Häuser von anderen Leuten umsonst«, kontert er, sieht ihr in die Augen und schiebt ihr das Glas hin. Sophie schluckt. Er wirkt heute viel offener als sonst. Seine Augen sind neugierig – und richtig bunt. Seine Iris glitzert grün, blau und bernsteinfarben. Sophie kann den Blick kaum abwenden.

»Willst du das Haus immer noch verkaufen?«, fragt er dann.

Sophie zuckt die Schultern. »Ja. Natürlich.«

Er lehnt sich auf dem Stuhl zurück, hält sich mit der Hand an der Wand fest und schaukelt.

»Kannst du das alles wirklich einfach so stehen und liegen lassen?«

»Wir sehen nicht dieselben Wände«, sagt Sophie und verzieht das Gesicht, als sie einen zu großen Schluck Whisky erwischt.

Isak zupft seine Fliege zurecht und teilt mit, dass er jetzt zu Ella hinübergehen werde, bevor sich im Oberstübchen alles drehe. Sophie steht auf, um abzuräumen. Katja bietet ihr Hilfe an.

»Nein«, sagt Sophie. »Du hast schon gekocht. Außerdem ist Freitagabend, und ich meine, jetzt solltet ihr euch anders amüsieren, als den Abwasch zu machen.«

»Und was ist mit dir?«, fragt sie.

»Ich habe mich schon mehr als genug amüsiert«, antwortet Sophie.

Als sie fertig abgewaschen hat, schenkt sie sich ein Glas

Rotwein ein und rückt den Stuhl ans Fenster. Von oben hört sie Katjas Lachen, und kurz darauf klingen die Bässe von Martins Stereoanlage durchs Haus. Sophie öffnet das Fenster und hält die Hand hinaus. Die Sterne spiegeln sich im dunklen Meer, und es ist vollkommen windstill, selbst die längsten Seehaferhalme bewegen sich nicht. Skepparkroken ist der schönste Ort, den sie kennt, denkt Sophie, während sie aus dem Fenster blickt. Das muss sie sich eingestehen.

Da hört sie Gepolter auf der Treppe und dann die Haustür, wie sie zuschlägt. Sophie reckt sich und sieht Katja über die Straße rennen, auf den kleinen steinernen Steg unterhalb des Hauses. Als sie hinter den Felsblöcken verschwunden ist, kann Sophie erkennen, dass Martin sich in dieselbe Richtung bewegt. Er schiebt sich eine Portion Snus unter die Lippe und hält die Whiskyflasche in der Hand. Auf der Fensterbank steht ein Fernglas. Sophie nimmt es und justiert die Schärfe. Katja rennt hinaus auf den Steg, zieht im Laufen schon ihr Kleid aus und wirft es hin, Martin hebt es auf. Das letzte Stück rennt sie glucksend, und dann springt sie ins Wasser. Sophie kann erkennen, dass Katja versucht, Martin zu bewegen, auch hineinzuspringen. Er schüttelt den Kopf und zeigt auf die Flasche, die er in der Hand hält. Katja verschwindet im Dunkel des Wassers und taucht dann wie eine Seerobbe gut zwanzig Meter entfernt wieder auf.

Sophie zoomt Martin heran. Sie sieht, wie er sich den Pony aus dem Gesicht streicht und Katja etwas zuruft. Plötzlich schüttelt er den Kopf und schaut zurück zur Villa. Als würde er spüren, dass er beobachtet wird. Schnell legt Sophie das Fernglas hin, hört ihren Puls in den Ohren pochen und zieht die Gardine zu. Kurz darauf schlägt das Gartentor zu. Zu lautes Flüstern erklingt aus dem Garten. Warum denken beschwipste Menschen eigentlich, dass man sie nicht hört, wenn sie lauter flüstern, als sie reden? Plötzlich beginnt Katja zu singen. Die falschen Töne schneiden durch die stille Nacht. Sophie presst die Kiefer aufeinander. »You are my sunshine, my lovely sunshine. You make me happyyyyy …« Es klingt, als würde Martin versuchen, sie ins Haus zu bugsieren, doch Katja wehrt sich. Sie will für die Sterne singen. Nach einer Weile gelingt es ihm, sie zu überreden, und sie stolpern die Treppe hinauf. Etwas später scheint Katjas Rausch in die zweite Phase überzugehen. Die Melancholie des Lebens. Jetzt muss Martin büßen, dass er seinen hochprozentigen Alkohol so großzügig ausgeschenkt hat, denkt Sophie und muss grinsen. Eine Mail erscheint auf dem Display. Das kann nur Herman sein, ihm ist es egal, ob es Montagmorgen oder Freitagabend ist. In den letzten Tagen hat er schon einige Mails verfasst. Die bereits genehmigten Urlaubswochen sind abgelaufen, und Sophie hat um Verlängerung gebeten. Bislang hat sie noch kein Okay. Sie klappt den Bildschirm zu, ohne die Mail zu lesen, wickelt sich das Tuch um die Schultern und geht hinaus. Sie ist überrascht, dass die Puppe an ihrem Platz sitzt. Sie hatte gedacht, Ella hätte begriffen, dass sie nichts mehr von der Vergangenheit wissen will. Offenbar war dem nicht so. Sophie nimmt neben der Puppe Platz. »Na du …«, sagt sie, nimmt den Zettel und liest:

*Ich habe eine Locke von dem Menschen, den ich am allermeisten liebe, aufgehoben. Sie liegt in der Kommode im Schlafzimmer. Jeden Abend, bevor ich schlafen gehe, und jeden Morgen, wenn ich erwache, streichle ich darüber und hoffe, dass sie meine Berührung durch irgendeine Form von Telepathie als liebevolles Streicheln spüren kann. Vielleicht ist es dumm von mir zu glauben, das würde reichen. / Esmeralda*

Sophie faltet den Zettel zusammen. Ihr Herz rast. Hat ihre Mutter das Ella wirklich erzählt, da in ihrem Garten? Wessen Haarlocke meint sie wohl? Sophies? Das kann nicht sein. An dem Tag, als Sophie sich entschied, nach Berlin zu fahren, endete der manische Trieb ihrer Mutter, sie zu kontrollieren. Adieu. So war das. Mona kappte das Band zwischen ihnen und alle Gefühle auf einen Schlag. Die Fürsorge wie auch die Liebe. Nie gab es irgendein Signal ihrer Mutter, dass sie sich versöhnen wolle, sich aussprechen, die Umstände erklären. Im Gegenteil. Und da die Zeit verstrich, schien Mona mit ihrem neuen Leben recht zufrieden zu sein, in das ruhige Stunden mit Lennart und ein aktives Vereinsleben anstelle der dramatischen Konflikte mit Sophie rückten. Am Ende sprachen Mona und Sophie wieder miteinander, aber alle Gespräche, die sie noch führten, bewegten sich auf einem unverfänglichen, oberflächlichen Niveau. Mit anderen Worten war Mona niemand, der die Locke seiner Tochter zärtlich streichelte.

Sophie steht mit weichen Knien auf und geht langsam ins Obergeschoss, wo es endlich ruhig geworden ist. Dann öffnet sie die Tür eines Zimmers, das keiner der anderen belegt hat: das ehemalige Schlafzimmer ihrer Eltern. Das aus dunklem Holz geschnitzte Himmelbett steht mitten im Zimmer. Sophie muss daran denken, wie neidisch sie auf ihre Mutter wegen dieses märchenhaften Bettes mit Schleier gewesen war, als sie Kind war. Jedes Jahr hatte sie sich zu Weihnachten auch so eins gewünscht. Und nie eins bekommen. Sophie geht vor zu der Kommode, die am Fenster steht. Zieht vorsichtig die Schublade heraus, schiebt die Hand hinein und tastet blind. Sie ist leer. Dann schüttelt sie über sich selbst den Kopf und seufzt erleichtert. Dieses Haus macht sie langsam verrückt. Genau in dem Moment, als sie die Schublade wieder zurückschieben will, sieht sie etwas auf deren Boden. Noch einmal fährt sie mit der Hand hinein und findet eine blonde, gelockte Haarsträhne mit einer rosa Schleife, auf der der Name Sophie steht. Sie legt sie auf die Kommode und betrachtet sie. War das die Locke, die ihre Mutter jeden Morgen und jeden Abend hervorgeholt hat? Hatte sie sie all die Jahre so schmerzlich vermisst, ohne es aussprechen zu können? Sophie schlägt auf die Locke, bis ihre Faust knallrot ist. »Warum hast du kein Wort gesagt«, schreit sie, während sie sich mit der anderen Hand die Tränen aus dem Gesicht wischt. Dann lässt sie sich aufs Himmelbett fallen, die Haarsträhne fest in der Hand.

# Kapitel 14

Am nächsten Tag erwacht sie von einem zaghaften Klopfen an der Zimmertür. Sie kann sich kaum bewegen. Ihr Körper fühlt sich immer noch bleischwer an.

»Entschuldige, dass ich störe«, sagt Katja leise. »Wir haben uns gefragt, wo du bist, und Martin meint, er hätte ein Geräusch aus diesem Zimmer gehört.« Sie macht einen Schritt hinein, doch lässt die Klinke nicht los. »Ist alles in Ordnung?«

»Und bei dir?«, fragt Sophie und blickt Katja an.

»Geht so. Tut mir leid, dieser Whisky hat mich umgehauen …«

Sophie nickt. »Kommt ihr heute ohne mich klar?« Ihre Stimme klingt heiser, es ist anstrengend zu sprechen.

»Okay. Ruf einfach, wenn du etwas brauchst«, sagt Katja und schließt die Tür vorsichtig.

Mit der Locke fest in ihrer Hand, schläft Sophie wieder ein. Sie träumt, sie sei sechs Jahre alt und stehe mit großen Augen vor dem Himmelbett ihrer Mutter. »Ich will auch so ein schönes Bett mit Schleier«, mault sie und schiebt die Unterlippe vor. »Du hast doch schon das schönste Himmelbett, das man haben kann«, sagt Mona und geht in Sophies Turmzimmer und legt sich da ins Bett. »Wenn das Rollo hochgezogen ist, sieht man den ganzen Himmel mit all seinen Sternen.« Sophie stemmt die Hände in die

Seiten, läuft dann wieder ins Schlafzimmer ihrer Mutter und klettert in ihr Bett. »Aber dein Bett sieht aus wie von einer Prinzessin.« Mona folgt ihr und legt sich neben sie. »Obwohl es nicht annähernd so schön ist wie das Himmelreich.« Eingeschnappt liegt Sophie da, die Arme verschränkt. »Außerdem«, sagt Mona, »wenn du selbst ein Himmelbett hättest, würdest du ja nie in meins gekrabbelt kommen.« Sie rollt sich auf die Seite, Sophie macht es ihr nach. Sie liegen so dicht beieinander, dass sich ihre Nasenspitzen berühren. »Okay«, sagt Sophie, ein wenig altklug, »das zählt.«

Erst nachdem der Vormittag verstrichen ist, setzt Sophie sich auf. Nacken und Rücken sind verschwitzt. Auf dem Nachttisch liegt ein Röhrchen Schmerztabletten, daneben eine Thermoskanne und ein Zettel: MOHRRÜBEN-/INGWERSUPPE. Sophie versucht, den Verschluss aufzuschrauben. Sie schafft es gerade so. Der Duft, der ihr in die Nase steigt, ist herrlich. Knoblauch, Ingwer, Rosmarin und ein Hauch Zimt. Sie schließt die Augen. Kaum hat sie die ersten Schlucke genommen, spürt sie ihre Lebensgeister wieder. Wie lieb von Katja, so etwas extra für sie zu kochen. Als sie ausgetrunken hat, legt sie sich wieder hin und zieht die Decke mit den bestimmt hundert gestrickten Granny-Quadraten über sich. Sophie kann sich noch gut daran erinnern, dass sie sie als kleines Kind immer gezählt hat. Zehn für Mama, zehn für Papa, zehn für Sophie, zehn für Oma Margareta und zehn für die Uroma Marit. Das war ihr Reim. Am Ende saß sie immer da mit einer Falte auf der Stirn und stellte fest, dass sie eigentlich fünf Geschwister haben müsste, da noch fünfzig Quadrate übrig waren. Da lachte ihre Mutter, und dann warf sie ein Kissen auf Sophie.

Jetzt wünscht sich Sophie mehr denn je, Geschwister zu haben. Dann hätte Mona vielleicht nicht ihr Leben lang eine Locke streicheln müssen. Sophie lässt sich ins Bett zurücksinken und stellt sich den Wecker auf zwei Stunden. Dann muss sie sich aufraffen und den anderen im Salon helfen.

Im Erdgeschoss tigert Katja hin und her.

»Sie sieht wirklich nicht gesund aus.«

»Vermutlich war die heftige körperliche Arbeit zu viel für sie. Das ist sie nicht gewohnt«, meint Martin grinsend.

»Sie sieht aus, als wäre sie unter den Zug gekommen«, entgegnet Katja besorgt.

Martin klopft ihr auf die Schulter.

»Du hast sie jetzt mit Suppe und Aspirin versorgt. Diesen Service habe ich noch nie bekommen, wenn ich ein bisschen angeschlagen war, und trotzdem bin ich immer wieder gesund geworden«, erwidert er, reckt sich und erläutert den Arbeitsplan für den Nachmittag.

»Wir legen das Abdeckpapier im Salon aus, damit wir morgen die Decke streichen können. Ich nehme mal an, dass nicht jeder von uns heute so gut in Form ist«, sagt er und zwinkert Katja zu.

Sie arbeiten systematisch, Stück für Stück, bis es klopft.

»Vielleicht steht dein Mann wieder vor der Tür«, sagt Isak.

Katja zieht die Stirn kraus und geht langsam auf die Haustür zu.

»Bernt!«, ruft sie erleichtert aus, als der Mann aus der

Pizzeria vor ihr steht. »Und was ist das für ein Süßer?« Neugierig hockt sie sich vor den Vierbeiner.

»Er heißt Bosse«, sagt Bernt und linst ihr über die Schulter. »Ich war gerade in der Nähe und dachte, ich werfe mal einen Blick auf euer Projekt.«

»Sophie ist nicht ganz fit und ruht sich gerade aus. Wir anderen sind bei der Arbeit.«

»Aha. Sophie hat hoffentlich nichts Ernstes? Darf ich reinkommen?«

»Ja, klar«, sagt Katja spontan. Doch soll sie wirklich fremde Menschen in Sophies Haus lassen? Bernt schaut sich im Flur um und begrüßt die anderen im Salon.

»Eigentlich wollte ich Sophie fragen, ob sie Bosse hüten könnte«, sagt er. »Ich muss in Skepparkroken einen Kunden aufsuchen, und da kann ich den Hund nicht mitnehmen.«

»Tja, das ist im Moment etwas ungünstig«, sagt Katja und spürt, wie sie rot anläuft.

»Verstehe«, sagt er. In dem Moment entwischt Bosse und rennt die Treppe hinauf.

»Bosse«, zischt Bernt und flitzt mit großen Schritten hinter ihm her.

Eine Viertelstunde später kommt er wieder herunter, allein.

»Wo ist dein Hund geblieben?«, fragt Katja.

»Er ist zu Sophie ins Bett gekrochen. Ich wollte sie nicht wecken, vielleicht kann er doch da bleiben, bis ich zurück bin? Eine Art Win-win-Situation?«

»Bist du dir da wirklich sicher? Ich glaube nicht, dass Sophie ...«

»Das klappt, du wirst sehen.«

Er winkt zum Abschied und verschwindet durch die Tür.

Katja geht zurück zu Martin und Isak in den Salon. »Sie wird uns umbringen«, flüstert sie und verdreht die Augen.

Sophie schläft tief und fest im Schlafzimmer ihrer Eltern. Wie in einem Bienenkorb schwirren die Gedanken durch ihren Kopf. Das Foto von der Bar Vogler, die Ansichtskarte aus Berlin, der Zettel mit dem Wort VERZEIH, die Halskette, die Beschreibung der jungen Mona, die so lebenslustig war, und die Erinnerung an diese kontrollsüchtige Mutter. Der große Abstand zwischen ihnen. Hätte Mona nur die Hand ausgestreckt, hätte Sophie sie ergriffen. Das hätte sie doch? Ein kleiner warmer Körper kuschelt sich an ihre Brust. Sophie öffnet die Augen und sieht überrascht in ein Hundegesicht. Schlagartig setzt sie sich auf. Der chinesische Schopfhund tut dasselbe. Als Sophie staunend den Kopf schräg legt, macht der Hund die Bewegung nach.

»Sag mal, wie bist du denn in mein Bett gekommen?«

Der Hund dreht sich dreimal schnell im Kreis, und als er anhält, schielen seine Augen so, dass er noch verrückter aussieht. Sophie muss lachen. »Jetzt muss ich schnell unter die Dusche, und ich glaube, dann musst du hier raus.«

Bosse legt sich mit überkreuzten Vorderläufen direkt ins Bett, als hätte er verstanden, was sie gerade erklärt hat.

»Meine Güte«, sagt Sophie und geht hinüber ins Badezimmer.

Als sie fertig ist, zieht sie ihren dunkelblauen Rock, ein T-Shirt, auf dem in Goldbuchstaben PARIS steht, und eine Jeansjacke an. Sie geht nach unten, legt Bosse die Leine an und verlässt das Haus. Er schafft es nicht einmal bis zum Gartentor, da hebt er schon das Bein. Sophie spaziert langsam den Strand entlang. Die etwas kühlere Luft hat alle Sonnenanbeter vertrieben. Sie ignoriert die Verbotsschilder und lässt den Hund von der Leine. Er jagt abwechselnd nach den Wellen und den Vögeln. Dann rennt er wieder zurück zu Sophie. Ihre Schritte hinterlassen Spuren im Sand, die sofort vom Wasser überspült werden. Wie ein Menschenleben, denkt Sophie und schaudert. Marit, Margareta, Mona. Drei Leben, die alle von der Bildfläche verschwunden sind. Warum habe ich eigentlich keinen Namen mit dem Anfangsbuchstaben M bekommen? Marie? Mirinda? Maja? So wie die Frauen der Familie im Strandhotel Meeresbrise alle hießen. Ob sie sich deswegen nie so richtig wie eine von ihnen gefühlt hat? Hat es sie deshalb immer in die Ferne gezogen? Hatte ihre Mutter einen Grund, sie entgegen der Tradition zu taufen? Die Schritte im Sand werden schwerer. In diesem Moment wünscht sie, sie könnte sich hier hinlegen und einschlafen, und wenn sie wieder aufwacht, wäre das alles nur ein Traum gewesen. Sie wäre wieder in ihrer Wohnung in Berlin, und Mona würde ihre obligatorischen Anrufe tätigen, so wie sie es immer getan hat, bevor sie krank wurde. Aber dieses Mal würde Sophie den Computer ausstellen, wenn sie mit ihrer Mutter sprach. Sie wäre wirklich mit der vollen Aufmerksamkeit bei ihr. Und sie würde Mona fragen, warum sie keinen Vornamen trug, der mit M begann. Sophie wischt sich die Tränen aus dem Gesicht, als ihr Handy klingelt.

»Hallo Sophie!«, sagt Bernt. »Bosse ist die beste Medizin, stimmt's?«

»Ach, so hast du dir das gedacht.«

»Ja. Bosse hat wohl gespürt, dass dir ein bisschen Gesellschaft guttun würde, also hab ich ihn dagelassen.«

»Wann holst du ihn wieder ab? Wir waren gerade spazieren, es würde jetzt also gut passen.«

»Ich komme in einer Stunde. Aber ich kann dir versprechen, dass du bitten und betteln wirst, ihn noch länger behalten zu dürfen. Dieser Hund ist das pure Leben.«

Sophie blickt auf Bosse, der ein Stück Seetang hochgeschleudert hat, das nun direkt auf seinem kleinen Kopf gelandet ist.

»Kann man das überhaupt Hund nennen?«, sagt sie und schüttelt den Kopf.

»Vorsicht, er hört dich. Und er ist schlauer, als er aussieht. Warte ab, du wirst schon sehen.«

»Okay«, erwidert Sophie und kann sich das Lachen nicht verkneifen. Es ist befreiend, es tut gut. Da kommt ein Signalton von einer SMS. »Ich muss Schluss machen«, sagt sie, als sie sieht, dass der Absender Herman ist.

»Kein Problem«, antwortet Bernt und ruft »Küsschen« zu seinem Hund durch die Leitung.

Dann scrollt sie auf ihrem Smartphone zu der SMS von Hermann. Er will, dass sie nach Berlin kommt. Ein wichtiges Kundenmeeting steht an. Sie sieht hinaus aufs Meer und betrachtet die Konturen von Kullaberg, das sich auf der anderen Seite der Bucht stattlich brüstet. Vielleicht braucht sie das jetzt. Skepparkroken den Rücken kehren. Dieses verrückte Projekt mal für eine Weile vergessen. Und die alten Geschichten des Hauses. Jetzt ist ihr klar, dass es unmöglich ist, vor ihnen die Augen zu verschließen. Auf dem Papier hörte sich die Idee mit den Handwerkern, die im Haus wohnen, und einem renovierten Strandhotel

Meeresbrise gut an. In Wirklichkeit ist es Quälerei. Die fröhlichen Gesichter und die neuen Tapeten reichen nicht, um das Leben, das sie dort gelebt hat, auszuradieren. Tief in ihrem Inneren hat sie es wohl die ganze Zeit schon gewusst.

Sie nimmt Bosse an die Leine und geht zurück.

Im Haus duftet es nach Kaffee und warmen Brötchen. Aus der Küche dringen Stimmen. Als Sophie die Tür öffnet, verstummen sie.

»Es riecht so gut«, sagt Sophie.

»Wie schön, dass du wieder auf den Beinen bist«, sagt Katja.

Bosse presst sich an Sophie.

»Es sieht aus, als hättest du einen neuen Freund«, meint Isak und schaut Bosse an.

»Unfreiwillig«, sagt Sophie.

»Das war wirklich nicht unsere Idee«, sagt Katja gleich.

»Ich weiß«, erwidert Sophie und nickt. Dann schenkt sie sich eine Tasse Kaffee ein und lässt sich am Tisch nieder.

»Ich habe eine Idee, was wir gegen den Luftzug im Salon machen können«, sagt Martin. »Da haben wir einen fantastischen Dielenboden, den müssen wir unbedingt erhalten. Aber ich glaube, irgendwas ist am Untergrund nicht in Ordnung, weil die Luft zirkuliert und den Boden abkühlt. Im Sommer fällt das gar nicht auf, aber ich kann mir vorstellen, wie sich das im Winter anfühlt. Ich habe einen Freund, der so was schon mal repariert hat und den alten Boden nicht austauschen musste. Ich könnte ihn bitten, sich das mal anzusehen.«

Sophie kriegt kaum mit, was er sagt. Sie spürt nur, wie ihr Herz klopft. Wie soll sie ihnen, die alles stehen und liegen gelassen haben, um ihr Haus zu renovieren, beibringen, dass sie nach Berlin fliegen muss?

»… während ich mich darum kümmere, könnt ihr schon auf der anderen Seite mit den Tapeten und Leisten anfangen. Allerdings müssen wir als Erstes die Decke streichen«, sagt er.

»Ich muss nach Berlin«, sagt Sophie so schnell, dass sich die Worte schier überschlagen.

»Sofort?«, fragt Katja erschreckt.

»So schnell es geht. Ich hab vor, morgen früh abzureisen.«

»Aber du kommst doch wohl zurück?«, fragt Isak.

Sophie rutscht hin und her. Wird sie zurückkommen?

»Wir können das Haus doch hier nicht so halb fertig stehen lassen«, sagt Martin, und Sophie bemerkt, wie sich Falten auf seiner Stirn formieren.

»Ich kann nicht von euch verlangen, dass ihr hierbleibt und weiterarbeitet, wenn ich fort bin. Ich habe euch immerhin Verpflegung versprochen.«

Alle hocken schweigend da. Jeder überdenkt seine Situation. Isak presst die Hand auf die Braue, die wieder zuckt.

»No offence«, sagt Martin lächelnd. »Aber ich kann besser ohne deine Salate arbeiten.«

Da muss Katja lachen. »Und wie ich schon sagte, ich liebe es zu kochen und übernehme den Job gern, auch wenn du fort bist. Ich bin noch nicht so weit, wieder zurück nach Hause zu gehen.«

Sophie sieht Isak an, der von dieser überraschenden Mitteilung noch etwas bleich um die Nase ist. »Das Bild von deinem Garten ist noch nicht fertig, und wir haben eine sehr hübsche Tapete, die die Wand im Salon verschönern soll, also bleibe auch ich gern noch ein Weilchen«, sagt er.

Sophie nickt langsam. »Dann fahre ich zu diesem Meeting und komme am nächsten Wochenende zurück.« Sie steht auf. »Aber versprecht mir, dass ihr auch den Sommer ein bisschen genießt.«

Die anderen nicken.

Sophie tippt die Antwort an Herman in ihr Handy: *Klar. Ich fliege morgen und bin am Montag im Büro. Aber dafür hätte ich gern noch mal drei Wochen Urlaub.*

Herman antwortet zähneknirschend Ja, danach packt Sophie ihren Koffer und bucht den Flug.

Als Sophie am nächsten Morgen auf das Taxi wartet, wirft sie noch einen Blick zur Hängematte. Die Puppe sitzt an ihrem Platz. Sophie zögert erst, aber dann geht sie doch zu ihr hin und nimmt ihr den Zettel aus dem Arm. Da steht:

> *Ich habe das Schlimmste getan, was man tun kann. Ich habe mich in ein riesiges Netz aus komplizierten Lügen verstrickt. Du fragst dich wahrscheinlich, warum ich die Fäden nicht entwirrt habe, bevor es zu spät war. Die Antwort lautet »Scham«. Und Scham kann einen Menschen vollständig lähmen. / Esmeralda*

## *Ellas Tagebuch, 15. Juli*

*Ich muss zugeben, dass die Zweifel wieder da sind. Und Zweifel sind wie Giersch, sie wachsen unaufhaltsam, wenn man sie nicht ausreißt.*

# Kapitel 15

Ich muss zum Bahnhof von Ängelholm«, sagt Sophie dem Taxifahrer und schlägt die Augen nieder, da Ella nebenan aus ihrem Küchenfenster blickt. Das Erste, was sie machen wird, wenn sie in Berlin angekommen ist, ist, einen Termin im Nagelstudio zu vereinbaren. Neue French Nails. Das Taxi verlässt tuckernd Skepparkroken und steuert die Autobahn an. Sie fahren schweigend, bis sie den Bahnhof erreichen. Sophie bezahlt, nimmt ihren Koffer und geht zum Gleis, an dem der Zug zum Flughafen Kopenhagen schon angekündigt ist. Eine Viertelstunde später sitzt sie im Erste-Klasse-Abteil, einen Pappbecher mit Kaffee vor sich und die Wirtschaftszeitung auf dem Klapptisch. Aber sie wird das Gefühl nicht los, dass sie jemanden betrügt. Möglicherweise sich selbst.

Allein der Gedanke daran, an ihrem Schreibtisch im Büro Platz zu nehmen, in ihrer Wohnung zu schlafen und sich wieder in den Großstadtrummel zu stürzen, macht sie so nervös, dass ihre Hände feucht werden. Am meisten beunruhigt sie die Tatsache, dass sie sich verändert hat. Vielleicht fühlt sie sich in Berlin plötzlich fremd, die Kollegen werden die Augenbrauen hochziehen und sich fragen, was denn eigentlich passiert ist – weil sie so anders ist.

Die Zugfahrt nach Kopenhagen, der Flug nach Berlin und die Strecke mit der U-Bahn bis zum Prenzlauer Berg gehen wie von allein. Erst als sie der Straße näher kommt, in der sie wohnt, erwachen ihre Sinne wieder. Jetzt nimmt sie jedes kleine Detail wahr. Die lilafarbenen und dunkelblauen Filzhüte im Schaufenster der Hutmacherin, das Tattoostudio im Souterrain, das kleine Bohème-Café mit den knallroten Metallstühlen auf dem unebenen Gehweg. Und da vorn … Inner soul. Sophie bleibt stehen. In der Auslage des Schaufensters sieht sie ausgeblichene Bücher über Healing, die Geheimnisse der Engel und Gesetze des geistigen Lebens. Sie öffnet die Tür, und ein zen-inspiriertes Windspiel ertönt. Lili steht hinter der Theke und ein Strahlen breitet sich auf ihrem Gesicht aus, als sie Sophie erblickt.

»Ist das lange her«, sagt sie mit ihrer zigarettenkratzigen Stimme.

Sophie stellt den Koffer vor der Wand mit den Buddhafiguren ab. Lili trägt einen Batikrock in allen Farben des Regenbogens. Er flattert ihr um die Beine, als sie auf Sophie zugeht. Mit etwas Abstand bleibt sie stehen, schließt die Augen, dreht sich um und nimmt dann ein lilafarbenes Kristall in die Hand und reicht es ihr.

»Das willst du haben.«

Sophie nimmt das Kristall in die Hand und betrachtet es. Für ihren Geschmack viel zu kitschig. Und außerdem, woher will Lili wissen, was sie kaufen will, wenn sie es selbst gar nicht weiß? Sie streckt die Hand aus, um es zurückzugeben. Aber Lili wehrt ab.

»Wir sind keine Designboutique. Man wählt das, was man braucht, nicht das, was man schön findet. Und du brauchst diesen Amethysten. Er reinigt und schützt vor schlechter Energie. Außerdem verleiht er geistige Stärke und Zuversicht bei Entscheidungen. Ich spüre, dass du vor großen Entscheidungen stehst.«

Lili geht zurück zur Kasse und tippt den Preis ein. Sophie legt den Stein vorsichtig auf die Theke und holt ihr Portemonnaie heraus. *Reinigt und schützt und hilft bei Entscheidungen.* So einen sollte Katja auch haben. Sie vermutet, dass Katja, im Gegensatz zu ihr, ihn ins Herz schließen würde.

»Ich nehme zwei«, sagt Sophie.

Ein breites Lächeln geht über Lilis Gesicht.

In dem kleinen Feinkostladen an der Ecke kauft sie einen Pastasalat mit Oliven und beeilt sich, nach Hause zu kommen.

Das Erste, was ihr auffällt, als sie die Tür öffnet, ist der Duft. Oder, besser gesagt, der fehlende Duft. Die Luft ist klamm, denn die Heizkörper waren ausgeschaltet, und die Blume auf der Fensterbank ist vertrocknet, aber es riecht hier nach gar nichts. Im Strandhotel Meeresbrise strömen Düfte aus allen Ecken auf sie ein: alte, reparierte Möbel, knarrender Holzboden, hundert Jahre alte Buchrücken und die süßen Aromen des Gartens, die durch die Ritzen der Fenster ins Haus dringen. Und dann die Menschen dort. Wenn Sophie die Augen schließt, kann sie ihre ureignen Gerüche riechen. Katjas süßliches Parfüm. Ihr Mann Jesper hat ihr die teuersten französischen Parfüms gekauft, hat sie erzählt, und offenbar mehr auf den Preis geachtet als auf den Duft, deswegen hatte Katja Britney Spears' süße Parfüms ganz hinten im Kleiderschrank versteckt. Jesper hielt immer verzückt die Nase in die Luft und war mit seinen Geschenken äußerst zufrieden – ohne zu wissen, welche Düfte er da einsog. Im Strandhotel Meeresbrise lag auch der reine Duft von Isak, ein Geruch nach frisch gewaschenen und gebügelten Kleidern. Martin duftete männlich, nach Sportduschgel.

Sie schlägt die Augen wieder auf. Beim Gedanken an ihre duftfreie Wohnung nimmt sie an, dass ihr eigener Duft kaum wahrnehmbar ist. Allerdings riecht sie jetzt nach dem Besuch bei Inner Soul nach Rauch. Doch besser das als gar nichts.

Sie packt den Koffer aus, schlüpft in bequeme Klamotten, zündet ein paar Kerzen auf dem Bartisch an, ruft ihre Jazz-Playlist auf Spotify auf, richtet den Pastasalat auf einem Teller an und öffnet eine Flasche Rotwein. Sie versucht, diesem Augenblick etwas abzugewinnen. So wie sonst auch. Aber die Stille kriecht ihr unter die Haut. Ihr fehlen die Stimmen, die Witze, das Klappern von Töpfen. Sie schiebt den Teller beiseite und holt Papier und Stift. Mit ordentlichen Buchstaben schreibt sie: Pediküre, Friseur, Blazer in die Reinigung, Recherche Neukunde, Ideen für bestehende Kunden, Posteingang Job durchgehen. Sie legt den Stift zur Seite und betrachtet die Liste. Jetzt geht es ihr besser. Der Kloß im Hals löst sich auf wie eine Brausetablette im Wasser. Sie stellt den Teller wieder hin und isst weiter, während sie sich auf ihrem Computer einloggt. Hier wird sie jetzt bis Mitternacht sitzen und arbeiten. So wie immer.

Sophie kommt Punkt neun Uhr ins Büro, frisch von Maniküre und Friseur. Es hagelt Umarmungen, und tausend Fragen prasseln auf sie ein. Ein Gefühl, als sei sie zwei Jahre fort gewesen, nicht nur wenige Wochen. Herman begrüßt sie und fragt, ob es ihr trotz der Umstände gut ergangen ist.

Sie nickt und stellt sofort Fragen zu dem neuen Kunden. Er lächelt zufrieden. Sie bereiten das Meeting vor, und als der Kunde etwas später im Konferenzraum Platz nimmt, spürt Sophie das Adrenalin durch ihre Adern rauschen. Und mit ihm die Erleichterung. Ja, hier ist ihr Platz im Leben.

Nach dem Meeting lädt Herman das Team auf einen Drink ein, da der Kunde das Office mit einem zufriedenen Lächeln im Gesicht verlassen hat und Sophie aus Schweden zurückgekehrt ist. Das soll gefeiert werden. Sie versucht, ihn zu korrigieren, und weist darauf hin, dass sie »bald zurück sei«, sie werde schließlich noch einmal in ihr Elternhaus reisen und das Projekt, das sie dort begonnen hat, zu Ende bringen. Doch auf dem Ohr ist er taub. Stattdessen bestellt er noch einmal eine Runde Wodka Club Mate. Sophie nippt an dem Getränk aus Eistee und Wodka, etwas sonderbar, aber so typisch Berlin. Es fällt ihr nicht leicht, dem Gespräch zu folgen. Die deutschen Worte schmelzen zusammen wie das Eis in Hermanns Glas. Der DJ in der dunklen Box dreht auf, und die Getränke spritzen, während das Gedränge größer wird und die Menschen mit den Armen wedeln. Hilde, die wie Uma Thurmans fiktive Figur Mia in *Pulp Fiction* aussieht, macht Sophie und den anderen dreien ein Zeichen. Der harte Kern. Sie bedanken sich bei Herman und lassen die übrigen Kollegen in der lärmenden Bar zurück.

»Ich hab schon gedacht, du würdest nie zum Aufbruch pfeifen«, sagt Sophie und atmet auf, als sie sich den Blazer über das knappe Kleid wirft.

Hilde fährt sich mit der Hand über den dunklen Bob und grinst. »Ich war der Meinung, wir sollten Herman erst noch ein paar Drinks bezahlen lassen.«

Automatisch steuern sie den Weg zum Rooftop an, der Hotelbar auf einer Dachterrasse. Sophie atmet auf, als sie die vertrauten Klänge des Klaviers hört. Das Licht ist gedämpft, riesige Panoramafenster trennen die Bar von der Stadt. Während die anderen etwas zu trinken bestellen, bleibt sie vor dem Fenster stehen. Jetzt wird ihr klar, warum das ihr Lieblingsort in Berlin ist, warum sie diesen Blick so liebt. Weil er sie nämlich ans Meer in Skepparkroken erinnert. Abends genauso finster, wogend und glitzernd. Sie dreht sich um, geht hinüber zu den anderen und bestellt. Mit ihren Cosmopolitans stoßen sie an.

»Gott sei Dank, jetzt verschwindet langsam der Geschmack von Club Mate.«

Hilde lacht und frischt ihren roten Lippenstift auf. »Wenn Herman so drauf ist, ist er nicht mehr zu bremsen. So haben wir ihn nicht erlebt, seit du fort bist.«

»Das hatte wohl eher mit dem Kunden als mit mir zu tun.«

»Das hängt zusammen. Keiner handelt die etwas anspruchsvolleren Kunden so gut wie du.«

Sophie lächelt und schiebt sich eine Olive in den Mund. Jetzt muss sie an diesen Abend denken, an dem sie mit Isak, Katja und Martin in der Pizzeria saß. Als sie sich so hierher gesehnt hat, nach ihrem Rooftop und den Oliven. Und jetzt ist sie da.

»Und bald haust du wieder ab«, sagt Paul in seinem witzigen Deutsch mit dem britischen Akzent.

»Aber jetzt bin ich doch hier«, erwidert Sophie.

»Nicht richtig«, entgegnet er. Und dann schlägt er sich plötzlich theatralisch die Hand vor den Mund. »Du hast dich in einen Schweden verliebt!«

Sophie fährt sich an den Hals, hustet und schüttelt energisch den Kopf.

»Doch«, sagt Paul beharrlich und hofft auf Unterstützung von den anderen. »Man sieht ihr doch an, dass sie verliebt ist! Ich sag doch gar nichts dagegen, blonde Schweden sind mega-attraktiv, aber wenn du schon abhaust und dich da verknallst, dann musst du ihn auch herholen – und er soll einen Freund mitbringen. Einen, der schwul ist.«

Die anderen müssen lachen. Sophie schüttelt immer noch den Kopf.

»Wie schön, dass alles so ist wie immer«, sagt sie und knufft ihn in den Arm. »Aber was willst du mit einem schönen Schweden, du hast doch deinen Franz?«

Hilde reißt abwehrend die Hände in die Luft.

»Big no no, Themawechsel, jetzt bestellen wir noch mal und feiern das Leben.«

Erst als es Mitternacht schlägt, erhebt Sophie sich auf wackligen Beinen. Hilde kommt mit. Die anderen wollen noch bleiben. Als sie eingehakt über die beleuchteten Straßen zur U-Bahn schlendern, fällt Sophie das Foto von der deutschen Bar ein, das im Koffer ihrer Mutter lag.

»Kennst du in Berlin eine Bar Vogler?«

Hilde überlegt.

»Nein. Damit kann ich gar nichts anfangen. Warum?«

»In den Sachen meiner Mutter habe ich eine Fotografie von einer Bar in Berlin gefunden, auf der dieser Name stand.«

»Wahrscheinlich ist sie in ihrer Jugend als Touristin hier gewesen.«

»Schon, allerdings war das eins von nur fünf Dingen,

die sie ins Altersheim mitgenommen hat. Die einzigen Sachen, die sie in ihren letzten Lebensjahren bei sich haben wollte.«

»Dann hat sie da sicher nicht nur einen Drink genommen«, meint Hilde. »Vielleicht hat sie dort die Liebe ihres Lebens getroffen«, sagt Hilde mit einem Mal und zwinkert.

Sophie bleibt stehen. Klar. Vermutlich hat sie Lennart in dieser Bar kennengelernt. Der der Vater ihrer Kinder werden sollte. Auf die eine oder andere Art zumindest. Das musste die Antwort sein. Sie drückt Hilde und lacht. »Du bist ein Schatz! Jetzt passt wieder ein Puzzleteil!«

»War es sehr schlimm?«, fragt Hilde.

»Hin und wieder.«

»Ich hab mich gewundert, dass du dageblieben bist. Das passt gar nicht zu dir.«

»Nein, in der letzten Zeit hat gar nichts zu mir gepasst.«

»Aber du kommst zurück, so wie geplant?«

»Ja, klar.«

»Und du hast dich nicht in einen Schweden verliebt?«

»Auch das nicht.«

Hilde atmet übertrieben auf. »Du kennst doch unseren Deal. Businessfrau, Single und das Leben genießen, bis wir eines Tages unseren letzten Cosmopolitan trinken und uns dann gemeinsam vom Rooftop stürzen.«

»Darauf trinke ich«, sagt Sophie und tut so, als würde sie anstoßen.

An der U-Bahn trennen sie sich.

»Bist du morgen im Büro?«, ruft Hilde von Weitem noch.

»Ja, gegen zehn Uhr.«

Hilde hebt den Daumen hoch und verschwindet in der

Menschenmenge. Dass es schon nach Mitternacht an einem stinknormalen Montag ist, stört keinen.

Als Sophie zurück in der Wohnung ist, bleibt sie mitten im Wohnzimmer stehen. Der Arbeitstag ist gut gelaufen. Nach dem Kundenmeeting hatte sie in ihre gewohnten Arbeitsabläufe zurückgefunden, der After-Work-Drink war so, wie Hermans After-Work-Zusammenkünfte immer waren, und die Stunden auf dem Rooftop waren auch wie früher gewesen. Sie ist überzeugt, dass sie sich nach ein paar Tagen wieder an ihr altes Leben gewöhnt hat. Aber irgendetwas an ihrer Wohnung stört sie. Diese Erleichterung, die sie immer spürt, sobald sie die Tür aufschließt, will sich nicht einstellen. Fast wäre sie lieber noch ein paar Stunden mit Hilde in der Bar geblieben. Sophie nimmt das Kristall aus der Tüte von Inner Soul und stellt es auf den Bartisch. Morgen wird sie bei Frau Belletti eine Latte holen und dann ins Büro gehen und sich auf den neusten Stand bringen, was ihre alten Kunden angeht. Danach wird sie sich einen leckeren Salat und Sekt kaufen und sich an den Märchenbrunnen im Volkspark Friedrichshain hocken. Ob Hilde auch Lust hat mitzukommen? Die nächsten Tage wird sie dann voll arbeiten und am Samstag zurück nach Skepparkroken fliegen. Da werden sie das Strandhotel Meeresbrise fertig renovieren und es dann verkaufen. Vielleicht wird das Haus ja wieder zu einem Ort, an dem gebrochene Seelen heilen. *Gebrochene Seelen heilen.* Sie muss lächeln. Schon wieder denkt sie auf Deutsch. Das kann nur heißen, dass am Ende doch noch alles gut wird.

# Kapitel 16

Das Taxi hält vor dem Strandhotel Meeresbrise. Sophie bezahlt und bewegt sich über den Kiesweg langsam aufs Haus zu. Die Haustür steht sperrangelweit offen. Im Bauch verspürt sie ein erwartungsvolles Kribbeln. Sie ist knapp eine Woche fort gewesen, doch es fühlt sich viel länger an. Etwas bewegt sich im Garten, sie wendet den Kopf. Ella. In ihrem dunkelblauen Shirt mit den großen Sonnenblumen.

»Schönes Oberteil«, sagt Sophie und lächelt.

»Nicht ganz dein Stil«, erwidert Ella monoton.

»Stimmt. Aber dir steht es gut.«

Ella greift zum Block und schreibt: *Ich bin mal an einer Wiese vorbeigekommen, wo jemand ein Meer aus Sonnenblumen gepflanzt hat, das war das Zauberhafteste, was ich je gesehen habe. Irgendwann einmal möchte ich in so einem Sonnenblumenmeer wohnen.*

»Das kann ich mir gut vorstellen.«

Ella wirft einen Blick auf Sophies Koffer und schreibt: *Gut, dass du wieder da bist.*

Sophie lächelt. »Ich würde sagen, ich bin hier noch nicht ganz fertig.« Ella streichelt sie mit ihren schmalen, warmen Händen. Ihre Haut ist weich wie Samt. Schlagartig wird Sophie klar, dass Veränderungen in ihrem eigenen Leben das von Ella in höchstem Maße betreffen. »Ich kann es gern zur Bedingung machen, dass die neuen Eigentümer dich als Gärtnerin behalten – gegen Bezahlung«, sagt sie dann.

Ella nimmt wieder den Stift in die Hand: *Ich weiß nicht. Das wäre nicht dasselbe. Ich habe einen Bruder in den USA. Vielleicht ziehe ich zu ihm. Und baue Sonnenblumen und Kürbisse an.*

Sophie nickt betreten. Da kommt Bosse hinausgestürmt, rennt ihr um die Beine und winselt. Sophie muss lachen. »Was machst du denn hier?«, ruft sie und geht weiter zum Haus. Katja steckt den Kopf aus dem Salon und strahlt, als sie Sophie erblickt. »Ich passe gerade auf ihn auf. Das ist hoffentlich okay? Schön, dass du wieder da bist.«

Sophie strahlt. »Finde ich auch. Nein, kein Problem.« Sie stellt den Koffer im Flur ab und geht in den Salon hinüber.

»Wow«, entfährt es ihr, als sie staunend die Wände betrachtet, die nun nicht nur wieder in ihrer klassischen Eleganz erstrahlen, sondern noch viel schöner geworden sind, als sie es jemals waren. Die Tapete mit ihren hellgrauen, fast blattähnlichen Romben, ein Muster, das nach Katjas Erläuterungen im 19. Jahrhundert äußerst beliebt gewesen ist, macht sich hervorragend.

Katja knufft sie gegen die Schulter. »Wow ist mein Wort. Such dir ein anderes.«

Sophie lächelt. »Und du bist auch sehr hübsch«, sagt sie und zeigt auf Katjas neue Frisur. Sie hat die schulterlangen Haare gegen einen fransigen Kurzhaarschnitt und schiefen Pony eingetauscht, der ihr leicht übers linke Auge fällt. Katja fährt sich durch die Haare und lächelt etwas geniert.

»Ich wollte schon immer so einen Haarschnitt, aber Jesper liebt lange Haare.«

»Aber er ist ja sowieso nicht da«, ergänzt Martin und begrüßt Sophie mit einem Nicken.

Sophie nickt zurück. Dann begutachtet sie den renovierten Salon im Detail. »Es zieht nicht mehr«, stellt sie fest.

»Natürlich nicht«, sagt Martin. »Ein paar Kumpels vom Bau, bei denen ich noch etwas guthatte, haben mir geholfen. Das wird nicht auf der Rechnung auftauchen.«

Sophie hebt den Daumen hoch und betrachtet Isak, der den Kristallleuchter putzt. Mit einem Gemisch aus Zitrone, Essig und Wasser besprüht er die Prismen. Er lächelt und winkt mit dem Fläschchen.

»Hallo Sophie, hattest du eine gute Reise?«, ruft er.

»Ja, danke. Aber es tut gut, wieder hier zu sein.«

»Natürlich«, erwidert er und sprüht weiter.

Sophie zeigt fragend auf den Regenschirm, der umgekehrt unter dem Leuchter hängt.

»Der ist da nur zur Sicherheit, falls beim Putzen ein paar Prismen abfallen«, erklärt er, als sei das selbstverständlich.

»Was haltet ihr von einer Lagebesprechung um zwei?«, fragt sie.

Die anderen nicken und setzen ihre Arbeit fort.

Bosse trabt hinter Sophie her ins Dienstmädchenzimmer, wo sie ihren Koffer auspackt, dann folgt er ihr in die Küche. Schnell überfliegt Sophie die Post, dabei hält sie inne, als ihr ein Umschlag in die Hände fällt. Der Brief vom Standesamt. Vor ihrer Abreise nach Berlin hat sie dort um Angaben aus dem Personenstandsregister gebeten, das wird die Antwort sein. Aber im Moment ist sie nicht in der Verfassung, den Brief zu öffnen. Sie geht zurück in den Salon und bittet Martin, sein Auto leihen zu dürfen.

»Ich will nur zur Gedenkstätte fahren«, sagt sie.

»Kannst du Bosse mitnehmen? Ich könnte Bernt eine SMS schicken und ihm mitteilen, dass er dich dort findet«, sagt Katja.

Zwanzig Minuten später sitzt sie mit geschlossenen Augen auf der Bank der Gedenkstätte. Es ist erst ein paar Wochen her, dass ihr die Zeit in Skepparkroken unendlich lang vorkam. Jetzt ist sie ihr fast zu kurz. Bevor sie es begreift, wird sie zum letzten Mal den Schlüssel von der Haustür der Villa abziehen. Und natürlich wird er dabei haken, so wie immer. Sie wird fluchen, dann wird sie das Haus ein letztes Mal betrachten. Das kann sie sich fast nicht vorstellen.

Da taucht Bernt auf. Bosse rennt los und springt an seinen Beinen hoch. Er hockt sich hin und lacht über den kleinen Wirbelwind.

»Hast du Kraft getankt, um für deinen wilden kleinen Freund gerüstet zu sein?«, fragt er sanft. Der Hund leckt ihm die Hand ab.

Bernt hockt sich auf die Bank. »Schön, dass du hin und wieder herkommst.«

»Wir hatten was zu besprechen, Mama und ich.«

»Sprecht nur. Und wenn ihr fertig seid – lass los.«

Sie denkt an den Brief vom Standesamt, der auf dem Küchentisch liegt.

»Es scheint, als würden sie dir guttun«, fährt Bernt fort und grinst jovial.

»Wer?«

»Die Handwerker.« Er faltet die Hände über dem Bauch. »Hab ich doch gesagt. Die Begegnung mit Menschen kann dein Leben verändern.«

»Meinst du nicht, es hat eher damit zu tun, dass das Projekt Villarenovierung jetzt voll im Gange ist?«

»Nein. Nur Beziehungen können echte Harmonie herstellen«, sagt er und betrachtet sie von oben bis unten.

Sie schüttelt den Kopf. »Sollen wir das glauben?«, fragt sie Bosse.

»Bosse steht im Übrigen für die Beziehungen, die dich erden«, erwidert Bernt.

»Ach ja …«

Bernt erhebt sich, hebt Bosse hoch, verabschiedet sich und bedankt sich dann fürs Hundesitting.

Als Sophie wieder zurück ist, setzt sie sich in die Küche. Sie fährt mit der Hand über die Tischplatte, auf der die Schrammen von Generationen spürbar sind. Dann holt sie ein Messer aus der Schublade und schnitzt ein S hinein. Es ist heller als die anderen Kratzer. Meine Handschrift, denkt sie, jemand wird da demnächst sitzen und mit der Hand darüberfahren und sich fragen, wer diese S ist? Ihr Blick fällt auf den Umschlag. Sie holt tief Luft und schlitzt ihn dann mit dem Messer auf. Langsam zieht sie das Papier heraus und liest: geboren: 19790520. Ort: Albertina Klinik, Berlin. Mutter: Mona Ahlmark. Vater: Lennart Wirsén*. Weiter unten auf dem Blatt steht da in kleinen Buchstaben: *die Angaben zum Vater wurden drei Wochen später gemacht.

Sie schluckt. Dann war es so, wie ich vermutet habe, denkt sie. Er ist nicht mein richtiger Vater. Das war das Geheimnis, das Mona ihr Leben lang bewahrt hat. Sophie holt den Zettel heraus, auf dem Caritas Telefonnummer steht. Nach dreimal Klingeln nimmt sie ab. Sie ist freudig überrascht, Sophies Stimme zu hören.

»Ich hab recht gehabt«, sagt Sophie.

»Womit?«

»Dass Lennart nicht mein richtiger Vater ist.«

»Woher weißt du das?«

»Ich habe die Unterlagen vom Standesamt bekommen.«

»Ist da ein Name verzeichnet?«

»Nein, da steht, dass er als mein Vater registriert ist – allerdings wurde dieser Eintrag erst drei Wochen nach meiner Geburt vorgenommen.«

Carita verstummt. »Aber das heißt nicht zwangsläufig, dass Lennart nicht dein Vater ist. Vielleicht wurde Mona ungewollt schwanger und hatte nicht vor, den Namen des Vaters preiszugeben. Und dann hat sie es sich anders überlegt«, meint sie.

»Das glaube ich nicht. Das ist doch eine Erklärung für ihr merkwürdiges Verhalten die ganzen Jahre lang. Die Scham. Sie war in ihren Ansichten schon ziemlich altmodisch.«

»Und wie geht es dir damit?«, fragt Carita nachdenklich.

»Ganz gut. Als ich ins Strandhotel Meeresbrise kam, lag da ein Zettel auf dem Küchentisch. Meine Mutter hat ihn geschrieben, darauf stand VERZEIH. Nur das eine Wort: VERZEIH. Ich war so wütend und enttäuscht. Wie konnte sie auf diese Art und Weise um Entschuldigung bitten? Jetzt habe ich das Gefühl, ich könnte ihr antworten ›ja, ich verzeihe dir. Und jetzt ruhe in Frieden.‹ Wir waren sicherlich nicht die besten Freundinnen, aber wer weiß … vielleicht lag es daran, dass wir uns zu ähnlich waren. Und das, wo ich immer geglaubt habe, wir seien so unterschiedlich.«

»Jetzt kommen mir gleich die Tränen«, sagt Carita mit belegter Stimme.

Sophie grinst. »Genau wie früher. Du hast doch wegen allem und jedem geheult.«

»Und du nie.«

»Stimmt«, sagt Sophie. Da hört sie Martin von oben aus dem Gemeinschaftsraum rufen. »Du, ich muss gehen. Bis demnächst.« Sie legen auf, und Sophie steigt die Treppe hinauf. Die anderen sind bereits da.

»Können wir unsere Besprechung hier abhalten?«, fragt Martin.

»Ja …«, antwortet Sophie und lässt sich auf das braune Cordsofa fallen. Dann schiebt sie sich ein Plüschkissen mit riesigem Blumenmuster in den Rücken.

»Ich muss sagen, bei diesem Raum kribbelt es in meinen Handwerkerfingern«, fährt er fort. »Braun und Orange sind eine Schande für solch ein Haus.«

Katja fährt fort: »Jetzt stellt euch mal an den Wänden einen zarten Grünton vor, einen sandfarbenen Teppich auf grau lasierten Holzdielen und einen runden Tisch und zwei Sessel aus Edelholz, um ein bisschen natürliches Flair zu generieren.«

Sophie hat fast das Gefühl, als hätten sie sich abgesprochen. Isak, der am Fenster stand und Ellas Haus betrachtet hat, dreht sich um.

»Das Zimmer müsste den Namen Grasnelke tragen«, sagt er, räuspert sich und fährt dann theatralisch fort: »Herzlich willkommen in diesem bezaubernden Kurhotel. Hier, in diesem Zimmer, getauft nach den Grasnelken, die sich unten am Meer friedlich im Wind wiegen«, dann weist seine Hand aus dem Fenster, »wird vor dem Schlafengehen eine Tasse Tee serviert. Natürlich stammen die Zutaten aus unserem üppigen Blumengarten. Wir möchten Ihnen raten, die Handys und jegliches elektronische Gerät beiseitezulegen, wenn Sie sich hier aufhalten. Dieses Zimmer dient der Besinnung, zur Betrachtung. Wer ganz genau hinhört, wird die Wände flüstern hören, und diese Mauern wissen fast alles vom Leben, das kann ich Ihnen versprechen«, sagt er und klopft energisch gegen die Wand. Sophie kann sich ein Lächeln nicht verkneifen. »Hier haben bedeutende Menschen wie Artur Lundkvist, Maria Wine, Moa Martinson und Tomas Tranströmer gegessen und zu den besten Zeiten dieses Hauses ebendies getan – die Weisheit in sich aufgesogen«, schließt er dann und macht einen Diener. Martin pfeift auf zwei Fingern.

»Ich wüsste nicht, dass Tomas Tranströmer hier zu Besuch war«, sagt Sophie und muss sich schon wieder das Lachen verkneifen.

»Na ja. Wer weiß das schon? Das steht dem Haus doch gut. Wäre es nach mir gegangen, hätte ich erzählt, dass August Strindberg in einem der Turmzimmer seinen Roman *Das rote Zimmer* geschrieben hätte.«

Schmunzelnd schüttelt Sophie den Kopf. Mit einem Mal verspürt sie das Bedürfnis, den anderen etwas schenken zu wollen. Ein Erlebnis, an das sie sich noch lange erinnern werden, nachdem es sie längst wieder in alle Winde verstreut hat. Einen Ausflug in das Naturschutzgebiet Hovs hallar, kommt ihr in den Sinn. Da, wo alles begann. Wenn es jemand verdient hat, die ganze Geschichte des Strandhotels Meeresbrise zu erfahren, dann sind es Isak, Katja und Martin.

»Das klingt, als hättet ihr einen ganz besonderen Plan für dieses Zimmer, aber bevor wir loslegen, habt ihr eine Pause verdient. Und eine Belohnung!«

Katja strahlt begeistert, Isak zupft nervös an seiner Fliege. Sophie ruft zum Aufbruch. Eine Viertelstunde später sitzen sie alle in Martins Wagen. Sophie fährt, Martin sitzt neben ihr, und Katja und Isak haben hinten Platz genommen. Im Kofferraum steht ein kleiner Fjällräven-Rucksack, den Sophie in einem Kleiderschrank gefunden hat. Darin sind eine Thermoskanne Kaffee und Zimtschnecken, die Katja gebacken hat.

Sie folgen den kurvigen Straßen durch die Landschaft der Bjäre-Halbinsel, vorbei an Hofläden und Feldern, auf denen sich alle vier Getreidearten im Wind wiegen.

»Wie schön es hier ist«, sagt Katja. »Man sieht oft gar nicht genau hin und übersieht das, was man direkt vor Augen hat.«

»Du hast gar nicht gesagt, was für eine Belohnung uns erwartet«, meint Isak.

Sophie sieht ihm durch den Rückspiegel ins Gesicht. Er wirkt gelassen und zufrieden.

»Über viele Jahre hat das Haus das Leben von Menschen verändert. Angefangen mit Marit. Und dazu gibt es eine Geschichte. Sie beginnt an dem Ort, den ich euch gleich zeigen werde. Kaum jemand kennt diese Geschichte bislang. Aber da ich den Eindruck habe, dass euch das Strandhotel nicht egal ist, und ihr euch unglaublich viel Mühe mit der Renovierung macht, finde ich, dass es an der Zeit ist, euch einzuweihen.«

»Wow«, flüstert Katja.

»Hovs hallar«, liest Martin laut vor, was auf dem Schild steht. »Hier bin ich noch nie gewesen. Ihr vielleicht?« Er dreht sich zu Isak und Katja um, die beide den Kopf schütteln.

Sophie parkt den Wagen und nimmt den Rucksack heraus.

»Ich kann ihn tragen«, sagt Martin und streckt die Hand aus.

»Im Moment kann man noch nicht so viel erkennen, aber das kommt«, erklärt Sophie. »Ihr müsst beim Auftreten vorsichtig sein und euch gut festhalten. Und keinen Quatsch machen unterwegs«, sagt sie und sieht Martin an.

Sophie geht voran. Sie wandern auf einem kleinen Pfad zwischen Kuhweiden auf der einen Seite und der Steilküste des Hallandsåshöhenzugs auf der anderen. An einigen Stellen beträgt der Höhenunterschied siebzig Meter. Martin geht schweigend dicht hinter Sophie. Isak und Katja haben sich etwas zurückfallen lassen und unterhalten sich. Plötzlich biegt Sophie ab und folgt einem markierten, mit Gestrüpp bewachsenen Weg einen felsigen Steilhang entlang.

»Sollen wir da wirklich …«, fragt Isak ängstlich.

»Wenn ihr konzentriert und vorsichtig geht, schafft ihr das. Am Ende wartet die Belohnung«, erwidert Sophie.

Sie halten sich an den Ästen fest und bewegen sich auf dem glitschigen Untergrund langsam vorwärts, bis sie schließlich auf der Spitze eines überhängenden Granitfelsens stehen. Tief unter ihnen liegt der Kiesstrand, wo die Steine mit den gierigen Wellen des Meeres kämpfen. Vereinzelt erheben sich Rauken zum Himmel. Katja hält sich krampfhaft an Martins Jacke fest. Der Wind pfeift ihnen um die Ohren, schleicht um sie herum wie ein unsichtbares Tier, das sie beschnuppert, um herauszufinden, ob sie Freund oder Feind sind, und sie jederzeit über die Klippen schubsen könnte. Isak ringt nach Luft.

»Geht's?«, fragt Sophie.

Er nickt.

»Habt ihr schon mal etwas Schöneres gesehen? Etwas so Zauberhaftes wie diesen Ort? Es ist irgendwie wie das Ende der Welt«, sagt Sophie. »Wir können an der anderen Seite der Felsen absteigen, dann kommen wir runter zum Strand. Da können wir dann Picknick machen, hier oben weht es zu sehr.«

»Aber erst müssen wir noch irgendwas Spektakuläres machen«, sagt Katja. »Vielleicht gemeinsam laut schreien oder so was.«

»Schreien?«, fragt Martin.

»Ja, wir fassen uns an den Händen, holen tief Luft und schreien dann so laut wir können, weit übers Meer.«

»Warum?«

»Weil das befreiend ist«, sagt Katja.

»Steht das in deinen Psycho-Büchern?« Martin lacht über ihre Idee.

»Katja hat recht«, meint Sophie. »Es ist nicht nur schön hier oben. Dieser Ort ist größer als wir selbst. Ein Schrei von hier wäre doch genau das Richtige.«

Katja nimmt Sophie an der einen Hand und Martin an der anderen. Isak stellt sich neben Sophie und hält sie fest. »Eins, zwei, drei«, zählt Katja, und dann schreien sie alle, so laut sie können. Ihr Schreien hallt von den Granitfelsen wider, bevor der Wind es aufs Meer trägt. Katja strahlt zufrieden, während Martin und Isak eher peinlich berührt aussehen. Dann machen sie sich auf den Weg hinunter zum Strand. Isak folgt als Letzter. Vorsichtig tastet er auf dem Boden vorwärts, damit er nicht auf lose Steine tritt. Als er unten ankommt, haben die anderen das Picknick schon vorbereitet. Er wischt sich den Schweiß von der Stirn und lächelt blass.

»Ich hab's nicht so mit der Höhe«, sagt er zu seiner Entschuldigung.

»Es gibt einen Grund, weshalb ich euch an genau diesen Ort geführt habe«, sagt Sophie und reicht Isak, der sich auf einen Felsvorsprung gesetzt hat, einen Becher Kaffee. »Meine Urgroßmutter Marit hat vor Jahren das Kurhotel Meeresbrise eröffnet. Nach der Geschichte, die in der Familie erzählt wird, hatte sie große finanzielle Probleme, als ihr Mann starb. Er hatte schlecht gewirtschaftet, und ihr wurde klar, dass sie ihr geliebtes Zuhause verkaufen müsste. Zu allem Elend bekam ihre Schwester auch noch eine schwere Lungenentzündung. Die Schwester war alles, was Marit noch geblieben war, und sie wollte sie um keinen Preis verlieren. Als der Arzt ihr eines Tages mitteilte, dass er für die Schwerkranke nichts mehr tun könne, betete sie ununterbrochen. Der Arzt schlug Marit vor, sich einfach hinzusetzen und die Hand ihrer Schwester zu halten. Doch das tat sie nicht. Sie fuhr hierher, an einen Ort, den sie für heilig hielt. Hier wollte sie mit Gott ein ernstes Wörtchen reden. Angeblich hat sie wortwörtlich gesagt: Jetzt kriegt der Kerl was zu hören.«

Sophie grinst und fährt fort.

»Sie kam her, stellte sich genau dorthin, wo wir gestanden haben, und schrie ihre Wut heraus. Sie erklärte Gott, dass sie sehr unzufrieden damit sei, wie er sie behandelte. Noch einen Verlust habe sie wirklich nicht verdient. Und wenn sie weiterhin eine so treue Christin sein solle, dann müsse er jetzt beweisen, dass es das wert sei, indem er ihre Schwester rettete. Ansonsten würde sie auf der Stelle aus der Kirche austreten. Als sie da eine Weile gestanden hatte, kam plötzlich ein Wind auf, ein ganz besonderer Wind, der um sie herumstrich und erst ihren einen Arm, dann den anderen kitzelte. Die Haare an der linken Seite ihres Kopfes wehten hoch, dann die an der rechten. Als ihr der Wind übers Gesicht fuhr, hielt sie fast die Luft an. Sie erklärte, es hatte sich angefühlt, als ob unsichtbare, kalte Hände über sie streichen, und sie habe kühle Atemzüge gespürt. Wie von einem Geist. Sie hat geweint und geglaubt, sie hätte Gott erzürnt, deshalb würde er sie jetzt von den Klippen stürzen. Sie hätte doch lieber bei ihrer Schwester bleiben und deren Hand halten sollen. Vielleicht starb sie gerade mutterseelenallein.«

Sophie blickt Isak, Katja und Martin an, die mucksmäuschenstill vor ihr sitzen.

»Erzähl weiter«, bittet Katja.

»Am Ende hat sie ihre Tränen getrocknet und mit klarer, deutlicher Stimme gesagt: Gott, ich bitte dich, meine Schwester zu retten. Sie verdient es zu leben, und ich brauche sie. Sag mir, was ich dafür tun soll. Und sie meinte, dieser Geist habe sie am Ohr gekitzelt und geflüstert: Endlich hast du mich verstanden. Wenn man etwas Gutes will, muss man auch bereit sein, etwas Gutes zu geben. So ist das. Aber wie? Das hatte Marit gefragt und voller Angst erklärt, dass sie weder Geld noch Kraft habe, jemand anderem zu helfen. Und bald würde sie sogar nicht einmal mehr ein Dach über dem Kopf haben. Marit erzählte uns, dass der Geist dann verschwand, aber sich über dem Meer ein Bild offenbarte, das Bild von ihrem Zuhause an einem Sommertag. Im Garten saßen ein paar blasse, dünne Frauen mit Sonnenschirmen, sie selbst stand in der Mitte, mit rosigen Wangen und mit sich und dem Leben zufrieden. Und da wusste sie, dass das Strandhotel Meeresbrise ein

Ort werden sollte, an dem die Seelen heilten. So schnell sie konnte, eilte sie nach Hause, ging zu ihrer Schwester und sagte ihr leise: Du musst bei uns bleiben, ich brauche dich hier, wir sollen ein Kurhaus eröffnen. Und langsam, aber beständig erholte sich die Schwester und wurde gesund. Der Arzt fand das ganz erstaunlich, aber Marit wusste, dass ein Wunder geschehen war. Als die Schwester wieder bei Kräften war, riefen sie das Kurhotel ins Leben und widmeten sich ganz der Pflege und Nächstenliebe.«

Sophie trinkt die letzten Tropfen Kaffee aus. »Und das ist ganz tief in den Mauern des Hauses verankert, dessen Wände ihr gerade so wunderbar verschönert.«

»Was für eine fantastische Geschichte«, sagt Isak.

»Und wie gut du erzählen kannst«, sagt Katja. »Stell dir vor, du würdest in der heutigen Zeit ein Kurhotel eröffnen und deinen Gästen genau diese Geschichte erzählen.«

Sophie lacht auf. »Mir ist da oben auf den Felsen leider kein Geist erschienen.«

»Aber vielleicht lag das daran, dass diese Stimme in unseren Schreien untergegangen ist«, erwidert Katja.

Lächelnd schüttelt Sophie den Kopf und fängt an, die Sachen einzupacken. »Wollen wir langsam nach Hause gehen?«

Die anderen nicken und stehen auf. Isak schielt hinauf zu den Klippen, Sophie hakt ihn ein, und gemeinsam gehen sie vorsichtig über den Kiesstrand zurück zu dem Weg, der sie wieder zum Parkplatz bringt.

Katja schleicht die letzten Kilometer. Aus irgendeinem Grund hat Sophies Geschichte auf Hovs hallar bei ihr Heimweh verursacht, und nach der Rückkehr ins Hotel hat sie sich gleich auf den Weg gemacht. Sie parkt ein Stück von ihrem Haus entfernt und bleibt noch im Wagen sitzen. Immer wieder rauft sie sich das kurze Haar. Sie klappt die Sonnenblende herunter und streckt sich, um sich im Spiegel anzuschauen und die Frisur wieder in Ordnung zu bringen. Als sie ihre Haare wieder glatt gestrichen hat, klappt sie die Blende zurück. Sie hat keine Ahnung, was sie hier macht, vermutlich will sie nur einen Blick auf ihr Leben werfen. Sie steigt aus und geht die letzten Meter zu Fuß. Versteckt hinter dem breiten Rhododendron, kann sie die Küche mit der großen Kücheninsel erkennen. Jemand bewegt sich dort. Katja macht den Hals lang. Das sieht aus wie ein Mädchen. Sofort schnellt ihr Puls in die Höhe. Jetzt kann sie auch Jesper sehen. Lacht er? Ja. Er lacht. Und er trägt ein kurzärmliges T-Shirt. Keinen Anzug, keine Krawatte. Katja zwinkert. Dann taucht Cedrik auf. Er nimmt das Mädchen in die Arme und gibt ihr einen Kuss auf die Wange. Katja verschwindet wieder hinter den Zweigen. Das muss Cedriks Freundin Cassandra sein. Sie sind schon eine Weile zusammen, aber sie ist noch nie bei ihnen zu Besuch gewesen. Katja holt ein paar Male tief Luft, saugt den Sauerstoff ein. Cassandra verschwindet weiter hinten in der Küche, wo Katja sie nicht mehr sehen kann, dann kommt sie zurück und stellt eine große Salatschüssel auf den Tisch. Love, ihr lieber, mürrischer Love, lässt sich auf einem Barhocker nieder – ohne Ohrstöpsel in den Ohren. Katja schlägt sich die Hand vor den Mund, um einen sehnsuchtsvollen Seufzer zu unterdrücken. Love nimmt sich Salat aus der Schüssel, und Cassandra haut ihm mit einer Serviette auf die Finger. Jesper taucht hinter ihm auf und tut so, als würde er mit ihm kämpfen. So wie früher, als

Love noch klein war. Lange bevor er sich mit verkniffenem Mund in seine eigene Welt zurückgezogen hat. Cedrik hat einen Topflappenhandschuh übergestreift und stellt eine Auflaufform auf den Tisch. Er fordert die anderen auf zuzugreifen. Katja wendet den Blick ab, geht mit schnellen Schritten zurück zum Wagen, lässt den Motor an und fährt langsam wieder davon.

Stundenlang fährt sie ziellos durch die Gegend, und als sie endlich ins Strandhotel Meeresbrise zurückkehrt, brennt nur noch in der Küche Licht. Vorsichtig klopft sie an. Als niemand antwortet, öffnet sie langsam die Tür und sieht Sophie tief in Gedanken versunken mit einem Glas Rotwein vor dem Fenster hocken. Sophie zuckt zusammen, als der Boden knarrt und schaut Katja eindringlich ins Gesicht. Dann sagt sie: »Wie du aussiehst, könntest du auch ein Glas vertragen.«

»Danke, sehr gern.«

Sophie zeigt auf die Vitrine. Katja nimmt sich ein Glas, schenkt sich ein, lässt sich auf einen Stuhl sinken, schließt die Augen und nimmt einen ordentlichen Schluck. »Mein Gott«, sagt sie.

»Was ist los?«, fragt Sophie.

Katja schaut an die Decke. »Meine Familie ... sie scheinen ohne mich total glücklich zu sein.« Sie beißt sich auf die Unterlippe. »Sorry«, sagt sie. »Ich weiß, dass du in der Anzeige ›leichtes Gepäck‹ geschrieben hast. Meins ist nicht furchtbar schwer, aber ziemlich durcheinander.«

Sophie lächelt müde. »Ich frage mich mittlerweile, ob es in der ganzen Welt überhaupt einen einzigen Menschen gibt, der nur leichtes Gepäck mit sich herumschleppt.«

»Höchstens Martin«, erwidert Katja.

Sophie muss lachen. »Da hast du recht. Warte mal«, sagt sie und geht hinüber ins Dienstbotenzimmer. Da holt sie das Kristall aus dem Inner-Soul-Laden und überreicht es Katja. »Ich hab ganz vergessen, dass ich dir ein kleines Geschenk mitgebracht habe. Ich bin quasi darüber gestolpert, als ich auf dem Weg in meine Wohnung war.«

Vorsichtig greift Katja danach. »Wie wunderschön«, flüstert sie und betrachtet es in ihrer Hand.

»Na ja, da bin ich mir nicht ganz so sicher, aber die Verkäuferin, die ich gut kenne, hat behauptet, es würde die negativen Energien vertreiben und dir helfen, die richtigen Entscheidungen zu treffen. Da dachte ich, das wäre was für dich.«

Katja zwinkert. »Danke dir«, bringt sie gerade noch heraus, bevor ihr die Tränen kommen.

# Kapitel 17

Es ist, als hätte der schwedische Sommer langsam genug von der Hitze, die wochenlang aus Afrika hochgeströmt ist, und jetzt protestiert er mit prasselndem Regen und Donnergrollen. Böiger Wind treibt Tang an den Strand und holt die Äpfel von den Bäumen. Das Strandhotel Meeresbrise klammert sich an der Erde fest. Sophie schläft schlecht. Sie träumt, dass sie an ihren Arbeitsplatz zurückkommt und eine fremde Frau auf ihrem Stuhl sitzt. Eine Frau, die ihren Job übernommen hat, weil sie selbst ja nie zurückgekommen ist. Ihr Chef erklärt, er habe sie ersetzen müssen. Sie geht zu ihrer Wohnung, wo jetzt ein fremder Name an der Klingel steht. Der Vermieter steht nur kopfschüttelnd da. Länger konnten wir nicht mehr warten. Punkt sechs schreckt sie hoch. Mit schweißnassem Nacken. Sie setzt sich auf die Bettkante und massiert sich die Schläfen. Von diesen Verspannungen wird sie Migräne bekommen, wenn sie sich nicht schnell eine Tasse Kaffee macht.

Sie schlüpft in den seidenen Morgenmantel und schleicht in die Küche. Die anderen drei sind überraschenderweise schon da. Kaffee und Brötchen stehen auf dem Tisch. Instinktiv will sie auf dem Absatz kehrtmachen. Sie möchte da eigentlich nicht mit verschlafenem Gesicht und Tränensäcken unter den Augen sitzen.

»Was für ein Wetter«, sagt Isak und verzieht keine Miene.

»Aber etwas Gemütliches hat es doch auch«, meint Katja und kauert sich unter der Decke zusammen, in die sie sich eingewickelt hat. »Nimm dir einen Kaffee«, sagt sie zu Sophie. Sophie zögert, doch greift dann nach einer Tasse, schenkt sich ein und nimmt Platz.

Still sitzen sie eine Weile da und lauschen dem Regen. »Was stellst du dir denn in Sachen Küche und Bibliothek vor?«, fragt Martin schließlich.

Sophie nippt an ihrem Kaffee, bevor sie antwortet. Tatsächlich hat sie sich einige Gedanken gemacht, als sie im Flugzeug saß. Und sie hat auf der Reise einen Haufen Zeitschriften gekauft: Landleben, Homes & Gardens, Schöner Wohnen. Und hat auch einen Entschluss gefasst. Sie fühlt sich lächerlich stolz, dass sie Martin das berichten kann.

»Ich habe vor, sie so zu lassen, wie sie sind«, antwortet sie. »Originalküchen verkaufen sich in so einem Haus ganz gut.«

Ihr Plan sei es, den Gemeinschaftsraum herzurichten, die Schlafzimmer und die Treppe zu streichen und sichtbare Schäden zu beseitigen. Mit der passenden Einrichtung würde sie versuchen, eine Atmosphäre herzustellen, die Käufern gefallen könnte. Den Rest solle der neue Besitzer dann selbst bewerkstelligen.

Martin nickt. Sophie fährt fort: »Und wir sollten uns demnächst mal über die Kosten unterhalten, damit ich weiß, was auf mich zukommt.«

Martin steht auf. »Das sollten wir. Sag einfach, wann es dir passt.« Er schiebt die Hände in die Hosentaschen und verlässt die Küche. Sophie schaut ihm hinterher. Eigentlich hatte sie mit einer Reaktion gerechnet, da sie nun schon einmal eine Entscheidung im Sinne des Hauses getroffen hat. Wirkte er etwas geknickt? Aber Isak und Katja scheinen es nicht zu bemerken. Katja rekelt sich. »Da kann ich ja schon mal den Gemeinschaftsraum vorbereiten und die Möbel zur Seite rücken«, sagt sie.

Isak bleibt noch sitzen, als Katja geht.

»Ich habe ein neues Bild vom Strandhotel Meeresbrise angefangen«, teilt er mit. »Ich male das Haus, die Türme und den Garten.«

»Spannend«, sagt Sophie.

»Aber das wird kein gewöhnliches Bild. Es wird eine wichtige Aufgabe übernehmen.«

»Wie meinst du das?«

»Es soll eine Art Test werden. Wenn zehn Kaufinteressenten an dem Bild vorbeigehen, ohne Notiz davon zu nehmen, dann ist keiner dieser zehn der Richtige für das Haus. Sie werden es nie in ihr Herz schließen.«

»Aber wenn der Elfte die Augen nicht mehr von deinem Bild lassen kann und dafür alles andere um sich herum vergisst, dann ist er der passende Käufer?«, schlussfolgert Sophie.

»Genau. Und jetzt muss ich es nur noch hinkriegen, ein Bild mit dieser Botschaft, dieser Tiefe zu malen.«

»Wenn es jemanden gibt, der das kann, dann bist du es«, sagt Sophie und bemerkt im Augenwinkel Ella im Garten. Sie ist in rosafarbenen Gummistiefeln unterwegs und sammelt Zweige auf, die das Unwetter von den Bäumen gerissen hat.

»Ist es okay, wenn ich …«, fragt sie und nickt zum Fenster.

»Natürlich«, erwidert Isak. »Ich gehe hoch und helfe Katja.«

»Ich geh mal rüber zu Ella«, sagt Sophie zu Isak und steht auf. Sie wirft eine Jacke über und geht in den Garten. Schweigend hebt sie neben ihrer Nachbarin einen Zweig nach dem anderen auf und legt ihn in den Laubkorb.

»Was weißt du eigentlich von Monas Zeit in Deutschland?«, fragt Sophie nach einer Weile.

Ella richtet sich auf, wischt sich die Erde von den Händen und sieht aus, als würde sie angestrengt nachdenken. Dann greift sie zu ihrem Block und schreibt:

*Die Menschen hatten lange Reisen hinter sich, als sie in der Blütezeit des Hotels zu Anfang des zwanzigsten Jahrhunderts hierherkamen. Viele Deutsche, die Mölle bereits kannten, wollten das Land erkunden. Die Geschichten aus dieser Zeit hat Mona von ihrer Mutter öfter zu hören bekommen als die Märchen von H.C. Andersen, Das hässliche Entlein oder Der Däumling. Da war es ganz natürlich, dass sie bald beschloss, selbst auch auf Reisen zu gehen. Sie war ein paar Jahre fort und kam mit einem schwedischen Mann und einem kleinen Mädchen zurück, dessen Augen so leuchtend blau waren wie die Decke, in die es eingewickelt war.*

»Dann bin ich also in Deutschland geboren?«, fragt Sophie.

Ella greift nach dem nächsten Zweig.

»Und Lennart? Was hat Mona von meinem Vater erzählt?«, fragt Sophie. Ella nimmt den Block in die Hand und schreibt.

*Nicht viel. Einmal hat sie gesagt, dass die Bande, die man sich aussucht, stärker sind als die, die einem aufgezwungen werden. Und dass sie dir einen Vater ausgesucht hat, von dem sie sicher weiß, dass er dich immer lieben wird.*

Sophie ruft sich ihren Vater in Erinnerung. Warum

hatte Sophie eigentlich nie gefragt, wie sie sich kennengelernt hatten? Sie wünschte heute, sie hätte so viel mehr gefragt.

»Ich glaube, Lennart war nicht mein richtiger Vater«, sagt Sophie und sieht Ella in die Augen, um ihre Reaktion zu beobachten.

*Ist es von Bedeutung, ob er dein richtiger Vater war?*, schreibt Ella.

Sophie hebt einen Zweig auf und zuckt mit den Schultern.

»Ich denke, nicht. Der Punkt ist, dass sie oder beide mir in dem Fall die Wahrheit vorenthalten haben. Wir wissen doch alle, dass Lügen wie Gift sind.«

*Aber du weißt doch, warum sie dir die Wahrheit nicht gesagt hat.*

»Weil sie sich schämte«, antwortet Sophie. »Ich finde nicht, dass Scham ein ausreichend triftiger Grund dafür ist.«

Ella wendet ihr den Rücken zu und greift nach den größeren Ästen. Sophie versteht den Wink und geht bald darauf zurück zum Haus. Den Rest des Vormittags hilft sie den anderen bei der Arbeit im Gemeinschaftsraum. Als Katja und Isak nach einigen anstrengenden Stunden eine Pause im Garten einlegen, hocken sich Sophie und Martin auf die Treppe und kühlen sich mit eiskaltem Wasser das Gesicht.

»Eigentlich müssten wir uns die Schlafzimmer hier oben auch gleich vornehmen«, sagt Martin und trocknet sich einen Wassertropfen vom Kinn ab.

»Aber wo wollt ihr dann schlafen?«

»Katja könnte im Salon übernachten, Isak in der Bibliothek und ich auf dem Küchensofa. Wenn ich nicht als Bettvorleger vor deinem Bett tauge.« Er versucht zu grinsen, doch es gelingt ihm nicht recht. Sophie fragt sich jetzt wirklich, was mit ihm los ist.

»Wohnst du selbst in einem alten Haus?«, fragt sie.

Über diese private Frage scheint er erstaunt zu sein.

»Nein, ich wohne in einem Reihenhaus-Neubau.«

»Das hätte ich nicht gedacht«, erwidert sie.

»Ich habe mich nicht bei allem durchsetzen können.«

»Nein, natürlich nicht.« Sophie spürt die Hitze in den Wangen aufsteigen. Natürlich wohnt er mit einer Frau zusammen, vielleicht haben sie sich getrennt oder eine Auszeit genommen, und deshalb ist er hier. Jedenfalls trägt er keinen Ehering. Wie blöd von ihr, sich einzumischen. Das will sie doch gar nicht.

»Wollen wir jetzt einen Endspurt einlegen?«, fragt sie, um das Thema zu wechseln. Und dann vermeidet sie beim Arbeiten den Blickkontakt zu ihm, aber sie kann spüren, dass er sie beobachtet.

Ein paar Tage vergehen, der Himmel überschüttet Skepparkroken weiterhin mit Regen. Es donnert am Kullaberg, und die Blitze schneiden wie Silberpfeile durch die Nacht. Gleichzeitig erhält der Gemeinschaftsraum, der einst ein muffiges Siebzigerjahrezimmer war, einladend freundliches Grasnelkenflair. Als der erste Anstrich fertig ist, kehrt der Sommer zurück. Die Blumen schütteln die schweren Regentropfen ab und öffnen ihre Blütenblätter zur Sonne.

Martin gibt ihnen frei und verschwindet ebenfalls, ohne zu verraten, wohin. Isak ergreift die Gelegenheit und nimmt Ella auf eine Bootstour auf dem Rönnefluss mit. Katja kommt in Sportklamotten die Treppe hinunter. »Kommst du mit? Ich gehe powerwalken«, sagt sie.

Zehn Minuten später sind Sophie und Katja in schnellem Schritt unterwegs, mit Armschwung im neunzig Grad-Winkel. Bosse, den Katja wieder mal hütet, trippelt neben ihnen her.

»Langsam lerne ich es«, keucht Katja.

»Powerwalk ist nicht sehr schwer, man muss nur darauf achten, kraftvoll aufzutreten«, erklärt Sophie.

»Das meinte ich gar nicht. Eher die Sache, dass ich mir selbst Zeit und Energie schenke. Früher habe ich sofort ein schlechtes Gewissen bekommen.«

Sophie blickt sie an. »Wie läuft es jetzt mit deiner Familie?«

»Ziemlich gut. Mit Cedrik habe ich den meisten Kontakt. Love ist immer noch enttäuscht von mir. Jesper schickt mir hin und wieder SMS, aber jetzt seltener als am Anfang.« Sie lächelt Sophie an. »Ob das ein gutes oder ein schlechtes Zeichen ist, kann ich nicht sagen.«

Sophie betrachtet Katjas fetzige Frisur, ihre stolze Haltung und den energischen Schritt. Die Energie des Hauses hat ihr schon gutgetan.

»Ob ich mir Sorgen mache, dass wir uns auseinanderleben?«, fragt Katja, ohne dass Sophie die Frage gestellt hätte. »Nein, ich hatte eher vor Augen, was passiert wäre, wenn ich mir diese Auszeit nicht genommen hätte. Ich frage mich, wer ich geworden wäre, wenn ich weiter geschrumpft wäre. Denn so war es zum Schluss. Alle anderen sind gewachsen, ich bin geschrumpft. Jesper wuchs in seine immer anspruchsvolleren Aufgaben hinein, wurde immer attraktiver und professioneller. Er war komplett in Balance.

Meine Söhne wuchsen mit etwas weniger geraden Ästen, aber sie wuchsen immer höher und höher. Am Ende kam ich kaum noch an sie heran.«

Sie setzen sich auf eine Bank und lassen ihre feuchten Gesichter vom Wind kühlen.

»Die Wahrheit ist, dass ich krank wurde. Zum Glück habe ich das gut überstanden. Das Problem ist nur, dass alle von mir erwartet haben, dass ich nach der Krankheit mein altes Leben fortsetze. Aber das ging nicht. Ich war nicht mehr dieselbe.«

»Bist du deshalb hierhergekommen?«

»Ja. Mir wurde ganz plötzlich klar, dass ich da rausmuss. Eine Auszeit brauche. Mich selbst finden.« Sie sieht Sophie in die Augen. »Zudem habe ich jetzt auch noch einen straffen, muskulösen Körper bekommen und ein paar Wohlfühlkilos verloren. Harte Arbeit und schnelle Spaziergänge sind das beste Training.«

Sie stehen wieder auf und schlagen den Heimweg ein.

»Wie alt bist du eigentlich?«, fragt sie Sophie.

»Neununddreißig.«

Katja nickt. »Ich bin sechsundvierzig. Ab vierzig beginnt der körperliche Verfall. Das klingt vielleicht abgedroschen, aber da braucht man ein starkes Selbstbewusstsein, um Truthahnhals, Krähenfüße und Hängebäckchen zu ertragen. Und das sind ja nur die Veränderungen im Gesicht – da haben wir Dekolleté, Unterarme, Brüste, Hintern und Oberschenkel noch gar nicht betrachtet.«

Sophie schüttelt den Kopf. »Wie hast du das genannt? Truthahnhals?«

»Ja, das hier«, sagt Katja und zieht die Haut an ihrem Hals nach unten. »Wir haben einen Muskel zwischen

Schlüsselbein und Kiefer. Wenn wir älter werden, dann sacken die Muskeln nach unten und verursachen ein Doppelkinn und einen schlaffen Hals. Aber nicht nur das, bei manchen Frauen teilen sich die Muskeln in der Mitte, das Fettgewebe zieht sich zurück und die Bänder werden stärker sichtbar. Ich nehme an, dass das genetisch veranlagt ist, und wenn man meine Mutter ansieht, ist klar, was mir bevorsteht. Der Einzug ins Reich der Puten.«

Sophie muss lachen, bis ihr die Tränen kommen.

»Lach nur«, sagt Katja. »Aber mein guter Rat heißt, sich mit teuren Cremes einzuschmieren, ganz viel Sport zu machen, sich nur gesund zu ernähren und viel Wasser zu trinken, möglichst keinen Tropfen Alkohol – und das alles, um nicht noch vor fünfzig wie ein Schneemann zu enden, der schmilzt.«

»Ich versprech's«, sagt Sophie und wischt ihre Tränen weg.

Katja bleibt vor dem Zaun stehen und macht Stretching-Übungen. »Äußere und innere Stärke, Selbstbewusstsein und die Fähigkeit, Nein zu sagen, wenn ich nicht Ja sagen will – das wird entweder dahin führen, dass Jesper und ich nun eine glücklichere Phase erleben, oder dass wir uns trennen. Ich kann nur hoffen, dass Ersteres passiert.«

Sophie nickt.

»Weißt du was«, fährt Katja fort. »Eins geht mir nicht aus dem Kopf. Du kannst aber auf jeden Fall auch Nein sagen.«

»Nämlich?«

»Könnte ich meine Familie am Wochenende einladen? Am Sonntag vielleicht? Nur zum Kaffee. Es wäre so schön, sie zu sehen. Und ich würde ihnen gern das Haus zeigen. Dann könnten sie alles viel besser verstehen.«

»Was verstehen?«

»Wer ich jetzt bin …«

»Du meinst, dass sie dich auch ohne den Truthahnhals wiedererkennen?«, fragt Sophie spaßend.

Katja knufft sie in den Arm. »Meld dich in zehn Jahren noch mal, und sag mir, dass ich falschgelegen hab.«

»Natürlich darfst du deine Familie zum Kaffee einladen«, antwortet Sophie. Dann nickt sie hinüber zum leeren Parkplatz. »Martin ist wieder fort. Müssen wir uns langsam Sorgen machen?«

Katja zuckt mit den Schultern. »Das Arbeitstempo ist jetzt viel angenehmer, vielleicht sollten wir keine schlafenden Hunde wecken.«

# Kapitel 18

In den folgenden Tagen bemerkt Sophie, dass Martin verändert scheint. Er ist nicht bei der Sache. Als sie die Kosten und die weiteren Vorhaben durchgehen, fällt ihr auf, dass Martin nicht derselbe ist. Er sieht mitgenommen aus und ist viel stiller als gewohnt. Sophie vermutet, dass das mit dieser Person zusammenhängt, die ihn dazu gebracht hat, einen Neubau anstelle eines alten Fachwerkhauses zu kaufen. Liebeskummer ist der Kummer, den man jemandem am ehesten ansieht.

Am Sonntag ist Katja genauso früh wie Sophie auf den Beinen. Sie springt hin und her, backt Apfelschnecken, putzt und schrubbt die Küche, als sei es ihr Haus, nicht Sophies.

»Ich wünsche mir so, dass es gut wird«, sagt sie zu ihrer Entschuldigung.

Dann hält sie mit einem Mal inne, legt den Lappen in der Spüle ab und lässt sich auf den Stuhl gegenüber von Sophie niedersinken. »Was mache ich eigentlich? Alles soll wieder perfekt sein, genau wie früher. Offenbar habe ich mich überhaupt nicht verändert. Ich bin noch genau dieselbe. Oder was sagst du?«

»Du hast immerhin eine schickere Frisur«, antwortet Sophie.

»Das wird Jesper nicht finden.« Katja fährt sich durch

das kurze Haar. Sophie lächelt ihr aufmunternd zu. Sie kennt diese Angst, auch wenn es bei ihr genau das Gegenteil ist. Katja will sich unbedingt verändern, Sophie will unbedingt wieder die sein, die sie war. Katja wirft einen Blick auf die Uhr.

»Wann kommen sie denn?«, fragt Sophie.

»In einer halben Stunde.«

Und genau dreißig Minuten später fährt ein dunkelblauer BMW vor dem Haus vor. Jesper und die zwei Halbwüchsigen sind noch nicht einmal an der Treppe, als Per mit der Essokappe vorbeikommt, stehen bleibt, auf das Auto sieht und warnend den Finger hebt.

»Bekannte!«, ruft sie Per zu, der daraufhin nickt, allerdings noch skeptisch die Augen zusammenkneift.

Der eine Sohn, Cedrik, strahlt vor Freude, genau wie Katja. Er trägt eine weiße Chino und ein rosafarbenes Polohemd. Der andere, Love, kommt eher nach seinem Vater. Zurückhaltend. Versteckt unter einer Kapuze.

»Was für ein schöner Hund«, sagt Cedrik, hockt sich hin und streichelt Bosse, der für ein paar Tage bei ihnen ist.

»Jetzt lügst du. Schön ist er wirklich nicht. Aber er ist pfiffig. Das muss reichen«, sagt Sophie.

Cedrik lacht so sehr, dass seine Grübchen sich noch tiefer graben. Genau wie bei seiner Mutter.

»Wir haben im Garten gedeckt«, sagt Sophie und zeigt hinüber.

Sie läuft zum Haus, um den Kaffee zu holen. »Geh du zu deiner Familie, ich kümmere mich darum«, sagt sie zu Katja, die in der Küche steht und die Kaffeetassen aus dem Schrank holt. »Und vergiss nicht … zu atmen.«

Katja nickt nervös und geht hinaus. Sophie kann sie

durch das offene Küchenfenster hören. »Coole Frisur«, sagt einer der Söhne. Sophie nimmt an, dass es Cedrik ist.

»Danke«, antwortet Katja. »Ich freu mich so, dass ihr gekommen seid. Ich hab euch vermisst.«

»Du bist doch weggegangen«, entgegnet der andere Sohn pampig.

»Ich weiß. Aber ich komme bald wieder heim.«

»Ach ja? Ist mir egal. Wir kommen super allein zurecht«, erwidert der Sohn.

Katjas Mann sagt kein Wort. Sophie stellt das Gebäck und den Kaffee auf ein Tablett und beeilt sich hinauszukommen. Auf dem Weg sieht sie Isak auf der Treppe stehen. »Mach schnell«, flüstert sie ihm zu. »Ich glaube, Katja kann etwas Unterstützung gebrauchen.«

Isak fährt rasch in die Schuhe, rasch für sein normales Tempo, und geht vor Sophie hinaus.

»Guten Tag«, sagt er und macht eine tiefe Verbeugung. »Ich freue mich sehr, Sie endlich kennenzulernen.«

Cedrik lächelt erstaunt, Love schließt die Augen unter seinem langen Pony, und Jesper zieht die Augenbrauen hoch. »Wir sind so froh darüber, dass wir Katja für eine Weile als Leihgabe bei uns haben«, fährt Isak fort und flüstert, damit Sophie es nicht hört. »Ansonsten wären wir wirklich verhungert.«

»Ich kann dich hören«, sagt Sophie. »Salat ist sehr gesund!«

Isak lockert die angespannte Atmosphäre auf, und als Sophie ins Haus geht, um Martin zu holen, hört sie, was er auf Cedriks Frage antwortet, was sie hier eigentlich tun. »Wir renovieren diese hübsche, alte Villa, die lange Zeit leer gestanden hat. Eure Mutter ist nicht nur unglaublich gut im Kochen, sie kann auch tapezieren.«

Der Mürrische, Love, lässt nicht locker.

»Aber warum hier? Ich versteh das nicht.«

Isak denkt kurz nach. Dann antwortet er:

»Diese Kopfhörer, die du um den Hals trägst, wie oft setzt du sie auf deine Ohren, schließt dich in deinem Zimmer ein und willst allein sein?«

Cedrik grinst. »Immer.«

Love starrt ihn wütend an. »Oft«, korrigiert er.

»Wie oft greift deine Mutter zu Kopfhörern und schließt sich ein und hat Zeit für sich?«

Es herrscht Schweigen, dann antwortet Love leise: »Nie.«

Sophie vermutet, dass Jesper das jetzt unangenehm ist. Er wirkt wie ein Mann, der eigene Zeit ganz selbstverständlich findet. Für sich. Sie lächelt und läuft hoch zu Martins Zimmer. Nach dem dritten Klopfen öffnet er endlich.

»Katjas Familie ist jetzt da.«

»Und was hat das mit mir zu tun?«, fragt er.

»Ich glaube, dass Katja möchte, dass wir alle dazukommen. Sie hat extra gebacken …«

Martin schüttelt den Kopf. »Nein. Das müsst ihr ohne mich machen.«

Er will die Tür gerade wieder schließen, da stellt Sophie einen Fuß in die Türöffnung. »Was ist eigentlich los mit dir?«, fragt sie. Er gibt ihr einen Schubs. Nicht stark, aber sie verliert das Gleichgewicht und fällt auf den Po. Der Schmerz schießt von der rechten Pobacke hinauf zum Kreuz. Sie sucht Halt an der Kommode und richtet sich ungelenk auf.

»Was soll das?«, flüstert sie.

»Tut mir leid«, sagt er und schlägt die Augen nieder. »Aber ich habe Nein gesagt. Klar und deutlich.«

Sophie massiert sich die schmerzende Stelle am Rücken und starrt verwundert auf die Tür, die vor ihrer Nase zugeht. Dann dreht sie sich um und humpelt die Treppe hinunter.

Katjas Familie sitzt auf der einen Seite vom Tisch. Isak steht an der anderen. Er bittet Love, eine Münze mit einem Stift zu kennzeichnen, und steckt sie in eine Streichholzschachtel. Danach schüttelt er sie so, dass jeder hören kann, wie etwas darin klappert. Dann holt er eine andere Schachtel heraus, die mit zwei Gummibändern verschlossen ist. Er öffnet sie. Darin liegt noch eine Streichholzschachtel, auch die mit zwei Gummibändern gesichert. Auch die öffnet er. »Simsalabim«, ruft er und holt die Münze heraus. Er überreicht sie Love, der genau nachsieht, ob seine Kennzeichnung darauf zu finden ist, und dann verbeugt sich Isak vor den applaudierenden Zuschauern. Sogar Love verzieht die Mundwinkel. »Können Sie noch mehr Tricks?«, fragt er.

Sophie berührt Katja am Arm und flüstert ihr zu: »Mach doch mit Jesper einen Strandspaziergang, und zeig ihm die schöne Aussicht.«

Katja und Jesper verschwinden in Richtung Meer. Isak unterhält die Jungs mit weiteren Zauberstückchen. Sophie sitzt still da und sieht zu. Ein Gefühl von Wärme durchströmt sie, so wie die warmen Ströme das flache Wasser am Strand. Sie wird ihn vermissen. Ein Motorengeräusch erklingt, Sophie reckt sich und sieht Martins Wagen vorbeirollen. In dem Moment kommen auch Katja und Jesper zurück, mit sandigen Schuhen.

»So Jungs, Zeit nach Hause zu fahren«, sagt Jesper zu seinen Söhnen.

Er schüttelt Sophie die Hand, bedankt sich für die Einladung und lobt Isak für seine ungewöhnlichen Zaubertricks. Dann legt er die Arme um die Jungs und geht mit ihnen zum Wagen. Katja folgt ihnen zum Gartentor, bleibt stehen und winkt noch, als sie längst hinter der Biegung verschwunden sind. Isak und Sophie räumen das Kaffeegeschirr ab. Katja folgt ihnen in die Küche. Sie hat die Hände tief in den Hosentaschen vergraben.

»Vielen Dank, Isak, dass du so hervorragend für Stimmung gesorgt hast.«

»Immer zu Diensten«, antwortet er lächelnd.

»Und danke, dass wir in deinem Garten sitzen durften«, sagt sie und sieht Sophie an.

»Du hast eine nette Familie.«

»Ja«, sagt Katja und lächelt müde.

Sophie räumt das Geschirr auf. Als sie fertig ist, bemerkt sie etwas. Die Puppe. Diesmal sitzt sie auf der Fensterbank. Sie beißt sich auf die Unterlippe. Eigentlich will sie keine Zettel mehr lesen. Sie weiß schon genug. Widerwillig öffnet sie das Fenster, nimmt den Zettel in die Hand und liest:

*Die Wahrheit, Sophie. Die ist kompliziert. Manchmal ist sie nur eine Illusion – ein falsches Verständnis der Wirklichkeit.*
*/ Esmeralda*

Sie reißt den Zettel in winzige Stücke und wirft ihn in den Müll. Dann hängt sie selbst einen Zettel an Esmeraldas

Hals. »Jetzt reicht es«, schreibt sie, schnappt sich die Puppe und setzt sie auf die Treppe vor Ellas Haus.

Katja steht am Fenster des Turmzimmers. Der Mond lässt das Meer glitzern wie Katzengold. Zu Hause steht sie auch oft da und betrachtet den Pool, der wie ein UFO von unten her leuchtet. Dass sie wieder so einen schönen Poolbereich mit Loungemöbeln und Zitronenbäumchen einrichten, genau wie im letzten Haus, hatte Jesper verlangt, als sie dieses Haus kauften. Es hatte sie ein Vermögen gekostet. So eine einfache, blaue Kunststoffwanne hätte zu ihrem Anwesen nicht gepasst, also hatte Katja einen Poolbereich mit italienischen Fliesen gestaltet, der sich hervorragend in die ländliche Umgebung einfügte. Ihr war bewusst, dass sie glücklicherweise finanziell unabhängig war, hart gearbeitet hatte, um ein perfektes Leben mit Familie, Zuhause und Karriere einzurichten, und eine Krankheit überlebt hatte, an der viele sterben. Aber ihre Gefühlslage passte überhaupt nicht dazu. Sie war nicht glücklich. Etwas fehlte. Ihr Leben war schön, aber seelenlos. Dieses Gefühl verursachte ein schrecklich schlechtes Gewissen. Gleichzeitig – trachtete sie wirklich nach dem Unmöglichen? Sie wünschte sich doch nur, dass Jesper hin und wieder neben ihr stand und sich mit ihr gemeinsam am Pool freute. Vielleicht hätte sie sich dann weniger wie eine Außerirdische in ihrem eigenen Heim gefühlt? Aber er beendete den Tag immer in seinem Arbeitszimmer. Cedrik war viel bei seiner Freundin, und Love hockte in seinem Zimmer und zockte – hinter verschlossener Tür. Sie hatte alles, was man sich wünschen konnte, und war dennoch allein.

Mit gemischten Gefühlen hatte sie ihre Familie im

Strandhotel Meeresbrise getroffen. Auf der einen Seite wollte sie nichts lieber, als mit ihnen zurück nach Hause zu fahren, auf der anderen wusste sie, dass sie das, was sie begonnen hatte, zu Ende bringen musste. Denn sie wollte wenigstens noch das finden, was sich tief in ihr verbarg wie eine Mücke im Bernstein. Sie wollte die alte Katja wiederausgraben, die einmal in der Küche gestanden und mit den orientalischen Gerichten experimentiert hatte. Sie hätte gern mit Jesper darüber gesprochen, doch es war schwierig. So schnell kamen sie auf Dinge zu sprechen, die im Grunde unwichtig waren. Wie die Sache mit der Reinigungsfirma, die Jesper beauftragt hatte, deren Personal die verchromten Stuhlbeine nicht annähernd so gut putzte wie Katja.

Katja umschlingt sich tröstend selbst. Sie hat keine Ahnung, was sie mit ihrem Leben anstellen soll. Aber sie weiß, dass sie diese Stärke wiederfinden will, die sie davon abhält, wieder die Stuhlbeine zu putzen, wenn sie zurück nach Hause geht. Die Renovierung wird noch ein paar Wochen in Anspruch nehmen. Eine Zeit, in der sie so tun kann, als könnten Träume noch immer Wirklichkeit werden.

*Ellas Tagebuch, 29. Juli*

*Jetzt scheint die Sonne wieder. Ich wünschte, das Gewitter hätte noch eine Weile angehalten. Dieser prasselnde Regen ist eins der wenigen Geräusche, an die ich mich aus meiner Kindheit noch erinnern kann, damals, als ich noch hören konnte. Darum sitze ich so gern da und schaue hinaus in den Regen, und dann höre ich in mir, wie die Tropfen auf das Fensterblech trommeln.*

*Ich kann mich noch gut an einen Sturm erinnern, bei dem wir in ganz Skepparkroken Stromausfall hatten. Damals überspülten die Wellen den Strand und die Straße. Bis zu Margaretas Garten wurde der Seetang hinaufgetragen. Als der Sturm vorüber war, sammelte man mit dem Traktor die liegen gebliebenen Pflanzenreste auf. Der Badesteg war überflutet, und das Floß hatte sich losgerissen und war auf ein Autodach gespült worden.*

*Margaretas Gäste hatten während des Sturms richtig Angst bekommen und waren verärgert über den Stromausfall gewesen. Schließlich waren sie ja gekommen, um dort gut zu essen, Ruhe zu finden und an ihren Buchprojekten und Theaterstücken zu arbeiten. Vermutlich war das Strandhotel Meeresbrise so beliebt, weil Margareta so war, wie sie war. »Als Tochter von Marit habe ich gelernt, in die Hände zu spucken und die Ärmel hochzukrempeln, wenn es stürmt«, flüsterte sie mir zu, und dann machte sie Feuer im Kamin, stellte überall im*

*Haus Kerzen auf, feuerte den alten Holzofen in der Küche an und kochte die leckerste Suppe, die ich je gegessen habe.*

*Die Gäste rückten die Sessel näher ans Feuer, schlürften die Suppe und vergaßen alles, was sie meinten, tun zu müssen. Da saßen sie dann die ganze Nacht und unterhielten sich und ließen es sich schmecken. Als der Morgen anbrach und es dämmerte, hatten sich zwei ineinander verliebt, ein Autor war von seiner Schreibblockade befreit, und eine Frau hatte endlich den schweren Entschluss gefasst, sich von ihrem alkoholsüchtigen Mann zu trennen. Und ich war äußerst beeindruckt von Margaretas Fähigkeit, die Menschen auf den rechten Weg zu bringen, doch sie bestand darauf, dass das Haus – nicht sie selbst – die Menschen in die richtige Bahn lenkte.*

*Jetzt werden wir sehen, ob es dem Strandhotel Meeresbrise auch glückt, seine Erbin sanft in die richtige Richtung zu schubsen.*

# Kapitel 19

Katja betritt die Küche mit dem Arm voller geerntetem Gemüse. Sie legt die Rote Beete, die Mohrrüben, die Tomaten, den Salat und das Basilikum auf dem Tisch ab.

»Heute gibt es Rüben- und Rote-Beete-Quiche mit Ziegenkäse. Und dann machen wir auch noch«, sie hält ein Bündel mit roten Chilis hoch, »Chilimarmelade!«

Sophie, die am Tisch sitzt und für einen neuen Kunden Recherchen macht, sieht auf.

»Wenn Martin nicht da ist, müssen wir die Gelegenheit nutzen und vegetarisch kochen«, fährt Katja fort. »Sollte er doch noch auftauchen, ist er selbst schuld. Ich habe per SMS nachgefragt, aber er antwortet nicht.«

Sophie rutscht hin und her. Sie macht sich Sorgen um Martin. Aber Katja wirbelt weiter unbeeindruckt durch die Küche. Manchmal wischt sie ihre Hände an einem Küchenhandtuch ab, dann schmeckt sie ab und steckt sich etwas in den Mund, kaut still vor sich hin, überlegt und greift nach dem nächsten Gewürz aus dem Regal.

Sophie muss daran denken, wie sie als Kind hier gesessen und ihrer Mutter beim Kochen zugesehen hat. Mona war nicht wie Katja. Für sie war Kochen ein notwendiges Übel. Je einfacher und schneller es ging, desto besser. Vielleicht kochte Sophie deshalb so schlecht und schätzte richtig gutes Essen besonders.

Sie erinnert sich an Blutpudding, Fleischwurst, Fischstäbchen und, wenn es Feiertage waren, an Kassler und Rindergulasch. Sophie mochte das alles nicht. Gulasch am allerwenigsten. Das mürbe, faserige Fleisch blieb zwischen den Zähnen hängen, und wie sehr sie auch achtgab, so passierte es ihr doch immer, auf ein Pimentkorn zu beißen.

Katja stellt eine große Salatschüssel auf den Tisch, holt den blauen Topflappen heraus, den Sophie damals gekauft hat, als Isak sie zum ersten Mal in den Supermarkt begleitet hat, und nimmt die Quiche aus dem Ofen. Mittelmeerduft durchströmt die Küche. Sophie greift nach der Wasserkaraffe, da taucht Isak auf. Er trägt eine Fliege mit Schottenmuster und hält die Nase in die Luft: »Jesper muss der glücklichste Mann im ganzen Universum sein.«

»Vielleicht ist er das ja, aber er ist ziemlich schlecht darin, so was mitzuteilen«, erwidert Katja. »Es ist sonderbar, aber selbst wenn man schon sein ganzes Leben miteinander verbracht hat, ist es schwer, das auszusprechen, was wirklich von Bedeutung ist.«

»Das ist aber umso wichtiger«, sagt Isak und schneidet sich ein Stück von der Quiche ab.

Dann genießen sie die süße Rote Beete und den warmen Ziegenkäse, der auf der Zunge zergeht.

»Was hast du heute gemacht?«, fragt Katja, während sie kaut. »Ich habe von dir weder was gehört noch gesehen.«

»Ich bin in Ängelholm gewesen. In der Bibliothek. Ich hatte da etwas zu erledigen ...«

Isak schiebt sich ein Stück Quiche in den Mund. Ella hatte ihn ermutigt, zum Zeitungsarchiv der Bibliothek zu fahren, um herauszufinden, ob seine neuen Erinnerungen mit der Realität übereinstimmten. Bei der Bootstour auf der Rönne hatte er das Gefühl gehabt, etwas wiederzuerkennen. Und da fiel ihm ein, dass seine Mutter und er, die eigentlich in einer Wohnung in Malmö wohnten, ein Haus an einem Fluss gemietet hatten, als er fünf Jahre alt war. Er konnte sich daran erinnern, wie er am Ufer gesessen und auf der Kuckuckspfeife einfache Töne geflötet hatte. Und während er Ella davon erzählt hatte, war eine andere Erinnerung aufgetaucht: wie er einen Ast ganz vorsichtig als Mast in ein Rindenboot geschraubt hatte. Seine Mutter hatte ihn gelobt und gemeint, wenn er groß sei, werde er mal Ingenieur. Er erinnert sich noch an das Geräusch von ihrem wedelnden Fächer und daran, dass sie aufgestanden war, um Holunderblütensaft zu holen.

»Du musst auf der Decke sitzen bleiben, bis ich zurückkomme. Dann darfst du das Boot ins Wasser setzen«, hatte sie zu ihm gesagt. Er weiß noch, wie lang ihm die Zeit geworden war. Wie er seufzend immer wieder den Kopf drehte und zum Haus sah. Und weil seine Mutter einfach nicht zurückkam, hatte er das Rindenboot genommen und war hinunter ans Wasser gegangen. Er hatte es nur schnell auf den Fluss setzen und dann zu ihrer Picknickdecke zurückgehen wollen.

Doch es war anders gekommen. Bevor er wusste, was geschah, war er untergegangen. In der Bibliothek hatte er in der Zeitungsausgabe vom 15. Mai 1960, die dort eingescannt einzusehen war, folgende Meldung gefunden: »Große Freude, als Fünfjähriger wieder aufwachte und seinen Geburtstag feiern wollte.« In ein paar knappen Zeilen hatte man von dem Jungen berichtet, der beinahe in der Rönne ertrunken war, aber nun aus dem Koma erwacht war. Den Umständen entsprechend gehe es ihm gut, hieß es. Auf dem Foto war er in einem Krankenhaushemd abgebildet und hielt den Daumen hoch. Vor ihm stand eine Torte. Seine Mutter hatte ihre Hand auf seiner Schulter. Sie lächelte, aber wandte den gesenkten Kopf von der Kamera ab. Die Schuldgefühle sah man ihr an, und da wurde ihm klar, dass das der Katalysator gewesen war, der eine ganze Kette von Ereignissen losgetreten und damit Einfluss auf sein ganzes Leben – und auch das seiner Mutter – genommen hatte.

Auf dem Weg zurück in das Strandhotel Meeresbrise war ihm der Gedanke gekommen: Es war kein Zufall gewesen, dass er vor einem Monat die Anzeige von Sophie unter dem Wasserglas entdeckt hatte. Jetzt kannte er den Grund dafür.

»Ich muss etwas gestehen«, sagt er und trocknet sich mit der Serviette den Mund ab. Dann legt er sie sorgfältig neben seinen Teller. »Bilder mit Wassermotiven zu malen, war für mich offenbar eine Methode, ein Trauma zu verarbeiten. Als ich mich davon freimachte und anfing, deinen Garten zu malen, Sophie, da öffnete ich unbewusst die Tür zu der Erinnerung, die ich verdrängt hatte.«

»Welche Erinnerung?«, fragt Katja.

»Die Erinnerung daran zu ertrinken.«

Katja zuckt zusammen. »Was sagst du da? Wärst du einmal beinahe ertrunken?«

»Ja, als ich fünf war. Deshalb bin ich nach Ängelholm gefahren. Um herauszufinden, was passiert ist. Es ist in der Rönne passiert. Ist das nicht eigenartig? Aber das ist eigentlich nicht der Punkt …«

»Was ist er dann?«

»Na ja, dass ich Glück hatte und heute hier achtundfünfzig Jahre später noch sitze. Aber das, worauf ich hinauswill, ist, dass meine Mutter und ich niemals über diesen Vorfall gesprochen haben. Wir haben auch nie bewusst entschieden, unser Leben unter einem Dach zu verbringen. Es kam einfach so.«

»Hast du immer bei deiner Mutter gewohnt?«, fragt Katja.

Isak nickt behäbig. Sophie legt das Besteck hin. »Und jetzt bedauerst du es, nie mit ihr darüber gesprochen zu haben?«, fragt sie.

»Es macht keinen Sinn, es jetzt zu bedauern … aber ich wünschte, ich hätte es getan. Bevor sie starb, sagte sie zu mir ›ich bin jetzt zweiundachtzig Jahre alt und schwer krank. Jetzt kann ich mich nicht mehr um dich kümmern, mein kleiner Isak. Du solltest dir eine Frau suchen. Das hättest du längst tun sollen.‹ Ob das hieß, sie glaubte, ich bräuchte jemanden, der auf mich aufpasst? Ich habe ja genau so gedacht. Ich blieb bei ihr, damit sie nicht allein war. Haben wir uns vielleicht komplett missverstanden? Was wäre mit unserem Leben geschehen, wenn wir darüber geredet hätten …?«

»Meine Güte … wie recht du hast«, sagt Katja. »Man muss miteinander reden, solange man die Möglichkeit hat. Und ich muss mich wirklich mit Jesper aussprechen. Und über alles mit ihm reden, auch über die heiklen Themen. Sie sind dennoch wichtig.«

Sophie gibt ihnen den Rest des Tages frei. Isak geht zu Ella hinüber, und Katja nimmt spontan an einer freien Yoga-Stunde teil. Sophie geht hinauf in Martins Zimmer. Das Bett ist gemacht, der Müll ausgeleert, das Fenster zum Lüften gekippt. Die Hanteln sind in Kartons verstaut, die vor der Wand stehen. Kleidung und andere persönliche Gegenstände sind weg. Auf der Kommode liegt ein Zettel.

*Entschuldigt. So wird es am besten sein. Den Rest der Renovierung schafft ihr auch ohne mich. / Martin*

»Shit«, sagt sie leise. »Shit, shit, shit.«

Sie greift zum Handy und sucht nach seiner Nummer. Martin Strömberg, Vildrosgata 7. Sie sinkt auf die Bettkante. Sie hat selbst gesagt, sie könnten jederzeit gehen, ohne ein Wort. Dann muss sie ihnen das auch zugestehen. Allerdings möchte sie sicher sein, dass es nicht an ihr liegt. Also sollten sie reden, wie Isak es eben gesagt hat. Sie verlässt das Haus und geht rüber zu Per.

»Hallo Per, ist alles okay?«

»Danke der Nachfrage.«

»Ich wollte dich fragen, ob du mir dein Auto leihen würdest?«

Er legt den Malerpinsel ab und schaut sie von oben bis unten an. »Das passt eigentlich nicht zu dir.«

Sophie wirft einen Blick auf den rostigen, roten Saab, der nach ihrer Einschätzung vermutlich nicht mehr durch den TÜV kommen würde. »Not kennt kein Gebot«, erwidert sie.

Er zieht den Schlüssel aus der Tasche, doch bevor er ihn über den Zaun wirft, sagt er: »Unter einer Bedingung. Keine Sommergäste im Strandhotel Meeresbrise.«

»Versprochen«, sagt Sophie und fragt sich im nächsten Moment, ob sie es je bereuen wird. Per gehört sicherlich zu den Menschen, die mündliche Absprachen bitterernst nehmen. Der Schlüssel fliegt durch die Luft und landet direkt vor ihren Füßen. Sie ruft »Danke« und steigt in den Wagen.

Als sie in der Vildrosgata 7 angekommen ist, steigt sie vorsichtig aus der Rostlaube aus. Es würde zu Martin passen, in einem Altbau auf dem Land zu wohnen oder in einer Junggesellenbude mitten in Ängelholm, über einer Kneipe oder so. Aber in so ein Neubauviertel gehört er wirklich nicht. Auf dem Grundstück steht eine Schaukel, und an der Hauswand lehnt ein ganz kleines rosa Fahrrad. Sie schaut noch einmal auf die Adresse. Doch, es muss hier sein.

Nach zweimaligem Klopfen öffnet er.

»Sophie?«

Sie tritt von einem Fuß auf den anderen. »Kann ich einen Moment reinkommen?«

Zögerlich öffnet er die Tür. Die Wand ist behängt mit Fotos von einem kleinen Mädchen mit blondem Struwwelhaar. Auf einigen Fotos lacht Martin mit einer Frau, die mit ihren mittelblonden Haaren, den dunklen Augen und den hohen Wangenknochen natürliche Schönheit ausstrahlt. Sophie bemerkt, dass seine Taschen aus der Villa noch ungeöffnet im Flur stehen.

»Möchtest du einen Kaffee?«, fragt er.

»Danke, ein Glas Wasser reicht mir.«

Er geht in die Küche und kommt mit zwei Gläsern zurück. Sie setzen sich aufs Sofa im Wohnzimmer.

»Wie war das Familientreffen?«, fragt er, ohne sie anzusehen.

»Gut. Isak hat alle mit Zaubertricks begeistert, und Katja war ganz glücklich.«

Martin lächelt schief. »Unser Isak ist doch immer wieder gut für Überraschungen.«

Sophie sieht auf ihre Hände. »Ich will nicht um den heißen Brei herumreden. Ich möchte nur sicher sein, dass alles zwischen uns gut ist, und dir sagen, dass ich dich gern noch eine Weile bei uns in der Villa hätte.«

Martin schiebt sich eine Portion Snus unter die Lippe.

»Aber ich kann verstehen, wenn es nicht geht. Ich wusste nicht, dass du Familie hast«, spricht sie weiter. »Und das ist völlig okay«, schiebt sie schnell hinterher. »Das war unser Deal. Ich glaube nicht, dass wir besser arbeiten, wenn wir alles voneinander wissen.«

Er lehnt sich zurück und saugt an seinem Snus.

»Zaubertricks, hast du gesagt? Würde ich gern mal sehen.«

Sophie lächelt. Im Grunde ist Martin ihr gar nicht so unähnlich. Sie müssen beide kämpfen, um den Kopf über Wasser zu halten, nicht zu versinken und sich die ernsten Fragen zu stellen. Das Leben ist schon so anstrengend genug.

»Ich habe die Taschen eigentlich noch gar nicht ausgepackt«, sagt er.

»Hab ich gesehen«, erwidert Sophie.

»Und hier ist nichts für mich zu tun. Keine Aufgabe zu haben, ist gar nichts für mich.«

»Hab ich gemerkt«, sagt Sophie.

Eine Weile sitzt er schweigend da und überlegt offenbar hin und her. »Okay, ich komme mit zurück«, sagt er schließlich.

»Sofort?«, fragt Sophie ganz erstaunt, als er nach der Jacke greift, die auf dem Sofa liegt.

»Ja, hattest du es dir anders vorgestellt?«

»Nein, aber …«

Er nimmt die Taschen, die im Flur stehen. »Du hast aber ganz schön viel auf dich genommen, wie ich sehe«, meint er und nickt zu Pers alter Kiste hinüber, die vor seinem Volvo parkt. »Wenn du dich in so einen Karren setzt, musst du mich wirklich vermissen. Wir sehen uns im Haus.«

Bevor Sophie den Motor anlässt, wirft sie noch einen Blick auf das Reihenhaus und das rosa Kinderfahrrad. Es ist sonderbar, dass er nie von seiner Familie spricht. Sie tippt eine SMS in ihr Smartphone: *Willst du nicht erst noch ein paar Tage mit deiner Familie verbringen?* Er antwortet: *Nein.* Sophie schreibt weiter: *Du darfst sie natürlich auch gern zum Kaffeetrinken in den Garten einladen, so wie Katja. Das gilt für alle.* Er antwortet: *Das wird schwierig.* Sophie schreibt: *Sind sie verreist?* Sie hält die Luft an, als sie die Nachricht abschickt. Die Frage ist eigentlich viel zu privat. Es dauert einen Moment, dann kommt die Antwort: *Sie sind tot.* Sophie liest die Worte immer und immer wieder. Dann schreibt sie: *Halte auf dem Rastplatz, der in einem Kilometer kommt.*

Wütend schlägt sie mit der Hand aufs Lenkrad. Sie hätte nicht nachfragen dürfen. Sie hat seine Privatsphäre missachtet. Sie hätte mit dem Kopf über der Wasseroberfläche bleiben müssen. Sophie holt tief Luft, und dann biegt sie auf den Rastplatz ab, wo Martin seinen Wagen bereits geparkt hat und sich nun entspannt gegen die Haube lehnt. Sie steigt aus, knetet ihre Hände, die von ihrem rasenden Puls pochen, und sucht verzweifelt nach den richtigen Worten. Ihr Beileid aussprechen? Das klingt furchtbar.

»Entschuldige«, sagt Sophie. »Ich bin eine absolute Niete

bei allen Gesprächen jenseits des Jobs – da schaffe ich es immer, die richtigen Dinge zu sagen.«

Martin grinst.

»Sie sind bei einem Autounfall ums Leben gekommen. Am Sonntag war es genau drei Jahre her. Ich muss leider feststellen, dass dieser Tag mit der Zeit doch nicht leichter wird.« Er verstummt. »Es tut mir leid«, fährt er fort, »dass ich dich aus dem Zimmer geschubst habe. Ich weiß nicht, was mich geritten hat.«

»Ich habe dich gebeten, an dem Tag, an dem du deine Familie verloren hast, eine andere Familie zu unterhalten. Natürlich wäre das nicht gegangen.« Eine Weile stehen sie schweigend da. Doch die Stille ist keine Last, sie gibt ihnen Raum nachzuspüren. Das Leben kann unerträglich sein. Aber trotzdem leben wir weiter.

»Wollen wir los?«, fragt Sophie.

Sie fährt seinem Volvo hinterher, und als die grüne Fassade vom Strandhotel Meeresbrise vor ihnen auftaucht, seufzt Sophie erleichtert und denkt: zu Hause. Sie kann es selbst kaum fassen.

Martin legt sich aufs Bett und starrt die zierliche Deckenlampe an. Vielleicht kommt er deshalb hier zur Ruhe, weil die Wände und die Decken so anders aussehen. Genau das Gegenteil von Amandas Stil – seinem Zuhause. Sie hatte sich ein Haus gewünscht, das neu, modern war und Stil hatte, denn sie hasste alte Häuser, Flohmärkte und Retrotrends. Er selbst liebt genau das. Echtes Handwerk, Geschichte, Seele. Er schließt die Augen. Dir hätte es hier vielleicht nicht gefallen, Amanda, aber Sophie hättest du gemocht. Das weiß ich sicher. Du hättest es bewundert, wie sie den Raum betritt, mit derselben Ausstrahlung, egal ob sie Stoffturnschuhe trägt oder High Heels. Ist sie nicht cool? Das hättest du gesagt. Wenn du hier gewesen wärst, hättest du vorgeschlagen, dass Sophie aus dem Dienstbotenzimmer einen begehbaren Kleiderschrank macht. Und dann hättest du dich gefreut, wenn sie deinen Vorschlag großartig gefunden hätte. Und Elin. Meine Süße, mein kleiner Schatz. Du hättest diesen Ort auch geliebt. Nicht zuletzt den Garten.

Martin kann vor seinem inneren Auge sehen, wie seine Tochter sich hinter den Büschen versteckt und dann über das ganze Gesicht lachend wieder hervorspringt. Es ist so lange her, dass sie ihm in seinen Tagträumen erschienen ist. Er hat es nicht zugelassen. Es tat einfach zu weh. Jetzt erlaubt er seiner Erinnerung, jedes kleine Bild zu einem großen Ganzen zusammenzusetzen. Das macht sie so wirklich. Er kann sogar ihren Duft riechen, den warmen, süßen Kindergeruch. Er ballt die Fäuste so fest, dass die Knöchel weiß werden, und dann schließt er die Augen. Als er sie wieder öffnet, ist sie fort. Gott, wie sie ihm fehlt. Martin beißt sich auf die Unterlippe, als er spürt, dass der Zauber vom Strandhotel Meeresbrise nicht ausreicht, um seine Trauer zu beenden.

*Ellas Tagebuch, 30. Juli*

*Kann man sich daran gewöhnen, auf Palmen zu schauen anstelle von Apfelbäumen, wenn man durch das Fenster sieht? Ich hoffe es sehr. Jedenfalls habe ich heute eine Ansichtskarte an meinen Bruder geschrieben. In diesem Augenblick wird sie zwischen Hunderten anderen auf einem Haufen liegen. Der Sack, in dem sie sich nun befindet, wird mit einem Lastwagen nach Malmö transportiert werden, wo sie dann aussortiert und in einen neuen Sack gepackt wird, der dann die 9000 km nach Los Angeles geflogen wird, um dort wiederum in einem Sack verstaut zu werden, um erst nach San Diego und dann zur örtlichen Postdienststelle gebracht zu werden, in den Bezirk, in dem mein Bruder wohnt. In ein paar Tagen, vielleicht wird es auch eine Woche dauern, wird er ihm dann in den Briefkasten flattern. Ich habe nicht geschrieben, dass ich ganz sicher kommen werde, sondern dass ich mit dem Gedanken spiele. Dass ich Lust hätte, etwas anderes zu sehen, etwas Neues zu machen. Einen Sonnenblumengarten anzulegen. Er wird jubeln. Da bin ich mir sicher. Denn auf diesen Moment wartet er schon lange.*

*Die Vorstellung, Isak zurückzulassen, schmerzt. Er ist der feinste Mensch, den ich je kennengelernt habe. Doch das ändert nichts an der Tatsache, dass der Boden, auf dem ich hier stehe, demnächst wie Treibsand unter meinen Füßen verschwinden wird.*

# Kapitel 20

Erst als Sophie schon Kaffee in den Filter löffelt, fällt ihr ein, dass Martin auf dem Küchensofa liegt. Gestern Abend hatten sich alle woanders schlafen gelegt, damit sie in den Schlafzimmern oben schon loslegen konnten, während sie den Gemeinschaftsraum fertig renovierten. Die Stimmung war ausgelassen gewesen. Katja hatte sie mit einer Vorführung von Yogaposen unterhalten und alle zum Lachen gebracht. Und auch wenn es keiner ausgesprochen hat, so waren sie doch alle heilfroh, dass Martin wieder da war. Die Ordnung war wiederhergestellt.

Sophie dreht sich um und betrachtet ihn. Seine Decke ist ein Stück nach unten gerutscht, er liegt da auf dem Rücken, einen Arm unter dem Kopf. Er atmet tief und gleichmäßig. Sie schleicht ein bisschen näher zu ihm, bis sein Atem ihr Gesicht berührt. Sie schließt die Augen. Tief ein, tief aus. Mit einem Mal wird es still. Sie schlägt die Augen auf. Hellwach sieht er sie an. »Tut mir leid«, murmelt sie und macht einen Schritt zurück. »Ich hab ganz vergessen, dass du hier schläfst.«

Dann geht sie wieder zur Kaffeemaschine und gießt Wasser hinein. Wie peinlich, da zu stehen und seinen Atem einzusaugen. Das Sofa knarrt, und sie spürt, dass er näher kommt. Er macht einen Satz und hockt neben ihr auf der Arbeitsplatte. Seine Haare sind verstrubbelt, auf seiner

Wange ist noch der Abdruck des Kissens sichtbar. Er trägt nur Boxershorts. Sophie weiß nicht, wohin mit ihrem Blick. Schließlich starrt sie auf den Kaffee, der jetzt noch langsamer in die Kanne tropft als sonst.

»Im letzten Jahr habe ich fast gar nicht geschlafen. Doch hier schlafe ich wie ein Stein. Komisch«, meint er.

Jetzt sieht sie auf, schaut über seine nackte Brust hoch zu seinen Augen. »Das ist nicht komisch. Das war hier schon immer so. Das ist der Grund, warum die Menschen zu allen Zeiten hierhergepilgert sind – um Ruhe zu finden.«

Er zuckt mit den Schultern. Der männliche Duft seines Parfüms, eine Moschusnote, dringt in ihre Nase. Martin lächelt. Aber es ist nicht dieses selbstsichere Lächeln, das sie von ihm kennt, sondern das sanfte, nahbare, das er so selten zeigt. Bei dem Anblick muss Sophie sich so fest auf die Wange beißen, dass sie den Eisengeschmack im Mund spürt. Absichtlich berührt er mit seinem Brustkorb ihren Arm, als er herunterspringt und zurück zum Sofa geht. Mit zittriger Hand schenkt sie Kaffee ein und geht hinüber in ihr Dienstbotenzimmer. *Sweet dreams* hört sie ihn pfeifen.

Der Spätsommergarten lädt zu einem Reigen kräftiger Farben ein. Nicht so pastellfarben und sanft wie die schüchternen Knospen des Frühlings. Das zarte, lilafarbene Patagonische Eisenkraut trotzt nun der Großen Fetthenne und dem gelben, margeritenähnlichen Gewöhnlichen Sonnenhut. Es behauptet sich, indem es sich Platz verschafft und selbstbewusst, als reife Schönheit eine neue Rolle im Garten übernimmt.

Akribisch teilt Ella die Stauden, die Frühlingsblüher sind, wenn sie zu dicht stehen. Sophie beobachtet sie durchs

Küchenfenster. Im Frühling wird jemand anders durch diesen Garten spazieren und sich der Pflanzen annehmen. Sie kann verstehen, dass Ella in Erwägung zieht, zu ihrem Bruder überzusiedeln. Wie sollte sie es aushalten zuzusehen, wie ihr Lebenswerk verwelkt? Denn früher oder später wird es so kommen. Niemand hat so ein Händchen für diesen Garten wie Ella.

Eine SMS erscheint auf dem Display. Sie ist von Hilde. Sie filmt sich, Paul und einen leeren Stuhl in einem Biergarten und fragt, wo Sophie sich herumtreibt. Sophie lächelt matt und schickt einen Smiley mit herzförmigen Augen zurück. So einfach ist das.

Die Renovierung der Schlafzimmer wird nach Martins Schätzungen ein paar Wochen in Anspruch nehmen. Er hat in einem Zimmer, in dem es durchregnet, einen Bautrockner aufgestellt. Er meint, ein paar Dachziegel seien verrutscht. Wenn Sophie Isak und Katja dabei hilft, in den anderen Räumen Decke und Wände zu streichen, würde er das Unterdach reparieren. Was bedeutet, dass es nicht allzu lange dauern wird, bis sie sich auf den leeren Stuhl neben Hilde setzen kann. Ein sonderbares Gefühl. Dann haben Isak, Martin und Katja die Villa verlassen, so wie es abgemacht war. Jeder wird wieder in sein Leben zurückkehren, und irgendwie auch nicht. Sie war naiv gewesen, als sie diese Anzeige geschaltet und geglaubt hat, dass diese Fremden, die sie ins Strandhotel Meeresbrise geholt hat, dieselben Fremden sein würden, wenn sie das Haus wieder verließen. Sie hatte kein Interesse daran gehabt, etwas von ihnen persönlich zu erfahren, sie kennenzulernen. Jetzt war ihr klar, dass das nicht gehen konnte. Im Gegenteil. Wenn man Zeit mit jemandem verbringt, von dem man gar nichts weiß, lernt man den Menschen erst richtig kennen. Dann nimmt man seine Persönlichkeit wirklich wahr, ohne die vorgefertigten Meinungen, die man sich durch Kenntnis seines Berufs, seiner Wohnung, seiner Familie oder seiner Interessen bildet.

Wäre Marit hier gewesen, hätte sie sicher gesagt: *Der Mensch glaubt, er sei hier, um das Haus zu sanieren, doch im Grunde saniert das Haus den Menschen.* Langsam glaubt auch Sophie, dass ihre Urgroßmutter wirklich recht hatte, wenn sie von der Energie des Kurhotels schwärmte. Keiner von ihnen ist jetzt noch der, der er war, als er herkam. Sogar sie selbst hat sich verändert, muss sie sich zähneknirschend eingestehen. Mit einem Mal hat sie angefangen, sich um Isak, Katja und Martin zu kümmern. Jetzt wünscht sie sich, dass die drei das Haus als gestärkte und glücklichere Menschen verlassen. Vor ein paar Wochen noch wäre ihr das völlig egal gewesen. Irgendwie ist es nun schwieriger. Gefühle machen das Leben nicht gerade einfacher. Das weiß sie nur zu gut.

Was Isak und Katja angeht, ist sie überzeugt, dass sie hervorragend zurechtkommen werden. Wer ihr Sorgen macht, ist Martin. In ihm hat sie sich völlig getäuscht und gedacht, dass seine Einstellungen auf sein einfaches Leben zurückzuführen sind. Stattdessen sind sie nur ein Schutzpflaster über Wunden, die so tief sind, dass es nicht einmal dem Strandhotel Meeresbrise gelingen wird, sie zu heilen. Was wird er tun, wenn sie mit der Renovierung fertig sind? Sie weiß, dass sie mit solchen Gedanken verminten Boden betritt, doch sie kann sie nicht unterdrücken. Schließlich schickt sie Göte eine SMS und fragt nach, ob er ihr kurzfristig einen Termin geben kann.

Drei Stunden später sitzt sie in seinem Büro. Sophie hat ihnen bei Espresso House einen Kaffee geholt.

»Es klang, als hättest du ein spezielles Anliegen, über das du reden willst«, sagt er.

Sophie räuspert sich. Es ist einfacher, die Gedanken im Kopf hin- und herzuschieben, als sie auszusprechen.

»Ja … dieses Projekt wird in absehbarer Zeit beendet sein, wenn meine lieben Handwerker zurück in ihr normales Leben gehen. Allerdings hat sie die Zeit im Strandhotel Meeresbrise verändert.«

Göte nickt und wartet ab, bis Sophie mit ihrer Erzählung fortfährt.

»Isak hat in Ella eine echte Freundin gefunden. Und er hat Antworten auf einige wichtige Fragen, die sein Leben betreffen, bekommen und wird seine Bilder in einer Galerie ausstellen. Katja ist dabei, ihre Familie an den Gedanken zu gewöhnen, dass sie jetzt eine selbstbewusste Mutter zurückbekommen, die ihre eigenen Ziele verfolgt, und ich bin mir sicher, dass sie es schaffen wird, ihre Träume auf die eine oder andere Art und Weise umzusetzen. Nur Martin bereitet mir Kopfzerbrechen …«

Sophie nimmt den Kunststoffdeckel von ihrem Becher und pustet, damit der Kaffee schneller abkühlt. Göte zupft gedankenverloren an seinem Schnurrbart. »Hat er es dir erzählt?«

Sophie nickt. Göte dreht sich mit seinem Stuhl um 180 Grad, sodass er aus dem Fenster blicken kann.

»Die Trauer hat sich in seinem Leben festgeätzt. Sie hat ihn fest im Griff und lässt ihn nicht mehr los.« Göte fährt mit dem Stuhl herum und sieht Sophie ins Gesicht. »Das Einzige, was er noch geschafft hat, war die Arbeit. Aber am

Ende ging auch das nicht mehr; weil er ständig übermüdet war, sind ihm Fehler unterlaufen.«

»Und trotzdem hast du ihn zu mir geschickt!«

»Ich war überzeugt, dass der Tapetenwechsel ihm guttun würde, und du von seiner Erfahrung profitieren würdest.«

»Das ist wahr. Ich muss zugeben, mit seiner direkten Art konnte ich anfangs nicht gut umgehen. Er hat unverblümt gesagt, was zum Haus passt und was nicht. Aber jetzt, nachdem ich erfahren habe, was er erlebt hat, kann ich über ihn nur staunen. Er war mitunter so fröhlich und hatte so viel Power. Ich glaube, das Strandhotel Meeresbrise hat ihm Raum zum Atmen gegeben. Ich habe nur Angst, dass er wieder ersticken wird, sobald er nach Hause kommt.«

Bei dem Gedanken, sich in Martins Lebens einzumischen, fährt ihr eine Gänsehaut über den Rücken. Sie sind sich recht ähnlich, er und sie. Und sie weiß ganz genau, wie sie sich aufgeregt hätte, wenn er sich in ihre Angelegenheiten eingemischt hätte, ohne dass sie darum gebeten hätte. Trotzdem fährt sie fort:

»Ich glaube, jemand sollte ihn zu einem Ortswechsel anschubsen …«

»Und wie stellst du dir das vor?«, fragt Göte verwundert.

Sophie geht um den Schreibtisch, tippt auf seiner Tastatur den Namen eines Immobilienportals ein und scrollt die Angebote in Ängelholm durch, bis sie auf eine Zweizimmerwohnung in Tingstorget stößt.

»Er lebt ein Leben, das es nicht mehr gibt. Weißt du, dass das Fahrrad seiner Tochter immer noch im Garten steht?«

»Ich weiß. Und du hast bestimmt recht. Aber darauf wird er sich nie einlassen«, erwidert Göte.

Sophie hängt sich ihre Handtasche über die Schulter. Bevor sie den Raum verlässt, dreht sie sich um. »Aber einen Versuch ist es vielleicht wert?«

Eine halbe Stunde später stoppt Sophie den Wagen genau neben der Holzbank in Skepparkroken. Auf dieser Bank hatte sie mit ihrer Mutter gesessen und geredet, als es noch möglich gewesen war. Isak hätte das auch gern getan. Was für Leben haben wir da gelebt? Was hätte ein offenes, vertrauensvolles, wohlwollendes Gespräch nicht alles verändern können? Vielleicht hätte das der Beginn einer Freundschaft werden können. Sophie beißt sich auf die Lippe. Hör auf damit. Gräme dich nicht über die Dinge, die geschehen sind, du kannst sie nicht ändern, weist sie sich selbst zurecht.

Sie gibt wieder Gas und tuckert das kurze Stück nach Hause, während ihr ein Gedanke keine Ruhe lässt: Da ist noch etwas, was ich tun kann.

Als sie zurückkommt, schreibt sie eine Mail an den Immobilienmakler: Hallo! Ich wüsste gern, ob die Wohnung noch verfügbar ist und wann ich sie eventuell besichtigen könnte? Ein Freund von mir hätte Interesse.

Am darauffolgenden Morgen kommt die Antwort des Maklers: Die Wohnung sei noch frei. Sie könne sie am Nachmittag besichtigen. Sophie sagt zu, und sie verabreden sich für drei Uhr.

Halb drei geht sie zu Martin, der auf der Treppe hockt und sein Handy checkt. Sie machen gerade Pause.

»Du, ich möchte gern nach Ängelholm fahren und einen Kaffee trinken. Und da ist was, das ich dir gern zeigen würde, kommst du mit?«, fragt sie.

Er wirft einen Blick auf die Uhr. »Okay. Wenn es nicht länger als eine Stunde dauert. Dann müssen wir die Wände verspachteln.«

Martin fährt. Er singt mit, als der Radiosender Rockmusik spielt, und parkt dann am Tingstorget, worum Sophie ihn gebeten hat.

»Ich würde dir zuerst gern was zeigen und dann den Kaffee trinken.«

Er knufft sie an die Schulter. »Du klingst ganz schön geheimnisvoll.«

Sie lächelt steif und sucht dabei nach der richtigen Hausnummer.

»Ich glaube, hier sind wir richtig.«

»Wohin schleppst du mich? Gehen wir zu einer Hellseherin?«

Sophie hält inne. »Was denkst du denn?«

»Du hast Katja doch so einen komischen Stein geschenkt. Ich hab schon gedacht, du hast in Berlin was konsumiert, das bewusstseinserweiternd wirkt«, antwortet er grinsend und tut so, als hätte er einen Joint in der Hand.

Sophie ist so nervös, dass ihr das Lachen im Hals stecken bleibt. Sie nehmen den Fahrstuhl ins oberste Stockwerk. Der Makler öffnet ihnen mit einem breiten, strahlenden Lächeln. Er ist mit seinem dunkelblauen Anzug und dem Namensschildchen am Revers äußerst förmlich gekleidet. »Herzlich willkommen«, sagt er und hält ihnen die Tür auf.

»Was ist das?«, flüstert Martin, als sie dem Makler ins Wohnzimmer folgen, das mit Fischgrätparkett ausgelegt ist und einen Balkon zum Marktplatz hin hat.

»An den Wochenenden herrscht da unten Markttreiben«,

erklärt er. »Einfach kurz runterflitzen, und schon hat man frisches Obst zum Frühstück.«

Martin nickt und lächelt. Sophie ebenso. Der Makler setzt seinen Verkaufsmonolog fort und führt die frisch renovierte Küche und das geflieste Bad vor, weist auf die praktischen Einbauschränke hin und erzählt, dass alle Nachbarn sehr nett seien und die Wohnungsbaugesellschaft gut dastehe.

»Wer von Ihnen hätte denn eventuell Interesse, hier einzuziehen?«

Sophie zeigt auf Martin, während Martin auf Sophie zeigt. Er sieht sie mit großen Augen an. »Ich brauche keine Wohnung. Es geht doch um dich ... Ich begleite dich nur.«

Sophie nimmt dem Makler das Exposé aus der Hand. Sie lächelt, bedankt sich für den Termin und erklärt, dass sie sich melden werden, wenn sie darüber nachgedacht haben. Schweigend steigen sie die Treppe hinunter, und als sie zur Haustür hinausgehen, setzen sie beide gleichzeitig an, etwas zu sagen. Martin hält inne. Er wirkt angespannt. »Du zuerst.«

»Ich wollte dir zeigen, dass es ein Leben nach dem Strandhotel Meeresbrise gibt ...«

»Was bitte schön hast du mit meinem Leben zu tun?«

Martins Augen sprühen Funken. Sie stehen nicht still, und seine Wangen sind knallrot vor Ärger. Sophie schluckt. Ihre Idee war idiotisch.

»Mein Leben geht dich gar nichts an. Glücklich zu sein, würde heißen, voller Hohn laut zu lachen. Du würdest vielleicht auf die Fingerkuppe spucken, weiterblättern und zum nächsten Kapitel übergehen. So bin ich nicht. Gott sei Dank.«

Mit geballten Fäusten sprintet er zurück zum Auto. Sophie folgt ihm mit verkniffenem Gesicht. Aber er schließt nicht auf, stattdessen dreht er sich um und sieht sie an. Und dann fängt er an zu erzählen.

»Wir wollten zu Elins erster Ballettstunde fahren. In einem kleinen weißen Ballett-Trikot hat sie zu Hause vor dem Spiegel geübt. Ich war so stolz auf sie, dass ich mich gefragt habe, womit ich das verdient habe. Ich hatte vor, Amanda und sie zur Ballettschule zu bringen, ein bisschen zuzuschauen und anschließend mit ein paar Arbeitskollegen ein Bier trinken zu gehen. Amanda war der Auffassung, dass ich diese Kneipenrunde doch absagen sollte, wenn Elin schon ihren großen Auftritt hatte, aber ich bin sauer geworden und hab ihr ins Gesicht gesagt, dass sie bloß nicht so eine schreckliche Mutter werden soll, die jedes Mal meckert und eingeschnappt ist, wenn man mit ein paar Kumpels was trinken gehen will. Ich war total ungerecht. Sie war gar nicht so. Und dann waren wir spät dran, und ich war unter Strom, als wir losfuhren, und schrieb noch einem Freund eine SMS mit Zeit und Ort, und dass ich es nicht pünktlich schaffe. Amanda hat mich mehrfach gebeten, das zu lassen beim Fahren. Das hat mich so aufgeregt, dass ich absichtlich noch mal zum Handy gegriffen und eine letzte SMS geschrieben habe, nur um sie zu ärgern. Die Sekunden danach haben sich wie in Zeitlupe in mein Hirn gebrannt. Ich hab gesehen, wie Amanda sich aufs Armaturenbrett stützte und schrie und sich gleichzeitig zu Elin umsah, die hinten saß. Ich hab das Steuer rumgerissen, um dem Wagen auszuweichen, der auf uns zukam. Doch ich hab den Wagen so gelenkt, dass die Seite, auf der Elin und Amanda saßen, mit der Haube des anderen Autos kollidierte. In dem Moment, als es knallte, schaute ich im Rückspiegel zu Elin.«

Martin laufen die Tränen über die Wangen. Sophie hat ein Pfeifen in den Ohren, als sei sie kurz davor, ohnmächtig zu werden. Wahrscheinlich hat sie die Luft angehalten. Er schließt den Wagen auf. »Das heißt, ich bin schuld. Ich habe sie getötet. Und mit der Schuld weiterzuleben, ist meine Strafe.«

Sophie dreht sich um, macht ein paar Schritte zu den Büschen und übergibt sich. Ihr Mageninhalt kommt einfach unkontrolliert hoch. Martin geht zu ihr und streichelt ihr über den Rücken. Danach führt er sie zurück zum Wagen.

»Ich glaube, wir müssen den Kaffee verschieben, oder?«, meint er, um sie etwas aufzumuntern.

Sophie wendet den Blick ab. Niemals wieder wird sie sich in das Leben eines anderen Menschen einmischen. Niemals. In der verbleibenden Zeit wird sie sich zurückhalten und dann, wenn sie fertig sind, Isak, Katja und Martin ins Klitterhus zum Essen einladen, Göte den Hausschlüssel überreichen und ihm den Verkauf überlassen. Sie schließt die Augen und lehnt den Kopf zurück an die Nackenstütze. Als sie zurück zur Villa kommen, bleibt Sophie am Gartentor stehen.

»Entschuldige«, sagt sie.

»Du konntest es ja nicht wissen. Ich nehme an, es war nett von dir gemeint, du wolltest mir helfen, den nächsten Schritt zu machen. Aber so funktioniert es nicht. Bei mir nicht.« Ratlos zuckt er mit den Schultern und geht ins Haus.

Sophie läuft hinüber zur Hollywoodschaukel. Als sie bemerkt, dass Esmeralda wieder einen Zettel um den Kopf hängen hat, wird sie richtig wütend. Sie dachte, sie hätte Ella ein für alle Mal klargemacht, dass sie keine weiteren Zettel mehr haben wolle. Und dennoch zieht sie ihn ab und liest:

*Ich habe mal ein Zitat gelesen, das wie folgt lautet: »Der Mensch kann die Wahrheit nicht ändern, aber die Wahrheit kann den Menschen verändern.« Und ich glaube, das stimmt. / Esmeralda*

Sophie flucht laut und geht hinüber zu Ellas Haus, wo sie vor dem Küchenfenster wild mit den Armen wedelt. Ella zeigt auf die Haustür. Sophie stapft hinein und hält ihr das Papier vor die Nase.

»Was für eine beschissene Wahrheit?«, schreit sie.

»Wie gut, wenn man taub ist«, antwortet Ella mürrisch und geht in die Küche.

Sophie folgt ihr und lässt sich auf einen Küchenstuhl sinken. Der Nachmittag hat sie viel Kraft gekostet.

»Ich will keine andere Wahrheit kennen als die, von der ich schon weiß. Warum quälst du mich so?«

Ella schreibt: *Du hast eine eigene Wahrheit formuliert. Doch das ist nicht die richtige.*

Sophie schüttelt den Kopf. »Ich will das nicht wissen. Lass es gut sein. Es ist nicht deine Familie, und es ist nicht deine Wahrheit. Nicht dein Haus, nicht dein Garten.«

*Ich weiß, aber ich habe das Gefühl, mir wurde die Wahrheit damals nur aus einem einzigen Grund offenbart: Um sie dir einmal zu erzählen.*

»Du hast sie ja gar nicht erzählt bekommen. Du hast sie

Mona gestohlen, als sie sie in dem Glauben, dass du taub bist, aussprach.«

Ella zuckt mit den Schultern und schreibt: *Ich werde sie erzählen. Ich kann nicht anders. Ich habe keine Wahl. Die Wahl hast du. Heute Abend wird sie auf dem Zettel stehen, den ich an Esmeraldas Hals hänge. Du kannst selbst entscheiden, ob du das Papier zusammenknüllen und wegschmeißen willst, ohne es zu lesen. Vielleicht ist das das Beste. Aber ich kann das nicht entscheiden.*

Sophie springt auf und lässt Ella am Küchentisch sitzen. Sie läuft ins Strandhotel Meeresbrise hinüber, nimmt sich eine Flasche Rotwein und geht ins Dienstbotenzimmer. Doch sie starrt die Flasche nur an. Drei Stunden später steht sie auf und geht hinaus in den Garten. Da setzt sie sich neben Esmeralda und schaukelt mit ihr vor und zurück. Um den Hals der Puppe hängt ein Umschlag, so, wie Ella es versprochen hat.

Sophie macht das Kuvert ab und betrachtet es in ihrer Hand. Trommelt eine Weile mit den Fingern darauf herum. Was wäre der Wunsch ihrer Mutter gewesen? Es gefällt ihr nicht, dass sie sie zu wenig gekannt hat, um diese Frage beantworten zu können. Schlimmer als Martins Geschichte kann es keinesfalls sein, denkt sie und öffnet den Umschlag.

Da liegt kein handgeschriebener Text, sondern die Kopie eines Zeitungsartikels. Aus einer deutschen Zeitung. *Neugeborenes Mädchen gestohlen* steht da als Überschrift. Sophie atmet tief durch und liest: *Ein zwei Wochen altes Mädchen wurde gestern Abend vor der Bar Vogler gestohlen.* Sophie sieht auf. Das war die Bar auf dem Foto in dem alten Koffer ihrer Mutter. Dann schaut sie rechts oben auf das

Datum des Zeitungsausschnitts. Ein paar Wochen nach Sophies Geburt wurde er veröffentlicht. Der Puls schlägt ihr jetzt bis zum Hals. *Die Kindsmutter, die tagsüber in der Kneipe arbeitet, war kurz hineingegangen, um das Fläschchen aufzuwärmen, und als sie hinauskam, war der Kinderwagen fort. Die Polizei sucht Zeugen des Vorfalls. Der gestohlene Kinderwagen ist aus grünem Cord.*

Das Pfeifen in ihren Ohren kommt nun mit voller Intensität zurück. Es ist so laut, dass Sophie nichts anderes mehr hört, nicht einmal das Meer, das ein paar Meter entfernt auf die Steine am Strand schlägt. Sie hört nur den Alarm in ihrem Kopf. Sie schwankt hinein ins Haus, nimmt Martins Schlüssel vom Haken, setzt sich in den Wagen und fährt los. Sie hat keine Ahnung wohin. Sie muss einfach weg. Weg vom Strandhotel Meeresbrise. Weg von dem, was Ella »die Wahrheit« nennt. Ihre Mutter kann sie nicht als Baby vor einer Kneipe in Berlin gestohlen haben. Sophie hat doch Fotos von Mona gesehen, auf denen sie schwanger war. Das stimmt alles nicht. Die Tränen laufen ihr übers Gesicht.

Oder stimmt es vielleicht doch. Und ist das der Grund, warum sie keinen Namen, der mit M beginnt, bekommen hat. Nicht Mikaela oder Matilda oder Marielle heißt. Sie war keine M. Gehörte nie hierher. Sie war nur Monas Spielzeug – eine Puppe, die man einfach mopst, so wie man anderen Kindern das Spielzeug klaut, wenn man klein ist. Dann hat sie deshalb immer am Fenster gesessen und gewacht, immer in Sorge, jemand könne sie ihr wieder wegnehmen. Und dann schloss sich der Kreis, als Sophie sich zufällig entschied, nach Berlin zu gehen. Natürlich hatte Mona das als ihre Strafe betrachtet für ihre unverzeihliche, unglaubliche, grausame Sünde. Ebenso wie Martin meint, seine Strafe zu verdienen, weil er den Unfall verursacht hat, bei dem Frau und Kind ums Leben kamen.

Ihr Blick verschwimmt. Sophie drückt aufs Gas. Sie überfährt das Stoppschild, ein Van erwischt ihren Wagen am Heck, sodass sie sich dreht, immer und immer wieder. Die Zeit hält an. Stille, wie in einem Vakuum. Ihr Leben flimmert in kurzen Bildsequenzen an ihr vorbei. Und mit einem Mal weiß sie, dass jetzt ihr Ende gekommen ist. Sie schließt die Augen und lässt das Lenkrad los.

# Kapitel 21

Martins Hand umklammert das Telefon immer krampfhafter. Er kann gar nicht sagen, ob sich ein Polizist oder ein Arzt gemeldet hat. Die Stimme in der Leitung fragt, ob er ein Fahrzeug mit dem amtlichen Kennzeichen XLR 548 besitzt. Während er dies bestätigt, geht er zur Haustür.

»Der Wagen ist in einen Unfall verwickelt gewesen, die Fahrerin wird derzeit im Krankenhaus behandelt.«

»Die Fahrerin?«

Martin öffnet die Tür und stellt fest, dass sein Wagen fort ist.

»Was ist los, du bist leichenblass!«, sagt Katja, die gerade den Abendtee in den Salon trägt.

»Schau mal nach, ob Sophie im Dienstbotenzimmer ist«, sagt er knapp.

Katja stellt die Tasse ab, läuft zu Sophies Zimmer, klopft und drückt die Klinke runter, als sie keine Antwort bekommt. »Nein, ihr Zimmer ist leer«, ruft sie.

»Ich weiß, wer die Frau ist«, sagt Martin. »Und ich komme sofort.«

Er hat alle Informationen, die er braucht.

»Was ist passiert?«, fragt Katja, als er aufgelegt hat, und sieht ihn mit großen Augen an.

»Sophie hatte einen …«, es fällt ihm schwer, das Wort auszusprechen, »… einen Autounfall.«

»O Gott!«, ruft Katja und reißt die Augen auf.

»Sie liegt auf der Intensivstation.«

Isak kommt aus der Bibliothek. »Was ist los?«

»Sophie liegt im Krankenhaus. Wir müssen sofort hinfahren«, ruft Katja aufgebracht.

Ein paar Minuten später sitzen sie in Katjas BMW. Mit quietschenden Reifen machen sie sich auf den Weg.

Als sie angekommen sind, weicht Martin vor der Schiebetür der Intensivstation zurück.

»Geht schon mal rein, ich komme nach.«

Er stemmt die Hände auf die Knie und atmet schwer, als wäre er zehn Kilometer gerannt. Die Erinnerungen an die Erlebnisse genau hier vor drei Jahren halten seine Lungen im Schwitzkasten und nehmen ihm die Luft. Konzentriert atmet er tief ein, um Sauerstoff in den Körper zu pumpen, dann geht er durch die Tür. Eine Krankenschwester zeigt ihm den Weg zu einem Wartebereich am Ende eines Flurs. Martin konzentriert sich nach wie vor auf seine Atmung, dennoch ist sein Keuchen nicht zu überhören.

»Was ist los?«, fragt Katja, als er schließlich zu den anderen beiden stößt.

»Schon gut«, flüstert er. »Ich habe an diesen Ort keine guten Erinnerungen.«

Genau hier hat er vor drei Jahren gesessen. Er hatte nur leichte Verletzungen davongetragen, die mit ein paar Pflastern versorgt waren, dann hatte er die Nachricht erhalten, dass seine geliebte Tochter in ihrem weißen Ballettkleid gestorben war. Er hatte Gott angefleht, dass wenigstens Amanda es schaffen würde. Aber er hatte nicht daran gedacht, eine Gegenleistung anzubieten, so wie Marit es damals getan hatte. Er hatte nur verlangt, dass Amanda überlebe, obwohl er selbst schuld war, dass sie dort lag. Sie starb noch auf dem Operationstisch. Martin wusste es bereits, bevor der Arzt ein Wort gesagt hatte. Er schluckt und starrt hinab auf das graue Linoleum.

Katja hält drei verschiedene Ärzte an und fragt, ob sie ihnen Auskunft geben können. Die Antwort ist jedes Mal dieselbe – sie wissen nichts. Aber sie bekämen Bescheid, sobald die Operation beendet sei.

»Wie lange kann man operieren?«, fragt Isak frustriert, als sie da schon vier Stunden sitzen und warten. Das Blut pulsiert in seinen Adern, und seine Augenbraue zuckt wieder. Katja nimmt seine Hände und drückt sie fest. Ein Trost sowohl für ihn als auch sie selbst. So sitzen sie auch noch da, als schließlich ein Arzt auf sie zukommt und sich die Augen reibt.

»Gehören Sie zu Sophie Wirsén?«, fragt er.

Martin springt auf, nickt und stellt erleichtert fest, dass der Arzt nicht denselben Blick hat wie damals, als Amanda operiert worden ist.

»Kommen Sie bitte mit«, sagt er und geht vor in eins der Zimmer. Er zeigt auf ein paar Stühle und nimmt selbst am Schreibtisch Platz.

»Frau Wirsén hat unwahrscheinliches Glück gehabt. Hätte sie die Kreuzung nur eine Hundertstelsekunde früher passiert, wäre sie mit dem Minibus frontal kollidiert, doch so hat er sie nur am hinteren Wagenteil erwischt, und sie ist in den Graben gefahren. Sie wurde mit inneren Blutungen eingeliefert, die haben wir jetzt zum Stillstand gebracht. Ihre Wirbelsäule scheint nicht ernstlich verletzt zu sein, aber das wissen wir erst sicher, wenn sie aufwacht.

Wir werden sie bis morgen früh im künstlichen Koma halten, dann lassen wir sie langsam wieder aufwachen.«

»Dürfen wir sie besuchen?«, fragt Katja.

»Ich würde Ihnen raten, jetzt nach Hause zu fahren, sich auszuschlafen und morgen wiederzukommen.«

Martin, Isak und Katja sehen sich etwas verunsichert an, bedanken sich bei dem Arzt und verlassen die Station. Als sie durch die Krankenhaustüren hinaus in die dunkle Nacht treten, bleibt Isak stehen und schaut sich völlig verwirrt um.

»Ich weiß«, sagt Martin, »es ist total krank, dass sich die Welt da draußen ganz normal weiterdreht.«

Als sie wieder im Strandhotel Meeresbrise sind, schenkt Martin großzügig Cognac in vier Schwenker ein.

»Wir sind doch gar nicht vier«, sagt Katja leise.

Er schüttelt über sich selbst den Kopf und verteilt den Inhalt des vierten Glases in die restlichen drei. »Skål auf Sophie, kämpf weiter«, sagt Katja.

»Ich hoffe, dass es nicht meine Schuld ist. Nicht schon wieder. Das steh ich nicht noch mal durch.« Martin versagt die Stimme.

»Warum solltest du schuld sein?«, fragt Isak.

»Weil wir am Nachmittag ziemlichen Streit hatten. Ich habe vieles gesagt, das mir jetzt leidtut.«

Katja schüttelt den Kopf.

»Ach, Unsinn. Du kennst Sophie. Sie ist nicht zimperlich.«

»Ich hoffe, du hast recht.«

»Hab ich«, sagt Katja energisch.

Sie schweigen und nippen an ihren Gläsern.

»Ich spüre es«, sagt Katja und presst sich die Hand auf die Brust, »es wird gut gehen. Sie wird es überstehen.«

Isak nickt. »Das denke ich auch. Es wird alles gut.«

Martin lächelt verlegen.

Sie stellen die leer getrunkenen Gläser auf den Tisch. Isak und Martin verabschieden sich ins Bett. Katja will gerade in den Salon hinübergehen, da fällt ihr Blick auf das Dienstbotenzimmer. Langsam drückt sie die Klinke herunter und linst hinein. Auf dem Nachttisch steht eine Weinflasche, nicht entkorkt. Katja geht ums Bett herum, um das Licht auszuknipsen, da bemerkt sie auf dem Boden ein zusammengeknülltes Papier. Sie beugt sich hinunter und hebt es auf. Dann streicht sie es glatt und fängt an zu lesen. Es ist ein deutscher Zeitungsartikel. »Baby gestohlen«, lautet die Überschrift. Baby gestohlen? Katja nimmt den Ausschnitt mit und klopft an Isaks und Martins Zimmertüren. Isak kommt in kariertem Flanellschlafanzug auf den Flur, Martin trägt nur Boxershorts.

»Das lag in ihrem Zimmer auf dem Boden.«

Martin überfliegt den Artikel rasch.

»Bring ihn zurück«, sagt er. »Ich glaube, das geht uns nichts an.«

»Das finde ich auch«, meint Isak. »Sophie wird es uns schon erzählen, wenn sie es möchte.«

Katja nickt. »Merkwürdig ist es schon …«

»Vergiss es einfach«, sagt Martin und geht zum Sofa.

Isak schließt die Zimmertür. Katja bringt den Zeitungsausschnitt zurück in Sophies Zimmer, löscht das Licht, geht zurück in ihr Zimmer und legt sich ins Bett. Bevor sie einschläft, schickt sie Love ein grünes Herz, ein blaues an Cedrik und ein rotes an Jesper. Zum ersten Mal, seit sie im Strandhotel Meeresbrise wohnt, verspürt sie so was wie Heimweh.

Sophie schlägt die Augen auf. Das Erste, was sie sieht, ist ein Mann im weißen Kittel. Er lächelt und begrüßt sie zurück im Leben. Vom grellen Licht tränen ihr die Augen, und ihr Hals brennt. Der Mann fasst ihr an den Arm. »Sie hatten einen Autounfall und sind operiert worden. Die Operation war erfolgreich.«

Sophie versucht sich aufzusetzen, doch der Mann hält sie vorsichtig, aber bestimmt davon ab. »Sie haben Schmerzmittel bekommen und müssen sich ausruhen. Die Schwester wird Sie in Ihr Zimmer bringen.«

Sophie versteht überhaupt nicht, wovon er spricht. Warum ist sie nicht zu Hause im Strandhotel Meeresbrise? Von welchem Unfall redet er eigentlich? Sie hält den Arzt am Ärmel fest.

»War ich allein im Auto?«

Ihre Stimme klingt fremd.

»Ich kenne keine Details. Fragen Sie bitte den Stationsarzt.«

Sophie schließt die Augen, versucht sich zu erinnern, doch in ihrem Kopf geht alles durcheinander. Die Sätze reißen mittendrin ab, scheinen zusammenhangslos. Sie spürt die Erschütterungen, als eine Schwester ihr Bett durch die Flure rollt und in einen Aufzug schiebt. Als sie im Zimmer angekommen sind, wird Sophie ans EKG angeschlossen. Die Krankenschwester stellt ihr ein Glas Wasser und einen Spucknapf neben das Bett auf den Tisch und zeigt ihr den Alarmknopf.

»Der Arzt wird demnächst kommen und mit Ihnen reden. Melden Sie sich, wenn Sie etwas brauchen oder Ihnen schlecht wird. Das passiert mitunter, wenn man so lange sediert war.«

Ein paar Minuten später betritt ein Mann mittleren Alters den Raum. Gegen den großen, braun gebrannten Arzt fühlt Sophie sich mickrig und klein, aber sie ist erleichtert, dass er einen vertrauenswürdigen Eindruck macht.

»Sie hatten einen Autounfall. Außer Ihnen war niemand im Wagen, und es ist auch kein anderer zu Schaden gekommen.«

Sophie kneift die Augen zusammen, aber kann nicht verhindern, dass die Tränen fließen.

Der Arzt blättert die Unterlagen durch, die er in der Hand hält.

»Wir konnten keine Angehörigen finden, die wir hätten verständigen können. Gibt es jemanden, den wir anrufen sollen? Ihre Freunde waren hier, und sie können auch wieder zu Besuch kommen, wenn es Ihnen nicht zu anstrengend ist.«

»Ich habe keine Familie, aber meine Freunde können gern kommen, vielleicht ein bisschen später.«

Der Arzt nickt und verlässt das Krankenzimmer. Sophie weint leise und spürt die Übelkeit im Magen. Wie konnte sie nur hier landen?

Am Nachmittag klopft es vorsichtig an der Tür, und Katja, Isak und Martin treten ein. Katja ist als Erste bei Sophie am Bett und streichelt ihr über den Arm.

»Du musst nicht sprechen. Der Arzt sagt, dass du dich keinesfalls anstrengen darfst«, sagt sie.

Isak geht ums Bett herum. Sophie beobachtet ihn, ohne den Kopf zu drehen.

»Gott sei Dank werden all deine Verletzungen wieder heilen. Jetzt brauchst du viel Ruhe und wirst dich langsam wieder erholen«, erklärt er.

Sophies Nicken ist eine winzige Kopfbewegung.

»Tut dir etwas weh?«

»Nein. Aber mir ist so schwindelig.«

»Du hast eine Menge Schmerzmittel bekommen«, sagt Katja.

Sie sitzen still da. Sophie dreht den Kopf langsam dorthin, wo Martin sitzt. Er schaut betreten zu Boden. Das einzige Geräusch ist das Pumpen ihres Pulses. Immer wieder schlummert Sophie ein und wacht auf. Nach einigen Stunden beugt Katja sich vor und sagt zu Sophie:

»Ruh dich aus, wir kommen morgen wieder zu Besuch.«

Sophie nickt leicht.

»Geht ruhig«, sagt Martin zu Isak und Katja. »Ich bleibe noch ein bisschen.«

»Aber … sollen wir dich dann abholen?«

»Nein, ich nehme mir ein Taxi. Kein Problem.«

Als sie wieder allein sind, setzt sich Martin an die Bettkante und nimmt vorsichtig Sophies Hand, noch immer ohne ein Wort. Sophie schaut ihn an, dann werden ihr die Augenlider wieder schwer, und sie fällt erneut in den Schlaf.

In regelmäßigen Abständen erscheinen Krankenschwestern im Zimmer, lesen die Werte auf den Apparaten ab und machen Notizen. Sie unterhalten sich leise mit Martin und bringen ihm einen Kaffee und ein Brötchen mit. Drei Stunden später wacht Sophie wieder auf.

»Du bist noch da?«, flüstert sie.

»Ja, klar. Du hast uns Angst eingejagt …«

»Tut mir leid«, sagt sie heiser, und eine Träne kullert hinab auf ihr Kopfkissen. Mit dem Ärmel wischt sie sich die Wange trocken.

»Du musst nicht weinen«, sagt er. »Alles wird gut.«

Sophie zwinkert schnell. Ihr Herzrhythmus wird schneller. Besorgt wirft Martin einen Blick auf den Monitor.

»Grüble nicht so viel. Wir werden für alles eine Lösung finden – gemeinsam.«

Sophies Puls normalisiert sich wieder. Ihr Zwinkern verlangsamt sich.

»Schlaf einfach«, flüstert er ihr zu. »Ich bin da.«

Sie schließt die Augen und lässt sich wieder in den Schlaf fallen.

Martin hat das Gefühl, mehrere Tage fort gewesen zu sein, als er auf dem Kiesweg auf Sophies Haus zugeht. Katja und Isak, die in der Bibliothek gewartet haben, stürmen ihm im Flur gleich entgegen.

»Wie geht es ihr?«

»Ganz gut. Sie schläft viel.«

Katja atmet auf. »Wir haben uns solche Sorgen gemacht, weil du gar nicht nach Hause kamst.«

»Entschuldigt, ich hätte mich melden sollen. Ich habe die Zeit völlig vergessen.«

»Es ist noch Essen übrig, das kannst du dir warm machen«, sagt Katja.

»Ist es okay, wenn ihr morgen Vormittag ohne mich mit der Arbeit beginnt? Ich möchte gern rechtzeitig zur Visite wieder da sein«, sagt Martin.

»Absolut«, erwidert Isak. »Ich fühle mich in Krankenhäusern nicht besonders wohl.«

Martin geht in die Küche und wärmt sich das Essen auf. Aber bevor er isst, holt er sich den Artikel aus dem Dienstbotenzimmer, den Katja wieder zurückgelegt hat. Während des Essens übersetzt er ihn mithilfe von Google Translator und versteht, dass ein zwei Wochen altes Baby vor einer Kneipe in Berlin gekidnappt worden ist. Der erste Gedanke, der ihm kommt, ist, dass es Sophies Kind gewesen ist. Dann fällt ihm auf, dass der Zeitungsbericht schon 39 Jahre alt ist. So alt wie Sophie. Er sucht im Internet und findet mehrere Berichte über den Vorfall. Er liest, dass gegen die Mutter Anzeige wegen Mordverdachts erstattet wurde, doch das Verfahren aus Mangel an Beweisen eingestellt wurde. Zehn Jahre nach dem Verschwinden des Mädchens hat die Mutter noch einmal ein ausführliches Interview gegeben. Zu der Zeit war sie wieder neu verheiratet und Mutter zweier Kinder, doch erzählte, dass kein Tag vergehe, an dem sie nicht an ihre Tochter denken müsse. Martin legt sein Smartphone zur Seite und schiebt sich eine Portion Snus in den Mund. Hat diese Geschichte überhaupt etwas mit Sophie oder jemandem, den sie kennt, zu tun, oder lag er einfach nur zufällig auf dem Boden in ihrem Zimmer, als sie den Unfall hatte?

Martin spült seinen Teller ab und geht schlafen. Aus Isaks und Katjas Zimmern dringt kein Laut mehr. Er starrt an die Decke und sieht Amanda vor seinem inneren Auge. Ihre reinen, schönen Gesichtszüge, die dunklen Augen und das weiche Haar, das sich so schnell statisch auflud und dann wie ein Heiligenschein ihren Kopf umgab. Ein Lächeln geht über ihr Gesicht. Dann dreht sie sich um und rennt hinter Elin her, die sich weiter hinten im Nebel versteckt. Elin, im Ballettrock und mit Zöpfen. Beide bleiben stehen und winken ihm zu. Er lächelt matt und winkt zurück.

# Kapitel 22

Sophie bemerkt, dass sich der Gesichtsausdruck der Krankenschwestern verändert, wenn Martin das Zimmer betritt. Er hängt die Jacke über den Stuhl und sagt, dass sie heute schon viel gesünder aussehe.

»Die Schwestern haben gemeint, dass mein Freund sich jetzt bestimmt auf den Weg macht«, sagt sie. »Ich dachte, ich bin auf den Kopf gefallen und habe mein Gedächtnis verloren, bis ich begriffen habe, dass sie von dir sprechen.«

»Was ist das denn für ein Tonfall, willst du damit sagen, ich sei nicht Boyfriend-tauglich?«, fragt er und verzieht beleidigt das Gesicht.

»Doch, viele Schwestern scheinen es genau so zu sehen. Ganz erstaunlich, wie viele auf diesen Pony, der dir in die Augen hängt, und die Tattoos stehen.«

Er muss lachen und setzt sich neben ihr Bett. Sophie sieht ihn an.

»Danke, dass du gestern so lange geblieben bist. Das ist dir sicher schwergefallen, wenn man bedenkt, was du schon alles …« Ihre Stimme versagt.

»Ich brauche ein gutes Ende«, erklärt er.

»Dann wirst du gesund, wenn ich gesund werde?«, fragt Sophie.

»So ungefähr.«

»Das klingt gut«, sagt sie und schließt die Augen.

Nach wenigen Minuten bereits ist sie wieder eingeschlafen. Als sie aufwacht, sitzt Martin vornübergebeugt und hat das Gesicht in den Händen vergraben. Er zuckt zusammen, als sie ganz vorsichtig seinen Arm berührt.

»Solltest du nicht lieber nach Hause fahren? Du bist ganz bleich.«

Gerade als er antworten will, betreten Ärzte und Schwestern das Krankenzimmer zur Visite. Martin zieht sich zurück. Der Arzt erklärt, dass Sophie auf dem Weg der Besserung sei und ihr jetzt Ruhe und schmerzstillende Medikamente helfen, gesund zu werden. Sophie sieht Martin an. Als die Visite vorbei ist, zieht er den Stuhl wieder zu ihr ans Bett.

»Ich hoffe, dass ich bald nach Hause darf«, sagt sie. »In ein altes Kurhotel, in dem man schnell gesund wird.«

Der Weinkrampf überkommt sie so plötzlich, dass sie es selbst nicht versteht. Sie kann nichts dagegen tun, sosehr sie es auch versucht. Sie spürt, wie ihr Gesicht sich verzieht, wie ihr Körper bebt. Sie will sich bei Martin entschuldigen, erklären, dass das bestimmt an den Medikamenten liegt, aber sie bringt kein Wort heraus. Plötzlich nimmt sie wahr, dass er aufsteht und zu ihr ins Bett kommt. Er legt sich neben sie und nimmt sie in die Arme, bis sie aufhört zu zittern.

»Denkst du an den Zeitungsartikel, der neben deinem Bett lag?«, fragt er sie leise.

»Ella behauptet, das Baby bin ich.«

Vorsichtig streicht er ihr über die Wange.

»Darüber solltest du jetzt nicht nachdenken. Erst musst du gesund werden. Danach kannst du dich damit auseinandersetzen.«

Sie schnieft. Was im Artikel stand, war kaum zu fassen. Aber nicht nur das war der Grund für ihren Schmerz. Vielmehr waren es die Worte, die nie ausgesprochen wurden. Dieses Schweigen, aus dem nach vielen Jahren eine Entschuldigung entstand, als alles schon zu spät war. Sie wünschte, sie hätte den Umschlag zerrissen, anstatt ihn zu öffnen.

Sophie macht die Erfahrung, wie leicht man im Krankenhaus die Vorstellung von Zeit verliert. Den ganzen Tag lang dämmert man vor sich hin, was zur Folge hat, dass man nie so richtig müde ist, aber ebenso auch nie richtig wach.

Der Wetterbericht im Fernsehen zeigt viel Sonne im Süden, aber Sophie befindet sich in einer Art Blase, völlig abgeschirmt vom Sommer und dem Leben draußen vor dem Krankenhaus. In den vergangenen Tagen hat sich eine gewisse Rastlosigkeit breitgemacht. Je besser es ihr geht, desto schlimmer findet sie es, dort zu liegen. Sie weiß nicht, was sie ohne Martin gemacht hätte. Er besucht sie zweimal täglich, morgens und abends. Bei dem Gedanken muss sie lächeln, und sie drückt auf den Knopf, der die Rückenlehne in die Sitzposition hochfährt. Nach der Visite am Morgen hatte Martin ihr Bilder auf dem Handy gezeigt: die frisch gestrichenen Schlafzimmer und die neuen Fugen im Bad. Seit ihrem Zusammenbruch haben sie den Artikel nicht mehr erwähnt. So waren sie gestrickt, Martin und sie. Sie war dankbar dafür, dass er das verstand.

Sie schlägt das Betttuch über die gelbe Decke und legt die Hände darauf. Auf dem Nachttisch ist die Zeitung, die Martin ihr mitgebracht hat. Als sie sich danach ausstreckt, entdeckt sie ihr Portemonnaie. Sie nimmt es in die Hand und zupft den kleinen Zettel mit Caritas Telefonnummer heraus. Erst zögert sie noch, doch schließlich wählt sie Caritas Nummer. Nach drei Klingeltönen geht ihre Freundin ran.

»Sophie«, ruft sie hocherfreut.

»Hallo …«

»Wie geht's dir?«

»Geht so«, antwortet Sophie.

Carina verstummt. »Warum nur ›geht so‹?«

»Ich liege im Krankenhaus. Es geht mir schon viel besser, also keine Sorge, aber langsam habe ich keine Lust mehr und kann bald keine Krankenhauskittel mehr sehen.«

Sie hatte Martin nicht bitten wollen, in ihrem Schrank zu suchen, um ihr Kleider mitzubringen.

»Aber warum bist du denn im Krankenhaus?«

»Ich hatte einen Autounfall …«

»Aber das war hoffentlich nicht der, über den in der Zeitung berichtet wurde?«, fragt Carita, und ihre Stimme überschlägt sich.

»Kann schon sein. Ich habe die Zeitung nicht gelesen.«

»Ich komme sofort!«, sagt Carita, und schon hat sie aufgelegt.

Sophie ruft sie noch einmal an.

»Hast du ein paar Klamotten für mich? Und vielleicht einen Concealer … ich sehe so käsig aus.«

»Ja, klar«, antwortet Carita.

Eine Stunde später steht sie mit zwei heliumgefüllten, herzförmigen Luftballons und einer Tüte voller Klamotten, Cremes, Kosmetik und Shampoo in der Tür.

»Du bist ein Schatz«, sagt Sophie, als sie einen Blick in die Tüte wirft.

Carita zieht sich den Stuhl ans Bett und setzt sich ganz dicht zu Sophie.

»Wie geht's dir?«

»Schon viel, viel besser als noch vor ein paar Tagen.«

»Aber wie ist das denn überhaupt passiert? Du fährst doch immer ganz vorsichtig.«

Sophie lässt sich in die Kissen zurückfallen und seufzt.

»Stand in der Zeitung, ich hätte nicht aufgepasst?«

»So in der Art.«

»Was würdest du sagen, wenn ich dir erzähle, dass Mona gar nicht meine richtige Mutter war?«

»Ich würde sagen, oh, wie krass, aber trotzdem noch lange kein Grund, sich totzufahren.«

Sophie grinst über Caritas ehrliche Antwort. Das mochte sie schon früher an ihr.

»Und was würdest du sagen, wenn du erfährst, dass sie mich in Deutschland gestohlen hat, als ich zwei Wochen alt war?«

»Dann würde ich antworten, jetzt kann ich verstehen, dass du in einem Ausnahmezustand warst und die Kontrolle über dein Fahrzeug verloren hast.«

Sophie zupft wieder am Betttuch. Carita nimmt langsam die Hände vor den Mund.

»Nein … du willst doch nicht sagen … das kann doch wohl nicht wahr sein …«, flüstert sie.

Sophie zuckt mit den Schultern. »Meine Nachbarin Ella behauptet, dass das die Wahrheit ist.«

»Hat Mona es ihr erzählt?«

»In etwa. Es ist ein bisschen kompliziert.«

»Und der Nachbarin kannst du vertrauen?«

»Sie hat mehr im Kopf, als man denkt«, grinst Sophie.

Carita lässt die Schultern sinken. »Das ist ja völlig verrückt.«

»Aber es würde so einiges erklären …«

Sophie schließt die Augen. Nach einer Weile schlägt sie sie wieder auf. »Kannst du mir beim Anziehen und Schminken ein bisschen helfen?«

»Natürlich.«

Eine Stunde später sitzt Sophie wieder im Bett, aber diesmal in einem dunkelblauen Baumwollshirt und einer schwarzen Strumpfhose. Ihre Haare hat sie zu einem Pferdeschwanz zusammengebunden und ihren geröteten Teint mit Creme abgedeckt. Sie seufzt leicht. »Das hat gutgetan, danke.«

Plötzlich geht die Tür auf, und Martin kommt herein.

»Oh, ich wusste nicht, dass du Besuch hast«, sagt er. Sein Blick fällt auf die Ballons.

Carita steht auf. »Ich wollte sowieso gerade gehen.« Sie hält ihm zur Begrüßung die Hand hin. »Carita. Ich bin eine alte Freundin von Sophie.«

»Martin, ein neuer Freund.«

Er streicht sich den dunklen Pony aus den Augen und lächelt, und mit einem Mal versteht Sophie, warum er auf die Schwestern so einen Eindruck macht, wenn er zu Besuch kommt. Carita lächelt zurück und streift sich die Jeansjacke über. Hinter seinem Rücken hebt sie den Daumen hoch, sodass Sophie den Kopf schüttelt und ein Lachen unterdrücken muss.

»Ich melde mich«, sagt Carita und geht.

»Wie läuft es zu Hause?«, fragt Sophie.

»Es geht voran. Und hier ja offenbar auch«, sagt Martin und tippt auf ihr dunkelblaues Shirt. Dann setzt er sich neben ihr Bett. So nah, dass sie rot wird. Ihr ist bewusst, dass sie sich nach ihm gesehnt hat.

»Als ich hier gestern weggefahren bin, bin ich nicht direkt ins Haus gefahren.« Er legt eine kurze Pause ein, dann fährt er fort: »Ich bin auf den Friedhof gefahren, zu Amandas und Elins Grab. Seit der Beerdigung bin ich nicht dort gewesen, und daran kann ich mich überhaupt nicht mehr erinnern. Ich weiß nur noch, dass ich dachte, ich bin im falschen Film. Die Zeremonie war traurig und finster, obwohl Amanda und Elin die strahlendsten, fröhlichsten und lebensfrohesten Menschen waren, die man sich vorstellen kann. Ich wünschte, ich hätte die Kraft gehabt, ihnen eine schöne Beerdigung zu organisieren, aber damals konnte ich keinen klaren Gedanken fassen.«

Sophie ergreift seine Hände. Sie sind warm und trocken und haben Schwielen von den Werkzeugen. Martin blinzelt.

»Wie auch immer, nachdem ich eine Blume aufs Grab gelegt habe, bin ich auch zu Amandas Eltern gefahren. Sie haben mich jedes Jahr zu den Geburtstagen und zu Weihnachten zu sich eingeladen, doch ich habe immer abgelehnt. Jetzt schienen sie richtig erleichtert, mich zu sehen«, erzählt er.

»Erleichtert, weil du auf dem Friedhof gewesen bist?«

»Erleichtert, weil ich wieder wie ein Mensch aussah. Weil ich lebte, nicht nur überlebte. Bevor ich ging, sagte Amandas Mutter zu mir: Ein Leben, das vorüber ist, kann eine schöne Erinnerung sein, aber ein Leben, das nicht gelebt wird, ist nur eine offene Wunde.«

»Schöne Worte und vermutlich auch wahr«, sagt Sophie.

Er lässt ihre Hände los und kippelt mit dem Stuhl.

»Das sieht lebensgefährlich aus«, sagt sie und presst die Lippen aufeinander.

Mit einem Krachen lässt er die Stuhlbeine wieder auf den Boden.

»Machst du dir etwa Sorgen um mich?«, fragt er grinsend. »Nur dass du es weißt: Ich hab mir um dich auch Sorgen gemacht. Und es hat sich sogar ganz gut angefühlt, mal wieder an jemand anderen zu denken.«

Und weil das mit einem Mal so feierlich klingt, zuckt er mit den Schultern und steht auf. Sie sucht Blickkontakt zu ihm. Doch sein Blick ist so vielsagend, dass ihr ganz flau wird. Da macht er einen Schritt auf sie zu und lässt seine Lippen ganz leicht ihre Wange berühren, sie spürt es kaum. Sie legt eine Hand auf die Wange und hält sie dort noch, als er den Raum schon verlassen hat. Ganz ergriffen von der Wärme, die sich in ihrem ganzen Körper verteilt.

*Ellas Tagebuch, 11. August*

*Seit Sophies Unfall bin ich nicht mehr im Garten gewesen. Jetzt ist alles gesagt. Vielleicht war es nicht verkehrt, es zu erzählen, aber es war ganz sicher die falsche Methode. Wenn man so etwas erfährt, dann muss man jemanden bei sich haben, der einen auffängt, wenn man fällt. So hatte Isak es formuliert, als er hier war. Er ist sehr klug. Viel klüger als ich. Gott sei Dank wird Sophie wieder vollkommen gesund werden.*

*Ich weiß nicht, was ich tun soll. Wie kann man für so etwas um Verzeihung bitten? Mit ein paar lumpigen Worten. Ich denke, es ist am besten, Sophie in Frieden zu lassen. Sich von diesem Ort zu verabschieden und sie das tun zu lassen, wofür sie hierhergekommen ist – das Strandhotel Meeresbrise zu verkaufen. Vielleicht ist es an der Zeit für ein neues Kapitel. Eine Geschichte ohne Sophie und mich. Aber ich kann nichts dagegen ausrichten, dass mich allein der Gedanke wie ein Dornenbusch ins Herz sticht.*

*Gerade hat mein Bruder angerufen. Er hat ein kleines Haus aufgetrieben, das zwanzig Minuten von ihm entfernt vermietet werden soll. Er hat gefragt, ob ich interessiert sei. Ich habe Ja geantwortet, wenn man dort einen Sonnenblumengarten anlegen kann. Er will sich erkundigen und mir Bescheid geben.*

# Kapitel 23

Sophie hockt auf der Bettkante. Nach zwölf Tagen darf sie endlich nach Hause. Sie ist noch einen Monat krankgeschrieben und hat die Unterlagen gerade an Herman gemailt. Ihre Tasche steht da schon gepackt, während Bernt mit einer Krankenschwester noch die letzten Details bespricht. Sie kann sich noch immer schlecht vornüberbeugen, aber der Arzt hat gesagt, dass der Heilungsprozess erstaunlich gut verlaufen sei.

Bernt hilft ihr, die Turnschuhe zuzubinden. Sie verabschieden sich von den Schwestern und Ärzten und gehen eingehakt zum Aufzug, verlassen das Krankenhaus und treten den Weg zum Parkplatz an.

»Endlich«, seufzt Sophie und atmet tief ein.

»Alles gut?«, fragt Bernt, als sie langsam auf seinen Wagen zugehen.

»Bin ein bisschen wacklig, aber sonst ist alles gut.«

Bosse trottet im selben Takt neben ihr her.

»Darf ich Bosse für ein paar Tage ausleihen? Als Reha-Maßnahme?«

»Schaffst du das denn?«, fragt Bernt verwundert.

»Es wäre vielleicht nicht schlecht, bei meinen Spaziergängen Gesellschaft zu haben, und Katja ist ja auch noch da.«

Bernt schaut Bosse an. »Willst du mal eine Weile ein Therapiehund sein?«

Daraufhin kläfft der Hund durchdringend, sodass beide lachen müssen. Bernt hilft Sophie beim Einsteigen.

Schweigend fahren sie los. Sophie lehnt sich zurück und schließt die Augen. Die Anstrengung macht sie müde. Als sie angekommen sind, trägt Bernt ihr die Tasche zum Haus.

»Du weißt, dass du mich zu jeder Tages- und Nachtzeit anrufen kannst.«

Sophie nickt. »Danke Bernt. Ich weiß.«

»Pass auf dich auf«, sagt er.

»Mach ich.«

Isak öffnet die Tür. Katja steht hinter ihm und klatscht freudig in die Hände.

»Lieferung eines Hausbesitzers«, sagt Bernt und drückt Sophie vorsichtig zum Abschied. Dann geht er zum Wagen zurück.

Sophies Blick bleibt an der frisch gestrichenen Treppe hängen. Rokokoblau. Wie eine Welle überspült es das Strandhotel Meeresbrise. Sophie bringt keinen Ton heraus. Sie spürt einen dicken Kloß im Hals und schluckt. Martin legt den Arm um sie und zieht sie an sich. »Endlich«, sagt er und lächelt zufrieden.

»Endlich was?«, fragt Sophie und versucht diskret, sich ein Tränchen aus dem Augenwinkel zu wischen.

»Endlich gelingt es mir einfachem Bauarbeiter, dein kaltes Großstadtherz zu berühren.«

Katja rümpft die Nase über seinen Kommentar und führt Sophie weiter in die Küche.

»Riechst du das?«, fragt sie.

Sophie holt tief Luft. »Bodenständiges, selbst gekochtes Essen?«

»Ich hab mir gedacht, du hast den Krankenhausfraß bestimmt satt!«

»Machst du Witze? Wenn ich noch eine graugrüne Dosenerbse und Fertigkartoffelbrei sehe, sterbe ich.«

Und dann blickt Sophie sich erst richtig in der Küche um, als sähe sie den Raum zum allerersten Mal. Sie streicht sanft über den Küchentisch und lässt sich auf einem Stuhl nieder. Isak, Katja und Martin stehen wortlos da und sehen sie an.

»Als ich vor ein paar Monaten hierherkam, lag ein kleiner, von Hand geschriebener Zettel auf dem Tisch von meiner Mutter. VERZEIH hatte sie darauf geschrieben. Mehr nicht.« Sophie sieht auf. »Es könnte sein, dass sich das auf den Zeitungsartikel bezieht, den ihr wohl alle gesehen habt.«

»Wenn das stimmt, ist es echt unglaublich«, flüstert Katja.

»Es wäre auch die Antwort auf ganz viele Fragen«, meint Sophie. »Das zu wissen, kann eine Erleichterung sein.«

Katja nimmt sie fest in die Arme, sie hat Tränen in den Augen. »Essen kann vielleicht nicht heilen, aber ich bin fest überzeugt, dass es ein gebrochenes Herz wieder kitten kann«, sagt sie und stellt die Auflaufform in die Mitte der Tischplatte. Sophie lächelt dankbar. Isak schenkt Wein aus und hebt sein Glas zu einem Toast. Sophie sieht allen in die Augen, zuletzt Martin, während sie ihr Glas leert. Die Unterhaltung beginnt zaghaft, wird bald aber ausgelassener, sie lachen und erzählen sich alte Geschichten. Immer wieder prosten sie einander zu. Katja erzählt, dass die Farbe, die sie für ein Schlafzimmer besorgt hatten, ein so sonderbarer Farbton war, dass Isak jedes Mal schlecht wurde, wenn er daran vorbeilief. »Es führte kein Weg dran vorbei, wir mussten die Wand neu streichen«, erklärt Katja und wischt ihre Lachtränen mit der Serviette weg.

Als sie fertig sind, lehnen sie sich zufrieden und satt auf den Stühlen zurück. Sophie lässt ihren Blick über den Garten schweifen. Das Waldgeißblatt blüht am Spalier. Rot und cremefarben.

»Heute musst du nicht abwaschen«, sagt Katja und springt auf.

»Ich mache den Abwasch«, sagt Martin rasch. »Dann kann Sophie abtrocknen.«

Katja will gerade widersprechen, da sieht Isak sie eindringlich an. »Okay«, sagt sie und verlässt mit Isak die Küche.

Als die Tür ins Schloss gefallen ist, lässt Martin Wasser ins Spülbecken laufen. Sophie greift zum Geschirrtuch.

»Du musst nicht abtrocknen, das habe ich nur gesagt, um mit dir allein zu sein«, erklärt er und spritzt Spülmittel ins Wasser.

»Verstehe«, erwidert Sophie. »Aber ich kann gern abtrocknen.«

Er schrubbt mit der Spülbürste über den ersten Teller, spült ihn unter fließendem Wasser ab und reicht ihn ihr.

»Ich weiß, dass es etwas verrückt klingt, aber langsam glaube ich, dass ich dich mögen könnte«, meint er und nimmt sich den zweiten Teller vor.

»Das wäre ganz schön kompliziert«, antwortet Sophie und sieht stur auf den Teller in ihrer Hand.

»Und vielleicht auch ganz schön schön?«, fragt er.

Sie schlägt mit dem Geschirrtuch nach ihm, damit er den Mund hält. Er muss lachen und duckt sich. Sie belassen es dabei, doch Sophie geht der Gedanke daran nicht aus dem Kopf. Sie fragt sich, wer sie wohl geworden wäre, wenn sie sich erlaubt hätte, sich auch in ihn zu verlieben?

Katja ruft, sie mögen in die Bibliothek kommen, wenn sie mit dem Abwasch fertig sind. Sie beeilen sich und gehen hinüber. Isak hat vier Gläser Cognac eingeschenkt, und Katja greift nach einer Tüte.

»Ich weiß, das, was jetzt kommt, ist unglaublich kitschig. Ihr werdet sagen, ich habe eine Meise. Besonders du, Sophie«, sagt sie und hat leuchtende Wangen. »Aber ich konnte es mir nicht verkneifen.«

Sie holt vier T-Shirts heraus, jedes in einer anderen Farbe.

»Ich fand, wir sollten eine Arbeitskleidung haben«, sagt sie und wird noch röter im Gesicht.

Auf der Brustseite steht »Team Meeresbrise« und auf der Rückseite »where the magic begins«.

Isak betrachtet sein Shirt von allen Seiten und lächelt begeistert. Sophie weiß gar nicht, was sie sagen soll. Das ist ein unglaublich lächerliches Shirt, gleichzeitig ist es so typisch für Katja, sich so was auszudenken, dass sie gar nicht anders kann, als es doch irgendwie zu mögen. Sie zieht es sich über den Kopf.

»Steht dir super«, sagt Katja leise. Sophie grinst. Ihr gefällt es.

»Es sitzt perfekt«, sagt Martin und dreht sich hin und her.

»Wie gut, dass noch ein bisschen Arbeit übrig ist, jetzt, wo wir ein richtiges Outfit haben«, sagt Sophie. »Sind die Zimmer oben eigentlich schon alle fertig?«

»Ja, das ganze Obergeschoss«, antwortet Katja. »Es ist megaschön geworden. Hell und freundlich.«

»Ich werde es mir gleich ansehen«, sagt Sophie. »Und was kommt als Nächstes dran?«

»Unterbrich mich, wenn du mich jetzt völlig durchgeknallt findest, aber ich würde sagen, das Dienstbotenzimmer sollte ein Traum in Rosa werden, ein zusätzliches Schlafzimmer mit Rosentapeten und weißen Möbeln«, schlägt Katja vor.

»Findet ihr das auch?« Sophie sieht Martin und Isak an.

»Die Idee ist nicht schlecht«, meint Isak. Martin nickt.

»Wie lange wird es dauern, eine Woche vielleicht?«, fragt Sophie.

Martin nickt wieder.

»Okay«, sagt sie. »Wenn ihr noch Energie und Zeit übrig habt, dann renovieren wir auch das Dienstbotenzimmer.«

»Eine Sache hab ich noch«, meint Katja.

»Okay, hoffentlich nicht das Haus von außen auch noch streichen?«, fragt Sophie.

Sie lacht. »Nein, ich dachte an dieses Fest.«

»Welches Fest?«

»Ein Fest im Salon. Um das Haus zu feiern. Ein Fest mit dem Motto ›Zwanzigerjahre‹ wäre doch toll.«

Sophie rutscht unbehaglich auf ihrem Stuhl hin und her.

»Natürlich nur, wenn es dir nicht zu viel wird …«, sagt Katja.

Sophie will gerade Nein sagen, als Isak verträumt in seinen Cognacschwenker sieht. »Gatsby … ein richtig eleganter Smoking, Champagner in edlen Gläsern, Duke Ellingtons Jazz auf dem Grammofon.« Dann lächelt er fast geniert über seine Fantasien.

Sophie kneift die Augen zu. Wenn Isak sein Leben lang

mit seiner Mutter zusammengewohnt hat, war er bestimmt kein Partyhengst. Aber das Zwanzigerjahre-Motto passt perfekt zu ihm.

»Okay«, sagt sie, ohne wirklich überzeugt zu sein. »Das machen wir.«

»Wirklich?«, fragt Katja.

»Ja, jetzt fang nicht an, meine Entscheidung zu diskutieren, sonst überlege ich es mir wieder anders.«

Sie stoßen an, und Sophie lässt sich von Martin zum Dienstbotenzimmer helfen. Er zieht ihr die Jeans und die Strümpfe aus. Das Team-Meeresbrise-Shirt behält sie an und schlüpft so unter die Bettdecke.

»Gute Nacht«, sagt er, wartet noch kurz, doch dann dreht er ihr den Rücken zu und verlässt das Zimmer.

Sophie schließt die Augen und schwört sich, nicht mehr über diesen Artikel oder über Ellas Zettel nachzugrübeln oder mit dem Gedanken zu spielen, lange To-do-Listen zu erstellen. Sie will jetzt einfach nur die verbleibende Zeit im Haus genießen, die Zeit mit Katja, Isak … und Martin.

# Kapitel 24

Die nächsten Tage verbringt Sophie damit, kurze Spaziergänge mit Bosse zu machen und im Garten die verwelkten Blüten abzuzupfen. Seit dem Unfall hat Ella sich nicht mehr blicken lassen – und das ist augenfällig.

Isak schleift im Garten die Möbel aus dem Dienstbotenzimmer ab und streicht sie. Wenn er mit seinem Tageswerk fertig ist, widmet er sich den Einladungskarten für ihr Fest, die er wie Unikate einzeln bemalt. Ella bekommt eine besonders schöne. Kaum sind sie getrocknet, verteilt Katja sie gleich an die Gäste.

»Hast du noch Zeit für einen Ausflug?«, fragt Martin.

Sophie kneift die Augen zusammen. »Wohin?«

»Überraschung.«

»Wenn du mich kennen würdest, wüsstest du, dass ich Überraschungen hasse.«

»Ich weiß, ich kenne Frauen wie dich.«

Sophie schnaubt verärgert. »Ich kenne Männer wie dich auch.«

Martin grinst breit und verschränkt die Arme. »Und wie sind Männer wie ich?«

»Die wissen es immer besser.«

Er lacht. »Stimmt. Ich weiß es besser!«

Sie schüttelt den Kopf und wendet sich ab, damit er ihr Grinsen nicht sehen kann.

»In fünf Minuten geht's los«, ruft er und geht schon zur Tür.

Schnell läuft sie in ihr Zimmer und zieht sich um. Schlüpft in ein cremefarbenes Leinenkleid, steckt die Sonnenbrille in die Haare und sprüht etwas Parfüm hinters Ohr. Dann holt sie tief Luft und kommt wieder heraus. Martin sitzt auf der Treppe und wartet.

»Der erste Stopp ist das Abendessen«, sagt er.

»Ich nehme an, du weißt bereits, wo?«, fragt sie, als sie in Katjas Wagen einsteigen und Martin seinen Rockmusik-Sender einschaltet.

»Oh yes.«

Zehn Minuten später halten sie vor einem roten Holzhaus: Bjäre Fisch & Meeresfrüchte. Gerade als sie die Holzterrasse betreten, steht ein älteres Paar auf und überlässt ihnen ihren Tisch.

»Setz dich, ich hole was zu essen. Wie wär's mit Fischsuppe?«

Sophie nickt. Von hier aus kann sie weit übers Meer und den Pier blicken. Sie sieht die Motorboote, die im Hafen festgemacht sind. Auf der Brücke stehen Kinder mit Keschern in den Händen, und die Badegäste bewegen sich gemütlich in Bademänteln und Flipflops über den Rasen und den Strand. Der Anblick dieser sonnengebräunten Wangen und des meerwassertropfnassen Haares hat etwas Entspannendes.

Sophie schließt die Augen und erinnert sich daran, wie sie sich mit Carita an all den warmen Sommertagen am Strand herumgetrieben hat. Mit dem Fahrrad sind sie zum Havsbad gefahren und haben die schönste Kuhle zwischen den Dünen gesucht. Dann haben sie ihre Frotteehandtücher ausgebreitet und auf jede Ecke einen Stein gelegt, damit der Wind sie nicht fortweht. Und in der Kühltasche hatten sie immer Thunfisch- oder Hähnchensalat dabei.

Die beiden Freundinnen hatten dann so lange gebadet, bis ihre Haut an den Fingerspitzen schrumpelig wurde. In kuscheligen Bademänteln hatten sie sich zusammengekauert, bis ihre Zähne aufhörten zu klappern. Sophie weiß noch, wie sie von Steinen gesprungen sind, sich mit Algen beworfen und versucht haben, Schwarmfische zu fangen. Und dann haben sie sich die Zukunft im Sand geweissagt. Die sonnendurchwärmte, oberste Schicht haben sie weggestrichen und in den feuchten Sand vier kleine Rechtecke mit Namen von Jungs gemalt. Eine von ihnen musste dann still von Kästchen zu Kästchen zählen und die andere musste Stopp rufen. Das Kästchen, auf dem sie dann gerade waren, wurde gestrichen. Und den Jungen, dessen Namen in dem Kästchen stand, das am Ende übrig blieb, würde man schließlich heiraten. Sophie muss grinsen bei dieser Erinnerung.

»Schön, dich lächeln zu sehen«, sagt Martin, als er mit zwei Schüsseln Fischsuppe zurückkommt. Für Sophie hat er außerdem ein Glas Weißwein besorgt und ein alkoholfreies Bier für sich selbst.

»Chardonnay«, sagt er und hält ihr das Glas hin.

»Kennst du dich mit Wein auch so gut aus?«

»Nein, aber meine …« Er stockt und schüttelt den Kopf. »Amanda wusste da gut Bescheid.«

Sophie nickt und nippt an ihrem Glas. »Sehr gut«, sagt sie und lächelt, um die Falte auf seiner Stirn zu vertreiben. »Ich hab plötzlich richtig Lust bekommen zu baden. Mir ist aufgefallen, dass ich den ganzen Sommer lang nicht einmal im Wasser gewesen bin, obwohl es so warm war wie in kaum einem Jahr«, fährt sie fort.

»Ich kann gern deinen persönlichen Assistenten spielen, damit du nicht auf einem algenbewachsenen Stein ausrutschst.«

»Danke, sehr gern. Aber jetzt könnte ich vielleicht einen Tipp bekommen, wohin wir eigentlich fahren?«

Er legt den Löffel hin.

»Katja hat vorgeschlagen, dass wir einen Antikmöbelladen besuchen, der etwas außerhalb von Skepparkroken liegt.«

Sie hebt die Augenbrauen. »Und dann?«

»Dann sollen wir einen Zeitschriftenständer kaufen, den sie für das I-Tüpfelchen im Salon hält. Er sollte aus versilbertem Messing sein und einen Entenkopf und Schwimmfüße haben – so etwas war nach ihren Angaben um die Jahrhundertwende der letzte Schrei. Sie hat das Teil auf der Website des Ladens entdeckt.«

Sie schauen sich an und brechen beide in Lachen aus.

»Und ja, ich weiß, das ist überhaupt nicht dein Stil …«, spricht er weiter.

Sophie muss sich die Lachtränen trocknen und bringt den Satz zu Ende: »… allerdings der des Hauses.«

»Stimmt genau.«

Als sie mit dem Essen fertig sind, fahren sie an der Küste wieder zurück und dann hinaus auf Valhalls Dorfstraße, bis sie auf einen schmalen Kiesweg stoßen. Die Felder rechts und links wiegen sich im Wind, und vor ihnen bauen sich in ländlicher Idylle ein Hauptgebäude mit gelber Holzfassade und ein Schuppen daneben auf. Eine Schiefertafel auf dem Hof weist ihnen den Weg zum Laden.

Martin verschwindet hinter Sesseln, Kommoden und

Tischen, um nach dem Zeitungsständer Ausschau zu halten. Sophie betrachtet Lampen, alte Koffer und kleine Deko-Gegenstände, bevor sie einen Nebenraum betritt, wo ein Grammofon steht und gerahmte Bilder von Jazzmusikern hängen. Sie geht hinüber zur Musikbox, doch schreckt zurück, als sie den Preis sieht. Daneben steht eine Musiktruhe aus den Fünfzigerjahren. Fünfhundert Kronen. Sophie winkt dem Mann zu, der hinter der Kasse steht.

»Funktioniert die noch?«

»Natürlich«, antwortet er und fährt sich über den Spitzbart. »Eine sehr gute Wahl.«

Sophie ruft Martin, um dem Verkäufer zu helfen, das klobige Möbelstück zum Wagen zu tragen.

»Was hast du gekauft? Die größte Musiktruhe der Welt?«

»Die passt doch perfekt in den Salon«, sagt sie und bittet den Verkäufer, gleich noch ein paar Schallplatten dazuzulegen.

»Die ist immerhin retro«, sagt Sophie und wirft Martin, der soeben den Zeitungsständer entdeckt hat, einen ernsten Blick zu.

»Stimmt«, sagt er. »Obwohl sie aus einer anderen Epoche stammt als die Möbel.«

»Kannst du ein Snob sein«, sagt Sophie und wirft den Kopf in den Nacken.

Nachdem sie die Sitze umgeklappt haben, passt die Musiktruhe ins Auto. Auf dem Heimweg kurbelt Sophie die Fensterscheibe hinunter, lehnt den Kopf an die Stütze und schließt die Augen, während der warme Sommerwind ihre Haare zerzaust.

»Habt ihr den Zeitungsständer gefunden?«, fragt Katja, als sie auf die Haustür zukommen.

»Mehr als das«, sagt Martin. »Kannst du mal tragen helfen?«

Gemeinsam schleppen sie die Musiktruhe in den Salon. Katja legt eine Platte auf. Schon nach einer Strophe steckt Isak den Kopf zur Tür hinein. Er hat Wandfarbe an der Wange, und seine Haare sind verstrubbelt. Mit einem Fuß fängt er gleich an, den Takt zu klopfen.

»Darf ich bitten?«, fragt Katja und streckt die Hand zu ihm aus. Er macht einen Diener und folgt ihr.

Martin, der Wein und Oliven geholt hat, setzt sich neben Sophie.

»Tanzen kann ich nicht besonders gut, aber anstoßen«, sagt er und lässt sein Glas an Sophies klirren. Sophie beobachtet Katja. Sie kichert wie ein Teenager, als sie Isak auf die Zehen tritt. Wie hat sich Martin vorhin ausgedrückt? *Ich kenne Frauen wie dich.* Natürlich war das nicht ernst gemeint gewesen, dennoch ... Was glaubt er, welcher Typ Frau sie ist? Zugeknöpft? Anstrengend? Distanziert?

Sie blinzelt Martin zu. »Und, was denkst du, welcher Typ Frau ich bin?«

Sofort bereut sie, dass sie die Frage nicht für sich behalten konnte. Er beugt sich zu ihr und schaut ihr provokant tief in die Augen.

»Ich glaube, du bist zielorientiert, stur, selbstsicher, stark, manchmal anstrengend und manchmal wirklich wunderbar.«

Sophie strengt sich an, Isak und Katja anzusehen.

»Du möchtest nur, dass ich dich mag«, sagt er grinsend und faltet zufrieden die Hände hinter dem Kopf.

»Nein. Es ist mir völlig egal, was du von mir hältst, ich war einfach neugierig«, antwortet sie, aber kann an seinem Gesichtsausdruck erkennen, dass er ihr kein Wort glaubt.

Katja lässt sich krachend auf den Stuhl fallen. Ihre Wangen sind leuchtend rot. »Meine Güte, ich hatte total vergessen, wie viel Spaß es macht zu tanzen! Es ist, als ob die Seele schwebt.«

»Der Tanz erreicht unser Bewusstsein auf einer tieferen Ebene, als es Worten möglich ist. Er hat Einfluss auf Immunsystem und Hormonstatus des Körpers«, erklärt Isak.

»Mensch«, sagt Martin. »Das ist für eine Anmache aber keine gute Antwort. Nur dass du es weißt.«

»Man hat über vierzigtausend Jahre alte Musikinstrumente von den Neandertalern gefunden und kann daraus folgern, dass die Menschen immer getanzt haben. Als Quelle der Inspiration und Energie und um ihren Bewusstseinszustand zu verändern«, fährt Isak fort.

»Wow«, sagt Katja. »Was du alles weißt.«

Martin sieht aus, als wolle er etwas erwidern, doch lässt es sein. Isak unterdrückt ein Gähnen. »Morgen ist ein großer Tag. Vielleicht Zeit, ins Bett zu gehen?«

Die anderen stimmen zu, und kurz darauf ist jeder in seinem Zimmer verschwunden. Sophie schläft noch immer auf einem Klappbett in der Bibliothek, um die steile Treppe nicht hochsteigen zu müssen. Es knarrt, als sie sich darauf setzt. Plötzlich klopft es an der Tür.

»Ja?«

»Du hast was von Baden gesagt«, meint Martin, der in Badehose und mit einem Handtuch über der Schulter vor ihr steht.

»Aber das war am Tag. Jetzt ist es nicht mehr so schön.«

»Ach komm schon, beweis mir, dass du nicht der Typ Frau bist, für den ich dich halte.«

»Welcher Typ wäre das?«, fragt sie und spürt, wie sich eine Gänsehaut ausbreitet.

»Eine, die nur mutig innerhalb ihrer Komfortzone ist.«

Schnaubend scheucht sie ihn aus ihrem Zimmer. Dann zieht sie ihre Kleider aus, streift leicht zitternd den mintgrünen Bikini über und schlüpft schnell in den Bademantel.

»Kommst du?«, fragt sie ihn draußen und rauscht mit energischen Schritten an ihm vorbei.

In der kühlen Abendluft fühlt sich das Wasser nur lauwarm an. Sophie hält sich krampfhaft an Martins Arm fest und tapst zickzack über die Steine hinaus ins tiefe Wasser. Sie schielt auf seine Tattoos: ein Büffel, ein Leopard, ein Nashorn, ein Elefant und ein Löwe.

»Die Big Five«, erklärt er.

»Klar«, sagt sie und lächelt. Dann schwimmt sie ein paar Züge und legt sich auf den Rücken. »Oh, wie schön. Warum habe ich das nicht schon viel früher gemacht?«

Ein giftgrüner Algenklumpen landet auf ihrem Bauch. Martin taucht. Sophie lässt sich unter die Wasseroberfläche sinken, doch es ist zu dunkel, sie kann ihn nicht sehen. Sie greift nach einem Büschel Blasentang und zieht daran. Er taucht hinter ihr auf, blitzschnell dreht sie sich um und wirft den Tang auf ihn. Er landet auf seiner Stirn und rutscht ihm quer übers Gesicht. Sie lacht und versucht, vor ihm wegzuschwimmen. Er krault hinter ihr her und bekommt sie an der Taille zu fassen. Als sie versucht, sich zu ihm umzudrehen, lockert er seinen Griff, und sie sehen sich direkt in die Augen. Ganz sanft zieht er sie an sich. Das Lachen verklingt, sie schluckt. Das einzige Geräusch ist das

Plätschern der weichen Wellen, die der Abendwind gegen ihre Körper treibt. Martin presst seine Hand auf ihr Herz. Sie kann spüren, wie ihre schnellen Herzschläge gegen seine Handfläche pochen.

»Schlägt es für mich?«, fragt er sie.

Sie schüttelt den Kopf, aber kann nichts mehr antworten, da hebt seine Hand schon ihr Kinn, und seine Lippen berühren ihren Mund. Salzwasser tropft aus seinem Haar auf ihre Wangen, vielleicht sind es auch Tränen. Sie weiß es nicht. Weiß nicht, ob es seine Tränen sind oder ihre. Sie weiß nur, dass sie noch nie so weiche und gleichzeitig so fordernde Lippen gespürt hat. Und dass sie in dem Moment nur eines will. Eine andere sein. Eine, die sich traut, ihre Komfortzone zu verlassen.

# Kapitel 25

Katja drückt Martin Silberbesteck und Gläser zum Putzen in die Hand, und dann zeigt sie Sophie, wie der Tisch gedeckt werden soll. Beim Mittagessen befestigt sie einen Zettel an der Küchentür, auf dem »Zutritt nur für Küchenpersonal« steht. Mal hört Sophie sie mit den Füßen aufstampfen, mal singt sie lauthals.

Um sechs klopft sie an die Tür der Bibliothek. Sie trägt ein schwarzes Festkleid mit Fransen und ein Stirnband mit Feder. In ihrer Hand ruht eine lange Zigarettenspitze.

»Süß«, sagt Sophie. Sie hat sich ein Secondhandkleid mit Silberpailletten im Zwanzigerjahrestil gekauft und dazu eine Federboa, die leger über ihre Armbeuge fällt.

»Ich wollte nur nachsehen, ob du Hilfe brauchst, aber du hast alles offenbar problemlos hingekriegt«, sagt Katja.

»Ja, von Tag zu Tag wird es besser«, sagt Sophie. »Ich bin gespannt, wie unsere Männer aussehen.«

»Ich würde vermuten, dass Isak wieder all-in setzt und Martin in Jeans und T-Shirt kommt«, erwidert Katja.

Lachend gehen sie hinüber in den Salon. Da stehen Isak und Martin und schenken in vier Gläser Sekt ein.

Katja schlägt sich die Hand vor den Mund. Sophie geht ein Strahlen übers Gesicht. »Wahnsinn«, staunt sie und mustert beide von oben bis unten. Beide tragen einen eleganten Smoking, und als sie ihr Sektglas heben, könnte man meinen, sie spielten in einem Bond-Film mit. »Isak ist schuld«, sagt Martin. »Ich bin noch nie so rausgeputzt gewesen. Nicht einmal bei meiner eigenen …«

Ein Klopfen an der Tür unterbricht ihn. Katjas Wangen glühen, als sie in die Küche zurückspurtet, um an ihre Gerichte letzte Hand anzulegen.

Isak begrüßt die Gäste mit einer tiefen Verbeugung. Göte erscheint in grauem Anzug mit Weste, und seine Frau trägt ein schlichtes, lavendelfarbenes Kleid. »So eine nette Idee«, sagt er. »Heutzutage sind solche Feste eine Seltenheit.«

»Ihr müsst mal einen Rundgang durchs Haus machen«, sagt Sophie und zeigt in den Flur. Als Götes Frau sich die Fotografien ansieht, fasst Göte Sophie kurz am Arm. »Ich habe gehört, was passiert ist, welch ein Segen, dass du wieder gesund bist.« Sophie nickt, sie hatte eigentlich nicht vor, über den Unfall zu reden. Nicht an so einem Abend.

Bernt und Carita stehen gleichzeitig in der Tür.

»Ich habe auf der Treppe eine Tischdame gefunden«, sagt er lächelnd. »Meine Frau hat Nachtdienst, und Caritas Mann ist auf Geschäftsreise. Passt wie die Faust aufs Auge!«

Carita sieht sich in aller Ruhe um. »Du erweckst das Haus wieder zum Leben«, sagt sie staunend. »Ich kann mir vorstellen, dass es früher genau so ausgesehen hat.«

Isak öffnet Lovisa und Alma, die eingehakt vor der Tür stehen. Lovisa dreht sich in ihrem schwarzen, gefransten Kleid mit Boa im Kreis und sieht ihre Mutter liebevoll an. »Das sind die alten Kleider von Mama. Wir haben sie auf dem Dachboden aufgetrieben. Ich habe gar nicht gewusst, dass sie noch da sind.«

Alma strahlt Isak an. »Sie sehen aus, als wüssten Sie, wie man eine Dame zu Tisch begleitet.«

»Zu Ihren Diensten«, erwidert Isak, hält ihr seinen Arm hin und führt sie hinüber in den Salon, während er ihr Komplimente für ihr hübsches Kleid macht. Gleichzeitig klopft Ella vorsichtig an der Tür. Sophie öffnet. Ella trägt extra ein goldfarbenes Kleid und ein passendes Stirnband mit Feder. Seit Ella den Artikel an Esmeraldas Hals angebracht hat, haben sie kein Wort mehr miteinander gewechselt.

»Planst du immer noch, fortzuziehen und Sonnenblumen anzubauen?«, fragt Sophie.

Ella greift zu ihrem Block und schreibt: *Sonnenblumen haben leider die unschöne Eigenschaft, dass sie einen so deprimierenden Anblick bieten, wenn sie verblühen. Ein ganzes Meer von Sonnenblumen wird wie ein Friedhof aussehen.*

»Dann wirst du doch nicht zu deinem Bruder ziehen?«, fragt Sophie.

Ella sieht ihr ins Gesicht und schreibt: *Doch. Aber ich werde etwas anderes anpflanzen.*

»Isak wird das sehr traurig machen. Ich glaube, er mag dich sehr.«

»Ich bleibe, wenn du bleibst«, antwortet Ella monoton.

Sophie schüttelt langsam den Kopf. »Du weißt, dass das nicht geht.«

»Tja, dann«, sagt Ella.

Sophie seufzt. »Ihr passt so gut zusammen – Isak und du.«

»Ihr passt auch gut zusammen – das Haus und du«, entgegnet Ella.

Da kommt Isak in den Flur und sieht auf der Stelle verzückt aus, als er Ella erblickt. Sophie lässt die beiden allein und geht hinüber zu Katja in die Küche. Ihr steht die Hitze im Gesicht, und ihr Blick flackert zwischen Ofen, Herd und all den kleinen Vorspeisentellern, die auf dem Tisch stehen, nervös hin und her. Da herrschen Chaos und Ordnung zugleich. Plötzlich hält Katja mittendrin inne, sieht Sophie an und ruft ihr zu: »Danke, dass ich das tun darf. Ich liebe es.«

»Ich finde es furchtbar. Kann ich dir beim Servieren der Vorspeisen helfen?«

Katja nickt und zeigt ihr die Teller, die fertig sind. Sophie nimmt sie und trägt sie in den Salon, wo Isak die Gäste am Tisch bereits platziert hat. Martin dreht die Schallplatte um und nimmt Sophie die Teller ab, damit sie die nächsten holen kann.

Als Bernt die Jakobsmuscheln entdeckt, entfährt ihm ein Halleluja, und als der im Ofen gegarte Lachs mit Pestotopping und Pinienkernen auf den Tisch kommt, klatscht Anna verzückt in die Hände. Lovisa hält alles mit der Kamera ihres Smartphones fest.

Isak hat sich den Platz neben Ella ausgesucht und reicht ihr wie ein Gentleman Gerichte und Getränke. Sophie schielt zu ihm hinüber. Es berührt sie, wie die beiden miteinander umgehen, gleichzeitig bekommt sie einen Kloß im Hals. Per hat seine graue Baskenmütze über den Stuhl gehängt. Sein dünnes Haupthaar ist mit einem sauberen Seitenscheitel geteilt. Er lächelt mit halben Zahnreihen und erzählt Martin alte Geschichten über Sophie.

Das Essen wird von gemütlichem Geplauder begleitet. Martin wechselt wieder die Schallplatte. Dann lässt er sich neben Sophie nieder. »Wo ist denn der wilde Teenager geblieben?«, fragt er grinsend.

»Du darfst ihm nicht alles glauben.«

»Ich glaube ihm jedes Wort. Aber ernsthaft. Wo ist er geblieben?«

»Ist erwachsen geworden. Vielleicht ein bisschen zu schnell«, antwortet Sophie.

»Ich glaube, dass der noch irgendwo da drinnen steckt, die spontane, die verrückte Sophie. Oder besser gesagt, ich weiß es«, entgegnet Martin und zwinkert ihr zu.

Sie schlägt mit der Serviette nach ihm und sieht sich um, ob jemand zugehört hat. Dann dreht sie sich zu Alma um, als die ihr auf die Schulter klopft.

»Solche aufwendigen Abendessen mit tiefschürfenden Gesprächen bis weit in die Nacht hat Margareta früher häufiger veranstaltet«, erzählt die alte Dame. »Linnea, Mona und ich haben vom Flur aus heimlich zugeguckt und uns in der Küche ein paar Leckereien gemopst, wenn das Personal gerade serviert oder abgeräumt hat. Mona hat immer gesagt, dass sie doppelt so viele Feste veranstalten wolle, wenn sie mal groß sei. Sie wollte Margareta wohl beweisen, dass sie es noch besser kann.«

»Aber so kam es nicht«, ergänzt Sophie.

»Nein. So kam es nicht. Soviel ich weiß, ist hier kein einziges Festessen veranstaltet worden, seit Margareta von uns gegangen ist.«

»Und ich auf der Welt bin«, fügt Sophie hinzu.

Alma nickt. »Das ist richtig. Mona war eine besondere Mutter. Hingebungsvoll. Sie hatte weder Zeit noch Lust zu feiern.«

Sophie schluckt. Sie schwört sich, die Wahrheit niemandem zu erzählen.

Dann bringt Katja das Dessert herein, Rhabarberparfait mit Mandeln. Bernt macht seinen Gürtel ein Loch weiter und leckt sich die Finger. Göte und seine Frau begeben sich auf die Tanzfläche. Carita und Bernt folgen ihnen. Martin steht auf, sieht Sophie in die Augen und streckt die Hand aus. »Darf ich bitten?«

Sie kann gar nicht antworten, da hat er sie schon vorsichtig vom Stuhl gezogen. Verblüfft folgt Sophie ihm aufs Parkett. Er fasst sie an der Taille und greift mit der anderen Hand ihre. Sie hört ihn reden, aber bringt keine Antwort heraus. Von seinem Duft wird ihr heiß bis zu den Ohrläppchen. Er kann gut führen, sanft, aber bestimmt. Sie muss nur seinen Schritten folgen. Ein ganz ungewohntes Gefühl.

»Du hast doch gesagt, du kannst nicht tanzen«, ist das Einzige, was Sophie herausbringt.

»Ich kann mehr, als du denkst«, flüstert er ihr ins Ohr.

Als die Musik zu Ende ist, verbeugt er sich, hakt sie ein und führt sie zurück zu ihrem Platz.

Katja springt auf, hebt ihr Glas und ruft: »Meinen allerherzlichsten Dank, dass ihr euch heute als Testesser zur Verfügung stellt. Ich konnte heute ausprobieren, wie es wäre, meinen Traum zu verwirklichen, ob es wirklich so wunderbar ist, wie ich es mir immer vorgestellt habe. Ich kann nur allen raten, dasselbe zu tun. Seine Träume zu verwirklichen. Prost.«

»Wovon träumst du?«, fragt Martin.

Sophie geht durch den Kopf, dass die richtige Antwort lauten müsste: das Strandhotel Meeresbrise an die richtige Person zu verkaufen und dann nach Hause zu fahren. Aber wenn sie ihm in die Augen sieht, die an diesem besonderen Abend mild und neugierig aussehen, dann bringt sie die Worte nicht über die Lippen. Und sie ist sich auch gar nicht mehr sicher, ob das wirklich ihr Traum ist. Anstatt zu antworten, lächelt sie, nimmt einen großen Schluck Wein und hilft Lovisa, Alma auf die Füße zu stellen.

»Herzlichsten Dank für einen wunderbaren und denkwürdigen Abend«, sagt Lovisa, und Alma nickt zustimmend.

»Dankt Katja, das ist ihr Abend.«

Alma streichelt ihr über die Hand. »Ich danke dir auch, Marit und Margareta wären stolz auf dich gewesen. Mona auch, auf ihre Weise.«

Per erhebt sich und setzt sich die Baskenmütze auf. Er ergreift Sophies Hände und sagt mit vollem Ernst: »Jetzt bist du an der Reihe.«

»Womit?«

»Deinen Traum zu verwirklichen«, erwidert er und nickt kurz zu Martin hinüber.

Geniert schüttelt Sophie den Kopf, begleitet ihn hinaus und hofft, dass er sie nicht am vergangenen Abend beobachtet hat. Bernt, Ella und Carita folgen ihnen. Ella bedankt sich in der Gebärdensprache. Bernts Taxi ist schon da und wartet vor der Gartentür. Carita nimmt Sophie fest in die Arme. »Das hast du gut gemacht«, flüstert sie. Sophie nickt.

»Willst du mitfahren?«, ruft Bernt.

Mit schnellen Schritten läuft Carita auf das Taxi zu.

Sophie steht noch auf der Treppe und verabschiedet die übrigen Gäste, die in alle Himmelsrichtungen den Heimweg antreten. Nachdem alle der Villa den Rücken gekehrt haben und in Skepparkroken die Stille wieder Einzug gehalten hat, saugt sie den Duft, der vom Meer aufsteigt, ein. Frisch und säuerlich gleichzeitig. Wenn man Duft doch nur in einer Dose konservieren und ihn zu Hause in der Wohnung wieder herauslassen könnte, denkt sie sehnsüchtig. Ihre Wohnung hätte einen Duft bitter nötig. Und welcher könnte bezaubernder sein als der Duft vom Meer? Isak, Martin und Katja kommen heraus und atmen auch alle tief ein.

»Das Team Meeresbrise«, sagt Katja. »Ein wahnsinnig tolles Team.«

»Der Abend war wirklich gelungen«, sagt Isak. »So was vergisst man nicht.«

Schweigend stehen sie da und sehen hinaus in die Sommernacht, bis Katja zu frieren beginnt und hineingeht. Isak und Martin folgen ihr. »Kommst du mit?«, fragt Martin Sophie.

»Geht ruhig schon, ich komme gleich nach.«

Sophie legt sich das Tuch über die Schultern und geht hinüber zur Hollywoodschaukel. Die Puppe sitzt an ihrem Platz. Wann hat Ella sie hierhergesetzt? Noch vor dem Fest? Sophie lässt sich neben ihr nieder. Vorsichtig faltet sie den Zettel auf.

*Ich bin kein schlechter Mensch, Sophie. Ich bin ein guter Mensch, der etwas Falsches getan hat, aber aus Liebe. Doch ich habe einen hohen Preis bezahlt. Es gibt vieles, für das ich um Verzeihung bitten möchte, doch eines, wofür ich mich nicht entschuldigen werde: dass ich dich geliebt habe. Denn das habe ich. Tag für Tag.*
*/ Esmeralda*

Sophie geht ins Haus zurück. Im Flur begegnet sie Martin. Vorsichtig wischt er ihr die Tränen von den Wangen, die sie gar nicht gespürt hat. Dann zieht er sie an sich und hält sie nur fest. Sie schließt die Augen und denkt voller Traurigkeit, dass das Fest der Anfang vom Ende ihres Projekts Strandhotel Meeresbrise war.

*Ellas Tagebuch, 24. August*

*Ich habe nie geglaubt, dass ich jemals wieder so ein Fest im Salon des Strandhotel Meeresbrise erleben würde. Margaretas Ära endete abrupt in der Mitte der Siebzigerjahre, und das Strandhotel Meeresbrise war in den folgenden Jahren nur ein einfaches Bed & Breakfast. Mona hätte die Sache in die Hand nehmen und das Haus so weiterentwickeln müssen, wie es der Zeitgeist verlangte, so wie Margareta es getan hat, als Marits Kurhotel ein paar Jahre nur noch vor sich hingedümpelt hat. Aber in Monas Plänen kam die geschichtsträchtige Villa gar nicht vor. Ich glaube, sie hat nicht einmal vorgehabt, in ihrem Elternhaus wohnen zu bleiben, aber als Margareta starb, war es für sie billiger, dort zu leben.*

*Ich habe das Haus nie wieder betreten dürfen. Das machte mir nichts aus, ich hatte ja den Garten. Und als es mir gelang, Lennart dafür zu begeistern, wusste ich, dass er überleben würde. Auch Sophie war zuerst ein Hoffnungsschimmer, als sie mit ihrem Vater im Garten auftauchte, alles erforschte, probierte und lernte. Doch dann tat sie es ihrer Mutter gleich, sie kehrte uns den Rücken zu und ging nach Berlin.*

*Das Fest im Haus war ein schöner, aber auch wehmütiger Abschied. Bald ist es für uns alle an der Zeit, den nächsten Schritt zu tun. Bis dahin gieße ich den Garten mit meinen Tränen.*

# Kapitel 26

Am Tag nach dem Fest erwacht Sophie früh. Auf Zehenspitzen schleicht sie in den Flur. Doch die Dielen verraten sie und knarren laut. Mitten im Gang steht Isaks neues Bild mit dem Strandhotel als Motiv auf einer Staffelei. Sophie schlägt sich die Hand vor den Mund, um alle Ausrufe des Staunens zu unterdrücken. Das Bild ist schön, aber darüber hinaus ist es noch viel mehr. Die Farben und verschwommenen Konturen ziehen ihren Blick auf sich und halten ihn fest. Hier und da sind die Details wiederum ganz scharf, sodass ein Eindruck von Dreidimensionalität entsteht.

»Wie … zauberhaft«, sagt sie leise zu sich selbst.

»Findest du mich auch zauberhaft?«, fragt Martin, der nach unten gekommen ist, ohne dass sie ihn bemerkt hat. Sie zuckt zusammen.

»Kannst du mich erschrecken«, sagt sie und sieht ihn böse an.

»Isak hat die ganze Nacht lang gemalt. Er hatte seine Tür offen stehen, da hab ich ihn gesehen, als ich mir Wasser geholt habe.« Er geht in die Küche. »Willst du einen Kaffee?«

Sie zieht sich den Gürtel ihres Morgenmantels enger um die Taille, nickt und folgt ihm. Martin muss lächeln, als er das Kaffeepulver abmisst.

»Was ist?«, fragt Sophie.

Er zuckt mit den Schultern, aber lächelt noch mehr. »Ich musste nur gerade daran denken, wie ich hier auf dem Küchensofa lag und schlief und du mich heimlich beobachtet hast.«

Sie schüttelt den Kopf. »Hab ich gar nicht. Ich hatte völlig vergessen, dass du da übernachten wolltest.«

»Ganz bestimmt«, sagt er und lacht laut.

Sie holt Tassen aus dem Schrank und setzt sich. Er schenkt den Kaffee ein und nimmt gegenüber Platz. Versucht, ihr in die Augen zu sehen, doch sie weicht ihm aus.

»Du siehst traurig aus«, sagt er.

Sie zuckt mit den Schultern. Müssen sie über das, was zwischen ihnen geschehen ist, reden? Oder doch nicht? Ist es das, was spontan und verrückt ist: es einfach zu tun und dann mit den Schultern zu zucken und weiterzumachen wie bisher?

»Ich bin hier nicht dieselbe Sophie wie in Berlin. Die Großstadtversion von mir würde dir nicht gefallen.«

Er schiebt sich eine Portion Snus in den Mund. »Sollte ich das nicht selbst beurteilen?«

»Ich will unsere Freundschaft nicht zerstören …«

»Freundschaft …«, wiederholt Martin und presst die Lippen aufeinander. »Wenn ich im Leben was gelernt habe, dann ist es, eine Chance zu ergreifen. Wer weiß denn, ob es überhaupt ein Morgen gibt?«

Sophie blickt in ihre Kaffeetasse und schüttelt langsam den Kopf.

»Das würde nicht klappen. Ich muss zurück, ich hab mein Leben in Berlin, und du gehörst hierher.«

»Aber wenn …«

Sie fällt ihm ins Wort. »Nein. Ich meine es ernst.«

Er steht auf, sieht ihr lange in die Augen und verlässt die Küche ohne ein Wort.

Sophie duscht und zieht sich an, um den Termin beim Rechtsanwalt Göte Sirlander wahrzunehmen.

Kurz darauf sitzt sie im Auto und macht sich auf den Weg. Auf dem Besucherparkplatz stellt sie den Wagen ab; von hier aus sind es nur ein paar Meter zu laufen. Von den hohen Absätzen ihrer Schuhe bekommt sie einen Krampf im Fuß, obwohl es wirklich nicht weit ist. Was versucht sie sich zu beweisen? Dass sie wieder die Alte ist, Sophie mit den figurbetonten Kostümen, hohen Schuhen und perfekt manikürten Fingernägeln? Die Sophie, die keine Zeit für eine Beziehung hat, und schon gar nicht mit einem schwedischen Bauarbeiter.

Die Tür zu Götes Kanzlei springt auf. Auf seinem Gesicht macht sich ein Lächeln breit. Sie geben sich die Hand, und Sophie setzt sich.

»Vielen Dank noch einmal für das großartige Fest. Ich habe seit Jahren nicht mehr solchen Spaß gehabt. Und du hattest recht, das Haus hat bei Martin ein Wunder vollbracht. So ausgeglichen habe ich ihn seit dem Unfall nicht mehr gesehen.«

Sophie presst die Lippen aufeinander.

»Dann bist du bald so weit, dich von dem Haus zu verabschieden und nach Deutschland zurückzugehen?«, fragt Göte.

Sie nickt. »Natürlich gibt es noch dies und das zu erledigen, aber das wird nur ein paar Tage in Anspruch nehmen.«

»Wenn du möchtest, kann ich mich um den Hausverkauf

kümmern und einen Makler beauftragen, der alles Praktische regelt.«

»Ja, danke, das wäre gut.«

»Gibt es etwas, worauf wir achten sollen?«

»Ja. Das Haus soll den passenden Besitzer bekommen, anstatt meistbietend verkauft zu werden. Das musst du dem Makler deutlich sagen. Es geht nicht darum, den Preis in die Höhe zu treiben.«

Göte zwirbelt seinen Schnurrbart und staunt. »Und woher wissen wir, dass wir den richtigen Käufer an der Angel haben, wenn wir den Preis außer acht lassen?«

»Der richtige Käufer wird sich in Isaks Bild verlieben, das im Salon an der Wand hängt.«

Göte runzelt die Stirn. »Gut. Ich tue, was ich kann.«

Sophie steht auf, bedankt sich und verlässt die Kanzlei mit energischen Schritten. Im Wagen tauscht sie die Pumps sofort gegen ihre Turnschuhe. Seufzend lehnt sie den Kopf an die Stütze. Es wird eine Weile Übung brauchen, bis sie auf den High Heels wieder entspannt laufen kann.

In den darauffolgenden Tagen arbeiten alle sehr zielstrebig. Aus der Dienstbotenkammer wird tatsächlich ein Traum in Rosa mit weißem Mobiliar und Rosentapete. Die letzten Fenster werden abgedichtet und vergilbte Kabel erneuert. Bauschutt und leere Farbeimer werden entsorgt. Ein Uhrmacher setzt die Golduhr in der Bibliothek wieder instand, die nun mit jedem Sekundenschlag daran erinnert, dass das Ende der Renovierungsarbeiten bevorsteht.

Sophie merkt, dass Martin ihr aus dem Weg geht. Wenn sie einen Raum betritt, geht er hinaus. Er ist auch wieder stiller geworden. Nicht sauer, aber verschlossen. Sie möchte ihm so gern wieder seinen Pony aus dem Gesicht streichen, wenn er ihm in die Augen fällt. Aber ihr ist klar, dass schon diese kleine Geste die völlig falschen Signale setzen würde.

Auch Katja ist leiser geworden. Aber ihr Schweigen ist anders, konzentrierter. Sie schrubbt und putzt jeden Winkel, schiebt Möbel hin und her und wechselt Teppiche. Manchmal macht sie einen Ausflug zu dem Antikmöbelladen und kommt mit einem Goldspiegel oder einer Messinglampe zurück. Jedes Stück soll am rechten Platz sein, sie schiebt es so lange hin und her, bis alles perfekt passt. Katja fährt jetzt abends zu ihrer Familie nach Hause, und morgens kommt sie mit einem zufriedenen Strahlen zurück.

Isak hält sich an Katja und kümmert sich um den letzten Feinschliff. Er rückt die Bücher gerade, stellt die Kerzenleuchter symmetrisch hin und zieht am Tischtuch, damit der Stoff an beiden Seiten gleich lang hinunterhängt. Manchmal greift er zum Pinsel und streicht eine Fußleiste nach, während er gedankenverloren kleine Melodien pfeift. Das verleiht der Stimmung im Haus einen Hauch von Dur, daher nimmt Sophie an, dass Ella ihm noch nichts von ihren Plänen, in die USA überzusiedeln, erzählt hat.

Und dann ist es so weit. Der letzte Abend mit dem Team Meeresbrise. Sophie kann es gar nicht fassen. Sie steht vor dem Spiegel und betrachtet sich. Die Nervosität flattert ihr durch den Bauch wie der kleine Zitronenfalter, den sie am Vormittag im Garten beobachtet hat. Er schien, genau wie sie, nach einem Platz zum Überwintern zu suchen. Die letzte Woche war wie im Flug vergangen. Manchmal würde sie die Zeit am liebsten anhalten, dann wieder den Film vorspulen, damit es endlich überstanden ist.

Sie holt einmal tief Luft und geht in den Flur, wo sie auf die anderen wartet. Katja ist schon fertig. »Nanu, was ist das denn?«, fragt sie und zeigt lächelnd auf Sophies groß gemusterte Schluppenbluse.

Sophie reckt sich. »Das, meine Liebe, ist eine Bluse von H & M mit einem Muster von Morris & Co.« Sie hebt die Nase. »Ja, Morris & Co wurden 1861 gegründet und haben einige der berühmtesten Tapetenmuster auf der Welt entworfen.«

»Wer hätte das gedacht«, erwidert Katja lächelnd.

Sophie lacht. »Ich konnte mich nicht beherrschen, als ich am Schaufenster vorbeikam und die Klamotten gesehen habe. Da musste ich an dich und Martin denken. Und an dieses furchtbare Tapetenmusterbuch.«

»Aber dass du die Verbindung zwischen dem Muster und den altmodischen Tapeten hergestellt hast«, sagt Katja. »Beeindruckend.«

»Das hab ich natürlich nicht gewusst, aber im Schaufenster war mit den Tapeten auch die Geschichte ausgestellt.« Sophie stupst sie gegen den Arm. »Jetzt vermasselst du mir alles.«

Martin kommt die Treppe herunter. Er trägt eine graue Chino und ein weißes Hemd mit weinroten Applikationen am Kragen, die zu Sophies weinroter Hose und der großblumigen Bluse perfekt passen.

Katja klatscht in die Hände. »Jetzt seid ihr das perfekte Paar.«

Sie drucksen herum und lächeln erleichtert, als Isak erscheint, mit frischem Haarschnitt und in blauem Anzug, weißem Hemd und blauer Fliege.

»Elegant wie immer«, sagt Katja und hakt ihn ein. Sophie

fährt Martins Wagen auf der Küstenstraße zum Restaurant Klitterhaus, das in der Abendsonne badet und die Gäste mit seinem klassischen sandfarbenen Badehotelstil und der aufwendigen Deko aus Treibholz und Schnecken verzaubert. Katja fotografiert den von der Abendsonne beschienenen Strand durchs Fenster.

»Wie schön es hier ist«, schwärmt sie und zwinkert die Tränen fort, die ihr kommen. »Ich weine aus Wehmut, aber auch aus Freude«, versichert sie den anderen.

»Hier habe ich einen Tag, bevor ich mich von meiner Mutter verabschieden musste, übernachtet. Damals hatte ich vor, die organisatorischen Dinge so schnell wie möglich hinter mich zu bringen und einen Tag später wieder zurückzufliegen. Wenn ich damals gewusst hätte, was mich hier erwartet«, sagt Sophie.

»Was wirst du nun …?« Katja stockt mitten im Satz.

»… mit der Geschichte von meiner Mutter anfangen?«, sagt Sophie.

»Ja. Weißt du, ob sie stimmt?«

Der Kellner kommt mit dem vorbestellten Sekt und schenkt Isak, Katja und Martin ein.

»Können wir den Wagen nicht einfach auf dem Parkplatz stehen lassen und ein Taxi für die Heimfahrt bestellen, sodass du auch ein Gläschen trinken kannst?«, fragt Isak.

»Wenn das für Martin okay geht«, erwidert Sophie.

Er nickt dem Kellner zu, noch ein Glas einzuschenken, und Sophie fährt fort:

»Die Geschichte scheint wahr zu sein. Immerhin hat Mona sie Ella genau so erzählt, bevor sie das Haus verlassen hat. Als Mona ausgezogen war, hat Ella das sehr beschäftigt, und sie hat weiter recherchiert. Da fand sie unter anderem den Artikel, den ich zu lesen bekam, und kam zu dem Schluss, dass es wahr sein musste. Mona hat zudem einige Dinge hinterlassen, die den Verdacht nur noch erhärten, anstatt ihn zu entkräften.«

»Das klingt völlig unglaublich«, sagt Katja nachdenklich. »Wirst du dich auf die Suche nach deiner biologischen Mutter machen?«

»Nein«, sagt Sophie. »Ich glaube nicht so sehr an Blutsbande. Mona war, mit all ihren Schwächen, trotzdem meine Mutter.«

Sie heben die Gläser und prosten sich schweigend zu, als der Kellner nun eine cremige Fischsuppe mit Meeresfrüchten serviert.

»Und wie geht es dir jetzt, so kurz vor dem Verkauf?«, fragt Isak.

»Ich bin ganz melancholisch, aber ich habe keine Wahl.«

Martin kneift die Augen zusammen, sodass seine Stirn sich in Falten legt. Nun schreitet der Abend voran, und der Sekt wird gegen Wein getauscht. Die Unterhaltung wird immer lebhafter. Als der Cognac serviert wird, haben alle bereits rosige Wangen und einen leicht glasigen Blick. Katja muss lachen. »Mir fällt gerade ein, wie dich Sophies Salate und Isaks gemächliches Tempo anfangs genervt haben, Martin. Seit du im Strandhotel Meeresbrise bist, hast du dich ganz schön verändert. Und nur positiv.«

Martin sieht Sophie an. Sie errötet leicht und schlägt die Augen nieder. Katja legt den Löffel hin und sagt:

»Jetzt muss ich euch erzählen, dass sich auch bei mir zu Hause einiges verändert hat. Wir sind jetzt wirklich eine Familie. Ich kann mich nicht erinnern, wann ich dieses

Gefühl zuletzt gehabt habe. Als wir neulich abends zusammen gegessen haben, war ich davon ausgegangen, dass danach jeder wieder in seinem Zimmer verschwinden würde. So wie immer. Doch plötzlich haben meine Männer mir beim Abräumen geholfen und sich anschließend zu mir aufs Sofa gesetzt. Jesper hat Kerzen angezündet, Love Musik angemacht, und so saßen wir zusammen und haben uns unterhalten. Das wäre uns ohne meine Auszeit niemals gelungen.« Sie sieht Sophie an. »Danke, dass ich eine der Auserwählten sein durfte, auch wenn mir im Nachhinein total klar ist, dass ich wie eine Verrückte ausgesehen haben muss, als ich damals im Festkleid auf deiner Treppe stand.«

Alle brechen in Lachen aus.

»Wenn du glaubst, dein Auftritt war unpassend, dann war das gar nichts gegen Isak, der hier mit seiner Fliege und dieser überhöflichen Art aufschlug. Aber dann stellte sich ja heraus, dass du der Meister der Fußleisten bist – sogar ohne Abklebeband«, sagt Martin und hält vor Isaks Nase den Daumen hoch.

Isak räuspert sich. »Ich möchte mich auch noch einmal ausdrücklich bedanken. Dass ihr so viel Geduld für mich aufgebracht habt, weil ich nicht so schnell war, und meine langen Pausen akzeptiert habt. Zwischendrin war es sehr anstrengend, das gebe ich gerne zu. Aber ich bin so froh, die Chance ergriffen zu haben. Dass ich mich jetzt endlich von diesem Meer-Trauma befreien konnte und jetzt malen kann, was ich will. Ist das nicht fantastisch? Wer von euch nicht nach Berlin reist, muss unbedingt zu meiner Vernissage nächste Woche kommen.«

Sophie hat das Gefühl, sie sollte ihn nach Ella fragen, aber findet nicht die richtigen Worte. Als könne er Gedanken lesen, streicht er ihr leicht über die Hand und sagt leise: »Ich nehme an, du weißt, dass Ella sich jetzt auf den Weg zu ihrem Bruder macht?«

Sophie nickt. »Das tut mir so leid …«

»Muss es nicht«, sagt Isak und lächelt tapfer. »Wer nicht wagt, der nicht gewinnt. Hätte ich mich nicht getraut, hätte ich gar keine Chance gehabt. Ein halber Sieg ist doch besser als eine komplette Niederlage. Ich habe einen Teil von etwas ganz Wunderbarem geschenkt bekommen, und das wird mich für den Rest meines Lebens begleiten.«

Sophie nickt und lächelt mit Tränen in den Augen. Martin zieht ein Papier aus der Innentasche seiner Jacke, die über dem Stuhl hängt, und legt es auf den Tisch. Sophie greift danach. Es ist ein Kaufvertrag. Sie traut ihren Augen nicht.

»Ist es das, was ich vermute?«

Er nickt und grinst. »Ich habe eine Wohnung gekauft«, klärt er Katja und Isak auf, die ihn verdutzt ansehen. »Sophie hat mir die Wohnung damals vorgeführt, dann hatten wir diesen Streit. Ich habe ihr das erst sehr übel genommen, aber später eingesehen, wie recht sie hat.«

Katja und Isak schauen sich begriffsstutzig an.

»Ich wohne in einem Haus, das mir nicht guttut«, umschreibt er es etwas kryptisch. »Und Sophie hat mich auf andere Gedanken gebracht.«

Sophie greift nach seiner Hand, die auf dem Tisch liegt, und drückt sie fest. »Danke. Das wird großartig werden. Ich weiß es«, sagt sie mit einer Stimme, die langsam bricht.

»Jeden Samstag frisches Obst vom Markt«, sagt er und versucht zu lächeln, doch ihm gelingt nur eine Grimasse. Er zieht seine Hand zurück. Sophie räuspert sich.

»Und ich will euch allen Danke für die viele Arbeit sagen, und dafür, dass ihr nie aufgegeben habt, auch wenn die Stimmung mal nicht so gut war. Danke, dass ihr das Haus ins Herz geschlossen habt. Ihr werdet euch, gemeinsam mit Ella, den Gewinn aus dem Verkauf teilen. Wie viel das sein wird, weiß ich nicht, denn ich habe Göte gebeten, dafür Sorge zu tragen, dass das Haus den richtigen Besitzer findet, und das wird vermutlich nicht der mit der fettesten Brieftasche sein.«

Katja und Isak wollen auf der Stelle protestieren, aber Sophie hebt die Hand hoch, um zu signalisieren, dass darüber nicht verhandelt wird. »Für mich ist es wichtig, es so zu regeln. Ich brauche das Geld nicht und wünsche mir wirklich, dass ihr vier den Gewinn untereinander aufteilt. Betrachtet es einfach als nachträglichen Lohn. Am glücklichsten macht es mich natürlich, wenn ihr euch mit dem Geld einen Traum erfüllt.«

Sie heben die Gläser. Zum letzten Mal. »Auf das Team Meeresbrise«, ruft sie aus.

»Auf das Team Meeresbrise«, stimmen die anderen ein.

Am darauffolgenden Tag verabschieden sich Isak, Katja und Martin nach dem Frühstück. Martin tut sich besonders schwer. Er nimmt Sophie in die Arme und küsst sie leicht auf die Wange. Sie schluckt.

»Du weißt, wo du mich findest«, flüstert er.

Sophie schiebt die Hände in die Hosentaschen und nickt, sie weiß, dass ihre Stimme versagen wird. Sie beobachtet die anderen, wie sie auf dem Kiesweg zum Gartentor gehen. Katja legt einen Arm um Isak, den anderen um Martin. Sophie schießen Tränen in die Augen, als sie die

Tür schließt. Dann sinkt sie im Flur auf den Boden und heult Rotz und Wasser.

Der Tag vergeht wie im Dunst. Sophie wischt und putzt, um etwas zu tun, aber alles ist nach Katjas Mühen schon blitzeblank. Sie geht früh am Abend schlafen und schreckt um zwei Uhr nachts wieder hoch. Leise steht sie auf, legt sich eine Decke über die Schultern und läuft im Flur auf und ab. Aus der Bibliothek hört sie die Uhr ticken. Ihr fährt ein Schauer über den Rücken. Mit Katja, Isak und Martin sind alle Geräusche, jedes Lachen aus diesen Räumen verschwunden. Jetzt wird ihr klar, dass es für sie einfach wird, das Haus so zu verlassen. Ohne die Menschen darin lebt es nicht mehr. Ohne sie wäre es auch nie mehr dasselbe. So ist es nur still und leer. Sie bleibt stehen und legt die Hand auf die Wand. Eitempera, denkt sie. Welch ein Glück, dass sie Martin seinen Willen gelassen hat. Sie sieht ihn noch da stehen, in der Sonne, wie er Eier und Mineralien mischt. Sie betrachtet die Schwarz-Weiß-Bilder. Ja, Marit und Margareta wären jetzt zufrieden. Das spürt sie. Mona sicher auch. Vielleicht hat sie mit dem Haus selbst nie ein Problem gehabt, sondern nur mit sich selbst. Mit dem, was sie getan hat. Das Schlimmste, was man sich vorstellen kann. Sophie seufzt schwer, geht in die Küche und bleibt sitzen, bis die Sonne die Dunkelheit vertreibt. So, wie ihre Mutter es immer getan hat. »Ich verzeihe dir«, flüstert sie schließlich.

Als die Uhr mit ihrem dumpfen Ton elfmal schlägt, nimmt sie ihren Trolley und Monas alten Koffer und verlässt das Strandhotel Meeresbrise. Diesmal macht das Schloss keinen Ärger, es macht einfach nur Klick. »Danke«, sagt sie mit zitternder Stimme und begibt sich auf den Weg zu Ellas Haus, um den Schlüssel zu hinterlegen. Die Nachbarin steht in ihrem Garten und buddelt. Sophie geht auf sie zu, stellt die Koffer ab und sagt: »Ich wollte mich nur verabschieden und dir den Schlüssel geben. Göte wird ihn heute Nachmittag bei dir abholen.«

Ella streift ihre Gartenhandschuhe ab und drückt sie kurz. »Pass auf dich auf«, sagt sie mit gewohnt monotoner Stimme.

»Du auch«, erwidert Sophie und will sich gerade umdrehen, als sie innehält und Ellas Grube anschaut.

»Was vergräbst du da?«

Ella greift zu ihrem Block und schreibt: *verwelkte Blumen. Ich kann es nicht ertragen, wenn so etwas Schönes in den Müll geworfen wird. Soll es doch lieber wieder mit der Erde vereint werden.*

»Darf man eigentlich alles vergraben?«, fragt Sophie.

*Normalerweise nicht, aber ich kann für dich eine Ausnahme machen,* schreibt Ella.

Sophie öffnet den Riemen und den Reißverschluss an Monas Koffer und holt den Zettel mit dem Wort VERZEIH, das Foto von der Bar Vogler und den deutschen Zeitungsartikel über das gestohlene Baby heraus. Die silberne Berlocke hält sie eine Weile in der Hand, bevor sie sich schließlich entscheidet, sie auf ihre Silberkette zu fädeln, die sie um den Hals trägt. Die anderen Sachen wirft sie in die Grube, Ella legt ein paar Blumen darauf und schippt mit dem Spaten etwas Erde darüber. Dann nimmt sie den Stift in die Hand und schreibt:

*Ich werde Sonnenblumen darübersäen.*

»Das ist schön«, sagt Sophie.

*Nicht nur, weil es schön aussieht*, schreibt Ella. *Sonnenblu-*

*men besitzen die Fähigkeit, Gift zu absorbieren. Als der Tsunami im japanischen Fukushima die Kernreaktoren zerstörte, wurden Millionen von Sonnenblumen genau aus dem Grund dort angepflanzt. Und bald können die Blumen hier das Gift aufsaugen, damit du befreit in die Zukunft sehen kannst.*

»Ich werde es versuchen«, sagt Sophie. »Und dir wünsche ich alles Gute in den USA. Und danke für all deine Arbeit in meinem Garten. Das Strandhotel Meeresbrise wäre ohne deinen grünen Daumen nie so schön gewesen.« Ella drückt sie ein letztes Mal zum Abschied, dann schiebt sie sie fort. Sophie geht zum Gartentor, doch bleibt noch einmal stehen und kommt zurück.

»Du Ella … vielleicht wollte Mama, dass es genau so kommt.«

»Dass du die Wahrheit erfährst?«, fragt sie.

»Ja. Ich frage mich, ob du dich geirrt hast. Vielleicht wusste sie, dass du Lippen lesen kannst. Auch wenn ihr nie enger befreundet wart, habt ihr euch doch ein Leben lang gekannt. Hätte sie das nicht ahnen können? Langsam glaube ich, dass sie es dir gebeichtet hat, damit du es mir erzählst …«

Ella nimmt Sophies Hände und drückt sie innig. Das ist alles. Es braucht kein Wort. Das Taxi hält vor dem Strandhotel Meeresbrise. Sophie setzt sich in den Wagen und wendet den Blick nicht von ihrem Elternhaus, bis sie um die Kurve fahren. Dann lässt sie ihren Tränen freien Lauf. Tränen aus Freude und Heimweh, denkt sie, genau wie bei Katja. Jetzt beginnt für das Strandhotel Meeresbrise eine neue Ära.

# Kapitel 27

Katja steht am Pool und beobachtet, wie sich die Spätsommersonne auf der Wasseroberfläche spiegelt. Als sie sich umdreht, sieht sie ihre Familie in der Küche bei den Vorbereitungen fürs Abendessen. Offenbar bereiten sie eine Überraschung vor. Katja beißt sich auf die Unterlippe, als sie an ihren gestrigen Abschied vom Strandhotel Meeresbrise denken muss. Sie hat Martin zum Klitterhus gebracht, wo sein Wagen noch stand. Sie haben sich in den Arm genommen und vereinbart, in Kontakt zu bleiben, aber ihr war klar, dass daraus nichts werden wird.

Nachdem Martin losgefahren ist, hat sie noch einen ausgiebigen Spaziergang an der Küste unternommen. Sechs Kilometer lang ist der Sandstrand bei Skälderviken, hat sie irgendwo gelesen. Unterwegs ist ihr ein Reiter, der auf seinem Pferd am Wasser entlangritt, begegnet, ansonsten nur Hundebesitzer. Da ist ihr Bosse eingefallen. Es ist schön gewesen, ihn um sich zu haben, und die Verpflichtung, mit ihm bei Wind und Wetter hinausgehen zu müssen, hat ihr nichts ausgemacht. Das hat sie auf die Idee gebracht, Jesper zu fragen, ob er zustimmen würde, einen Hund anzuschaffen. Vielleicht hat er sich auch ein bisschen verändert? Ein Golden Retriever würde ihr gefallen.

Katja lehnt sich zurück und schließt die Augen. Die Sonne wärmt ihre Haut. Sie fragt sich, ob Sophie das Richtige tut, indem sie jetzt nach Berlin zurückgeht. Sie ist sich sicher, dass Sophie einen Fehler macht, wenn sie zu ihrer biologischen Mutter keinen Kontakt aufnimmt. Elternschaft hat kein Haltbarkeitsdatum. Katja hebt den Kopf leicht an und sieht, wie Love über einen Witz von Jesper lacht. Sie lächelt. Ihre Auszeit hat allen als Sprungbrett für etwas Neues gedient – nicht zuletzt Love. Er winkt ihr zu, jetzt darf sie kommen. Sie streift das Kleid über den Kopf, schlüpft in ihre Sandalen und geht ins Haus.

»Tata!«, ruft Love und präsentiert feierlich die Platte, die auf dem Tisch steht. Katja schlägt sich die Hand vor den Mund. »Vietnamesische Rolls«, stammelt sie und zwinkert gleich, als ihr die Tränen in die Augen schießen.

»Es ist gut für die Gesundheit, häufiger vegetarisch zu essen«, erklärt Love und stupst sie an die Schulter. Jetzt kann Katja die Tränen nicht mehr zurückhalten. Sie lacht und weint gleichzeitig. »Alle einmal knuddeln«, ruft sie und holt alle in ihre Arme: Jesper, Love, Cedrik und seine Freundin Cassandra. Aus dem Augenwinkel sieht sie Isaks Bild vor der Wand stehen. Er hat es ihr geschenkt, bevor sie die Villa verlassen haben. Vier Muscheln: die Miesmuschel, die Jakobsmuschel, die weiße und die blass rosafarbene. Vielleicht ist die kleine rosafarbene auch Cassandra, und sie selbst ist das Meer, das alle umgibt? Ihre Familie. Ihre Liebe. Ihr eigenes Team.

Die Tür steht einen Spalt offen. Martin klopft an und schiebt sie langsam auf. Er hat das Gefühl, als wäre es zwei Jahre her, seit er diese Räume fluchtartig verlassen hat, verzweifelt über sein Versagen bei der Arbeit und wütend über den Zwangsurlaub. Doch tatsächlich waren es nur zwei

Monate. Über Olles Gesicht geht ein Lächeln, als er Martin erblickt. Er winkt ihn hinein und mustert Martin von oben bis unten.

»Jetzt sag bloß nicht, dass ich nicht recht hatte!«

Martin weiß, dass sein Chef recht hatte, aber er nimmt auf dem Stuhl vor dem Schreibtisch Platz und zuckt nur mit den Schultern. Er ist von der Sonne gebräunt, durchtrainiert und frisch rasiert, aber vor allem wirkt er ausgeglichen und zufrieden. Er hat jetzt einen Platz für seine Trauer gefunden, sodass sie nicht mehr jeden Schritt, den er tun will, behindert.

Kaum war Martin zurückgekommen, hat er angefangen zu packen. Mit feuchten Augen hat er seinen Umzug vorbereitet, aber er hat es geschafft.

»Ich werde übermorgen in eine Wohnung umziehen«, sagt er.

Olle lehnt sich zurück, sodass die Federung knarrt. »Du willst umziehen?«

»Ja, ein Freund hat mir eine Wohnung am Tingsmarkt organisiert.«

»Das ist ja hervorragend«, erwidert Olle. »Ein Freund, sagtest du?«

»Ja. Nur ein Freund«, antwortet Martin und lächelt.

Es waren fast vierundzwanzig Stunden vergangen, als er Sophie eine SMS geschickt und nachgefragt hat, ob sie in Kontakt bleiben möchte oder nicht. Sie hat geantwortet, dass sie das gerne wolle. Möglicherweise quälte er sich nur selbst, aber das Risiko ging er ein.

»Ich will gar nicht wissen, was du in den letzten Monaten gemacht hat, aber es ist gut zu sehen, dass es dir wesentlich besser geht«, sagt Olle. »Ich freue mich, dass du zurück bist. Morgen haben wir ein After-Work-Meeting. Kannst du dabei sein? Dann siehst du die anderen Jungs auch gleich.«

»Nur wenn ihr am Samstag beim Umzug helft«, sagt Martin spaßend.

»Dafür werde ich sorgen«, antwortet Olle.

Etwas später plingt sein Handy. Eine SMS von Sophie. Sie hat ein Selfie aus Berlin geschickt. Auf vertrautem Boden, schreibt sie. Er schickt ein Selfie zurück. Auf dem Weg zu den Umzugskartons.

Der süße Duft reifer Äpfel schlägt Isak entgegen. Der Rasen und das Unkraut scheinen in Wettstreit getreten zu sein, wer am höchsten wächst. Es ist nur schwer auszumachen, wer das Rennen gemacht hat. Wie gut, dass Ella das nicht sieht, denkt er schmunzelnd.

Ein Stich fährt ihm in den Magen. Der Gedanke an sie macht ihn wehmütig. Er hatte gehofft, dass sie ein Teil seines Lebens werden würde. Dass sie die Dame war, die seine Mutter ihm so gewünscht hat. Aber das Leben hat es anders gewollt. Er konnte natürlich verstehen, dass sie dort nicht wohnen bleiben wollte, wenn jemand Fremdes in das Strandhotel Meeresbrise einzog, aber gleich in die USA übersiedeln? In seiner Verzweiflung hatte er ihr angeboten, bei ihm zu wohnen, in seinem Steinhaus in Kivik. Da hatte sie gelächelt und ihm über den Arm gestrichen. Bei dieser Geste war er sich hilflos wie ein Kind vorgekommen.

Er geht hinauf in sein Atelier. Fertige und unfertige Bilder stehen nebeneinander vor der Wand. Und auf allen sind Wassermotive zu sehen. Isak wirft einen Blick auf die aufgequollene Zeitung unter seinem Wasserglas, in der er

Sophies Anzeige gefunden hat. Kaum zu glauben, dass er seinem Leben, seinen durchgeplanten Tagesabläufen und seiner Einsamkeit den Rücken gekehrt und darauf geantwortet hat! Er sieht aus dem Fenster, das in Richtung Osten geht. Am Nachmittag wird er anfangen, die übervollen Apfelbäume draußen zu malen, zum allerersten Mal. Aber zuerst muss er einkaufen fahren. Makrele, Kartoffeln, eine Tüte Milch, Kaffee, Butter, Brot und eine Sorte Aufschnitt. Als Erstes vielleicht Käse. Dann wird er Katja anrufen und sich erkundigen, wie es ihr geht. Er nimmt an, dass sie genau wie er voller Dankbarkeit für diesen Sommer in Skepparkroken ist, aber die anderen ebenso schmerzlich vermisst.

# Kapitel 28

2. Juli – Ein Jahr später

Katja zieht die Betten in den vier Gästezimmern ab. Die Laken landen in der Mitte des Zimmers auf einem großen Haufen. Als sie das Fenster zum Lüften öffnet, hält sie inne. Sieht hinaus aufs Meer, das in sommerlichem Blau schimmert. Heute ist es genau ein Jahr her, dass sie dieses Turmzimmer zum ersten Mal betreten hat. Genau hier hat sie gestanden und sich gefragt, ob sie völlig verrückt geworden ist, ihre Familie einfach zu verlassen. Sie schmunzelt. Das Strandhotel Meeresbrise hat ihr die ersehnte Auszeit geschenkt und sie auf einen neuen Weg gebracht. Kaum zu glauben, was seitdem alles passiert ist! Als wesentlich stärkere Frau, Mutter und als Mensch überhaupt ist sie wieder heimgekehrt. Sie hat zwar immer noch keinen Plan gehabt, was sie im Leben noch erreichen will, aber das war auch eher Nebensache. Sie ist überzeugt gewesen, dass diese innere Reise, auf die sie sich begeben hat, sie in die richtige Bahn lenken würde.

Sie stützt die Ellenbogen aufs Fensterbrett und lehnt sich hinaus. Der kalte Wind kühlt ihre Wangen ab. In diesem Jahr wird der Sommer weniger heiß werden. Aber das stört sie nicht. Allein hier zu sein, macht sie glücklich. Sie muss schmunzeln, als sie an Isaks Anruf denkt, kurz nachdem sie die Villa verlassen hatten.

In der Zeitung hatte eine Annonce gestanden, dass eine offene Hausbesichtigung stattfinde, und er hatte sie gefragt, ob sie mitkommen und sich vergewissern wolle, dass alles mit rechten Dingen zugehe. Zahlreiche Autos hatten dicht an dicht vor dem Strandhotel Meeresbrise geparkt, und ein reißender Besucherstrom hatte sich durch den Garten geschlängelt. Ella hatte ihre Gardinen zugezogen, doch Katja hatte bemerkt, dass sie hin und wieder flatterten. Esso-Per hatte mit verkniffenem Mund auf dem Fußweg gestanden und besonders die scharf angesehen, die in zu teuren Autos vorfuhren. Isak war überzeugt gewesen, dass sie es spüren würden, wenn der richtige Käufer vor ihnen stand, doch als die Besichtigung vorüber war, hatte er dem Makler erklärt, dass keiner der Interessenten seinem Bild genügend Aufmerksamkeit geschenkt habe. Der Makler hatte das bestritten. Er hatte behauptet, dass das Bild allen gut gefallen habe. Isak hatte dagegengehalten, dass es nicht darum ging, das Bild zu mögen, sondern es zu verstehen. Darauf hatte der Makler mitleidig gelächelt und Sophie das höchste Gebot weitergeleitet.

In der darauffolgenden Woche war ein weiterer Besichtigungstermin angesetzt. Auch da waren Katja und Isak anwesend gewesen. Isak hatte die Meinung vertreten, dass der richtige Käufer auch beim zweiten Mal nicht dabei gewesen sei. Als sie auf der Treppe gehockt und dem Makler hinterhergesehen hatten, wie er mit durchdrehenden Reifen davongefahren war, hatte Isak gemeint: Der Grund, warum sie das Gefühl haben, dass kein Käufer passt, sei, dass die Villa schon bewohnt sei. Katja hatte verwundert gefragt, was er damit meine. Und er hatte geantwortet: Wir gehören hierher. Das Haus hat seine Besitzer schon gefunden. Katja hatte ihn mit großen Augen angesehen und erwidert, dass sie es sich wirklich nicht leisten könne, das Strandhotel Meeresbrise zu kaufen. Er hatte nur geschwiegen, aber zu seinem Handy gegriffen und Sophie angerufen. Katja, die das Gespräch mitangehört hatte, ist es seitdem nicht mehr aus dem Kopf gegangen:

»Hallo Sophie, hier ist Isak.«

»Hallo Isak, wie ist es denn heute gelaufen? Haben wir jetzt einen Käufer, der passt?«

»Ja. Ich glaube tatsächlich, den haben wir.«

»Ach wie schön! Ich habe schon nicht mehr daran geglaubt.«

»Du hast gesagt, das höchste Gebot sei dir nicht wichtig.«

»Das stimmt. Aber ihr dürft das Haus auch nicht unter Preis abgeben, sonst bekommt ihr ja kein Geld.«

»Na ja, es ist so … wir sind die Richtigen für dieses Haus.«

»Wer wir?«

»Du, ich, Katja, Ella und vielleicht Martin.«

»Jetzt verstehe ich nicht ganz.«

»Ich dachte mir, du könntest das Haus doch noch ein Jahr lang behalten. Du kannst dein gewohntes Leben in Berlin weiterführen. Währenddessen betreiben Katja und ich das *Kurhotel – wo gestresste Seelen Ruhe finden*. Ella wird Gärtnermeisterin und Martin der Hausmeister, den man anrufen an, wenn etwas kaputtgeht. Nur für ein Jahr, auf Probe. Und dann sehen wir weiter.«

»Katja, hörst du auch zu?«, hatte Sophie gerufen.

»Ja. Ich höre das auch gerade zum ersten Mal. Mich hat es auch kalt erwischt.«

»Und was sagt dein Bauchgefühl?«

»Das sagt … lebe deinen Traum.«

Dann war es lange Zeit still in der Leitung gewesen. Isak hatte ein Taschentuch aus der Hosentasche gezogen und sich die Stirn abgetupft.

»Okay«, hatte Sophie schließlich geantwortet. »Wenn Martin und Ella auch dabei sind, bekommt ihr von mir grünes Licht.«

Katja huscht ein Lächeln übers Gesicht, als sie daran denkt, wie stolz Isak sofort zum Zaun geeilt ist und das »Zu verkaufen«-Schild abgenommen hat. Esso-Per war neugierig und wollte wissen, wer das Haus gekauft habe. Und Isak hatte geantwortet: Niemand – Sophie wird es behalten. Dann hatten Isak und Katja sich umarmt und waren vor Freude im Kreis gehüpft, bis ihnen schwindelig wurde. Ella hatte das bemerkt, war hinübergekommen und hatte gefragt, was los sei. Da war Isak auf sie zugegangen, hatte einen Diener gemacht und gesagt: »Meine wunderschöne Ella. Ich würde dich gern als Gärtnermeisterin im Kurhotel Meeresbrise begrüßen. Erweist du mir die Ehre?«

Ella hatte einen Blick auf ihr Haus geworfen, wo man durch die offene Tür die Umzugskartons sehen konnte, hatte hektisch gezwinkert und nach ein paar Sekunden genickt. Ja, sie könne sich vorstellen, auch weiterhin Gärtnermeisterin zu sein.

Nun greift Katja nach dem Haufen Bettwäsche und trägt ihn hinunter in die Waschküche. Noch nie hat sie so viel gearbeitet wie in den letzten zehn Monaten, auch noch nie so wenig Geld verdient, doch noch nie ist sie so glücklich gewesen. Nach einem schleppenden Start haben sie immer mehr Buchungen für ihr Kurhotel erhalten. Und seit eine der großen Zeitungen in einer Beilage eine vierseitige Reportage über das Traditionshotel gebracht hat, wo Menschen nach einem Burn-out eine Auszeit nehmen können, waren sie an allen Wochenenden und zahlreichen Wochentagen ausgebucht. Isak hatte sein Haus in Kivik verkauft und war bei Ella eingezogen, und Ella hatte aus ihrem Garten ein wahres Sonnenblumenmeer gemacht, das die Gäste des Kurhotels bestaunten und fotografierten. Martin kam und half ihnen, wenn etwas repariert werden musste, und manchmal schaute er auch nur auf eine Tasse Kaffee vorbei.

Love steckt den Kopf durch die Tür der Waschküche. »Ich habe das Unkraut auf der kompletten Auffahrt gezupft, die Fensterbänke abgewaschen und die Spinnweben weggemacht. Jetzt sieht es echt gut aus. Papa kommt gleich und holt mich und Baloo ab.«

»Okay«, sagt Katja. »Hab vielen, vielen Dank. Heute übernachte ich hier, weil Sophie kommt und wir einiges zu feiern haben. Aber morgen sehen wir uns wieder.«

Love nickt und ruft den Retrieverwelpen Baloo, der ungelenk hinter ihm herspringt. Katja presst die Hände aufs Herz und atmet tief durch, aber sie kann die Tränen nicht zurückhalten. Doch diesmal sind es reine Freudentränen. Sie wirft einen Blick auf die Uhr. Jetzt muss sie sich beeilen, damit alles fertig ist, wenn Sophie und Martin kommen. Im Flur steht Isak und hängt neben den Bildern von Marit, Margareta und Mona ein neues Foto auf. Es ist eine Aufnahme von ihrem Ausflug zu Hovs Hallar – Katja hatte mit ihrem Smartphone per Timer ein Foto von ihnen allen gemacht. Das hat sie Isak geschickt, der es dann vergrößert und gerahmt hat.

»Stell dir vor, wir hätten damals schon gewusst, was am Ende daraus wird«, sagt Katja.

»Weißt du was: Ich glaube, in unserem tiefsten Inneren haben wir es bereits gespürt«, erwidert Isak.

Auf dem Flughafen von Kopenhagen herrscht Chaos. Familien auf Urlaubsreise, die meisten schon mit Strohhut auf dem Kopf, seufzen über die Verspätungen der Flüge, die die Anzeigetafeln jede Minute neu verkünden. Sophie zieht den Trolley hinter sich her. Obwohl es in der Ankunftshalle proppenvoll ist, entdeckt sie Martin sofort. Er hält ein großes Schild über den Kopf: *Einsamer, liebeshungriger Bauarbeiter sucht hübsche Besitzerin eines alten Hotels/Antwort an Eitempera + Hadernpapier = für immer.*

Sie muss lachen und schüttelt den Kopf. »Du Verrückter.« Er schließt sie in die Arme, küsst sie zärtlich und dreht sie zweimal im Kreis. Dann nimmt er ihren Koffer und legt den Arm um sie.

»Schön, dich wieder bei mir zu haben«, sagt Martin.

»Ich find's auch schön, wieder hier zu sein«, erwidert Sophie und streicht ihm den Pony aus dem Gesicht.

Seit sie das Strandhotel Meeresbrise vor zehn Monaten verlassen hat, ist sie nicht mehr in Schweden gewesen, aber sie hat aufgehört zu zählen, wie oft er sie seitdem in Berlin besucht hat. Sie hatten so viel Spaß miteinander. Sind in Kneipen gegangen, shoppen und haben viel Zeit in den Parks von Berlin zugebracht. Ein paar Monate hatte sie abgewartet, dann hatte sie ihn Hilde und Paul an einem Abend im Rooftop vorgestellt. Paul hatte Martin so reizend gefunden, dass seine Gesichtsröte den ganzen Abend lang nicht verschwunden war. Dann hatte er mit Sophie geschimpft, weil sie diese junge Beziehung geheim gehalten hat. Aber damit war es schnell vorbei gewesen, und er hatte sich mit ihr gefreut. Sophie hatte allerdings instinktiv versucht, nicht zu reagieren, wenn er die Worte Beziehung, Freund oder Partner ins Spiel brachte. Martin und sie sprachen kaum darüber, was das zwischen ihnen eigentlich war. Sie hatten sich nichts versprochen und keine Erwartungen formuliert. Aber im Großen und Ganzen waren sie täglich miteinander in Kontakt, manchmal über Facetime, manchmal per SMS, und dann tauchte er bei ihr auf, sobald sich die Möglichkeit ergab. Für Sophie war dieses Arrangement perfekt, und sie hatte vor, es zu genießen, so lange es ging.

Sie fahren über die Öresundbrücke und kommen um vier Uhr in Skepparkroken an. Ein schmiedeeisernes Schild weist den Weg zum »Strandhotel Meeresbrise«. Katja und Isak stehen schon im Garten und lassen die Korken knallen, sobald Sophie das Gartentor öffnet. Sophie lässt alles fallen, was sie in der Hand hat, rennt auf die zwei zu und schließt sie gleichzeitig in die Arme. »Das elegante Gastgeberpaar vom Strandhotel Meeresbrise«, ruft sie entzückt.

»Ich kann mir nicht vorstellen, dass zehn Monate vergangen sind, seit wir genau hier gestanden und uns Lebewohl gesagt haben«, meint Katja, und ihre Stimme bricht.

»Es ist dein Verdienst, dass wir jetzt alle wieder hier stehen«, sagt Sophie und schaut Isak feierlich an. Stolz zupft er an seiner Fliege und verneigt sich: »Keine Ursache.«

Sophie lässt ihren Blick übers Haus wandern. Die Täfelung ist frisch gestrichen, der Kiesweg geharkt. Aus dem Augenwinkel nimmt sie wahr, wie Hunderte von Sonnenblumen sich im Wind wiegen.

»Dann hat Ella ihr Sonnenblumenmeer doch noch bekommen.«

»Die Gäste lieben es. Das muss das am meisten fotografierte Motiv in ganz Skepparkroken sein«, sagt Katja und drückt sie noch einmal.

»Wir haben so darauf gewartet, dich wieder hier zu haben. Du musst uns versprechen, ab jetzt häufiger zu kommen.«

Sophie trinkt ihren Sekt aus und geht hinein, um ihren Koffer abzustellen. An der Tür hängt ein Zettel *Für Gäste bis zum 3. Juli, 17 Uhr geschlossen*. Die anderen gehen schon hinüber zum Sitzplatz im Garten. Sophie ist froh, dass sie das Haus allein betreten darf. Auf der Schwelle hält sie inne und saugt den so vertrauten Duft tief ein. Die blaue Treppe weist den Weg ins Obergeschoss, und daneben stehen der kleine Tisch und der abgewetzte Sessel. Ein dickes Gästebuch liegt neben einer Blumenvase mit altrosafarbenen Rosen. Genau so, wie Sophie es sich gewünscht hat. Sie schlägt das Buch auf und liest querbeet: »Danke, dass ich hier endlich Ruhe fand.« »Der beste Platz auf der Welt, wenn man mit den Kräften am Ende ist.« »Lachen ist die beste Medizin, und ich habe in meinem ganzen Leben nicht so viel gelacht wie hier.« »Eine herzliche Umarmung für die so freundlichen Menschen, die ich hier kennenlernen durfte. Danke für das wunderbare Essen und die interessanten Gespräche.« »Jetzt werde ich keinen Burn-out mehr erleben. Ich weiß jetzt, wohin ich gehen muss, um runterzukommen, bevor es zu spät ist.«

Sophie schlägt das Buch wieder zu und wirft einen Blick auf das Foto, das Isak aufgehängt hat. Sie lächelt und sieht hinüber in den Salon, wo der Tisch schon für fünf Personen gedeckt ist. Dann geht sie in die Küche und stellt sich ans Fenster. Draußen im Garten sitzen Katja, Isak und Martin in der Sonne und unterhalten sich.

»Ich hoffe, Mama, du kannst das sehen. Das ist dein Werk. Hättest du dieses Haus nicht behalten und mir überlassen, wäre seine Geschichte zu Ende gewesen. Du kannst stolz auf dich sein, wo auch immer du bist. Ich bin es jedenfalls. Stolz auf dich und auf mich«, flüstert sie.

Sie öffnet das Fenster. »Ich möchte meine Sachen auspacken. Wo soll ich denn schlafen?«, ruft sie.

Katja grinst. »Es ist dein Haus, Sophie. Das entscheidest du selbst.«

»Dann nehme ich die Dienstbotenkammer«, sagt sie.

»Gute Wahl. In einer Stunde werden im Salon Miesmuscheln mit Pommes serviert. Ist das okay? Ella kommt auch rüber.«

Sophie hält den Daumen hoch, geht dann hinüber in ihr Zimmer und schließt die Tür hinter sich. Ein komisches Gefühl, wieder hier zu sein. Alles ist so wie früher und doch anders. Katja bewegt sich hier so selbstverständlich durchs Haus, dass man meinen könnte, es sei ihre Geschichte, die in diesen Wänden steckt. Und irgendwie stimmt das auch. Sie schreibt eine Fortsetzung, die in der Gegenwart spielt.

Sophie legt sich aufs Bett und betrachtet die weiß gestrichene Decke. Ella wird also auch zum Essen kommen. Seit Sophie dem Strandhotel Meeresbrise den Rücken gekehrt hat, hat Ella ihr mehrere Briefe geschrieben, meist hat sie berichtet, was es im Garten Neues gibt. Vor einer Woche hatte sie ihr ein Paket geschickt, das Sophie auf dem Heimweg bei der Post abgeholt hatte. Darin hatte Esmeralda gelegen, mit einem Zettel um den Hals. Allein beim Anblick der Porzellanpuppe war Sophie ein kalter Schauer über den Rücken gelaufen, aber genau wie im letzten Jahr hatte sie sich nicht beherrschen können und den Zettel gelesen. Darauf hatten der Name Carla Drechser und eine Adresse in Bremen gestanden. Sophie hatte gleich gewusst, wer das ist. Mit zitternder Hand hatte sie Puppe und Zettel zurück in den Karton gelegt und ganz hinten im Schrank verstaut. Als ihre Hand sich beruhigt hatte, hatte sie Ella eine Antwort geschrieben. Es hatte lange gedauert, die richtigen Worte zu finden, aber als sie fertig gewesen war, konnte sie spüren, wie die Anspannung von ihr abfiel. Der Brief war nicht nur eine Antwort an Ella gewesen, sondern auch ein Entschluss. Ihr Entschluss. Sie hatte geschrieben, dass Mona, auch wenn sie Fehler gemacht hatte, trotz allem in all den Jahren ihre Mutter gewesen sei. Nichts konnte daran etwas ändern. Denn eine vierzigjährige Frau konnte nicht plötzlich die Tochter einer anderen werden. Dafür war es zu spät. Den Menschen aufzusuchen, der vielleicht ihre biologische Mutter war, würde Wunden aufreißen, die vermutlich längst verheilt waren. Und was war, wenn sie alles falsch verstanden hatten und Sophie gar nicht das verschwundene Kind war? Aber das Wichtigste von allem war: Sophie hatte gar nicht das Bedürfnis danach. Sie war mit ihrem Leben, so wie es jetzt war, sehr zufrieden.

Da klopft es leise an ihrer Tür. Martin steht mit einem Glas Sekt in der Hand da. »Ein kleines Skål vor dem Essen«, sagt er lächelnd. Und er trägt schon das T-Shirt mit der

Team-Meeresbrise-Aufschrift, das ist der Dresscode zur Feier des einjährigen Jubiläums, den Katja angeordnet hat.

»Muss ich auch?«, fragt sie und zupft an seinem Shirt.

»Ja. Tu es für Katja.«

Maulend schlüpft Sophie aus ihrer nougatfarbenen Seidenbluse und streift ihr dunkelblaues T-Shirt über. Als sie hinunter in den Salon kommen, müssen alle etwas peinlich berührt lachen.

»Ich bin so gespannt, was du von deinem neuen Leben in Berlin zu erzählen hast«, beginnt Katja.

»Na ja, viel zu erzählen gibt es gar nicht. Alles geht seinen Gang. Der übliche Ablauf, die üblichen Aufgaben, dieselben Menschen, immer dieselbe Art von Meetings.«

»Aber du hast nicht vor, nach Hause zu kommen?«

»Nach Hause?«

»Ja, hierher. Ins Strandhotel Meeresbrise«, sagt Katja.

»Nein. Mein Zuhause ist Berlin. Und«, sagt sie und sieht sich um, »das Strandhotel Meeresbrise ist nicht mehr mein Zuhause. Es ist euer Kurhotel.«

Katja drückt sie kurz, dann blickt sie Martin an und danach wieder Sophie. »Und jetzt wollen wir genau wissen, was da zwischen euch zweien ist. Könnt ihr euch vorstellen, wie ich mir den Kopf zerbrochen und mich gefragt habe, wie das an mir vorbeigehen konnte?«

Sophie lächelt und zuckt mit den Schultern. »Das meiste ist eigentlich passiert, als ich schon wieder in Berlin war.«

»Ja, aber hier muss es ja angefangen haben.«

»Das stimmt«, sagt Sophie und lächelt Martin an, der ihr über den Tisch einen Kuss zuwirft. Begeistert klatscht Katja in die Hände.

»Skål auf das zukünftige Brautpaar der Villa«, ruft sie.

Sophie will gerade Protest einlegen, da fährt Katja fort: »Wir haben nämlich vor, im Garten ein Spalier zu bauen und Trauungszeremonien für kleine Hochzeitsgesellschaften anzubieten. Essen im Salon und ein Turmzimmer fürs Brautpaar. Eins der Zimmer könnten wir etwas aufwendiger renovieren und als Suite anbieten.«

»Ich würde das Spalier ja gerne einweihen, aber meine zukünftige Frau ist leider schwer zu bezirzen«, erklärt Martin und zwinkert Sophie zu. »Aber die Idee finde ich grandios. Ich helfe euch gern beim Ausbau der Suite.«

Die Gläser werden wieder aufgefüllt.

»Wie läuft es mit deiner Familie?«, fragt Sophie und sieht Katja an.

»Gut. Sie waren nicht begeistert, als ich mir freigenommen habe, um den Betrieb hier zu starten, aber jetzt versteht Jesper es langsam. Kürzlich war er da, um die Dichtung am Wasserhahn im Bad zu reparieren, und da war offensichtlich, wie gern er so was macht – auch wenn er das nicht zugeben würde. Love ist auch immer wieder da. Er ist gern für sich und wandert auf dem Gelände umher, manchmal kommt er gleich nach der Schule mit dem Bus. Isak ermuntert ihn immer wieder«, sagt Katja strahlend. »Ich sage immer, er ist die nächste Generation, die die Villa mal übernimmt. Man sollte ruhig schon an die Zukunft denken. Obwohl sich die Frage nach einem Erben ja vielleicht auf ganz natürliche Weise regelt«, sagt sie und grinst Sophie und Martin breit an.

Geniert schüttelt Sophie den Kopf und dreht sich zu Isak um. »Und du wohnst jetzt bei Ella?«

»Ja, es gefällt mir sehr gut bei ihr. Zumindest, solange

die Tür zum Puppenzimmer geschlossen bleibt.« Er schüttelt sich. »Und auf die Art bin ich rund um die Uhr für die Gäste abrufbereit.«

Katja wendet sich noch einmal an Sophie.

»Willst du wirklich morgen schon zurück nach Berlin?«

»Ja, ich muss noch ein paar Wochen arbeiten. Aber dann habe ich Urlaub und werde eine Weile in der Gegend sein.«

»Auf jeden Fall toll, dass du zu unserem einjährigen Jubiläum kommen konntest. Ich finde, wir sollten daraus ein Ritual machen. Wo wir auch sind, was wir auch tun, wir sollten uns hier immer am zweiten Juli versammeln und den Tag feiern, der unser Leben verändert hat. Und sag uns Bescheid, Sophie, wann du das nächste Mal kommst, dann halten wir dir ein Zimmer frei.«

»Nicht nötig«, sagt Sophie und zwinkert Martin zu.

»Das Strandhotel Meeresbrise hat ja einiges«, erklärt er, »aber keinen Marktplatz vor der Haustür.«

Katja schnaubt. »Das ist Ella«, ruft sie, als es an der Tür klopft. Isak öffnet und lässt sie hinein. Sie hat drei Sonnenblumen in einer Vase dabei. Sophie geht auf Ella zu und nimmt sie in die Arme. Ella steht die Erleichterung ins Gesicht geschrieben.

»Danke für all deine Briefe. Was für einen wunderschönen Sonnenblumengarten du angepflanzt hast.«

Ella nickt und lässt sich neben Isak nieder. Sie trägt ein Hemd mit einem Muster, das Hummeln abbildet, und dazu eine lockere, hochgekrempelte Jeans. Ihre Haare sind vom Meerwind wild zerzaust, und ihr Teint ist sonnengebräunt. Was ihren Stil angeht, passt sie so gar nicht zu dem eleganten Isak, aber unter der Oberfläche sind die beiden perfekt füreinander. Sophie hat den Eindruck, dass

Isak unter dem Tisch nach ihrer Hand greift. Vielleicht werden sogar die zwei das Spalier im Garten einweihen?

Sophie sieht Ella in die Augen und lächelt. Ella lächelt zaghaft zurück. Sie ist die einzige Verbindung zu ihrer Mutter, aber auch zu Margareta und der Geschichte der Villa. Sophie bereut es, dass sie sich damals nicht mit ihrer Mutter auf die Holzbank gesetzt und geredet hat, damals, als sie noch lebte und klar im Kopf war. Jetzt will sie denselben Fehler nicht noch einmal machen. Sie weiß, dass Ella noch viele Geschichten vom Haus und den Menschen darin erzählen kann. Jetzt hat Sophie keine Angst mehr davor. Jetzt will sie alle hören.

Martin legt eine Schallplatte auf und bittet Sophie zum Tanz. Diesmal wird sie im Takt mit dem Menschen übers Parkett gleiten, der dafür gesorgt hat, dass sie sich nie mehr einsam fühlt. Der Mensch, der ihr immer das Gefühl gibt, das Richtige zu tun. Der Mensch, von dem sie hofft, dass er nach 18 Monaten immer noch für sie da ist, so lange wie man sagt, dass Verliebtheit durchschnittlich anhält. Wie wunderbar es wäre, wenn man genau in diesem Moment die Zeit anhalten könnte, denkt sie und schließt die Augen.

*Ellas Tagebuch, 2. Juli 2019*

*Ich liebe es, in der Küche zu sitzen und die Sonnenblumen in meinem Garten anzusehen. Tag und Nacht. Ich habe sie schon im April in Pflanzschalen ausgesät und in der Küche stehen lassen. Da habe ich mich um sie gekümmert, als wären sie Babys. Als sie groß genug waren, habe ich sie tagsüber hinausgestellt, aber nachts durften sie drinnen schlafen. Isak hat mir geholfen, gut gedüngte Erde im Garten auszubringen, und dann haben wir mit je vierzig Zentimetern Abstand siebzig Sonnenblumen in die Erde gesetzt. Viele Stunden habe ich jeden Tag gebraucht, um sie hochzubinden, zu gießen und zu pflegen. Jetzt stehen sie da, sind stabil und wiegen sich wie Sonnen am Himmel. Ich habe meinem Bruder ein Bild davon geschickt. Natürlich ist er enttäuscht gewesen, dass ich nun doch nicht über den Atlantik zu ihm gezogen bin, so wie es geplant gewesen war, aber woher sollte ich wissen, was das Leben für mich bereithielt.*

*Es freut mich, dass Sophie jetzt zu Besuch gekommen ist – gerade jetzt, da die Sonnenblumen am allerschönsten sind. Wir werden sie brauchen. Jede Einzelne von ihnen.*

# Kapitel 29

Obwohl das Jubiläumsfest bis in die frühen Morgenstunden andauerte, ist Sophie schon bei Sonnenaufgang wach. Sie setzt sich an den Küchentisch und beobachtet, wie der Feuerball langsam aus dem Meer aufsteigt. Sie weiß nicht, warum die Tränen fließen. Aber sie tun es. Leise und lautlos, bis die Sonne aufgegangen ist. Dann trocknet sie die nassen Wangen, schenkt sich einen Becher Kaffee ein und geht hinaus. Im Juligarten sprießt es noch überall. Sophie füllt Wasser im Vogelbad auf, das Love aus Beton selbst gebaut hat. Als es elf Uhr ist, geht sie zurück ins Haus und fängt an, einen Brunch für die Schlafmützen vorzubereiten.

Martin erscheint in der Küche. »Du bist schon auf?«, sagt er und kratzt sich am Bart.

»Schon? Seit fünf Uhr bin ich auf den Beinen«, antwortet Sophie grinsend.

Katja kommt angetrabt und gähnt. »Meine Güte, solche Feste ist man gar nicht mehr gewöhnt. Ein paar Gläser Wein, und schon schleicht man am Tag danach wie eine Leiche durchs Haus.«

»Kannst du Isak und Ella vielleicht eine SMS schicken und nachfragen, ob sie zum Brunch rüberkommen mögen? Um drei Uhr muss ich mich auf den Weg zum Flughafen machen«, sagt Sophie.

Katja gähnt noch einmal und tippt eine Mitteilung in

ihr Handy. Die Antwort, dass sie schon auf dem Weg seien, kommt sofort. Alle helfen mit, das Frühstück in den Salon zu tragen: Brötchen, Aufschnitt, Chia-Pudding, Beerenkompott, frisch gepressten Saft, Obst, Kaffee, Eier und Putenschinken. Katja zündet die Kerzen auf den Tischen an, obwohl es schon hell draußen ist, und Martin legt eine knisternde Bluesplatte auf. Da stehen Isak und Ella in der Tür, sagen fröhlich Guten Morgen und lassen sich nieder. Sophie betrachtet sie alle gerührt.

»Habt vielen Dank für einen wunderschönen Abend. Es war zwar ein kurzer Besuch, aber ein denkwürdiger. Ich werde ja bald wieder hier sein, und dann kann ich die Zeit richtig genießen«, sagt sie. »Und jetzt lasst uns uns noch mal den Bauch vollschlagen.«

Sie haben gerade den Kaffee eingeschenkt, da hören sie ein Klopfen an der Tür. Katja kneift die Augen zusammen. »Ich habe doch extra einen Zettel geschrieben, dass wir geschlossen haben. Erst ab fünf empfangen wir wieder Gäste.«

Sophie geht vor an die Tür. Eine Frau in den Sechzigern mit aschblondem Bob und tiefblauen Augen steht auf der Treppe. Sie trägt ein hellblaues Kleid und einen dazu passenden, eng anliegenden Blazer.

»Leider ist unser Kurhotel noch geschlossen, aber ab fünf Uhr sind wir wieder für Sie da«, sagt Sophie.

»Sophie?«, fragt die Frau mit einem auffälligen Dialekt.

»Ja.«

Die Frau schaut sie ganz lange an, dann öffnet sie zaghaft den oberen Knopf ihres Kleides, sodass ihr Hals und ein bisschen Dekolleté sichtbar werden. Da, auf ihrer sonnengebräunten Haut, hängt die gleiche Berlocke, wie Sophie sie besitzt.

»Weißt du, was auf meiner Berlocke steht?«, fragt die Frau sie auf Deutsch. Ihre Stimme zittert. Sophie greift nach ihrem eigenen Anhänger. Sie spürt ihren Puls an den Schläfen pochen. »Mein geliebtes Ein und Alles«, flüstert sie atemlos.

»Monique, mein geliebtes Ein und Alles«, flüstert die Frau zurück.

»Monique?«, fragt Sophie.

»Als du noch mir gehörtest, hießt du Monique.«

Es ist, als ob alle Gefühle – Neugierde, Trauer, Freude, Wut, Nervosität, Verzweiflung, Zärtlichkeit, Glück und Angst – gleichzeitig ihren Körper fluten und dies mit solcher Kraft, dass Sophie außerstande ist, sich zu rühren. Sie weiß nicht, wie lange sie still dasteht und die Frau einfach nur anstarrt, aber schließlich drängt sich eins der Gefühle in den Vordergrund. Erleichterung. Sophie öffnet langsam die Tür und macht einen Schritt zur Seite. »Komm rein, Carla, dann kannst du meine engsten Freunde kennenlernen und Ella – ich nehme an, ihr hattet bereits Kontakt.«

Die Frau trocknet ihre Tränen, nickt und tritt ein. Sophie folgt ihr und kann sich ein Lächeln nicht verkneifen, als sie bemerkt, wie elegant sich Carla auf ihren hohen Schuhen bewegt. Marit, Margareta, Mona und Monique, denkt sie. Die Frauen mit den Vornamen mit M, die Frauen aus dem Strandhotel Meeresbrise.

# Epilog – Mona

Piet Hein, dänischer Forscher, Schriftsteller und Philosoph, soll gesagt haben: Wenn du die Ewigkeit betrachtest, ist ein Augenblick ein ganzes Leben.

Wenn das so ist, was haben wir dann zu verlieren? Warum träumen wir nur, anstatt uns unsere Träume zu erfüllen? Warum sehnen wir uns nach etwas, aber greifen nicht danach?

Ich habe diesen Augenblick ausgelebt, Sophie. Ich weiß, dass das nicht richtig war. Aber als ich meine Hände nach dir ausgestreckt habe, und es erstaunlicherweise ganz leicht war, dich aus dem Wagen zu heben, da konnte ich dich nicht mehr loslassen. Eigentlich geht es gar nicht um richtig oder falsch, um gut oder böse, meins oder deins. Eigentlich geht es um Liebe.

Vielleicht hatte ich als Kind schon ein ungewöhnlich starkes Bedürfnis nach Nähe. Ich kann mich noch gut erinnern, dass ich immer nur auf Margaretas Schoß krabbeln und das selbst hergestellte Wildrosenparfüm schnuppern wollte, ich wollte, dass sie mich voller Stolz ansieht, das kleine Mädchen, das mal in ihre Fußstapfen treten wird, ich wollte, dass sie mir zuhört, wenn ich etwas sage, mich tröstet, wenn ich weine oder lache, wenn ich einen Spaß mache. Aber für so was hatte sie keine Zeit. Vielleicht auch kein Interesse. Sie war durch und durch Geschäftsfrau, und eine quengelige Tochter wie ich war meist nur im Weg.

Als Teenager war ich von dem Gedanken, selbst eine Tochter zu haben, geradezu manisch besessen. Vielleicht als Ersatz für die Mutterliebe, die ich so vermisste? Ich konnte an nichts anderes mehr denken. Ich sagte zu Margareta, dass ich nach Berlin fahren würde, um Deutsch zu lernen. Aber das war nicht mein hauptsächliches Anliegen. Ich bin dorthin gereist, um schwanger zu werden, und ich wollte dafür einen Mann aussuchen, der keine Ahnung haben sollte, dass er Vater wird. Es ging nur um mich und das Kind. Meine ersten beiden Schwangerschaften endeten mit Fehlgeburten. Ich war mir sicher, dass das männliche Föten waren und mein Körper sie deshalb abstieß. Beim dritten Versuch hielt die Schwangerschaft. Da wusste ich, dass du unterwegs warst. Mein Mädchen. Mein Ein und Alles.

Ich strich mit der Hand über meinen Bauch und redete stundenlang mit dir. Wenn du gestrampelt hast, hab ich für dich gesungen. In den neun Monaten haben wir schon ein inniges Band zwischen uns gesponnen. Als ich deinen ersten Schrei hörte und das kleine braune Haarbüschel erblickte, explodierte mein Herz vor lauter Liebe. Sie wollten dich in einen anderen Raum mitnehmen, damit ich mich ausruhen konnte, aber ich habe es verweigert. Ich habe dich unter meine Decke gelegt, und da lagen wir beieinander und schliefen. Drei Tage später kamen wir in meine Mietwohnung zurück. Ich habe noch jede Minute der folgenden zwei Wochen vor Augen. Weiß noch, wie du mich mit deinen großen Augen angesehen hast, wie du dir deinen kleinen Handrücken in den Mund geschoben und daran genuckelt hast, wenn du schlafen wolltest, und höre noch dein leises Wimmern, wenn du Hunger oder Bauchweh hattest. Nie hast du geschrien. Natürlich nicht.

An dem schicksalsträchtigen Tag lagst du im Kinderwagen und schliefst. Ich habe auf dem Sofa geschlafen. Viel tiefer als gewöhnlich. Meine Brüste waren prall mit Milch gefüllt, und sie tropften, als ich aufstand. Hatte ich ein Geräusch von dir überhört? Du hättest doch längst schon Hunger haben müssen. Ich weiß noch, wie ich auf die Uhr geschaut habe, aber ich konnte nicht feststellen, wie lange wir beide geschlafen hatten. Ich stand auf, um dir mit der Hand über die Wange zu streichen wie immer, wenn du schliefst, da sah ich, dass du fahlgrau im Gesicht warst, blaulila deine Lippen. Ich habe deinen kleinen, leblosen Körper geschüttelt, dir weinend Sauerstoff in die Lungen geblasen. Aber du hattest mich schon verlassen. Ich verstand überhaupt nichts. Ich weinte und pumpte einen Tag lang Milch ab, dann rannte ich aus der Wohnung und suchte nach dir. Du und ich sollten doch unser ganzes Leben lang zusammen sein. Du konntest mich doch nicht einfach verlassen. Irgendwo musstest du doch sein. Und ganz plötzlich, vor einer Bar, warst du einfach da. In einem fremden Kinderwagen. Ich habe ihn mitgenommen, einen hässlichen grünen Cordkinderwagen. Wie konnte dich jemand nur in einen so fürchterlichen Wagen legen? Ich warf ihn in einen Container und trug dich den restlichen Weg heim. Als ich zu Hause war, lag der kleine, fahlgraue Körper immer noch im Bettchen. Vorsichtig wickelte ich ihn mit dem kleinen Teddybären in das Laken, legte ihn in einen Karton und packte ihn in die Tonne im Müllraum, gut geschützt zwischen weiche Mülltüten. Dann legte ich dich in den Wagen. Du hast mich mit so einem durchdringenden Blick angesehen. Als würdest du verstehen, dass ich dich gerettet habe. Ich beschloss, so schnell wie möglich nach Skepparkroken zurückzufahren.

Lennart, mit dem ich mich während der ganzen Zeit in Deutschland getroffen habe und der ein guter Freund geworden war, kam mich besuchen, um das kleine Wunderwerk zu bestaunen. Es stellte sich heraus, dass er auch mit dem Gedanken gespielt hatte, nach Schweden zurückzugehen. Er hatte seine Ausbildung beendet und wollte eine Firma gründen. Lennart hat dich sofort ins Herz geschlossen, ihr hattet so einen guten Draht zueinander, dass ich ihn gefragt habe, ob er gern dein Papa wäre und mit mir zurück nach Schweden gehen wolle. Eigentlich hatte ich vor, mein Kind allein aufzuziehen, aber mit Lennart hat sich das geändert. Also sind wir in seinem kleinen hellblauen Auto zurückgefahren, du und ich und Lennart, da warst du knapp drei Wochen alt. Ich war der glücklichste Mensch auf der Welt. Mein Traum war in Erfüllung gegangen, mein Leben komplett.

Margaretas Krebserkrankung war schon weit fortgeschritten, als ich nach Hause kam. Sie hatte mir nichts davon erzählt. Ihr letzter Wunsch war, dass das Mädchen Marie heißen solle. Den erfüllte ich ihr nicht. Du solltest niemals eine der Frauen im Strandhotel Meeresbrise werden. Dir stand viel Größeres bevor.

Ob ich ernsthaft geglaubt habe, du seist mein Kind? Ja. Anfangs schon. Heute würde man wohl sagen, ich habe durch den plötzlichen Kindstod eine Psychose erlitten. In einer perfekten Welt hätte ich natürlich Hilfe gesucht, mir Zeit zum Trauern genommen und mit Lennart eine neue Familie gegründet, wenn es an der Zeit gewesen wäre.

Doch die Welt ist nicht perfekt. Ich konnte dich nicht mehr hergeben. Ein Tag nach dem anderen verging, und am Ende war das, was geschehen war, eher ein verschwommener Traum als eine echte Erinnerung.

Du fragst dich vielleicht, ob ich an die andere Mutter je einen Gedanken verschwendet habe? Nein. Welche Mutter lässt ihr Kind abends vor einer Kneipe stehen? Ich habe mir eingeredet, dass es eine gute Tat war. Ich musste das glauben. Sonst hätte ich so nicht leben können.

Doch diese Entscheidung hatte eine Schattenseite – Sorge und Angst. Angst vor der Polizei, der Mutter, Detektiven oder Journalisten, die jederzeit vor der Tür stehen und dich mitnehmen konnten. Ich wollte dich um Verzeihung bitten, dass ich dich mit meiner Fürsorge erstickt habe. Dass ich dich eingesperrt habe, um die Kontrolle wiederzuerlangen. Wofür ich mich nicht entschuldigen werde, ist, dass ich dich geliebt habe. Denn das habe ich getan. Tag für Tag.

Ich weiß, dass du deine Geschichte eines Tages erfahren wirst. Vielleicht kann Ella sie dir erzählen. Wir sitzen im Garten, sie und ich, und ich erzähle, und sie zupft an den Blumen herum. Sie glaubt, dass ich nicht weiß, dass sie Lippen lesen kann. Aber ich weiß es. Ich erleichtere nicht für die Blumen mein Herz, sondern damit diese Geschichte auf diesem Wege zu dir gelangt. Ich habe Ella nicht ausdrücklich darum gebeten. Aber ich hoffe, sie wird es verstehen. Und ich hoffe, dass du mir eines Tages verzeihen kannst. Lebe ein Leben voller Liebe, meine kleine Sophie. Mein Herz, mein Ein und Alles. Und lebe im Augenblick. Wenn du die Ewigkeit betrachtest, ist genau dieser Augenblick dein ganzes Leben.

# Danke

Die Geschichte von Sophie habe ich eine Weile mit mir herumgetragen, und dank euch ist ein Buch daraus geworden.

Verlegerin Jennifer Lindström, Marketingleiterin Lina Sjögren und alle andere im Norstedts Verlag – ihr habt den Stein ins Rollen gebracht. Danke an meine Lektorin Sofia Hannar für ihre Hilfestellung, ihren sprachlichen Schliff und die ermunternden Zurufe bei einzelnen Szenen. Danke an die Enberg Agency für Unterstützung und Rat. Danke, Maria Ernestam, dass du mir mit deinen Deutschkenntnissen geholfen hast. Danke an Sanna Sporrong, die mit Feingefühl das richtige Cover kreiert hat. Danke an die Autorin Jenny Fagerlund für die stundenlangen Diskussionen über Bücher und das Leben und an alle anderen Schriftstellerkollegen, die mich im Internet und im Real Life pushen. Danke an all meine Leser – ohne euch gäbe es diese Bücher nicht. Danke an alle, die mir Mails schreiben und mitteilen, was ihnen meine Geschichten bedeuten. Für euch schreibe ich!

Und schließlich die fetteste Umarmung für meinen Mann Peter und meine Söhne Kelvin und Elliot. Ihr macht aus meinem Leben einen echten Feel-Good-Roman.

PS. Der Roman spielt an dem wundervollen Ort Skepparkroken, ist aber dennoch fiktiv, sodass nicht alle Details mit der Wirklichkeit übereinstimmen.